CHRISTINA LAUREN

Zwischen mir und dir

W0383134

atb aufbau taschenbuch

Hinter CHRISTINA LAUREN verbergen sich Christina Hobbs und Lauren Billings. Lauren ist promovierte Neurowissenschaftlerin und Mutter zweier kleiner Kinder. Christina wuchs in Utah auf und ist bei Weitem nicht alt genug, die Mutter einer 16-jährigen Tochter zu sein. Die *New York Times*-Bestseller-Autorinnen legen hier nach »Nichts als Liebe« ihren zweiten Liebesroman für Erwachsene vor, der in den USA bereits für Furore sorgte.

Auf der ersten großen Reise ihres Lebens begegnet die junge Tate Jones in London dem umwerfend gut aussehenden Sam. Zwischen den beiden ist es Liebe auf den ersten Blick. Sie verbringen eine kurze, aber einzigartig schöne Zeit miteinander, lieben sich leidenschaftlich, teilen ihre Hoffnungen und Träume – und ihre Geheimnisse. Schließlich offenbart Tate ihm etwas, das sie noch keinem anderen Menschen anvertraut hat. Doch dann wird klar, dass Sam sie verraten hat, und Tates Leben steht kopf.

Mehr als zehn Jahre später haben sich die Wogen in ihrem Herzen zwar geglättet, dennoch erschüttert es Tate zutiefst, als sie plötzlich Sam wiederbegegnet und merkt, dass sich das magische Gefühl von einst von Neuem in ihr regt. Aber wird sie ihm je verzeihen können, was damals war? Und will sie das überhaupt? Doch gegen nichts ist man so machtlos wie gegen die Liebe, und manchmal brauchen Gefühle eine zweite Chance …

»Die Leserinnen werden diesen Roman über das ganze Glück, aber auch den ganzen Kummer, den die Liebe bereithält, verschlingen.« Schreibfeder.de über »Nichts als Liebe«

CHRISTINA LAUREN

Zwischen mir und dir

ROMAN

Aus dem Amerikanischen
von Gabriele Weber-Jarić

aufbau taschenbuch

Die Originalausgabe unter dem Titel
Twice in a Blue Moon
erschien 2019 bei Gallery Books, New York.

MIX
Papier aus verantwortungsvollen Quellen
FSC® C083411

ISBN 978-3-7466-3619-1

Aufbau Taschenbuch ist eine Marke
der Aufbau Verlag GmbH & Co. KG

1. Auflage 2020
© Aufbau Verlag GmbH & Co. KG, Berlin 2020
Copyright © 2020 by Christina Hobbs and Lauren Billings
All rights reserved including the right of reproduction in
whole or in part in any form. This edition published by
arrangement with the original publisher, Gallery Books,
a division of Simon & Schuster, Inc., New York.
Umschlaggestaltung und Motiv www.buerosued.de, München
Gesetzt aus der Bembo Pro durch Greiner & Reichel, Köln
Druck und Binden CPI books GmbH, Leck, Germany
Printed in Germany

www.aufbau-verlag.de

Wenn du jemals mit mir
in den Wald gegangen bist,
muss ich dich sehr lieben.

Mary Oliver
Wie ich in den Wald gehe

Kapitel 1

Juni, vierzehn Jahre zuvor

Meine Großmutter sah sich in dem Hotelzimmer um. Ihr kritischer Blick wanderte von den Vorhängen über die in Rot- und Cremetönen gehaltene Ausstattung, die Landschaftsgemälde an den Wänden, die antike Kommode, auf der sie vermutlich der Fernseher störte. Ich war in meinem ganzen Leben noch nicht in einem so edlen Hotelzimmer gewesen, und dennoch besagte Nanas Miene unzweifelhaft: *Für den Preis hätte ich mehr erwartet.*

Meine Mutter meinte immer, Nana sehe in diesen Momenten »schrumpelig« aus, was es ziemlich gut traf. Meine Großmutter war erst einundsechzig Jahre alt, doch sobald ihr etwas nicht passte, glich sie einer Trockenpflaume.

Naserümpfend trat sie nun ans Fenster. »Soll das ein Scherz sein? Wenn ich auf eine Straße schauen wollte, hätte ich auch in Guerneville bleiben können.« Ihr Blick fiel auf das Haustelefon, und sie trat entschlossen darauf zu. »Man hat uns ein Zimmer auf der falschen Hotelseite gegeben.«

Wir waren von Oakland über New York nach London geflogen und erst vor einer guten Stunde gelandet. Während des langen Flugs über den Atlantik hatten wir gleich hinter der Trennwand zum Servicebereich gesessen. Neben Nana ließ sich ein gebrechlicher alter Mann nieder, der sich an ihre Schulter lehnte und einschlief; zu mir setzte sich eine Mutter mit einem kleinen quengligen Kind. Nun wünschte ich mir nichts sehnlicher, als etwas zu essen, eine Runde zu schlafen und für eine Weile von den Anwandlungen der Trockenpflaume verschont zu bleiben.

Meine Großmutter besaß in Guerneville ein kleines Restaurant mit Namen »Jude's«. Als ich acht Jahre alt war, waren meine Mutter und ich zu ihr gezogen, und ich hatte es in den letzten zehn Jahren tagtäglich erlebt, wie Nana in der Lage war, Dinge mit Humor zu nehmen. Aber hier war sie weit weg von zu Hause, sie hatte ihre Komfortzone verlassen, und vor allem hasste sie es, für ihr hart verdientes Geld nicht das zu bekommen, was vereinbart gewesen war.

Ich stellte mich ans Fenster und blickte auf die Straße hinunter, über die ein für London typisches schwarzes Taxi fuhr. »Ist doch eine schöne Straße.«

»Ich habe für einen Blick auf die Themse bezahlt.« Nana griff nach dem Telefonverzeichnis des Hotels und ging die Einträge mit dem Zeigefinger durch.

Ich betrachtete sie voller Schuldgefühle. Diese Reise war ein Geschenk für mich und kostete mehr als alles, was wir je zuvor unternommen hatten.

»Und auf Big Ben.«

Ich war sicher, dass meine Großmutter bereits ausrechnete, wie viel sie bei einem preiswerteren Zimmer hätte sparen können.

Wie immer, wenn ich mich unwohl fühlte, wickelte ich meinen Zeigefinger in den Saum meines T-Shirts, so fest, bis das Blut in meiner Fingerspitze pochte. Meine Großmutter schlug auf meine Hand, ich ließ den Saum los. Sie setzte sich an den kleinen Schreibtisch, schnaubte verärgert und hob den Telefonhörer ab.

»Hallo. Zimmer zwölf-achtzig. Ich bin mit meiner Enkelin aus … Ja genau, Judith Houriet ist mein Name.«

Ich sah sie verwundert an. Sie hatte »Judith« gesagt, nicht wie sonst »Jude«.

Jude Houriet kannte ich. Sie kochte, backte Kuchen und kümmerte sich, seit sie ihr Restaurant im Alter von neunundzwanzig Jahren eröffnet hatte, um ihre Gäste. Falls einer von ihnen mal knapp bei Kasse war, konnte er anschreiben lassen. Judith war offenbar die elegante Version von Jude. Judith reiste mit ihrer Enkelin nach London und erwartete, in ihrem Hotelzimmer die Aussicht zu bekommen, für die sie bezahlt hatte.

»Wir sind hier, um den achtzehnten Geburtstag meiner Enkelin zu feiern, und ich habe ausdrücklich ein Zimmer mit Blick auf Big Ben und die Them…« Sie drehte sich zu mir um und flüsterte: »Jetzt bin ich in der Warteschleife gelandet.«

Judith klang überhaupt nicht nach meiner Großmutter. Oder veränderte man sich, wenn man den Kokon seiner kleinen Heimatstadt verließ? Die Frau vor mir besaß zwar Nanas weiche Rundungen und die kräftigen, zupackenden Hände, aber sie hatte eine gut geschnittene schwarze Jacke an, die Jude sich kaum leisten konnte, und ihre gelb-braun karierte Schürze fehlte. Jude trug ihr Haar in einem Knoten, in dem ein Bleistift steckte, Judith hatte eine schicke Föhnfrisur.

Als sich am anderen Ende des Telefons wieder jemand meldete, hatte derjenige eindeutig keine guten Nachrichten. »Das ist nicht akzeptabel«, erklärte Nana. Und »Ich werde mich beschweren« und »Ich erwarte eine Rückerstattung«.

Sie legte den Hörer auf und stieß einen endlos langen Seufzer aus. Das tat sie sonst nur, wenn es tagelang geregnet hatte, ich vor Langeweile unleidlich wurde und sie nicht mehr wusste, was sie mit mir anfangen sollte. Aber wenigstens war ich diesmal nicht der Grund dafür.

»Du weißt nicht, wie dankbar ich dir bin«, sagte ich leise. »Auch wenn dir das Zimmer nicht gefällt.«

Sie seufzte noch einmal und sah mich an. Ihre Miene wurde etwas sanfter. »Na schön.«

Im Geist sah ich zwei Wochen mit Nana in diesem Hotelzimmer vor mir, hörte, wie sie sich über den zu niedrigen Wasserdruck im Bad, die zu weiche Matratze im Bett und die Preise im Hotel beschwerte.

Doch dann sagte ich mir, dass vor mir zwei Wochen in London lagen. Ich würde die Stadt erkunden, Abenteuer erleben und so viele Eindrücke wie nur möglich sammeln, bevor mein Leben wieder klein würde. Zwei Wochen voller Sehenswürdigkeiten, über die ich bisher nur in Büchern gelesen oder die ich im Fernsehen gesehen hatte. Zwei Wochen, in denen ich die besten Theateraufführungen der Welt genießen würde.

Zwei Wochen außerhalb von Guerneville.

Dafür würde ich selbst eine Trockenpflaume in Kauf nehmen. Ich hob meinen Koffer aufs Bett und begann mit dem Auspacken.

❀

Wir machten einen ersten Spaziergang. Dabei überquerten wir die Westminster Bridge und kamen an Big Ben vorbei, dessen schwerer Glockenklang tief in meiner Brust vibrierte. Und noch immer konnte ich kaum glauben, dass ich wirklich hier war.

Nach einer Weile betraten wir einen kleinen dunklen Pub mit dem Namen »The Red Lion«. Dort roch es nach abgestandenem Bier, altem Bratfett und Leder. Nana warf einen Blick in ihr Portemonnaie, um sicherzugehen, dass sie für unser Essen genug Dollar in Pfund getauscht hatte.

An der Theke schrien ein paar Gestalten eine Sportübertragung im Fernsehen an, an einem Tisch am Fenster saßen zwei Männer. Sonst gab es keine Gäste. Es war fünf Uhr nachmittags, vielleicht wollte außer uns noch niemand essen.

Laut und mit deutlich hörbarem amerikanischen Akzent sagte Nana: »Einen Tisch für zwei, bitte. Am Fenster.« Daraufhin stand der ältere der beiden Männer so abrupt auf, dass sein Tisch wackelte.

»Sind Sie auch über den Großen Teich gekommen?«, rief er uns zu. Er war in Nanas Alter, kräftig, hochgewachsen, dunkelhäutig, mit dickem, buschigem Schnurrbart, das Haar grau meliert. »Wir haben gerade erst bestellt. Kommen Sie, setzen Sie sich zu uns.«

Die Schultern meiner Großmutter versteiften sich. Als der Kellner kam, nahm sie ihm die Speisekarten brüsk aus der Hand und steuerte die beiden Männer an.

Auch der jüngere Mann stand auf. »Luther Hill«, sagte der ältere und hielt Nana die Hand hin. »Und das ist Sam Brandis, mein Enkel.«

Nana schüttelte die dargebotene Hand verhalten. »Jude Houriet. Und das ist Tate Jones, meine Enkelin.«

Luther schüttelte auch meine Hand, doch ich hatte nur Augen für Sam. Irgendetwas an ihm ging mir durch und durch, beinah wie der Glockenklang von Big Ben, und ich konnte nicht anders, als zu denken, dass mich dieser große junge Mann an einen mächtigen starken Baum erinnerte.

Er neigte sich ein wenig zu mir herab – vielleicht wollte er, dass ich aufhörte, seine breite Brust anzustarren –, und dann lächelte er freundlich, wie um mir zu versichern, dass er meine Hand gewiss nicht zerquetschen würde, wenn ich sie ihm gab.

Er ergriff sie ganz sanft und sagte: »Hi, Tate.«

Ich sah ihn an und fand ihn einfach wundervoll, mitsamt den kleinen Makeln, die ihn irgendwie erst perfekt machten. Auf seinem Nasenrücken war ein Knubbel, wo die Nase einmal gebrochen war, und durch eine Augenbraue zog sich eine Narbe. Auch auf dem Kinn hatte er eine Narbe – eine winzige Kerbe in Form eines Kommas unter der Unterlippe. Seine freundliche Ausstrahlung ließ meinen Puls schneller schlagen, ebenso das Kraftvolle seines Körpers und das Zusammenspiel von brünettem Haar, weit auseinanderstehenden grünbraunen Augen und vollem, schön geschwungenem Mund. Mir war, als könnte ich sein Gesicht den ganzen Abend lang betrachten und immer etwas Neues entdecken.

»Hi, Sam.«

Aus dem Augenwinkel nahm ich wahr, dass Luther einen Stuhl für meine Großmutter hervorzog. Ich dachte an Jesse, von dem ich mich vor zwei Wochen getrennt hatte, dem einzigen Jungen in Guerneville, der es wert war, von mir gemocht zu werden. Drei Jahre waren wir zusammen gewesen … doch nun hatte ich andere Pläne.

Oder etwa nicht?

Nein, ich war nicht nach London gekommen, um Jungs zu treffen. Ich wollte in Museen gehen, die großen Stätten der Kunst und Geschichte besichtigen und unter Menschen sein, die in dieser europäischen Metropole arbeiteten und lebten, statt in einem Nest irgendwo in der kalifornischen Pampa. Ich wollte mit Nana all die Dinge unternehmen, von denen sie geträumt hatte, und mehr von der Welt sehen, bevor ich im Herbst mit dem College begann.

Doch wenn ich Sams Ausdruck richtig verstand, schien er zu glauben, ich sei allein seinetwegen gekommen. Selbst als ich meinen Blick von ihm abwandte, spürte ich, dass er mich weiter ansah, und er hielt noch immer meine Hand. Wie auf ein Zeichen blickten wir beide auf unsere ineinandergeschlungenen Hände, eine kleine in einer großen. Erst dann ließ er mich los.

Zu viert war es eng am Tisch, und wir mussten zusammenrücken. Nana saß mir gegenüber, Sam zu meiner Rechten. Nana begutachtete die Tischdecke und strich sie mit verkniffenen Lippen glatt. Mir war klar, dass sie sich noch immer über die Aussicht unseres Hotelzimmers ärgerte und ihren Unmut am liebsten geäußert hätte, um von anderen zu hören, dass sie jedes Recht hatte, auf die Barrikaden zu gehen.

Mir fielen Sams lange, schlanke Finger auf, die nach einem Wasserglas griffen und es umschlossen.

»Seit wann sind Sie schon hier?«, fragte Luther.

»Wir sind gerade erst angekommen«, antwortete ich.

Er sah mich an, und unter seinem Walrossbart zeichnete sich ein liebenswürdiges Lächeln ab. »Und woher kommen Sie?«

»Aus Guerneville«, erwiderte ich. »Das liegt etwa hundert Kilometer nördlich von San Francisco.«

Luther schlug mit der Faust auf den Tisch. Das Wasser in seinem Glas wellte sich, und Nana fuhr zusammen. »San Francisco«, wiederholte er und lächelte so breit, dass man eine Reihe unregelmäßiger Zähne sah. »Da habe ich einen Freund. Doug Gilbert. Ist der Ihnen schon mal über den Weg gelaufen?«

Nana zog die Brauen zusammen und zögerte, bevor sie antwortete: »Doug … nein. Dem bin ich noch nicht begegnet.«

»Wenn er nicht nach Guerneville kommt, um den besten Brombeerkuchen Kaliforniens zu essen, kennen wir ihn nicht«, verkündete ich stolz. Nana blickte mich so strafend an, als hätte ich gerade das intimste Detail unseres Lebens verraten.

Sams Augen funkelten belustigt. »Ich glaube, San Francisco ist eine ziemlich große Stadt, Grandpa.«

»Natürlich.« Luther lachte über sich selbst. »Wir haben eine kleine Farm in Eden. Das liegt in Vermont, nördlich von Montpelier. Da kennt jeder jeden.«

»Ich weiß, wie das ist«, sagte Nana höflich und studierte die Speisekarte.

Ich überlegte fieberhaft, was ich nur sagen könnte, um ebenso freundlich wie die beiden Männer zu sein. »Was für eine Farm ist es denn?«

»Ein Milchbetrieb. Aber wie alle anderen Farmer auch haben wir noch ein paar Apfelbäume und Zuckermaisfelder.« Luther deutete auf Sam. »Wir sind in London, um Sams einundzwanzigsten Geburtstag zu feiern. Der war vor drei Tagen.« Er tätschelte Sams Hand.

Nana löste den Blick von der Speisekarte. »Tate hat gerade erst die Highschool abgeschlossen.« Sie schaute Sam warnend an, und ich wand mich innerlich. Er war nur drei Jahre älter als ich, doch meine Großmutter tat, als wäre er fünfzig und kurz davor, sich an mir zu vergreifen. »Im Herbst wird sie mit dem College anfangen.«

Luther hustete und drückte eine Serviette auf seinen Mund. Der Husten klang feucht und ungesund. »Wo denn?«

»Sonoma State University«, antwortete ich.

Luther schien sich die nächste Frage zurechtzulegen, doch Nana war ungeduldig geworden und winkte den Kellner herbei. Er war noch nicht ganz an unserem Tisch, als sie ihm schon ihre Bestellung zurief. »Ich nehme eine Portion Fish and Chips, bitte nicht zusammen auf einem Teller. Dazu einen Salat, aber ohne Tomaten. Und die Karotten nur, wenn sie nicht geraspelt sind.«

Sam schenkte mir einen Blick, der sowohl amüsiert als auch mitfühlend war. Am liebsten hätte ich ihm erklärt, dass meine Großmutter selbst ein Restaurant besaß und höchst ungern auswärts aß. Und dass sie bei der Zubereitung ihrer Speisen eine Perfektionistin war, sich jedoch nicht vorstellen konnte, dass ein anderer Koch ebenso großen Wert auf Perfektion legen könnte. Sam grinste verhalten, und dann sahen wir beide woanders hin.

Als der Kellner sich mir zuwenden wollte, hob Nana einen Zeigefinger. »Die Salatsoße bitte separat. Ach, auch ein Glas Chardonnay. Und ein Glas Eiswasser. *Mit Eiswürfeln!*« Sie beugte sich zu mir herüber, und mit gesenkter Stimme, aber doch so laut, dass jeder sie hören konnte, fügte sie hinzu: »Die Europäer haben etwas gegen Eis, weiß der Kuckuck, warum.«

Der Kellner sah aus, als wäre er kurz davor, die Augen zu verdrehen. »Was darf es für Sie sein?«, fragte er mich.

»Einfach Fish and Chips bitte.« Ich reichte ihm meine Speisekarte zurück.

Als der Kellner verschwunden war, breitete sich verlegenes Schweigen aus, bis Luther schallend lachte und sagte: »Jetzt wissen wir, wer von Ihnen beiden die Prinzessin ist.«

Nana wurde zur Trockenpflaume.

»Wie lange bleiben Sie in London?«, fragte Sam.

»Zwei Wochen.« Nana holte ihr Desinfektionsspray aus ihrer Handtasche und reinigte ihre Hände.

»Wir werden einen ganzen Monat in England verbringen«, sagte Luther.

Sam nahm ein Stück Brot aus dem Brotkorb und verschlang es hungrig mit zwei Bissen. Ich erinnerte mich, dass er und sein Großvater schon bestellt hatten. Wahrscheinlich hatte man ihnen das Essen noch nicht gebracht, weil wir dazwischengekommen waren.

»Zwei Wochen London, danach der Lake District. In welchem Hotel sind Sie?«

»Im Marriott«, antwortete ich so ehrfürchtig, als ginge es um den Buckingham Palace. »Es liegt direkt an der Themse.«

»Da sind wir auch«, sagte Sam und errötete.

»Wir werden so bald wie möglich umziehen«, erklärte Nana bissig.

Mir fiel die Kinnlade herunter. »Nana, wir –«

»Warum denn umziehen?«, fiel Luther ein. »Es ist doch ein wunderbares historisches Gebäude, und die Aussicht ist phantastisch.«

»Nicht bei uns. Wir blicken auf eine Straße und geparkte Autos. Bei dem Preis finde ich das unzumutbar.« Der Kellner schenkte Nana ein Glas Wasser ein. Sie schob das Glas fort. »Mit Eis, hatte ich gesagt.«

Sie ist müde, sagte ich mir und atmete tief ein und aus. *Die teure Reise macht ihr zu schaffen, sie ist weit fort von zu Hause und denkt daran, dass meine Mutter das Restaurant allein führt.*

Ich sah dem Kellner nach, der das Glas Wasser zurücktrug, und schämte mich für die schlechte Laune meiner Großmutter. Betreten schaute ich zu Boden und hörte Sam leise lachen. Als ich den Kopf hob, traf ich wieder auf seinen Blick, der etwas Tröstendes hatte.

»Tate ist zum ersten Mal in London«, erzählte meine Großmutter und schien zu vergessen, dass es für sie nicht anders war. »Ich habe die Reise seit Jahren geplant und möchte, dass sie vom Hotelzimmer auf die Themse schaut.«

»Das verstehe ich«, sagte Sam. Und ohne zu zögern, fügte er hinzu: »Wenn Sie möchten, können wir die Zimmer tauschen. Unseres liegt im zwölften Stock, mit Blick auf die Themse, das London Eye und Big Ben.«

Zwölfter Stock. Genau wie wir.

»Das geht nicht«, erwiderte Nana.

»Warum nicht?«, fragte Luther. »Wir sind so gut wie nie in dem Zimmer. Die besten Aussichten findet man meiner Meinung nach, wenn man durch die Straßen läuft.«

»Auch wir haben nicht vor, die ganze Zeit im Zimmer zu hocken«, antwortete Nana pikiert. »Aber wenn man überlegt, was ich bezahlt –«

Luther ließ sie nicht ausreden. »Die Sache ist erledigt. Nach dem Essen tauschen wir die Zimmer.«

»Das gefällt mir nicht«, sagte meine Großmutter. Ich war dabei, meine Sachen wieder in meinen Koffer zu stopfen. Sie saß mit der Handtasche auf dem Schoß und ihrem fertig gepackten Koffer zu ihren Füßen auf einem Sessel. Es war also schon klar, dass wir umziehen würden, aber Nana musste noch Theater machen. »Wer gibt denn ein Zimmer mit Blick auf die Themse und Big Ben für eins mit Straßenblick auf?«

»Zwei Männer, die sehr nett sind«, antwortete ich.

»Wir kennen diese Leute doch gar nicht. Außerdem möchte man auch sehr netten Männern nicht zu Dank verpflichtet sein.«

»Nana, wir tauschen nur die Zimmer. Sie erwarten sicher nicht, dass wir das mit Sex bezahlen.«

Nana schaute aus dem Fenster. »Kein Grund, ausfallend zu werden, Tate.« Sie befühlte die Gardine. »Was ist, wenn sie herausfinden, wer du bist?«

So, endlich war es heraus. Der Grund, weshalb ich bisher nie weiter östlich als bis Colorado gekommen war. »Spielt das noch eine Rolle? Ich bin kein kleines Kind mehr, das man vor der Presse schützen muss.«

Nana holte Luft, um zu antworten, doch ich winkte ab. Für meine Großmutter war es wichtig, dass niemand etwas über mich erfuhr, und danach würde ich mich richten, auch ohne dass sie mich daran erinnerte.

Ich zog den Reißverschluss des Koffers zu und rollte ihn zur Tür. »Luther und Sam sind freundlich, weiter nichts. Und wir sind für zwei Wochen in London. Ein Zimmer mit Blick zur Straße würde dich in den Wahnsinn treiben, und das würde mich wiederum in den Wahnsinn treiben.« Nana rührte sich nicht. Ich drehte mich zu ihr um. »Du weißt, dass du ihr Zimmer haben möchtest, also komm.«

Mit einem Seufzer stand sie auf. »Wenn es dich glücklich macht.«

Wir verließen das Zimmer, rollten die Koffer hinter uns her und hörten, wie die Räder über die Nähte des dicken Teppichbodens schleiften.

»Ich möchte nur, dass dein Aufenthalt hier perfekt ist«, sagte Nana.

»Das weiß ich. Das Gleiche wünsche ich mir für dich.«

Sie zog den Schulterriemen ihrer Handtasche zurecht. Die Handtasche war ein Sonderangebot gewesen, und mein Herz zog sich zusammen. »Es ist unsere erste Reise nach London, und da möchte ich –«

»Nana, wir werden hier eine wunderschöne Zeit verleben, bitte hör auf, dir Gedanken zu machen.« Ihr Restaurant lief gut, aber es lag in einer kleinen Stadt, und wir würden nie im Geld schwimmen. Ich konnte mir nicht einmal ansatzweise vorstellen, wie lange sie gebraucht hatte, um das Geld für diese Reise zusammenzukratzen. Ich wusste, dass sie jede Menge Museums- und Theaterbesuche geplant hatte; zu Harrods wollte sie mit mir gehen, und natürlich würden wir ständig auswärts essen – in zwei Wochen würde meine Großmutter wahrscheinlich mehr Geld ausgeben als sonst in einem ganzen Jahr.

»Ich bin so froh, dass wir hier sind«, erklärte ich. Sie gab mir keine Antwort.

In diesem Moment kamen Sam und Luther aus ihrem Zimmer, Luther mit einem Koffer, Sam mit einem Seesack über der Schulter. Wieder durchzuckte mich etwas bei seinem Anblick. Er trug ein blau-schwarz kariertes Hemd über einem weißen T-Shirt und Jeans, jedoch keine Schuhe. In Socken über den Flur zu laufen, gab ihm etwas Rebellisches.

Er nickte mir lächelnd zu. Mein Herz begann aufgeregt zu schlagen, was entweder an seinem Lächeln oder den schuhlosen Füßen lag.

Ich bin hier, um Museen und die großen Stätten der Kunst und Geschichte zu besuchen.

Ich bin hier, um mehr von der Welt zu sehen und Erfahrungen zu sammeln.

Ich bin nicht hier, um Jungs zu treffen.

Als wir auf einer Höhe waren, stellte ich fest, dass ich ihm kaum bis zur Schulter reichte. Ich kam mir vor wie die Erde, die ihre Bahn um die Sonne zog.

»Noch mal vielen Dank«, murmelte ich.

»Für ein Lächeln von dir tue ich alles«, antwortete er ebenso leise.

Das neue Zimmer war wie unser altes, außer dass wir nun die richtige Aussicht hatten. Nana packte ihren Koffer aus, hängte ihre Kleidung in den Kleiderschrank, stellte ihre Hygiene- und Kosmetikartikel im Bad auf die breite Granitablage über dem Waschbecken. Auf der schweren dunklen Platte wirkten ihre Tuben und Dosen aus dem Supermarkt mickrig.

Dann erklärte sie, sie sei müde, und machte sich zum Schlafen bereit. Sie cremte ihre Füße, ihre Hände, stellte den Wecker und griff nach ihrem Buch. Dann stieg sie ins Bett. Ich dagegen war trotz des langen Flugs und der Zeitverschiebung glockenwach. Wir waren in London, waren nicht kurz nach Santa Rosa oder San Francisco gefahren, sondern hatten Amerika und danach einen ganzen Ozean überquert. Ich war erschöpft, aber gleichzeitig hoffnungslos überdreht.

Ich wollte nicht schlafen, konnte mir nicht vorstellen, überhaupt jemals wieder zu schlafen. Würde ich mich hinlegen, würde ich mich nur von einer Seite auf die andere wälzen und mich in meinem Laken verheddern.

Für ein Lächeln von dir tue ich alles.

Ich trat ans Fenster. Nana hatte recht gehabt, die Aussicht von hier war wirklich fabelhaft. Ich sah die glitzernden Lichter der Stadt und wäre am liebsten aus dem Zimmer geschlüpft, um die Straßen von London zu erkunden. Ich ließ meinen Blick über die Themse gleiten, hinüber zu Big Ben und wieder zurück. Unten am Hotel war ein kleiner Garten, gesprenkelt von winzigen Lampions, die sanft im Wind schaukelten.

»Ich glaube, ich vertrete mir noch ein bisschen die Beine«, sagte ich wie nebenbei. »Gehe vielleicht in den kleinen Hotelgarten da unten. Oder ich lese in der Hotelhalle.« Ich schnappte mir mein Buch.

Meine Großmutter studierte mich über den Rand ihrer Lesebrille hinweg. »Allein?«

Ich nickte.

»Bleib auf dem Hotelgelände, Tate. Und sprich mit niemandem.«

»Natürlich nicht.«

Ihr Blick verriet, worum es wirklich ging: *Sprich mit niemandem über deine Eltern.*

Das tue ich nie, antwortete ich stumm.

An der Hotelbar hing ein Schild, auf dem stand, dass hier an Gäste unter einundzwanzig Jahren kein Alkohol ausgeschenkt werde. Ich war also noch nicht alt genug, um etwas trinken zu können, aber wie gern hätte ich mich auf einen Barhocker geschwungen, ein Bier bestellt und mir ausgemalt, ich wäre allein unterwegs, ohne unentwegt an meine Mutter oder Nana zu denken, ohne das Gewicht ihrer Vergangenheit und die Last ihrer Erwartungen. Ich fragte mich, ob man mich in der Bar bedienen oder mich für einen renitenten Teenager halten würde, der versuchte, verbotenerweise an Alkohol zu gelangen. Dann dachte ich an meine enge Jeans, meine übergroße Strickjacke, meine ramponierten Sneakers und sagte mir, dass ich mir die Mühe sparen konnte.

Ich nahm den Aufzug ins Erdgeschoss und ging hinaus in den Garten. Er war unglaublich gepflegt, und die Büsche waren so ordentlich gestutzt, dass man glauben konnte, sie würden nachts ins Hotel geräumt, um sie vor der Witterung zu schützen. Das Licht der Lämpchen verlieh dem Rasen eine leuchtend grüne Farbe, und es roch nach feuchtem Erdboden. Ringsum zog sich ein schmiedeeiserner Zaun, dahinter lag die Stadt.

Mein Leben lang hatte ich auf eine Reise wie diese gehofft, wollte weit fort von zu Hause und von unseren Geheimnissen sein. Nun war es so weit und dieser verwunschen wirkende Garten ein erster Höhepunkt.

»Den besten Blick hat man von hier unten«, ertönte eine Stimme.

Ich fuhr zusammen, drehte mich nach der Stimme um

und entdeckte Sam. Er lag auf dem Rasen, hatte die Beine überkreuzt und die Hände unter dem Kopf verschränkt.

Inzwischen trug er grüne Sneakers. Seine Jeans hatte über einem Knie einen winzigen Riss, durch den ein Stück Haut blitzte, ebenso wie zwischen Hosenbund und dem Saum seines hochgerutschten T-Shirts.

Ich drückte eine Hand auf mein wild klopfendes Herz. »Was machst du da?«

»Ich ruhe mich aus.«

»Tut man das nicht im Zimmer?«

»Im Zimmer sehe ich keine Sterne.« Er starrte in den Himmel, dann wandte er den Kopf zu mir um. »Außerdem ist es noch nicht mal neun Uhr, und Luther schnarcht schon.«

»Meine Großmutter schläft wahrscheinlich auch schon.«

Sam klopfte auf das Gras an seiner Seite. »Komm, setz dich. Hier siehst du die Sterne.«

»Die sieht man in Kalifornien auch.«

Er lachte leise. »Aber du hast sie noch nie von hier aus gesehen.«

»Nein.«

»Dann komm«, sagte er drängender.

Mit achtzehn Jahren dürfte ein normaler Teenager wohl schon zigmal geglaubt haben, sich auf den ersten Blick in jemanden verliebt zu haben, aber ich war nicht so leicht zu beeindrucken und hatte schon immer bezweifelt, dass es zwischen zwei Menschen auf Anhieb funken konnte. Doch in diesem Augenblick war ich bereit, zumindest an Lust auf den ersten Blick zu glauben. Zwar begegnete ich Sam gerade erst zum dritten Mal, aber der Funke war von Anfang an da gewesen und hatte jedes Mal heller gebrannt.

Doch dann hörte ich im Geist Nanas Worte – auch die unausgesprochenen. *Bleib auf dem Hotelgelände, Tate. Und sprich mit niemandem.*

Ich betrachtete den tadellos gestalteten Garten. »Ob man hier wirklich auf dem Boden liegen und in die Sterne gucken darf? Ist es dazu nicht zu vornehm?«

»Was kann denn passieren, außer dass jemand kommt und sagt, ich soll aufstehen?«

Ich legte mich zu Sam und spürte den kalten, feuchten Boden. Ich zog die Ärmel der Strickjacke über meine Hände und schlang die Arme um mich.

»Und jetzt schau nach oben.« Sam zeigte auf den Himmel, wobei er mit seiner Schulter an meine stieß. »London gehört zu den Städten mit der größten Lichtverschmutzung der Welt, aber was für eine Pracht. Sieh mal, da ist Orion. Und da Jupiter.«

»Ich sehe sie nicht.«

»Weil deine Augen noch immer mit der Stadt beschäftigt sind. Vergiss die Themse, Big Ben und London Eye, konzentrier dich auf den Himmel.«

Das hätte ich vielleicht tun können, wenn ich nicht immerzu hätte denken müssen, wie dicht er neben mir lag, wie kraftvoll und warm er sich anfühlte. Es erinnerte mich an einen Tag, als ich als Kind am Hafen von San Diego stand und am Horizont ein riesiges Kreuzfahrtschiff erschien. Mit angehaltenem Atem hatte ich darauf gewartet, dass es näher kam, bis es schließlich vor mir aufragte.

»Was liest du?« Sam deutete auf das Buch, das ich auf den Rasen gelegt hatte.

»Ach, nur eine Biographie.« Ich tat, als wolle ich Schmutz von dem Buch wischen, und drehte es mit der Vorderseite nach unten.

»Über wen?«

»Rita Hayworth.« Ich wurde verlegen, obwohl Sam mir nicht wie jemand vorkam, der andere nach ihrer Lektüre beurteilte oder danach, ob sie sich von der Traumfabrik Hollywood faszinieren ließen. Doch diese Biographie offenbarte so viele intime Details der Schauspielerin, dass ich mich beim Lesen mitunter wie eine Voyeurin fühlte.

Rita Hayworth schien Sam nicht zu interessieren. »Deine Großmutter ist echt der Hammer«, wechselte er das Thema.

Ich drehte ihm mein Gesicht zu und wandte es wieder ab, als ich feststellte, wie dicht es an seinem war. »Die Reise hat sie angestrengt.« Als Sam nicht antwortete, wurde ich defensiv. »Sonst ist sie nicht so.«

»Ach«, sagte Sam und klang enttäuscht. Ich spürte, dass er mich ansah. Noch nie hatte ich neben jemandem gelegen, der so offensichtlich ein Mann war und mich mit den Augen eines Mannes betrachtete. Jesse war einfach nur ein anderer Teenager gewesen, und selbst wenn er mich in die Arme genommen und geküsst hatte, war er nicht mehr als das.

»Ich mag deine Großmutter«, sagte Sam.

»Weil sie so pingelig ist?«

»Weil sie weiß, was sie will.«

Ich lachte. »O ja, das tut sie. Und sie sagt es dir ins Gesicht.«

»Sie erinnert mich an Roberta.«

»Wer ist Roberta?«

»Meine Großmutter.«

»Luthers Ehefrau?«

»Ja.«

»Ist sie auch hier?«

Er gab einen Laut von sich, der wie »nein« klang. »Sie verreist nicht.«

»Nie?«

»Nicht wirklich.« Sam zuckte mit den Schultern.

»Genau wie meine Mutter.« Der Satz war mir herausgerutscht, und sofort wurde ich panisch.

»Ich glaube, meine Großmutter findet alles, was sie braucht, in Vermont.«

Ich entschied, dass es besser wäre, das Thema zu wechseln. »Warum seid ihr nach London gekommen?«

»Das war schon immer der Traum meines Großvaters. Und meiner.«

»Kein Wunder, dass er so aufgeregt ist.«

Sam murmelte irgendetwas, das ich nicht verstand.

Danach schwiegen wir. Sam hatte recht, je mehr ich mich auf den Himmel konzentrierte, desto mehr Sterne sah ich. In einem seltenen Anfall von Nostalgie erinnerte ich mich daran, wie mein Vater mir vor dem Einschlafen früher Geschichten aus *Peter Pan* vorgelesen hatte. In dem Buch waren Illustrationen, und jeder von uns suchte sich immer die aus, die ihm am besten gefiel. Ich entschied mich für Peter Pan, der durch ein Fenster späht und sieht, wie sich die Darlings umarmen. Mein Vater wählte das Bild, auf dem Wendy und

Peter Pan durch die Nacht fliegen und an Big Ben vorbeikommen.

»Soll ich dir mal etwas erzählen?«, durchbrach Sam die Stille.

»Ja.« Ich sah ihn gespannt an.

»Etwas, das vielleicht ein wenig sonderbar klingt?«

Ich überlegte. Seit zehn Jahren hatte ich in einer Blase gelebt, einer winzigen Welt in einem Kaff in Kalifornien, in der tagaus, tagein dieselben Menschen um mich kreisten. Dort erzählte man sich nichts Sonderbares, es sei denn, es ging um meinen Vater, und auch das kam kaum noch vor, dafür sorgte meine Großmutter.

»Ja bitte.«

»Ich glaube, dass mein Großvater bald sterben wird.«

Ich erschrak. »Wie kommst du darauf?«

»Es ist so ein Gefühl. Gesagt hat er es nicht.«

Ich kannte Sam kaum, auch seinen Großvater nicht, trotzdem nahm mich die Nachricht mit, und ich fragte mich, wie schrecklich es erst für Sam sein müsse.

Ich kannte nur einen Menschen, der gestorben war, das war Safeway Bill, von dem ich nicht einmal wusste, wie er mit Nachnamen hieß. Er gehörte zu den Stammgästen meiner Großmutter, saß immer am selben Ecktisch und aß den Kuchen, den sie ihm spendierte. Oder er hockte betrunken vor dem großen Safeway-Supermarkt und bettelte. Ich glaube, er lebte schon in Guerneville, als meine Großmutter dorthin zog. Wie ein Hundertjähriger sah er aus, mit ledriger, faltiger Haut und verfilztem Bart. Touristen machten einen Bogen um ihn, wenn sie mit ihren aufblasbaren

Schlauchbooten und dick mit Sonnencreme beschmierten Gesichtern auf dem Weg zum Russian River waren. Bill war der harmloseste Mensch, den man sich vorstellen konnte, viel friedlicher als die Studenten, die nach Guerneville kamen, sich sinnlos betranken und freitagabends die Gäste in der Kneipe namens Rainbow Cattle Company anpöbelten. Es machte mich wütend, wenn Leute Bill musterten, als hätten sie Angst, er könne gewalttätig werden.

Eines Morgens fand man Bill tot an der Bushaltestelle. Alan Cross, der Postbote, erzählte es meiner Großmutter. Nana hatte eine eigene Art, ihre Gefühle zu zeigen. Sie blickte aus dem Fenster und sagte: »Niemand wird meinen Pfirsichkuchen je so gern essen wie er.«

Aber Luther reiste um die Welt, er arbeitete, hatte eine Familie, und vor allem machte er einen gesunden Eindruck. Warum sollte so jemand bald sterben?

Wahrscheinlich schwieg ich zu lange, denn Sam räusperte sich und sagte: »Entschuldige, aber ich musste es mal loswerden.«

»Natürlich, das verstehe ich.«

»Luther ist nicht mein leiblicher Großvater. Offensichtlich nicht, immerhin ist er dunkelhäutig und ich nicht. Er ist Robertas zweiter Mann. Die beiden haben mich aufgezogen.« Wieder verschränkte er die Hände unter seinem Kopf.

»Kannst du ihn nicht fragen, ob er krank ist oder so etwas?«

»Nein. Er muss entscheiden, wann er es mir sagen will.«

Was für ein seltsames Gespräch wir führten. Offenbar

machte es Sam nichts aus, mit einem fremden Menschen über seinen Großvater zu sprechen – oder es fiel ihm leichter, gerade weil er mich kaum kannte.

»Wärst du danach mit deiner Großmutter allein?«, fragte ich und wünschte, ich könnte die Frage zurücknehmen. »Entschuldige, das geht mich nichts an.«

Sam atmete tief ein und aus. »Luthers Gesundheitszustand geht dich auch nichts an, trotzdem habe ich es dir erzählt. Aber um deine Frage zu beantworten: Ja, dann gibt es nur noch meine Großmutter und mich.«

Als ich nichts sagte, sprach Sam weiter. »Vor vielen Jahren kam eine junge Frau aus der Ukraine nach New York. Sie hieß Danja Sirko. Ein Ehepaar mit Namen Michael und Allison Brandis stellte sie als Kindermädchen für ihre drei Kinder ein.«

Er machte eine Pause.

»Und weiter?«

Sam zögerte einen Moment, bevor er fortfuhr. »Danja war eine sehr schöne Frau und Michael nicht der treueste aller Ehemänner.«

»Oje.« Dann fiel bei mir der Groschen. »Ist Danja etwa deine Mutter?«

»Jep. Und mein Vater ist Robertas Sohn und Luthers Stiefsohn.« Sam lachte. »Ein schmutziges kleines Familiengeheimnis. Dann wurde meine Mutter aus Amerika ausgewiesen – ich wette, dass mein Vater dahintersteckte –, doch es war ihr Wunsch, dass ich nicht in einem armen Land wie der Ukraine aufwuchs, sondern in Amerika, dem Land der unbegrenzten Möglichkeiten. Und da mein Vater nichts von mir wissen wollte, haben Luther und Roberta mich aufgenommen.«

Die reinste Seifenoper, dachte ich, und er durfte sie mir einfach erzählen, wohingegen ich das Geheimnis meiner Familie immer ängstlich für mich behalten musste.

»Eine traurige Geschichte«, sagte ich.

Sam schüttelte den Kopf. »Mein Leben bei meinen Großeltern war tausendmal schöner, als es bei meinem Vater gewesen wäre.«

»Hast du noch Kontakt zu ihm?«

»Nein«, antwortete er gleichmütig. »Und, wie war es bei dir?«

Im Geist hörte ich Nanas drohende Worte. Wie in Leuchtschrift tauchten die Antworten vor mir auf, die ich auf Fragen wie diese zu geben hatte. *Mein Vater starb, als ich noch ein Baby war. Meine Mutter und meine Großmutter haben mich aufgezogen.*

Schon seit Jahren steckte die Wahrheit in meinem Hals und wollte heraus, doch ich schluckte sie immer wieder hinunter. Aber Sam hatte so offen über sich gesprochen. Sollte ich ihn nun belügen? »Bei mir?«

Sam stieß mich an – eine Berührung, die mich wie ein Stromschlag durchfuhr. »Ja, bei dir.«

»Ich bin in Guerneville groß geworden, einem kleinen Ort nördlich von San Francisco. Im Herbst gehe ich auf die Sonoma State University, die nicht weit von uns entfernt liegt.« Ich zuckte mit den Schultern. »Meine Mutter und meine Großmutter haben mich aufgezogen.«

»Und dein Vater?«

Ich schluckte nervös. Die Lüge lag mir schon auf der Zunge, doch dann sagte ich mir, dass ich in London war, Tausende Kilometer von zu Hause entfernt, und dass hier andere Regeln galten. Von jeher war diese Lüge für meine Mutter und meine Großmutter wichtiger als für mich gewesen, warum sollte ich mich nach so vielen Jahren noch immer nach ihnen richten? »Mein Vater ist irgendwie … ausgefallen.«

Sam lachte. »Wie kann ein Vater denn ausfallen?«

Sollte ich es wirklich wagen? Merkwürdig eigentlich, dass ich es so lange für mich behalten hatte. Außer meiner Familie wusste nur meine beste Freundin Charlie Bescheid oder kannte, da sie einiges miterlebt hatte, zumindest die wesentlichen Versatzstücke. Die ganze Geschichte hatte ich ihr nicht mehr erzählen müssen. Und warum wollte ich es ausgerechnet jetzt tun?

»Als ich acht war, haben meine Eltern sich scheiden lassen, und meine Mutter ist mit mir nach Guerneville zurückgekehrt, in ihren Heimatort.«

»Und wo wart ihr vorher?«

Lag es an London, an dem kleinen Garten oder an Sam, dass mir plötzlich alles egal war? Ich war achtzehn und somit erwachsen, es war mein Leben, und was war das Schlimmste, was mir passieren konnte?

»In L.A.«

Es hätte mich nicht gewundert, wenn Nana in diesem Augenblick aus dem Hoteleingang gestürzt wäre und drohend die Fäuste geschüttelt hätte.

Sam stieß einen leisen Pfiff aus. Vielleicht hörte L.A. sich für einen Jungen von einer Farm in Vermont beeindruckend an.

Ich hatte nur schwache Erinnerungen an die Stadt – nebelverhangene Morgen, der warme Sandstrand unter bloßen Füßen, eine rosa Zimmerdecke über mir. Vielleicht ging es mir mit L.A. wie meiner Mutter mit meiner Geburt, und ich hatte alles Schmerzhafte vergessen und das Schöne behalten.

Wieder schwiegen wir, und plötzlich, nachdem ich den ersten kühnen Schritt gewagt hatte, flaute mein Adrenalinschub ab, und ich spürte wieder, wie kalt der Erdboden war. Wie eigenartig, dachte ich, ich habe etwas Verbotenes getan, aber weder hat die Erde sich aufgetan, um mich zu verschlingen, noch ist Nana erschienen, um mich zum nächsten Flugzeug und zurück nach Kalifornien zu schleifen.

»Geschiedene Eltern, Rückkehr nach Guerneville, Studium irgendwo um die Ecke. Im Vergleich zu Ehebruch und unehelichem Kind ist das nichts. Ich bin enttäuscht.«

»Das ist noch nicht alles, aber …«

»Aber …?«

»Wir kennen uns doch gar nicht.«

Sam wälzte sich zu mir herum. »Das macht die Sache doch so einfach. Ich bin ein Unbekannter, der bestimmt nicht durch Eden in Vermont laufen wird, um allen Leuten das Geheimnis einer schönen jungen Frau aus Kalifornien zu erzählen.«

Nach dem Wort »schön« hatte mein Gehirn ausgesetzt. Ich begann den Saum meiner Strickjacke um meinen Zeigefinger zu wickeln. Sam zupfte einen Grashalm aus meinem Haar, seine Finger streiften meine Wange. Ich ließ den Saum los und fragte mich, ob man im Licht der kleinen Lampen sehen konnte, dass ich rot geworden war.

Sam wartete einen Moment, dann legte er sich wieder auf den Rücken.

»Vielleicht habe ich dir deshalb von Luther erzählt. Weil wir uns nicht kennen. In Eden kann ich nicht darüber sprechen. Er und Roberta sind die Stützen unserer kleinen Gemeinde, und alle würden über nichts anderes mehr reden. Und Roberta ist zwar eine starke Frau, aber ich weiß nicht, wie sie ohne ihn zurechtkommen wird. Wahrscheinlich hat Luther auch deshalb nichts gesagt – falls er tatsächlich krank ist.« Er seufzte. »Aber nun habe ich es ausgesprochen – und kann lernen, damit umzugehen.«

Wie gut sich das anhörte, wie richtig. Ich dagegen lebte irgendwo in Wolkenkuckucksheim und konnte nicht lernen, mit irgendetwas umzugehen. Ich dachte an meinen Vater. Ich wusste, dass er Geld hatte, aber nicht einmal, ob wir etwas von ihm annahmen; wahrscheinlich nicht, wir hatten ja nie viel. Ich hatte nicht mehr als die Freiheit, mich in einem winzigen Umkreis zu bewegen. Darüber hinaus besaß ich eine Freundin – die beste, die man sich wünschen konnte –, eine Mutter und eine Großmutter, die mich liebten.

Und ich musste nichts anderes tun, als ein Geheimnis zu wahren.

Aber das wollte ich nicht mehr.

»Ich darf nicht darüber reden«, sagte ich, und ohne hinzusehen, stellte ich mir Sams verblüffte Miene vor.

»Du darfst nicht – ? Okay, dann entschuldige ich – «

»Ian Butler ist mein Vater«, platzte es aus mir heraus.

So, es war passiert. Es war gesagt, und nun musste ich keine Angst mehr haben, daran zu ersticken.

Sam stemmte sich auf seinen Ellbogen und sah mich an. »Du machst Witze, oder?« Er lachte.

Ich lachte ebenfalls. Ich hatte diesen Satz noch nie gesagt, selbst in meinen Ohren hörte er sich bizarr an.

Sam furchte die Stirn. »Nein, ich glaube, es war dein Ernst.«

Ich nickte und konnte kaum glauben, dass ich es wirklich gewagt hatte. Mein Vater war ein berühmter Hollywoodschauspieler, hatte einen Oscar gewonnen und war stetig auf den Titelseiten irgendwelcher Zeitschriften zu sehen. Wahrscheinlich gab es kaum jemanden, dem sein Name nichts sagte.

Sam starrte mich noch immer an. Ich wünschte, ich hätte den Mut, die Arme um ihn zu legen.

»Heilige Scheiße«, flüsterte Sam. »Du bist Tate Butler.«

So hatte mich schon seit zehn Jahren niemand mehr genannt. »Inzwischen heiße ich Tate Jones, der Name, den meine Mutter nach der Scheidung angenommen hat.«

Sam studierte mein Gesicht, verglich wahrscheinlich jedes Detail mit dem Gesicht meines Vaters – die Form, die vorspringenden Wangenknochen, den Schnitt meiner hellbraunen Augen, die vollen Lippen und den Schönheitsfleck über meiner Oberlippe. »Mann«, sagte er, »wieso ist mir das nicht aufgefallen? Ihr gleicht euch wie ein Ei dem anderen.«

Das traf zu. Ich hatte mich heimlich in die Filme mit meinem Vater geschlichen und nicht fassen können, dass ich plötzlich mein Gesicht vor mir auf der Leinwand sah.

»Damals haben sich alle Leute gefragt, was aus dir geworden ist.« Sam strich mir eine Strähne aus dem Gesicht. »Und nun bist du hier.«

Kapitel 2

Was hast du gestern Abend noch gemacht?« Nana hob mit dem Löffel eine Melonenscheibe auf ihren Teller und schob sich am Buffet entlang auf die winzigen, köstlich aussehenden Gebäckstücke zu.

Ich wollte ihr nicht von meiner Begegnung mit Sam erzählen, aber noch weniger wollte ich sie belügen. »Ach, ich habe ein bisschen im Hotelgarten gesessen.«

Sie drehte sich halb zu mir um. »Ist es ein schöner Garten?«

Ich sah die akkurat gestutzten Büsche vor mir, spürte wieder den kalten Erdboden und Sams wärmende Nähe.

»Er ist ganz okay«, antwortete ich so gleichmütig wie möglich und zuckte mit den Schultern. Hätte ich von dem Garten geschwärmt, hätte Nana ihn sehen wollen, was ich jedoch nicht wollte, schließlich war es der Ort, wo ich das Unaussprechliche ausgesprochen hatte.

»Wie lange bist du da geblieben?«

Solche Kontrollfragen war ich gewohnt, denn für Nana war es ganz normal, meinen Tagesablauf zu überwachen. Ich fragte mich, wie es sein würde, wenn ich auf dem College war und sie nicht mehr wusste, was ich von morgens bis abends tat, und nicht mehr jeden Menschen in meinem Leben kannte. Hätte ich ihr jetzt geantwortet, ich wisse es nicht mehr, wäre sie ärgerlich geworden.

Ich war müde, meine Lider fühlten sich schwer an und meine Glieder bleiern. Ich wollte schlafen, aber noch mehr wünschte ich mir, Sam wiederzusehen.

Wir hatten uns bis weit nach Mitternacht unterhalten. Sam hatte das Thema gewechselt, nachdem ich ihm erzählt hatte, wer mein Vater war, und keine einzige Frage nach meinem Leben in L.A. gestellt. Stattdessen hatten wir über Filme geredet, über kleine Dinge, die wir mochten, darüber, was wir am nächsten Tag in London unternehmen würden. Meine Vergangenheit spielte für ihn keine Rolle, und nach meiner Zeit in London würde ich ihn nie wiedersehen. Alles war im Lot. Ich wünschte nur, ich hätte die letzte Nacht auf Video, um es irgendwann meiner Mutter und Nana vorzuführen. *Seht ihr*, würde ich sagen, *ich kann jemandem erzählen, wer ich bin, ohne dass derjenige ausflippt, alles an die Presse weitergibt und mich um Dads Telefonnummer bittet.*

Irgendwann war ich neben Sam eingeschlafen und wurde wach, als er mich ins Hotel trug.

»Ist es spät geworden?«, fragte Nana.

»Ziemlich. Es war ja ein recht warmer Abend.«

Ich erinnerte mich, wie ich wach wurde. Es war mitten in der Hotelhalle, und Sam trug mich. Im Schlaf hatte ich meine Arme um seinen Hals geschlungen.

O Gott, du musst mich doch nicht tragen.

Macht mir nichts aus.

Bin ich eingeschlafen?

Ja, ich auch.

Entschuldige.

Spinnst du? Jetzt kann ich später jedem erzählen, ich war in London und habe dort neben dem hübschesten Mädchen geschlafen, das ich jemals gesehen habe.

Im Aufzug setzte er mich langsam und liebevoll ab, ließ mich an sich heruntergleiten, bis ich festen Boden unter den Füßen hatte. Doch sein Arm blieb um meine Schultern gelegt, eine Geste, die etwas Besitzergreifendes hatte. Ich wollte ihn fragen, wie viele Mädchen er schon getragen hatte und wie viele angesichts seiner muskulösen Arme, seiner breiten Brust, seiner Offenheit und der kleinen kommaförmigen Narbe unter seiner Unterlippe den Verstand verloren hatten. Mit wie vielen er schon geschlafen hatte, auf einem Rasen oder sonst wo.

Nana schob sich weiter vor, und ich kehrte in die Gegenwart zurück. »Heute gehen wir ins British Museum«, sagte sie und bedeutete mir mit einem Nicken, ihr zu einem Tisch zu folgen. Ich stellte fest, dass ich nur eine Scheibe Brot und eine Scheibe Käse auf meinem Teller hatte. »Bei Harrods essen wir zu Mittag.«

Wir setzten uns. Der nächtliche Schlaf – von der Aussicht des neuen Zimmers gar nicht zu reden – schien Nana gutgetan zu haben. Sie lächelte und trug ihre rote Lieblingsstrickjacke, woraus ich schloss, dass ihre Laune annehmbar war.

Nana war eine große Freundin fester Ordnung. Außer am ersten Weihnachtstag und an Neujahr öffnete sie ihr Restaurant jeden Morgen um halb sieben und schloss es nachmittags Punkt vier. In dieser Zeit bereitete sie Tortenböden vor, gab Bestellungen auf, prüfte die Einnahmen nicht ein Mal, sondern zwei Mal, zerteilte Hähnchen und legte sie in Buttermilch mit Paprika ein, um sie am nächsten Tag zu braten, bereitete die Beilagen zu, garte die Rinderbrust und bediente ihre Gäste. Ich half nach der Schule aus, räumte die Tische ab und deckte sie wieder ein, putzte den Küchenboden. Meine Mutter machte Limonade, schälte Äpfel, Pfirsiche und Kartoffeln, bereitete die Zitronencreme zu und packte am Nachmittag das übrig gebliebene Mittagessen ein, um es zur Tafel in Monte Rio zu bringen, wo die immer gleichen Menschen auf die einzige Mahlzeit warteten, die sie am Tag bekamen.

Nana winkte jemandem in meinem Rücken und riss mich aus meinen Gedanken. Ich nahm an, dass sie einem Kellner bedeutete, er möge uns Kaffee bringen, doch dann schallte Luthers Stimme durch das Restaurant. »Ach, da sind ja unsere Herzensdamen.«

Andere Gäste drehten den Kopf nach ihm um. Die Frauen am Nebentisch starrten Sam an, der mit seinem Großvater auf uns zukam. Ich wurde nervös. Zwar war mir klar gewesen, dass ich Sam wiedersehen würde – und wie sehr ich es erhofft hatte –, aber ich hätte nicht gedacht, es würde schon beim Frühstück geschehen, noch bevor ich ihm unter vier Augen sagen konnte, er solle nur ja nichts über meinen Vater verlauten lassen.

»Dürfen wir uns zu euch setzen?«, fragte er.

Er hatte mich angesprochen, doch als kein Laut über meine Lippen kam, antwortete Nana: »Natürlich.«

Sam und Luther ließen sich an unserem Tisch nieder. Nana breitete ihre Serviette über ihren Schoß und schenkte Sam und Luther ein Lächeln.

Es dauerte einen Moment, bis ich den Mut aufbrachte, Sam anzusehen. Unter seinem engen blauen T-Shirt malten sich seine Brustmuskeln ab und verzerrten Bob Dylans Gesicht, das auf dem T-Shirt abgebildet war. Auf Sams Wange hatte sich eine Kissenfalte abgedrückt, als wäre er gerade erst aufgestanden.

Er wirkte ebenso müde, wie ich mich fühlte, trotzdem gelang ihm ein träges Grinsen, das etwas sehr Verführerisches hatte. Ich dachte daran, wie mein Körper an ihm hinuntergeglitten war, als er mich im Aufzug absetzte, und merkte, wie Hitze in mir aufstieg, was man mir hoffentlich nicht ansah. Doch ich spürte Nanas prüfenden Blick.

Sam schaute fort und nickte, als der Kellner ihn fragte, ob er Kaffee wünsche. Dann legte er eine Hand auf seinen Magen, erklärte, er sei am Verhungern, und machte sich zum Buffet auf.

Die Frauen vom Nebentisch verschlangen ihn mit ihren Blicken. Ich machte ihnen keinen Vorwurf. Sam Brandis war einfach heiß.

Luther rührte reichlich Milch und jede Menge Zucker in seinen Kaffee und fragte: »Haben Sie Ihre neue Aussicht genossen?«

»O ja.« Nana schien sich innerlich zu winden. Sie hatte sich am Vortag bei Luther bedankt, und wie ich sie kannte, mochte sie es nun nicht immer wieder aufs Neue tun. »Noch einmal vielen Dank.«

Luther machte eine abwehrende Handbewegung, hob seine Tasse und blies auf den Kaffee. »Für Frauen spielt so etwas eine größere Rolle als für Männer.«

Es klang, als wäre der Wunsch nach einer schönen Aussicht eine weibliche Schwäche. Ich sah das gleiche Gefühl in Nanas Miene gespiegelt, doch sie zwang sich zu einem liebenswürdigen Lächeln und machte: »Hm.«

Luther nickte zu mir herüber. »Bei den beiden ist es heute Nacht spät geworden.«

In meinem Kopf ging das Panikorchester los.

Meine Großmutter erstarrte. Ihr Blick zuckte zu mir und kehrte zu Luther zurück. »Bei welchen beiden?«

Mit einem Lächeln schaute Luther zum Buffet, wo Sam sein Tablett belud. »Bei Sam und Tate scheint es gefunkt zu haben.« Sein Lachen klang tief und wundervoll. Wenn er nicht gerade mein Leben ruiniert hätte, hätte ich es toll gefunden.

Nanas Blick bohrte sich in mich. »Ach ja?«

Luthers Heiterkeit verflog. »O Gott«, sagte er, »ich hoffe, ich habe Tate nicht in Schwierigkeiten gebracht. Ich habe einen leichten Schlaf und bin wach geworden, als Sam gegen drei Uhr ins Zimmer kam.«

Danke, Luther.

Nanas Brauen wanderten in die Höhe und verschwanden unter ihrem Pony. »Gegen drei Uhr?«

Ich senkte den Blick. Sam kehrte zurück – auf seinem Tablett ein Teller mit Rührei, Würstchen, Schinkenspeck, flankiert von einem Stapel Brot und einem Berg Obst.

In Guerneville musste ich immer um elf Uhr abends zu Hause sein, und selbst das fand Nana noch zu spät.

»Drei Uhr?«, wiederholte Nana.

Sam setzte sich mir gegenüber und blickte uns fragend an. »Drei Uhr – was?«

Ich wollte im Erdboden versinken.

Nana richtete ihre braunen Augen auf ihn und fragte wie bei einem Verhör: »Sie waren mit meiner Enkelin bis drei Uhr morgens unterwegs?«

Sam krauste die Stirn. »Könnte hinkommen. Aber wir haben die meiste Zeit geschlafen.« Er registrierte Nanas Entsetzen. »Nur geschlafen. Unten auf dem Rasen.«

Nanas Gesichtsfarbe wechselte von einem fahlen Weiß zu Rosa zu Rot. Sam sah mich an und formte *War das falsch?* mit den Lippen.

»Jep«, antwortete ich und wollte mich irgendwo verkriechen.

»Tate«, zischte Nana, »wann habe ich dir erlaubt, dich mit Fremden bis drei Uhr morgens in einem Hotelgarten aufzuhalten?«

Vor mir blitzten Bilder auf: Nana kommt in mein Zimmer. Jesse und ich haben unsere T-Shirts ausgezogen und wälzen uns auf meinem Bett. Nana jagt Jesse mit dem Pfannenwender in ihrer Hand aus dem Haus.

Und einmal sah sie uns, als wir in Jesses Auto knutschten. Sie schrieb das Kennzeichen auf und verständigte Ed Schulpe auf der Polizei, der kam und mit seiner Taschenlampe an das Seitenfenster klopfte. Wir wären vor Schreck fast gestorben.

Selbst wenn Jesse und ich auf dem Sofa lagen, fernsahen und uns kaum berührten, erklärte sie mir hinterher, ich solle nicht vergessen, dass Schulliebschaften mit der Schule endeten und danach die große Welt auf einen warte und dass man sich die Zukunft nicht durch unbedachte Handlungen verbauen solle.

»Das hast du nicht.«

»Ach, daran erinnerst du dich also.«

»Ja, Nana«, presste ich hervor.

»Meine Süße, amüsierst du dich gut?«, fragte meine Mutter. Mir wurde bewusst, wie weit sie von mir entfernt war, und ich verspürte einen Anflug von Sehnsucht.

»Bisher schon.« Ich warf einen Blick auf die geschlossene Badezimmertür und senkte meine Stimme. »Nana hat noch Anpassungsschwierigkeiten.«

»Und was heißt das? Ist sie angespannt? Nervt sie dich mit ihrer schlechten Laune?«

Ich hörte, dass Nana im Bad die Toilettenspülung betätigte. Da sie nun jeden Moment ins Zimmer kommen konnte, setzte ich mich gerade hin. »Nein, sie ist ganz okay. Wir gehen gleich ins Museum, essen bei Harrods zu Mittag, und heute Abend gehen wir in *Les Misérables*.«

»Harrods!«, wiederholte meine Mutter andächtig. »Wahrscheinlich freust du dich mehr auf das Musical, aber Harrods ist wirklich einzigartig. Sei unvoreingenommen, wenn du dort bist.«

»Ich bin immer unvoreingenommen.«

Meine Mutter lachte, als hätte ich einen Witz gemacht. »Sieh zu, dass Nana sich dort etwas Schickes kauft.« Bei ihr klapperte etwas im Hintergrund, als hätte sie eine Pfanne auf den Herd gestellt. Ich rechnete nach. Zu Hause war es jetzt Mitternacht. Vielleicht machte sie sich noch eine Kleinigkeit zu essen, bevor sie ins Bett ging, und trug schon ihre geliebte türkisfarbene Schlafanzughose aus Seide und das T-Shirt, auf dem *Frauenpower* stand.

»Sag du ihr das, ich trau mich nicht. Das ganze Geld, das sie für die Reise ausgibt, macht mir schon genug zu schaffen.«

Meine Mutter schnaubte. »Vergiss das Geld.«

»Ich werde es versuchen. Wenn ich nicht gerade damit beschäftigt bin, Nanas Kontrollfragen auszuhalten und unvoreingenommen zu sein.«

Wie immer war meine Mutter nicht bereit, sich auf mein Gekränktsein einzulassen. »Erzähl mir noch etwas Schönes, bevor du auflegst.«

»Hm. Ich habe einen Jungen kennengelernt. »Nein, eigentlich ist er schon ein Mann.«

»Ein *Mann*?«

»Ein junger Mann. Er ist gerade einundzwanzig geworden.«

Sofort war meine Mutter ganz Ohr. Anders als Nana hatte sie eine Schwäche für Romantisches. »Sieht er gut aus?«

Sie fehlt mir, dachte ich und spürte ein schmerzhaftes Ziehen in der Brust. Wäre sie jetzt bei mir gewesen, würde sie mich auf ihre lockere Art ermuntern, mich mit kleinen, vorsichtigen Schritten auf ein Liebesabenteuer einzulassen. Sie hätte Nanas überfürsorgliche Art ausgeglichen, ohne deren Autorität zu untergraben. Meine Mutter wusste, was es hieß, verliebt zu sein, sich für Jungen zu interessieren und jung zu sein. Wahrscheinlich wäre sie mir nicht einmal böse gewesen, hätte sie gewusst, dass ich Sam von Dad erzählt hatte – jedenfalls jetzt nicht mehr, schließlich würde ich demnächst ohnehin eigene Wege gehen. Trotzdem beschloss ich, ihr über die große Entfernung hinweg nichts davon zu sagen. Ich würde es nachholen, wenn ich wieder zu Hause war.

»Er sieht wahnsinnig gut aus und ist bestimmt zwei Meter groß«, antwortete ich.

Wie erwartet gab meine Mutter anerkennende Laute von sich. Ich hörte, dass der Wasserhahn im Bad zugedreht wurde, und sagte hastig: »Das wollte ich dir nur rasch erzählen.«

»Das freut mich«, antwortete meine Mutter liebevoll. »Du fehlst mir, Süße. Pass auf dich auf.«

»Du fehlst mir auch.«

»Und lass dich von Nana nicht verrückt machen«, ergänzte sie, bevor sie auflegte. »Niemand wird dich in London suchen.«

Am späten Abend trafen Sam und ich uns wieder im Hotelgarten.

Wir hatten es nicht abgesprochen, hatten uns den ganzen Tag nicht gesehen. Aber als Nana sich nach dem Theaterbesuch schlafen gelegt hatte, schlüpfte ich hinaus und eilte in den Garten unter den Himmel voller Sterne. Sam hatte sich wieder in voller Länge auf dem Rasen ausgestreckt – ein Rettungsboot inmitten eines kleinen grünen Teichs.

Als er mich kommen hörte, wandte er den Kopf zu mir um. »Ich habe mich schon gefragt, ob du kommst.«

Wie hätte ich wegbleiben können?, hätte ich antworten können, doch stattdessen ließ ich mich wortlos an seiner Seite nieder.

Und spürte sogleich wieder seine Anziehungskraft.

An diesem Abend waren wir beide klüger gewesen und hatten uns warm angezogen. Sam hatte eine dicke Trainingshose und ein Sweatshirt der Northern Vermont University an, ich meine Yogahose und ein Kapuzenshirt der 49ers, des Footballvereins von San Francisco. Beide trugen wir weiße Socken, die sich vor dem grünen Gras abhoben. In Sams Sneakers hätten meine Füße wahrscheinlich zwei Mal gepasst.

»Ich hoffe, wir haben dich heute Morgen nicht in Verlegenheit gebracht.«

Das hatten sie zwar, aber es war kein Thema, da auch Nana keines daraus gemacht hatte. Als wir nach dem Frühstück das Hotel verließen, hatte sie genug mit den U-Bahn-Verbindungen, dem British Museum und der überladenen Eleganz von Harrods zu tun. Nach dem Mittagessen spazierten wir durch die Stadt, bis es Zeit wurde, zum Queen's Theatre zu fahren und *Les Misérables* zu sehen. Nun taten mir die Füße weh, und mir schwirrte der Kopf von den Informationen über Königshäuser, Kunst, Musik und Literatur, mit denen Nana mich bombardiert hatte. Doch mein Herz war erfüllt von *Les Misérables*.

»Kein Problem«, sagte ich. »Und jetzt schläft meine Großmutter. Sie war so müde, dass sie nur einen Fuß eingecremt hat.«

»Vielleicht hat sie den Wecker gestellt, um zu sehen, ob du um Mitternacht im Zimmer bist.«

»Durchaus möglich.« Der Gedanke war mir noch gar nicht gekommen, obwohl es zu Nana gepasst hätte. Allerdings hätte sie den Wecker auf elf Uhr gestellt.

Verdammt, manchmal wusste ich wirklich nicht, wie ich mich verhalten sollte. Wie sollte ich meiner Großmutter beweisen, dass ich nicht wie meine Mutter war? Ich würde mich nicht, statt aufs College zu gehen, nach L.A. absetzen, mit achtzehn heiraten, kurz danach schwanger werden, dem Ruhm nachlaufen und Herzenskummer ernten. Zwar verstand ich die Sorge meiner Großmutter, die die chaotische Scheidung meiner Eltern erlebt hatte und sich daran weitaus besser als ich erinnerte. Nur fiel es mir zunehmend schwerer, mit ihrer Paranoia zu leben.

Andererseits, wäre es denn so furchtbar, wenn ich ein wenig mehr wie meine Mutter wäre? Mitunter tat Nana, als wäre meine Mutter nicht imstande, für sich zu sorgen, obwohl sie das immer geschafft hatte. Ebenso schien mir, dass Nana den Idealismus meiner Mutter als Schwäche auslegte, was ich nicht richtig fand. Denn dank dieser Eigenschaft war meine Mutter in der Lage, sich an den kleinsten Dingen zu erfreuen, und sie hatte sich stets das Herz einer Romantikerin bewahrt. Gut, zu Nanas Leidwesen war sie zehn Jahre lang mit meinem Vater zusammen gewesen, doch ohne ihn gäbe es mich nicht.

»Wahrscheinlich bleibe ich heute nicht so lange«, sagte ich und verscheuchte die Gedanken an meine Familie.

»Ich fand es gestern schön, lange mit dir zusammen zu sein«, entgegnete Sam.

»Diesmal werde ich die ganze Nacht in meinem Bett schlafen«, antwortete ich fest. Herrgott nochmal, warum hatte ich mir vorhin die Mühe gemacht, Lippenstift und Rouge aufzutragen? Mein Gesicht färbte sich doch auch ohne Hilfsmittel in allen Rotschattierungen.

»Schade.«

Ich schaute in den Himmel, wusste nicht, was ich darauf antworten sollte, und fragte mich, ob Sam eigentlich spürte, wie sehr es mich aufwühlte, neben ihm zu liegen. Wahrscheinlich war ich am Vorabend vor ihm eingeschlafen, musste ich ja, denn ich erinnerte mich nicht, dass er irgendwann eingeschlafen war. Was hatte ich im Schlaf getan? Mich an ihn geschmiegt, ein Bein über ihn gelegt, mein Gesicht an seinen Hals gedrückt? Vielleicht hatte er meine Hüfte gefasst und mich dichter an sich herangezogen. Wie lang war er wohl wach gewesen, bevor er eingenickt war?

»Meine Großmutter würde uns umbringen, wenn es wieder so spät wird.«

»Du bist achtzehn, Tate. Natürlich macht sie sich Sorgen, aber du bist ein erwachsener Mensch.«

Richtig, aber an Nanas Seite fühlte ich mich wie ein Kind.

»Es mag komisch klingen, aber bei mir liegen die Dinge ein wenig anders.«

»Okay, verstehe ich.«

»Wahrscheinlich interessiert es inzwischen niemanden mehr, was aus meiner Mutter und mir geworden ist, aber …« Meine Stimme brach ab.

Wir schwiegen, doch ich wünschte mir nichts sehnlicher, als dass es wieder wie am vergangenen Abend wäre und wir uns einfach nur unterhielten. Es hatte sich angefühlt, wie sich in warmes Wasser gleiten zu lassen, wenn man weiß, dass man den ganzen Tag Zeit hat, in der Sonne zu liegen und zu schwimmen, und sich am Abend von der Hitze durchtränkt schlafen legt.

»Was habt ihr heute gemacht?«

Sam lachte. »Luther wollte das Plattencover von *Abbey Road* nachstellen. Also haben wir zwei Typen überredet, mit uns im Gänsemarsch über den berühmten Zebrastreifen zu laufen. Ein anderer hat uns fotografiert. Danach haben wir bei einem Inder gegessen. Anschließend haben wir Mitbringsel für Roberta gekauft.«

»Ich glaube, mein Tag war kulturell gesehen etwas anspruchsvoller, aber dafür ist deine Trainingshose schicker als meine Yogahose.«

Sam lachte und blickte an sich hinab, als müsse er nachsehen, was er angezogen hatte. Das gefiel mir, offenbar musste man sich bei ihm keine Gedanken um Äußerlichkeiten machen. Der einzige Wermutstropfen an diesem ersten Tag war nämlich meine Erkenntnis gewesen, dass die Kaufhäuser in Santa Rosa es nicht mit dem aufnehmen konnten, was London in Sachen Mode zu bieten hatte. In Guerneville erschienen mir die Sachen, die meine Mutter und ich für mich aussuchten, cool und ausgefallen, hier kam ich mir darin vor wie ein Bauerntrampel.

»Darf ich dich etwas fragen?«

Er hatte die Frage so vorsichtig gestellt, dass mir mulmig zumute wurde. »Klar.«

»Führst du ein glückliches Leben?«

Wow, dachte ich, die Frage hatte es in sich. Natürlich war ich glücklich. Nana und meine Mutter waren wunderbare Menschen, und Charlie war eine tolle Freundin. Ich hatte alles, was ich brauchte.

Aber vielleicht hatte ich nicht alles, was ich mir wünschte. Oder war das zu selbstsüchtig gedacht?

Wahrscheinlich hatte ich zu lange geschwiegen, denn Sam sprach weiter. »Ich habe den ganzen Tag über das nachgedacht, was du mir gestern Abend erzählt hast. Mir ist eingefallen, wie dein Gesicht damals auf den Titelseiten sämtlicher Zeitschriften war. Aber meistens ging es gar nicht um dich, sondern um deinen Vater, um seine Affären, und dass deine Mutter plötzlich mit dir verschwunden war. Doch dann habe ich mir die Fotos von Guerneville auf dem Handy angeschaut und fand, dass der Ort eigentlich ganz nett aussieht. Und ich dachte, vielleicht ist es dir und deiner Mutter dort gut ergangen, besser als bei deinem Vater. Genau wie ich bei Luther und Roberta besser als bei meinem Vater aufgehoben war.« Er wälzte sich auf die Seite und stemmte sich auf seinen Ellbogen, genau wie am Vorabend.

»Guerneville *ist* nett«, antwortete ich schließlich. »Aber es ist nichts Besonderes. Es ist ein kleines Nest, das seine

Eigenheiten hat, mit vielleicht viertausend Einwohnern, die sich alle kennen.«

»Gemessen an den tausend Einwohnern von Eden klingt das nach einer Menge.«

Ich studierte seine Miene. Vielleicht hatte er ein ähnliches Leben wie ich geführt, nur am anderen Ende des Landes.

»Und, warst du nun glücklich?«

»Meinst du im Allgemeinen oder in Bezug auf meine Eltern?«

»Beides.«

Ich nagte an meiner Unterlippe. Solche Fragen hatten immer etwas Provozierendes. Bisher hatte ich kaum über mein Leben nachgedacht, höchstens versucht, die Abwesenheit meines Vaters nicht allzu tragisch zu nehmen. Die ganze Welt schien ihn besser zu kennen als ich, doch ich hatte mich damit getröstet, dass ich ihm vielleicht näherkommen würde, wenn ich älter war und es Nana nicht mehr so viel ausmachte.

Ich hatte mich in meinem Leben mehr als ein Mal merkwürdig benommen und anders, als es von mir erwartet wurde – etwa als ich mich mit vierzehn in Charlies Cousin aus Hayward verknallte und ihm tonnenweise Briefe schrieb; als ich keinen Sex mit Jesse hatte, obwohl wir es beide wollten, nur weil ich nie den richtigen Ort für uns fand; als ich mich von Charlie entfernt hatte, als ich mich in Jesse verliebte, obwohl sie in ihrer Familie Probleme hatte –, aber wenn meine Mutter und Großmutter mich baten, vorsichtig zu sein und unser Geheimnis zu wahren, blieb ich in der Spur.

»Es ist in Ordnung, wenn du nicht darüber sprechen willst«, sagte Sam.

»Ich will es.« Ich setzte mich auf. »Ich habe es nur noch nie getan.«

Auch Sam setzte sich auf. Er wartete geduldig, bis ich so weit war, zupfte einen Grashalm aus und schlängelte ihn an anderen Grashalmen vorbei, als hätte er ein winziges Auto, das seinen Weg durch verwinkelte Gassen fand.

Ich betrachtete sein Gesicht von der Seite und versuchte, es mir schon für die Zeit nach London einzuprägen. »Nana und meine Mutter sind großartig, aber dann gibt es da noch diese andere Welt, von der ich kaum etwas weiß, und das macht mir zu schaffen.«

Sam nickte. »Kann ich mir denken.«

»Ich mag Guerneville, aber vielleicht würde mir L.A. noch besser gefallen.« Ich linste zu ihm hinüber, und mein Herz machte einen kleinen Satz. »Ich sage dir noch etwas, aber du darfst nicht lachen, okay?«

Er sah mich vorwurfsvoll an. »Das würde ich nie.«

»Ein Teil von mir träumt davon, Schauspielerin zu werden.« Wie immer, wenn es um diesen Wunschtraum ging, wurde meine Brust so eng, dass ich kaum noch Luft bekam. »Ich denke die ganze Zeit daran, lese Drehbücher, Biographien von Schauspielern und Schauspielerinnen und Sachbücher zum Thema Film. Nana würde durchdrehen, wenn sie das wüsste.«

»Woher willst du das wissen? Hast du mal versucht, es ihr zu sagen?«

»Ich habe für Rollen in den Theateraufführungen unserer

Schule vorgesprochen, und in *Chicago* hätte ich die Hauptrolle bekommen, aber Nana hat sich quergestellt. Natürlich gibt es in ihrem Restaurant viel zu tun, und ich muss mithelfen, aber ich glaube, Nana wollte vor allem nicht, dass ich Geschmack am Bühnenleben finde.«

Sam ließ den Grashalm fallen und wischte seine Hand an einem Hosenbein ab. »Ich weiß, was du meinst.« Er hielt inne. Dann sagte er: »Ich wollte immer Schriftsteller werden.«

Ich sah ihn überrascht an. »Echt wahr?«

»Ich schreibe gern«, antwortete er und klang beinah ehrfürchtig. »Unter meinem Bett zu Hause liegen zig Hefte voller Geschichten von mir. Aber für jemanden, der auf einer Farm groß geworden ist, die er später übernehmen soll, ist das wohl nichts.«

»Wissen deine Großeltern, dass du schreibst?«

»Ja, aber sie wissen nicht, wie sehr es mir am Herzen liegt. Vor einer Weile habe ich eine Kurzgeschichte an ein paar Literaturzeitschriften geschickt. Ich habe von allen eine Absage bekommen, aber das hat mich nur angestachelt, es wieder zu versuchen.«

»Das solltest du auch.« Ich wollte sachlich klingen, aber das war gar nicht so einfach, immerhin hatte er mir gerade etwas offenbart, das er bestimmt nicht jedem verriet. »Was würden deine Großeltern denn sagen, wenn sie wüssten, dass du schreiben willst?«

Sam seufzte. »Luther würde es als schönes Hobby bezeichnen und darauf hinweisen, dass es sich um eine brotlose Kunst handelt. Roberta würde es wohl noch nicht einmal als Hobby akzeptieren.«

»Wenn ich Nana sagen würde, ich wolle auf dem College Schauspielunterricht nehmen, würde sie es mir schlichtweg verbieten.«

Sam lachte, und in seinen Augenwinkeln bildeten sich kleine Fältchen, die ihn noch sympathischer aussehen ließen. »Ich liebe meine Großmutter sehr, aber sie ist ein durch und durch praktischer Mensch und hat für Träume nicht viel übrig.«

»Was für Geschichten schreibst du?«

»Die Antwort ist einer der Gründe, weshalb ich meinen Großeltern nicht viel darüber erzähle.« Sam zuckte mit den Schultern. »Die meisten handeln nämlich von den Leuten unserer Umgebung oder von Figuren, die ich mir zwar ausdenke, die aber bei uns leben könnten. Mich interessiert, wie Menschen zu dem werden, was sie sind. Was das Prägende in ihrem Leben ist.«

Nun zupfte auch ich einen Grashalm aus. »Vor einigen Jahren haben wir im Geschichtsunterricht darüber gesprochen, wie subjektiv die Geschichtsschreibung ist. Und dass man sich deshalb immer fragen muss, wer was schreibt. Gehört der Autor zu denen, die einen Krieg verloren oder gewonnen haben? Steht er auf der Seite des Gesetzes, oder ist er damit schon einmal in Konflikt geraten? Darüber habe ich lange nachgedacht und mich irgendwann gefragt, wie eigentlich die wahre Geschichte meiner Eltern lautet.«

Sam nickte. »Kann ich nachvollziehen.«

»Meine Mutter hat mir erzählt, dass mein Vater damals um mich gekämpft habe, sie es aber für besser hielt, mich in Guerneville großzuziehen, fernab der Medien.« Ich wickelte den Grashalm um meine Fingerspitze. »Aber woher soll ich wissen, ob das wahr ist oder ob sie es mir nur erzählt hat, um mich vor einer anderen, unschönen Wahrheit zu schützen. Es heißt, L.A. sei nicht gut für meine Mutter gewesen, und ich kenne natürlich die Gründe der Scheidung, aber ich frage mich, warum ich nicht mehr mit meinem Vater reden darf. War er gegen unseren Umzug? Fehlen wir ihm? Warum hat er mich seitdem nie angerufen?«

Sam sah aus, als wolle er etwas sagen. Doch dann überlegte er es sich offenbar anders. Vielleicht hatte er im Internet mehr erfahren, als mir bekannt war. Das wäre durchaus möglich.

»Ich habe einige der Schlagzeilen gelesen«, fuhr ich fort. »Und immer wieder das Bild meines Vaters auf Zeitschriften gesehen, aber komischerweise habe ich nie im Internet nach Informationen über meine Eltern gesucht. Ich kenne nur die Version meiner Mutter.«

»So komisch ist das eigentlich nicht.«

»Ich bin von allem fasziniert, was Hollywood betrifft, trotzdem mache ich mir nicht die Mühe, mehr über meine Eltern zu erfahren.« Ich riss den Grashalm entzwei. »Was ist wahr an den Geschichten über sie? Ich würde es nicht beurteilen können, ganz gleich, wer mir was erzählt. Ich erinnere mich nicht mehr, wie mein Vater meine Mutter angeschaut hat. Wie es zwischen ihnen war, als ihre Ehe noch hielt. Ich werde nie erfahren, ob und wie er sie zum Lachen gebracht hat. Ich weiß nicht einmal, was andere über die beiden sagen.« Ich versuchte mich an einem Lächeln, doch ich war zu aufgewühlt. »Vielleicht kannst du es mir erzählen.«

Sam furchte die Stirn. »Wie kommst du auf mich?«

»Du weißt, was ich meine.«

Er sah mich prüfend an. »Okay, ich gebe es zu. Ich habe tatsächlich im Internet nach deinen Eltern gesucht.«

Ich lachte vor Nervosität. »Das dachte ich mir.«

»Also, ziemlich sicher ist wohl Folgendes passiert.« Sam räusperte sich und sprach wie ein Fernsehmoderator mit sonorer Stimme weiter. »Ian Butler und Emmeline Houriet lernten sich in jungen Jahren kennen. Emmeline muss eine auffallend schöne Frau gewesen sein und Ian ein attraktiver, charismatischer Mann. Die beiden verliebten sich ineinander und zogen nach L.A. Für ihn begann dort eine erfolgreiche Hollywoodkarriere – sie hatte weniger Glück. Er war verrückt nach ihr. Laut einem Bericht der *Vanity Fair* war das für jeden, der die beiden zusammen erlebte, offensichtlich.« Sam zwinkerte anzüglich, und ich musste lachen.

Ich wollte es mir nicht anmerken lassen, aber ich freute mich, dass es eine Zeit gegeben hatte, in der meine Eltern vielleicht glücklich gewesen waren.

»Zunächst fiel Butler in einer Fernsehserie auf. Danach spielte er seine erste Nebenrolle in einem Film. Dann folgte eine Hauptrolle, für die er den Emmy Award erhielt. Wenig später wurde ihre Tochter Tate geboren.«

»Die Geburt kann ich bestätigen«, sagte ich.

»Es folgte Butlers erste Affäre. Oder die erste, von der die Presse Wind bekam.«

Ich erinnerte mich an den Namen der Schauspielerin, meine Mutter hatte mir von ihr erzählt.

»Tate war damals zwei Jahre alt.«

»So ungefähr.«

Mit normaler Stimme sprach Sam weiter. »Aber deine Mutter ist bei deinem Vater geblieben. Er erhielt weitere Hauptrollen und Preise. Alle gingen davon aus, dass dein Vater nichts anbrennen ließ, doch die Affäre, die ihrer Ehe ein Ende machte, war die mit Lena Still.«

Ohne dass ich es wollte, ballten sich meine Hände zu Fäusten. Ich erinnerte mich an den Film, mit dem Lena Still groß herauskam, er war in unserem Kino gelaufen. Es war eine Dystopie, in der Still eine Kriegerin spielte. Ich hatte ihn nie gesehen, aber nachdem jeder in der Schule darüber sprach, war mir, als hätte ich es doch getan. Nur Charlie erzählte ich, weshalb mir die Halloween-Partys zusetzten, bei denen zig Mädchen aus meiner Klasse in selbst genähten Lena-Still-Kostümen erschienen.

»Lena war erst zwanzig Jahre alt, als sie mit deinem Vater schlief.«

Um ein Haar hätte ich gesagt, dass mein Vater seinerzeit auch erst Anfang dreißig war, sosehr ich sein Verhalten auch verurteilte. Doch ich schwieg und fragte mich, woher mein Wunsch, ihn zu verteidigen, kam.

»Dann fand die Presse heraus, dass Lena Still schwanger war«, fuhr Sam fort. »Einige vermuteten, dass der Hinweis von Lena selbst kam.«

Nicht einige, sondern so gut wie alle vermuteten das.

»Nachdem die Dreharbeiten zu ihrem Film beendet waren, gingen dein Vater und sie zu einer Postproduktionsparty. Auf dem Rückweg hatten sie einen Autounfall, und

Lena verlor ihr Baby. Plötzlich wurde nicht mehr Emmeline, sondern Lena von jedermann bedauert.«

An die Schlagzeilen in den Boulevardzeitungen erinnerte ich mich nur zu gut. Selbst für ein achtjähriges Kind waren sie nicht zu übersehen gewesen. Ich fragte mich, wie oft sie meiner Mutter an den Zeitschriftenständern der Kioske und Supermärkte ins Auge gesprungen waren. Riesige Lettern waren es gewesen.

Lena verliert Kind der Liebe. Ian Butler erschüttert.

Meine Mutter und ich wurden kaum erwähnt. Und wenn, sagte meine Mutter, wurde sie als durchgedrehte Ehefrau dargestellt, die sich krampfhaft an ihren Mann klammert.

»Und was man nicht alles über deine Mutter geschrieben hat«, sagte Sam.

»Klingt, als hättest du den halben Tag im Internet verbracht.«

Sam lächelte verlegen und ließ sich wieder zurücksinken. »Ich erinnere mich auch noch daran, obwohl ich damals erst elf Jahre alt war. Aber eine Zeit lang war dein Gesicht überall zu sehen – mit riesengroßen Augen. Man fragte sich, wo du nur sein könntest. Ob deine Mutter dich entführt habe, um dich von deinem Vater fernzuhalten.«

Die Wahrheit, wie meine Mutter sie erzählte, war viel banaler. Da gab es einen untreuen Ehemann, ein kinderfeindliches Milieu, eine Mutter, die das glamouröse L.A. mit ihrem Kind verlässt und in die bodenständige Provinz zieht.

Doch mein Vater gehörte zu den beliebtesten Schauspielern des Landes, und sein Publikum wollte, dass der Mann Ian Butler wie die Helden war, die er auf der Leinwand spielte. Niemand wollte sich vorstellen, dass er meiner Mutter großes Leid zugefügt haben könnte und sie an Hollywood beinahe zerbrochen wäre.

Aber wie lautete die wahre Geschichte? Und wie sonderbar, dass es mir vorkam, als sprächen wir über das Leben mir unbekannter Menschen.

»Ich war damals noch ein Kind«, sagte ich. »Ich ging mit Kindern, deren Eltern ebenfalls Schauspieler waren, auf eine kleine Privatschule, wo wir von dem Ganzen kaum etwas mitbekamen. Und dann erschien meine Mutter eines Tages und holte mich mitten im Unterricht ab. In ihrem Auto stapelten sich Koffer – und unser Hund war auch dabei. Wir fuhren los, endlos, wie es mir vorkam. Es waren nur sechs Stunden, aber mir schien es eine Ewigkeit.«

Sam lachte.

»Schließlich kamen wir bei Nana am Russian River an. Ich wollte wissen, wann wir wieder nach Hause fahren. Und meine Mutter antwortete: ›Nie mehr.‹« Ich riss den nächsten Grashalm aus. »Ich konnte mich noch nicht einmal von ihm verabschieden.«

»Weiß jemand in Guerneville, wer ihr seid?«

Ich überlegte. »Wahrscheinlich einige. Nana lebt schon seit über vierzig Jahren dort, aber den meisten Leuten ist bloß bekannt, dass ihr Name Jude lautet. Ich wette, nur unser Postbote weiß, dass sie mit Nachnamen Houriet heißt. Meine Mutter ist zwar in Guerneville aufgewachsen, aber sie trägt ihr Haar seit unserer Ankunft kurz und färbt es dunkel, ihre langen blonden Haare hat sie damals sofort abgeschnitten. Und sie nennt sich Emma, nicht Emmeline. Emma

Jones. Das Haus, das Restaurant und alles andere laufen auf Nanas Namen. Emma Jones ist einfach nur ihre Tochter.« Ich zuckte mit den Schultern. »Ich glaube, falls es noch jemanden gibt, der weiß, wer sie ist und warum sie zurückgekommen ist, akzeptiert er, dass sie ihrem Leben in L.A. den Rücken gekehrt hat und ihre Ruhe haben will.«

»Aber du hast doch bestimmt Freunde, die Bescheid wissen.«

»Nur meine beste Freundin Charlie.«

Plötzlich spürte ich, wie sich in mir ein Schuldgefühl ausbreitete, das mir die Brust abschnürte. Es tat gut, über das Vorgefallene zu reden, aber gleichzeitig machte es mir Angst. Nana und meine Mutter hatten einen Schutzwall um uns errichtet, doch nun war mir, als hätte ich ein Ungeheuer freigelassen, das wir im Keller gefangen gehalten hatten. Einerseits war es schön, dieses Ungeheuer los zu sein, andererseits konnten andere nun sehen, wie hässlich es war.

»Irgendwann gab es dann Fotos von dir auf dem Flughafen von Los Angeles«, sagte Sam.

»Richtig.« Ich legte mich wieder zurück. Zu meiner Überraschung nahm Sam meine Hand. Ich spürte, wie mir das Blut in die Wangen schoss, aber ich zog meine Hand nicht zurück. »Damals war ich neun und durfte meinen Vater zum ersten Mal besuchen. Meine Mutter gab mir das Ticket, begleitete mich bis zum Gate und drückte mich eine halbe Ewigkeit an sich, bevor sie mich mit jemandem vom Flugpersonal gehen ließ. Die Vorstellung, mich allein fliegen zu lassen, machte sie geradezu panisch, schlimmer als ich es war, und noch panischer machte sie der Gedanke an die Presse, die mich und meinen Vater in L.A. verfolgen würde. Jedenfalls setzte sie sich in die Maschine, die eine halbe Stunde später abflog, und kam mir nach.«

Ich schilderte Sam, wie ich am Flughafen von L.A. mit jemandem von der Fluggesellschaft auf meinen Vater gewartet hatte. Einige Passagiere hatten mich erkannt und angefangen, Fotos zu schießen. Und dann war mit einem Mal meine Mutter da, und meine Begleitperson wusste nicht, wem sie mich übergeben sollte. Meine Mutter setzte sich durch und flog mit mir zurück.

»Sie hatte sich wegen der Presse zu große Sorgen gemacht und erklärte mir, mein Vater hätte es eingesehen. Vielleicht traf das zu, immerhin ließ er zu, dass ich mit ihr zurückkehrte.«

Sam schwieg so lange, dass ich unruhig wurde und mich zu ihm drehte.

»Hast du auch darüber nichts gelesen?«, fragte er. Ich schüttelte den Kopf, und er machte ein Gesicht, als müsse er mir etwas Unangenehmes mitteilen.

Er richtete seinen Blick gen Himmel. »Laut der Geschichte, die darüber kursiert, ist es anders abgelaufen.«

Ich wartete darauf, dass er sie mir erzählte. Als er es nicht tat, fragte ich: »So schlimm?«

»Ziemlich schlimm.«

»Sag schon.«

»Ich glaube, deine Mutter musste nach L.A. fliegen, weil dein Vater nicht aufgetaucht war«, sagte Sam leise. »Zumindest habe ich es so gelesen.«

Mein Herz zog sich schmerzhaft zusammen.

»Viel gibt es darüber nicht«, fuhr Sam fort. »Aber danach findet man keine Zeitungsfotos mehr von dir. Und es hieß, dass man seitens der Fluggesellschaft versuchte, deinen Vater zu erreichen, er jedoch unauffindbar war.«

Das Bild, das ich von jenem Tag gehabt hatte, bekam einen Riss. Vielleicht war die Wahrheit nicht immer das Beste, und ich sollte mich lieber an die Geschichte halten, in der mein Vater gut wegkam. Doch jetzt war es zu spät.

»Dein Vater gab eine Erklärung ab.« Sam drehte sich zu mir um. »Weißt du, was er gesagt hat?«

Ich schüttelte den Kopf. Ein einziges Mal hatten Charlie und ich unseren Mut zusammengerafft und meinen Vater gegoogelt. Der erste Treffer zeigte eine Nacktaufnahme von ihm für *GQ*. Die heiklen Stellen waren durch seine Haltung geschickt verdeckt worden, doch Charlie und ich waren bedient gewesen.

»Er hat es seiner Assistentin angehängt, die deine Ankunftszeit falsch notiert habe, und betont, er sei todunglücklich darüber.«

Ich zuckte mit den Schultern. »Vielleicht war es so.«

»Möglich.« Sam machte eine so lange Pause, dass mir die Version meines Vaters immer unwahrscheinlicher vorkam. »Hat er dich danach besucht?«

Ich schloss die Augen. »Soweit ich weiß, nicht.«

Dann verstummten wir. Schließlich räusperte sich Sam und sagte: »Vielleicht war es besser so. Stell dir vor, du hättest ihn ständig in L.A. besucht und Britney Spears wäre deine beste Freundin geworden.«

Ich lachte, doch es klang hohl. »Wir hätten zusammen Drogen genommen und uns kahl scheren lassen.«

»Das wäre ärgerlich gewesen, deine Haare sind wirklich toll.«

Ich war mit den Gedanken noch viel zu weit weg, um auf sein Kompliment reagieren zu können. Doch gerade als ich dachte, der Schmerz in meiner Brust würde immer größer, stieß Sam mich an und fragte: »Kennst du schon meine Theorie zu Katzen?«

»Katzen?«

»Ja. Ich mag sie nicht.«

»Ist das die Theorie?«

Sam lachte. »Nein. Ich mag keine Katzen, aber immer, wenn ich zu jemandem gehe, der eine Katze hat, springt sie auf meinen Schoß und richtet sich dort häuslich ein.«

»Vielleicht halten sie dich für einen Sessel.«

Sam lachte lauter. »Das kann natürlich sein. Meine Theorie besagt jedoch, dass sie spüren, dass ich sie nicht mag. Ein Mensch würde sich daraufhin von mir abwenden, aber Katzen scheinen meine Abneigung gut zu finden.«

»Aha.«

»Ja, sie wollen mich herausfordern.«

»Das würde bedeuten, dass sie boshaft sind.«

»Das sowieso.«

Ich sah ihn kopfschüttelnd an. »Ich finde Katzen wundervoll. Sie sind unabhängig, klug und schön.«

»Du irrst dich.«

Nun musste ich auch lachen. Es hatte etwas Befreiendes, doch ein kleiner Rest Schmerz blieb.

Sam schien es zu spüren, denn er drückte meine Hand. »Tut mir leid, dass dein Vater ein Idiot ist.«

So konnte man es auch sehen. »Könnte ich umgekehrt auch sagen.«

Nun schütteten wir uns regelrecht aus vor Lachen.

Sam reckte drei Finger in die Luft. »Ich schwöre, nie wieder einen Film mit deinem Vater anzusehen.« Er hielt inne. »Außer *Die Codierung*. Der muss echt super sein.«

»Wag es nicht.«

»Ich will doch nur lernen, wie man codiert.«

Kapitel 3

Ich nahm an, dass meine Mutter irgendwann mit Nana telefoniert und sie gebeten hatte, es etwas lockerer angehen zu lassen, denn ohne zu murren oder schrumplig zu werden, ließ sie zu, dass Luther und Sam uns von nun an durch ganz London begleiteten.

Jeden Morgen sprang ich aus dem Bett und machte mich in Windeseile fertig, um Sam beim Frühstück zu treffen und anschließend mit ihm durch die Stadt zu streifen – mit ihm zusammen zu sein. Abends fanden wir uns im Hotelgarten ein und unterhielten uns stundenlang. Bis auf die ersten beiden Jahre seines Lebens hatte Sam im winzigen Eden gelebt, doch er hatte mehr Geschichten und Theorien auf Lager als jeder andere Mensch, den ich kannte.

Es war unglaublich, wie sehr ich es genoss, wenn Sam mich über den Frühstückstisch hinweg anlächelte und bergeweise Rührei, Obst und Brot verputzte, während Luther zig Löffel Zucker in seinen Kaffee rührte. Auf der Straße waren sie in der Regel ein paar Schritte hinter uns, kämpften mit dem riesengroßen Stadtplan, den sie statt eines Handys mit Google Maps dabeihatten, und stritten über den kürzesten, schönsten oder interessantesten Weg von A nach B.

An einem verregneten Tag besuchten wir das Natural History Museum. Luther erzählte in voller Lautstärke ausgedachte Geschichten über die ausgestellten Dinosaurierskelette. Gegen Mittag gelang es ihm, Nana auszureden, in einem ehrwürdigen Hotel zu Mittag zu essen, das sie im Stadtführer entdeckt hatte. Stattdessen gingen wir in einen Pub, aßen Hamburger und lachten uns schief, als Sam erzählte, was er als Junge auf der Farm alles falsch gemacht habe.

Am meisten wunderte mich jedoch, dass Nana Luthers Gesellschaft zu schätzen schien. Nach dem Mittagessen liefen sie nebeneinander vor uns, Sam und ich folgten ihnen.

»Was ist das Verrückteste, das du jemals getan hast?«, fragte er mich irgendwann.

Ich überlegte, während wir Passanten auswichen, getrennt wurden, dann wieder einander näher kamen. Einmal streifte mich sein Arm – absichtlich, wie ich glaubte –, und für einen Takt setzte mein Herzschlag aus.

»Nanas Haus liegt am Russian River«, begann ich schließlich. »Es wurde auf Pfählen errichtet, und –«

»Cool.«

»Der Fluss führt manchmal Hochwasser, die meisten Häuser am Russian River wurden so gebaut.« Sam wirkte beeindruckt. »Es ist nichts Aufregendes, nur ein einfaches Haus, das auf Pfählen steht. Wie auch immer, man soll von den Häusern aus nicht in den Fluss springen. Er ist zwar tief genug, aber man kann an allen Stellen den Grund mit den Zehen spüren, und der Wasserstand ändert sich jedes Jahr. Es könnte also sein, dass du irgendwann springst, voll auf dem Grund auftriffst und im Krankenhaus landest.«

Wir ließen einen Mann vorbei, und Sam stieß gegen meine Hand. Diesmal war es Zufall, und er entschuldigte sich. Dabei hätte ich nichts dagegen gehabt, wenn er nach ihr gegriffen hätte.

»Wenn Charlie und ich allein waren, sprangen wir trotz des Verbots ins Wasser, ich weiß nicht einmal mehr, warum.«

»Doch, das weißt du.«

»Du meinst, weil es verboten war?«

»Ja, wegen des Nervenkitzels.« Sam zwinkerte mir zu. »Woran hast du gedacht, wenn du gesprungen bist?«

»Ich bin einfach …« Ich brach ab und versuchte, mich zu erinnern. »In diesen Augenblicken spielte nichts anderes eine Rolle. Keine Schule, keine Jungs, kein Ärger, keine Pflichten. Wir sprangen einfach in das kalte Wasser, kamen uns verrückt vor und waren glücklich.«

»Und das war das Verrückteste, was du jemals getan hast?«

Ich nickte.

»Süß.«

Ich wusste nicht, ob ich »süß« als Kompliment betrachten sollte oder er sich über mich lustig machte. Ich lachte verlegen. »Du kennst mich doch.« Denn das tat er inzwischen, dessen war ich mir merkwürdigerweise sicher. »Und was war es bei dir?«

»Hm«, machte Sam. »Auf der Weide Kühe umschubsen. Mitten in der Natur Bier trinken. Wettläufe im Maisfeld. Mein Versuch, ein Flugzeug zu bauen.« Er zuckte mit den Schultern. »Auf einer Farm gibt es viele Möglichkeiten, verrückte Sachen anzustellen.«

Ich lachte.

»Doch, wirklich.« Sam umrundete einen Mann, der den Blick nicht von seinem Smartphone abwenden konnte. »In Eden heißt es immer, auf dem Land gebe es keine Sünde. Für Eltern muss das beruhigend sein, selbst wenn sie uns nicht im Auge haben, müssen sie sich keine Sorgen machen. Was können wir schon anstellen? Irgendwo heimlich Bier trinken, weiter nichts. Aber manchmal wird so etwas zur Herausforderung.«

»Hast du mal etwas getan, was gefährlich für dich wurde?«

Sam schüttelte den Kopf. »Außer dass ich nach zu viel Bier einen Kater hatte. Und einmal habe ich mir bei einem Sprung von einer zu hohen Mauer den Fuß verstaucht. Die Mädchen sind bei uns klüger als die Jungen. Sie passen auf uns auf und sorgen dafür, dass wir nicht über die Stränge schlagen.«

Vor uns blieb Nana stehen und drehte sich zu uns um. »Was habt ihr alles zu bereden?«

»Sam hat mir erzählt, wie er auf dem Feld Bier trinkt, Kühe umstößt und Flugzeuge baut.«

Ich dachte, Luther würde etwas zu dem Bier und den Kühen sagen, doch stattdessen lächelte er nur breit und erklärte: »Das Flugzeug hätte beinahe abgehoben.«

Sam grinste mich an. Er wusste, was ich erwartet hatte, und sagte: »Tja, da hast du wohl Pech gehabt.«

Am Abend rief meine Mutter an. Nana schlief bereits, und ich hatte gerade unser Zimmer verlassen, um mich mit Sam zu treffen.

Ich hatte mich schon gefragt, ob meine Mutter sich ohne uns einsam fühlen könnte. Doch dann hatte ich mich daran erinnert, wie viel sie zu tun hatte, auch wenn zwei Frauen im Restaurant aushalfen, und dass sie vermutlich kaum Zeit finden würde, uns zu vermissen. Aber in Guerneville war es gerade sechs Uhr morgens, eigentlich hätte sie wie eine Irre herumrennen müssen, um alles für den ersten Ansturm der Frühstücksgäste vorzubereiten.

»Ist was passiert?«, fragte ich.

Meine Mutter lachte. »Warum, kann ich nicht anrufen, weil du mir fehlst?«

»Doch«, antwortete ich. »Aber nicht, wenn du gleich das Restaurant aufmachen musst. Nana würde ausrasten, wenn sie es wüsste.«

»Heute ist Dienstag, das Restaurant hat geschlossen. Ich bin noch im Schlafanzug.«

Ich drückte den Knopf, um den Aufzug zu holen.

»Anscheinend habe ich in London mein Zeitgefühl verloren.«

»Das ist das Schöne am Urlaub. Man vergisst die Zeit.«

Ich verspürte Gewissensbisse. »Wann hast du eigentlich das letzte Mal Urlaub gemacht?«

Ich erinnerte mich nur noch, dass wir vor einem guten Jahr übers Wochenende in Seattle waren. Ansonsten war meine Mutter offenbar, ebenso wie Nana, ein fester Bestandteil von Guerneville geworden.

»An dem Wochenende in Seattle«, antwortete meine Mutter, und ich fragte mich schuldbewusst, warum sie eigentlich nicht mit uns gekommen war und wir das Restaurant für zwei Wochen geschlossen hatten. »Mach dir um mich keine Gedanken. Du weißt, wie sehr ich die Sommer bei uns mag.«

Ich mochte unsere Sommer ebenfalls, die langen sonnenhellen Tage, an denen die Hitze sich über das ausgetrocknete Flussbett wälzte, an dessen Ufer Brombeersträucher mit dicken schwarzen Früchten wucherten. Die Luft roch süß nach ihnen, und der Strand am Russian River und die Gehsteige im Ort waren so heiß, dass man nicht einmal für einige Sekunden darauf barfuß laufen konnte. Doch wenn wir uns abkühlen wollten, mussten wir nur kurz in Richtung Westen fahren, vorbei an Jenner, wo der Russian River in den Pazifik mündete. Dort an der Küste wehte uns der Seewind um die Nase, so frisch, dass wir mitten im Juli Pullover brauchten. Für uns war der Sommer Hochsaison und Guerneville voller Touristen, die an Nanas Restaurant von morgens bis nachmittags Schlange standen.

»Vielleicht können wir in meinen ersten Ferien am College irgendwohin fahren«, schlug ich vor.

»Das wäre schön.« Meine Mutter hielt inne. Dann fragte sie: »Es hört sich an, als wärst du unterwegs. Wie spät ist es bei euch?«

»Ich habe mich aus dem Zimmer gestohlen, um mich mit Sam zu treffen«, antwortete ich leicht verlegen.

»Meinst du, aus euch könnte etwas werden? Trotz der großen Entfernung?«

»Mom!«, sagte ich gereizt. Wie kam sie darauf, dass aus meinem Zusammensein mit Sam gleich eine Fernbeziehung werden musste? Manchmal war ihre romantische Ader einfach zu viel. »Sam und ich sind kein Paar. Ich bin gerade erst achtzehn geworden.«

»Ich hatte nicht vor, dich zur Kindsbraut zu machen, Tate. Du sollst einfach – eine schöne Zeit haben. Achtzehn sein.«

»Müsstest du mich nicht ermahnen, zurückhaltend zu sein?«

Im Geist sah ich, wie sie eine wegwerfende Handbewegung machte. »Das tut Nana schon zur Genüge. Ich spiele nur in Gedanken ein bisschen mit dem, was sein könnte.«

»Ich mag Sam, aber ich möchte mir keine Hoffnungen machen und mir ausmalen, was sein könnte.«

»Warum nicht?«, fragte meine Mutter. »Was kann denn passieren? Ich weiß nicht, warum die Leute immer glauben, sich alles zu versagen sei besser, als eine Enttäuschung zu erleben, obwohl die doch irgendwann vorübergeht.«

Sie hatte recht. Und so erlaubte ich mir auf dem Weg vom Aufzug zum Garten, einen Moment lang zu phantasieren. Ich versuchte mir vorzustellen, wie man mit jemandem zusammen sein konnte, der am anderen Ende des Landes lebte.

»Okay, Sam sieht super aus«, lenkte ich ein. »Aber nicht nur das. Mit ihm kann man reden. Ich glaube, ich könnte ihm alles erzählen.«

Meine Mutter schwieg, doch ich hörte die unausgesprochene Frage. Dann: »Hast du es getan?«

Ich überlegte, was in ihrer Stimme mitschwang. Angst? Neugier? Sie hatte etwas atemlos geklungen, es hätte beides sein können.

Sollte ich es zugeben? Wäre sie mir dann böse? Oder könnte sie nachvollziehen, dass ich einen Teil unserer schillernden Vergangenheit für mich hatte beanspruchen wollen? Manchmal hatte ich den Verdacht, dass mein Gehorsam sie enttäuschte und es ihr lieber gewesen wäre, wenn ich rebelliert und überall herumposaunt hätte, wer wir waren und was wir erlebt hatten, bevor wir unser bodenständiges Dasein zu führen begonnen hatten.

Ich entschied mich, meine Mutter zu belügen. »Nein, Mom, das würde ich niemals tun.«

Ich hörte, wie sie ausatmete. »Okay, mein Schatz, ich melde mich morgen wieder.«

Ich schmatzte einen Kuss durch die Leitung, legte auf und spürte, wie die Lüge in meinem Magen brannte.

Doch als würde ich ein neues Kapitel aufschlagen, verblasste mein Schuldgefühl, als ich in den Garten trat, wo Sam und der Sternenhimmel auf mich warteten. Sam sah mich nicht an, als ich mich auf dem kalten Gras niederließ, doch er rückte sogleich an mich heran.

»Das wurde aber auch Zeit«, sagte er, und ich hörte das Lächeln in seiner Stimme. »Ich war kurz vorm Einschlafen.«

Der Drang, nach seiner Hand zu greifen, war beinah übermächtig. »Entschuldige. Meine Mutter hat mich angerufen und wollte wissen, wie es so läuft.«

Sam drehte sich zu mir um. »Wäre sie nicht gern mitgekommen?«

»Das habe ich auch schon überlegt.« Ich setzte mich in den Schneidersitz und war irgendwie nervös.

»Ist alles in Ordnung?«, fragte Sam.

»Sie wollte wissen, ob ich dir von meinem Vater erzählt habe.«

Sam lächelte. »Heißt das, du hast ihr von mir erzählt?«

»Ja.«

»Und?« Er wackelte mit den Augenbrauen. »Was hast du über mich gesagt?«

»Dass ich jemanden namens Sam kennengelernt habe.«

Er mimte den Gekränkten. »Weiter nichts?«

Ich spürte, dass ich errötete. »Was hätte ich denn noch sagen sollen?«

»Hm.« Sam wiegte den Kopf hin und her. »Vielleicht dass ich gut aussehe und mich ebenso gut mit Worten wie mit den Dingen, die man auf einer Farm wissen muss, auskenne.«

Ich musste lachen. »Woher soll ich das mit den Worten und der Farm wissen? Ich habe ja keine Beweise.«

»Ah«, sagte Sam zufrieden. »Immerhin, das gute Aussehen scheint durchzugehen.«

»Möchtest du meiner Mutter gefallen?«

Sam stützte sich auf einen Ellbogen und zwinkerte mir zu. »Was hast du ihr gesagt?«

»Dass du nett bist und –«

Er unterbrach mich mit einer ungeduldigen Handbewegung. »Das meine ich nicht. Ich möchte wissen, was du auf ihre Frage über deinen Vater geantwortet hast.«

Ich senkte den Blick. »Ich habe gelogen.«

Das schien ihn zu überraschen. »Warum? Hattest du Angst, dass sie wütend wird?«

»Vielleicht.« Ich strich mir eine Strähne hinters Ohr. Sams Blick folgte der Bewegung meiner Finger. »Nein, ich glaube, das würde sie nicht. Trotzdem möchte ich sie nicht kränken, denn … also, das klingt jetzt vielleicht ein bisschen merkwürdig … aber … manchmal sehnt sich ein Teil von mir nach einem Leben als Ian Butlers Tochter.«

Sam runzelte die Stirn. »Was soll daran merkwürdig sein? Jeder an deiner Stelle würde gern mal sehen, wie die Schönen und Reichen leben.«

»Aber dieses Leben hat meine Mutter zerstört. Wie kann ich mich danach sehnen?«

Sams Brauen wanderten in die Höhe. »Zerstört? Bist du dir da sicher? Oder hatte sie einfach nur eine beschissene Ehe?«

Er fuhr mit den Fingern durchs Gras. »Vor meinem Großvater war Roberta mit einem Mistkerl verheiratet, der sie fortwährend betrog. Ich bin sicher, dass sie gelitten hat, aber nach ihrer Scheidung hat sie Luther kennengelernt und sich in ihn verliebt. Die beiden führen ein gutes Leben. Meine Großmutter würde mir nie abraten zu heiraten, nur weil sie einmal Pech hatte. Vielleicht sieht deine Mutter es ähnlich und würde dich nicht an etwas hindern, nur weil es für sie nicht funktioniert hat.«

Auf einmal verstand ich, warum Sam unbedingt schreiben wollte. Er war so gut darin, sich in andere hineinzuversetzen und sich ihre Reaktionen vorzustellen. Er kannte meine Mutter nicht, trotzdem traf das, was er über sie gesagt hatte, zu. Wenn ich wirklich nach L.A. ziehen wollte, würde sie es mir nicht verbieten.

Die Vorstellung, meinen Traum zu verfolgen, ins Rampenlicht zu treten, das Talent zu nutzen, das ich womöglich geerbt hatte, beflügelte mich. Was Sam genau wahrnahm, ich erkannte es an seinem Blick.

Kapitel 4

An unserem sechsten Tag in London entschieden wir, uns die Wachablösung am Buckingham Palace anzusehen. Leider hatten noch Tausende andere Menschen an diesem Morgen denselben Entschluss gefasst, denn am Zaun drängten und schubsten sich wahre Massen, um einen Blick auf die rot-schwarz gekleideten Wachsoldaten mit ihren Bärenfellmützen zu erhaschen. Es störte mich allerdings kaum, denn Sam wurde an mich gepresst, und ich konnte kaum fassen, wie schwindelerregend Verlangen sein konnte und wie sehr ich mich jemandem zugehörig fühlte, den ich gerade erst kennengelernt hatte.

Sam verhakte seinen kleinen Finger mit meinem, und ich fühlte mich wie ein winziger Fisch, er hatte mich am Haken. Die Begierde raste durch meinen Arm und meine Brust in meinen Unterleib.

Ich sah zu ihm hoch.

Sam lächelte. »Beim nächsten Mal musst du deiner Mutter erzählen, was ich alles kann«, murmelte er.

Er wusste demnach, was er tat. War das ein gutes Zeichen? Oder war es eine Warnung vor jemandem, der meinen inneren Tumult genoss?

Als wir auf dem Rückweg zum Hotel einen gut gefüllten U-Bahn-Waggon betraten, gab es nur für Luther und Nana noch freie Plätze. Sam sagte, ich solle mich auf die Querstange am Ende des Waggons setzen. Er stellte sich hinter mich und hielt sich an einer Halteschlaufe fest. Ich fand meinen Sitz alles andere als bequem und schlingerte während der Fahrt hin und her, doch wenigstens schützte Sam mich mit seinem Körper vor der Masse der Drängelnden im Gang. Wieder spürte ich die Wärme seines Körpers, der sich an mich drückte und sich mit mir in die Kurven legte. Als wir unsere Station erreichten, war ich verwirrt von einem tiefen Sehnen, das mir bislang unbekannt gewesen war.

Beim Aussteigen lächelte Sam wissend, und als wir uns auf dem Hotelflur trennten, raunte er: »Bis später.«

Als ich kurz nach neun Uhr den Hotelgarten betrat, saß er auf dem Rasen und blickte mir entgegen. Wie üblich war außer uns niemand da. Es war zwar ein schöner Garten, und ich war dankbar, dass es ihn gab, aber die anderen Hotelgäste dürften die Bar oder die Clubs der Umgebung vorgezogen haben.

Sam hatte die Arme hinter sich aufgestützt und die Beine ausgestreckt und beobachtete, wie ich auf ihn zuging. In den vergangenen Tagen hatte sich etwas zwischen uns verändert, wir hatten eine Grenze überschritten. Aus einer netten Bekanntschaft war auf einmal eine gegenseitige Bewusstheit geworden, die mich unbeholfen werden ließ. Anders als es bei Sam offensichtlich der Fall war, hatte ich überhaupt keine Erfahrung darin, auf lockere Art mit jemandem zu flirten, und so achtete ich nun auf alles, was ich sagte und tat. Es war aufregend und zermürbend zugleich.

Ich saß kaum, da sagte Sam: »Weißt du eigentlich, wie schön du bist?« Dabei sah er mich unverwandt an. Im ersten Reflex wollte ich den Kopf senken, so tun, als müsse ich mir den Schuh zubinden, oder etwas Wegwerfendes sagen. Noch nie hatte ein Junge oder gar ein Mann so etwas zu mir gesagt oder, wie in Sams Fall, beinahe andächtig von sich gegeben.

Ich schaffte es, ihn anzulächeln, doch mein Herz raste. »Danke«, brachte ich hervor.

Wie in Gedanken berührte Sam die Narbe unter seiner Unterlippe. Dann sagte er: »Die Rückfahrt mit der U-Bahn hat mir gefallen.«

Ich riss die Augen auf. »Warst du das etwa hinter mir?«

Er lachte und schnippte mit den Fingern. »Leg dich hin. Heute ist der Himmel so klar wie noch nie.«

Ich sank zurück. Der kleine Satz *Leg dich hin* verhakte sich irgendwo in meinem Kopf und ließ mich nicht los. Zu meinem Erstaunen rückte Sam so von mir ab, dass nur unsere Köpfe nebeneinander waren, als wären wir die Propeller eines Flugzeugs, das gleich abheben würde.

Er deutete auf Jupiter, der hell über uns leuchtete. »Früher wollte ich Astronaut werden.«

»Wie meine Freundin Charlie. Sie hatte einen riesengroßen Pappkarton, in dem vorher ein Kühlschrank gewesen war, das war ihr Raumschiff. Als wir uns kennenlernten, spielte sie damit immer Mondlandung.«

»Erzähl mir mehr über sie.«

Sonderbar, wie weit entfernt sich mein Leben mit Charlie anfühlte und wie vertraut das Zusammensein mit Sam in so kurzer Zeit geworden war. »Sie ist meine beste Freundin.«

»Das weiß ich. Für ein Mädchen ist Charlie ein ziemlich eigenwilliger Name.«

»Findest du?« Ich wollte meinen Kopf zu ihm umdrehen und wäre fast an seinen gestoßen. Er lächelte. Ich blickte wieder in den Himmel.

»Aber ›eigenwillig‹ passt zu Charlie. Sie ist einfach klasse. Ihre Mutter war früher Model und ist noch immer eine unglaublich attraktive Frau, denkt aber kaum an etwas anderes als ihr Aussehen und wie sie es sich bewahren kann. Bei uns gibt es weder Wellness-Center noch Fitnesskurse oder Schönheitschirurgen. Sie wohnen in einem protzigen Haus am Hang, das überhaupt nicht in unsere Gegend passt. Wenn man es sieht, glaubt man, es wäre ein Skihotel in den Alpen.«

Sam murmelte irgendetwas wie »o Gott«.

»Ihr Vater kommt aus China. Da ist er jetzt wieder, denn vor einigen Jahren ist er von einer Geschäftsreise nicht zurückgekehrt. Charlies Eltern waren nie verheiratet, und so hat sie jetzt nur noch ihre Mutter.«

»Wow.«

»Als ihr Vater die Familie verlassen hatte, machte Charlie eine rebellische Phase durch. Inzwischen hat sie sich wieder eingekriegt. Angepasst und sanftmütig wird sie aber nie werden. Sie ist wirklich sehr besonders. Du würdest sie mögen.«

War das eine ausreichende Beschreibung meiner Freundin? Sie kleidete sich extravagant, hätte ich hinzufügen können, obwohl sie in Guerneville schon allein dadurch, dass sie Halbasiatin war, auffiel. Sie verlor ihr Herz an streunende Hunde und organisierte Limonadenverkäufe, um den Erlös obdachlosen Kindern zukommen zu lassen. Langsam wurde ich die Kurzfassungen leid, die ich Sam erzählte, und doch hatte ich noch nie jemanden so nah an mich herangelassen. Aber ich wollte weitergehen, wollte mein Denken mit dem von Sam vernetzen und alles, was in meinem Kopf war, herunterladen.

Sam veränderte seine Lage von Neuem, streckte sich nun wieder an meiner Seite aus. »Du hast also eine Freundin, die Charlie heißt, und da war mal ein Freund namens Jesse. Wen gibt es noch?«

Es war mir peinlich, dass die Waagschale meines Lebens so klein war, doch die beiden machten den Großteil meines sozialen Umfelds aus. Ich durfte gar nicht daran denken, dass Charlie demnächst in L.A. und Jesse in Connecticut studierten und ich gezwungen sein würde, auf der Sonoma State neue Freunde zu finden.

»Eigentlich niemanden mehr. Unsere Schule ist klein, und wir waren nicht viele in meiner Klasse. Mit den meisten bin ich gut ausgekommen, aber ich werde nie zu den Leuten zählen, mit denen alle befreundet sein wollen.« Ich drehte mich so, dass ich Sam ansehen konnte. »Ich wette, du hast bei euch zu der begehrten Clique gehört.«

Sam zuckte mit den Schultern. »Unsere Schule ist beinah zu klein, als dass man Cliquen bilden könnte. Insgesamt waren wir höchstens vierhundert Schüler. Es gab eine Jungengruppe, mit der ich viel Zeit verbracht habe. Die meisten sind genau wie ich anschließend auf die Northern Vermont gegangen, wir sehen uns fast täglich. Eric. Ben. Jackson. Andere haben sich Unis weiter weg ausgesucht – kommen wahrscheinlich nicht wieder. Bin gespannt, wen ich in zwanzig Jahren noch kennen werde.«

»Es steht also fest, dass du die Farm übernimmst?«

Ich stellte mir vor, mein ganzes Leben in Guerneville zu verbringen und eines Tages das »Jude's« zu übernehmen. Wie immer rutschte mir dabei das Herz in die Schuhe, und in meinem Kopf breitete sich gähnende Leere aus.

»So ist es geplant.« Sam holte tief Luft. »Ich mag die Farm, kenne mich mit der Arbeit fast schon so gut aus wie Luther. Nachts ist es dort unglaublich friedlich, der Himmel voller Sterne. Außerdem werden Roberta und Luther älter, und falls Luther wirklich krank ist …« Er seufzte. »Dann muss ich die Farm womöglich sogar früher übernehmen als gedacht. Was in Ordnung ist. Vielleicht schreibe ich eines Tages tatsächlich einen Roman. Das könnte ich nach der Arbeit machen. Ich habe meinen Großeltern versprochen, dass ich mich um sie kümmern werde, wenn sie alt und klapprig sind. Aber Roberta will davon nichts wissen. Sie besteht darauf, dass ich zunächst einmal heirate und wir dann weitersehen.«

»Hast du in Eden denn jemanden?«

Sam lachte. »Nein, Tate, im Moment gibt es niemanden.« Wir sahen uns an. Er wirkte belustigt. »Was glaubst du, was los wäre, wenn ich eine Freundin hätte und sie wüsste, dass ich nachts mit der hübschen Tochter eines berühmten Schauspielers auf dem Rasen liege?«

»Wir machen doch gar nichts«, sagte ich und hörte selbst, wie unaufrichtig es klang.

Für einen Moment wurde Sams Blick dunkel. Dann lächelte er. »Nein, eigentlich nicht.«

Ich spürte, wie mich eine heiße Welle überlief, und lachte albern. Und dann schwiegen wir.

»Woran denkst du?«, fragte ich schließlich.

»An dich.«

»Was denkst du über mich?«, fragte ich und klang zittrig.

»Dass ich dich mag«, antwortete er. »Dass ich nicht fassen kann, wie sehr ich dich nach dieser kurzen Zeit mag. Dass ich mit dir allein sein möchte – auch am Tag –, um dich besser kennenzulernen. Ich weiß nur nicht, wie wir das bewerkstelligen können.«

»Und was würden wir dann tun?«

Sam setzte sich auf und rieb sich den Rücken, der sicherlich so kalt wie meiner war. »Keine Ahnung. Einfach herumlaufen. Uns bei Tageslicht unterhalten.« Er warf mir einen Blick zu, und ein träges Lächeln umspielte seinen Mund. »Auf einem anderen Rasen liegen.«

»Du willst den Tag allein verbringen?«, fragte Nana und ließ sich auf der Bettkante nieder.

Der gekränkte Unterton war nicht zu überhören.

»Ja, aber das bedeutet nicht, dass ich nicht mit dir zusammen sein möchte. Ich will nur versuchen, ein paar Stunden allein zurechtzukommen. Demnächst gehe ich aufs College, dann muss ich das können.«

Nana legte sich eine Perlenkette um und schloss sie im Nacken. Ich hielt den Atem an. »Vielleicht sollte ich Libby morgen besuchen«, sagte sie. »Das könnte ich ohne dich tun.«

Libby war eine alte Schulfreundin meiner Großmutter, die irgendwo in einem Londoner Außenbezirk ein kleines Hotel besaß. Nana musste sie für eine besonders kultivierte Person halten, denn sie sprach den Namen mit der Betonung auf der zweiten Silbe aus.

»Gute Idee«, entgegnete ich und dankte dem Himmel für Libby. »Dann könnt ihr in Ruhe über alte Freundinnen tratschen, ohne dass ich euch störe.«

Nana lachte und schlug mit einer Socke nach mir. »Ich tratsche nicht.«

»Klar, und ich mag keinen Kuchen.«

Nana lachte erneut und sah mich von unten herauf an. Dann spitzte sie die Lippen, ihr Blick wurde misstrauisch. »Was willst du denn ohne mich unternehmen?«

Ich tat unentschlossen, doch mein Ziel blinkte wie eine Leuchtreklame vor mir auf. »Weiß ich noch nicht. Vielleicht gehe ich in den Hyde Park.« Ich konnte mir nicht vorstellen, dass sie mir dorthin folgen würde. So paranoid war sie nun auch nicht.

»Aber da wollten wir doch am Dienstag hin.«

»Vielleicht miete ich mir am Serpentine im Park ein Tretboot«, sagte ich, als wäre mir der Gedanke gerade erst gekommen. Tatsächlich hatten Sam und ich schon darüber gesprochen. »Dazu hast du bestimmt keine Lust.«

Nana würde sich nie im Leben in ein Tretboot setzen, aber warum sollte sie es mir verbieten? Sie nickte und streifte die Socke über. Ich hatte gewonnen.

»Nein, das Tretboot kannst du ohne mich genießen.« Sie sah mich von Neuem an. Wahrscheinlich hatte sie sich innerlich einen enormen Ruck geben müssen. Sonst durfte ich nicht einmal allein nach San Francisco oder Berkeley fahren. Und nun wollte ich mutterseelenallein – wie sie annehmen musste – durch London laufen.

»Abgemacht«, antwortete ich und versuchte, meine überschäumende Freude zu verbergen.

Kapitel 5

Sam und ich trafen uns am Serpentine im Hyde Park.

»Wie hast du das geschafft?« Sam reichte dem Vermieter der Tretboote Geld und drehte sich zu mir um. »Ich war sicher, deine Großmutter würde Nein sagen. Du musst ziemlich clever vorgegangen sein.«

»Ich habe gesagt, ich müsse lernen, unabhängiger zu werden. Und zum Tretbootfahren wäre sie niemals mitgekommen.«

Sam gab mir ein High Five, und dann folgten wir dem Vermieter zu dem Steg, an dem die blauen Boote lagen. Der Mann erklärte uns, wie wir die Pedale bedienen und steuern mussten und was wir tun sollten, falls mitten auf dem See der Wind auffrischte. Ich fragte mich, ob er nicht gesehen hatte, was für ein Muskelpaket mein Begleiter war.

Ich deutete auf Sam. »Falls wir irgendwo festhängen, werde ich ihn bitten, auszusteigen und mich an Land zu schieben.«

Der Mann musterte Sam und zog eine Braue hoch. »Na dann. Bitte nicht weiter als bis zur Brücke fahren.«

Sam hielt meinen Arm fest, als ich in das Boot kletterte. Als er sich niederließ, senkte es sich auf seiner Seite. Ich lachte. »Wahrscheinlich können wir bloß im Kreis fahren. Oder du strampelst nur mit einem Fuß.«

Seine Augen funkelten vergnügt. »Du scheinst heute gut drauf zu sein.«

Das traf zu, aber es war auch schön, dass er es registrierte. Ich war so glücklich, etwas allein mit Sam unternehmen zu können, dass mir beinah schwindelig wurde. Wir hatten nur noch sechs gemeinsame Tage, und ich hatte jetzt schon Angst vor dem Moment, an dem ich mich von ihm trennen musste.

Wir setzten zurück und stritten, wer als Erster steuern durfte, bis wir uns einigten, dass ich den Anfang machte.

»Eigentlich wollen Mädchen doch immer gefahren werden«, sagte Sam, als er mir das einfache Ruder überließ.

»Pass bloß auf«, entgegnete ich. »Oder willst du sexistisch klingen?«

Sam drückte eine Hand auf sein Herz. »Ich? Niemals.«

Auf dem See war es windiger als im Park, es kostete mich all meine Kraft, das Boot mit dem Steuer auf einem geraden Kurs zu halten.

»Kanufahren ist einfacher«, klagte ich. »Ich werde den Bootsvermieter bitten, sich Kanus zuzulegen.«

»Oder Kajaks.«

»Am Strand des Russian River gibt es jede Menge Kanus«, sagte ich. »Früher waren sie aus Aluminium und wurden im Sommer kochend heiß. Jetzt sind es aufblasbare gelbe Schlauchboote. Kurz vor Jenner ist das Wasser oft kabbelig, und man kann den Touristen dabei zuschauen, wie sie mit ihren Booten umkippen.«

»Gibt es bei euch viele Touristen?«

»Im Sommer schon. Guerneville liegt im Sonoma County. Das ist ein Weinanbaugebiet.« Langsam geriet ich außer Atem. »Und wir haben … den Fluss. Es ist … schön dort … für ein paar Tage.«

Sam lachte. Wir drifteten nach links, was daran lag, dass er die Pedale kräftiger als ich trat.

»Mir fehlt deine Kraft«, sagte ich.

Sein Tritt wurde schwächer. Er neigte sich zu mir und legte einen Arm um meine Schultern. »So besser?«

Ich schluckte und brachte ein Nicken zustande.

»Schade, dass wir heute nicht zusammen frühstücken konnten.«

Ausnahmsweise waren Sam und Luther an diesem Morgen vor Nana und mir im Frühstücksraum gewesen. Als Nana und ich mit unseren beladenen Tabletts kamen, waren sie bereits fertig und gingen kurz darauf. »Wie fühlt Luther sich?«

»Ich weiß es nicht. Er isst kaum etwas.«

Das war mir auch aufgefallen.

Sams Hand wanderte zu meinem Nacken und blieb dort liegen. »Und wie geht es dir ohne deine Großmutter in der großen Stadt?«

»Es ist ein bisschen ungewohnt. Nana und meine Mutter lassen mich sonst nirgendwo allein hingehen.«

»Wegen deines Vaters?« Er strich über meinen Nacken. »Oder sind sie überängstlich?«

»Nicht wegen Dad. Eher wegen der Presse. Oder weil es ihnen einfach zur Gewohnheit geworden ist. Während meiner ganzen Schulzeit hat mich eine von ihnen morgens zur Schule gebracht und nachmittags abgeholt.«

Seine Hand hielt inne. »Im Ernst?«

Ich nickte. »Ich habe zwar einen Führerschein, aber bisher bin ich nur wenige Male gefahren und wenn, dann nur in unserem Ort. Ich darf auch mit Freunden ins Kino gehen, aber hinterher muss ich sofort nach Hause kommen.«

»Und wieso lassen sie dich dann an der Sonoma State studieren? Wie weit ist es bis dahin?«

»Fünfzig Kilometer. Der Ort heißt Rohnert Park. Näher ging es nicht.« Ich spürte, wie sich mein Groll regte. »Die Universities of California in Santa Cruz und in Santa Barbara hätten mich angenommen. Und die University of Oregon. Doch die waren ihnen alle zu weit weg.«

Sams Finger fuhren sanft in mein Haar und jagten einen Schauer über meinen Rücken. Ich spürte seine Fingerspitzen. Dann malte er mit dem Zeigefinger winzige Kreise auf meine Kopfhaut, und in meinem Unterleib begann es zu pochen.

»Ich habe schon mit zwölf auf der Farm gearbeitet. Morgens vor Tagesanbruch ging es los, bis es Zeit war, zur Schule zu gehen. Gleichzeitig habe ich angefangen, eigenes Geld zu verdienen, habe nach der Schule im Ort Rasen gemäht und anderen Farmern bei der Heuernte geholfen. Wenn ich nicht auf der Farm gearbeitet habe, in der Schule war oder zu Hause am Esstisch saß, wussten meine Großeltern nur selten, wo ich war. Wenn sie mich wie deine Mutter und Großmutter beaufsichtigt hätten, wäre ich verrückt geworden.«

»Wahrscheinlich. Mich macht das auch verrückt, aber ich habe mich daran gewöhnt.«

»Darf ich dich in Rohnert Park besuchen?«

Meine Beine verharrten, und das Boot wurde wieder nach links gezogen. Sams Hand legte sich über meine auf dem Steuer und lenkte uns sanft aus dem Weg eines entgegenkommenden Boots. Als wir beide wieder in die Pedale traten, nahm er seine Hand fort und betrachtete mich amüsiert. »Habe ich dich erschreckt?«

Ich schüttelte den Kopf. Natürlich hatte ich auch schon daran gedacht und gehofft, dass wir uns nach London wiedersähen, aber es war nur eine Phantasie gewesen. Nun jedoch stellte ich mir ein Zimmer in einem Studentenheim vor, eine Mitbewohnerin, Kurse, an denen ich teilnehmen musste, und meine Mutter und Nana, die nur fünfzig Kilometer entfernt wären und jederzeit vorbeikommen konnten. Ich versuchte, mir Sam inmitten dieser Welt vorzustellen, doch es gelang mir nicht.

»Mir ist nur gerade bewusst geworden, dass ich bald auf mich allein gestellt sein werde und noch nicht weiß, wie ich in meiner neuen Umgebung zurechtkommen werde. Und ob ich dich aus unserer kleinen Londoner Blase herausnehmen und dort hineinsetzen kann.«

»Natürlich wirst du zurechtkommen«, sagte Sam. Nach einer Pause fragte er: »Ich habe den Eindruck, dass zwischen uns gerade etwas passiert. Oder irre ich mich?«

Ich überlegte, was ich darauf antworten sollte. Im zehnten Schuljahr hatte Jesse mich auf einem Schulball geküsst, danach waren wir zusammen gewesen. Wir hatten vorher nicht darüber geredet, was da zwischen uns war oder nicht war. Auch nachher nicht. Wir kannten uns seit dem vierten Schuljahr, wahrscheinlich war es uns überflüssig vorgekommen. Und nun wusste ich nicht, wie man über diese Gefühle, die im Spiel waren, redete. Aber natürlich war mir klar, was Sam meinte. Wenn ich mich morgens schminkte, tat ich es nicht für Nana. Ihretwegen überlegte ich auch nicht, was ich anziehen sollte. Sam zu sehen und mit ihm zusammen zu sein war im Moment das, was mich an den Tagen am meisten interessierte.

»Tate?«

»Nein«, antwortete ich schließlich, »du irrst dich nicht.«

»Dann spürst du es also auch?«

Ich fragte mich, ob er hörte, wie mein Herz gegen die Rippen hämmerte. »Ja. Ich bin nur nicht so gut im …«

»Ist es noch zu früh, darüber zu reden?«

»Nein, nicht zu früh, aber für mich ist es neu.«

Sam küsste mich ganz zart auf den Hals.

Alles in mir wurde so weich, dass ich zu schmelzen glaubte.

»Dein Atem riecht nach Erdbeeren«, murmelte ich.

Sam lachte. »Vorhin habe ich eine Crêpe mit Erdbeermarmelade gegessen. Komm, wir fahren zurück, dann kriegst du auch eine.«

Auf dem Rückweg mussten wir gegen den Wind ankämpfen. Als wir ausstiegen, zitterten meine Beine vor Anstrengung. Sam dagegen war nicht einmal außer Atem, wahrscheinlich hätte er noch locker ein paar Runden um den Hyde Park joggen können.

Wir kauften zwei Crêpes und ließen uns auf dem Rasen im Schattengeflecht eines Ahornbaums nieder. Mir war, als schwebte ich über einem Abgrund und würde, wenn ich nach unten blickte, feststellen, dass ich fiel. Es war ein Gefühl, das mich sowohl ängstigte als auch berauschte.

Nach dem letzten Bissen Crêpe seufzte Sam zufrieden und ließ sich auf den Rücken sinken.

Ich holte mein Handy hervor und schickte Nana eine SMS, um ihr zu sagen, dass bei mir alles in Ordnung war. Meine Großmutter war keine Freundin moderner Kommunikation, doch sie hatte das Blackberry meiner Mutter dabei, darauf hatte Mom bestanden.

Nanas Antwort kam kurz darauf. *Bin noch eine Weile bei Libby. Sei um fünf wieder im Hotel.*

Ich starrte auf mein Display und fühlte mich plötzlich schwerelos. Es war erst elf Uhr vormittags. Ich hatte sechs freie Stunden.

Als ich mich zu Sam umdrehte, traf ich auf seinen Blick und fragte: »Was ist?«

Sam legte sich auf die Seite und stützte sich auf seinen Ellbogen. »Wir scheinen die meiste Zeit auf dem Rasen zu verbringen.«

»Und in der Horizontalen«, rutschte es mir heraus.

»Das auch.«

»Aber diesmal im Hellen.« Ich betrachtete Sam, was ich nie richtig getan hatte, wenn wir mit Luther und Nana unterwegs waren, und konnte mich kaum an ihm sattsehen. Sein Teint war glatt und klar, die Wimpern über den grünbraunen Augen waren dicht und dunkel. Und obwohl er nicht mit Luther verwandt war, besaß er das gleiche warmherzige Lächeln.

Sam schien mich ebenfalls zu begutachten. Sein Blick glitt über mein langes Haar, meine Wangen und erreichte meinen Mund, wo er verharrte. Als er mich anlächelte, bildete sich in seiner linken Wange ein Grübchen, das ich bisher noch nicht gesehen hatte. »Du hast schöne Augen.«

Verlegen schob ich unsere leeren Pappteller fort und legte mich ebenfalls auf die Seite. »Was möchtest du heute noch tun?«

Sein Blick wurde verhangen, und ich fragte mich, ob ihm die gleichen verbotenen Gedanken wie mir durch den Kopf gingen. Ich stellte mir seinen Mund auf meinem vor, seine Hand unter meinem T-Shirt, und wie er die Sonne verdeckte, wenn er sich über mich beugte.

Ich raffte meinen ganzen Mut zusammen und fügte hinzu: »Es muss ja nicht im Park sein.«

Sams Brauen schossen in die Höhe, und er lachte auf. »Himmel, Tate.«

»Dein Gesicht verrät mir, dass du das Gleiche gedacht hast.«

Er schaute erneut auf meinen Mund, und auf seinen Lippen erschien sein träges Grinsen. »Bist du immer so direkt?«

»Nein.«

»Und warum bei mir?«

Ich wusste nicht, was ich erwidern sollte, doch Sam schien einen Magneten zu besitzen, der Antworten und Wahrheiten einfach aus mir heraussaugte. Oder es lag daran, dass er mein Geheimnis kannte und ich nichts mehr zu verbergen hatte. »Bei dir fühle ich mich sicher.«

»Wirst du mir dann auch auf alles, was ich frage, ehrlich antworten?«

Er war so nah, dass ich ihn hätte küssen können. Er hätte nichts dagegen gehabt, davon war ich felsenfest überzeugt.

»Vielleicht.«

Er runzelte die Stirn.

»Gilt das auch umgekehrt?«, fragte ich.

»Logisch.«

Plötzlich konnte ich nur noch an das eine denken, und es fiel mir schwer, mich auf etwas anderes zu konzentrieren.

Sam schien das zu erkennen, und er lächelte. Dann befreite er eine Strähne, die sich in meinem Mundwinkel verfangen hatte. »Du hattest bisher also nur einen Freund?«

»Ja. Aber mit ihm habe ich nicht geschlafen.«

Er schwieg so lange, dass ich mir wünschte, ich könnte den Satz zurücknehmen. Und dann wäre ich am liebsten aufgestanden, um mich in meinem Hotelzimmer zu verkriechen und mir die Decke über den Kopf zu ziehen.

»Ich weiß nicht, warum ich das gesagt habe.«

»Weil du an Sex denkst.«

Mein Herz fing an verrücktzuspielen, ein Metronom, das außer Kontrolle geraten war.

»Das muss dir nicht peinlich sein«, sagte Sam. »Ich denke auch daran.«

»Hast du es schon einmal getan?«, fragte ich und wünschte, ich würde nicht so unbedarft klingen.

Sam nickte.

Zuerst dachte ich, ich bildete es mir nur ein, doch dann spürte ich Sams Lippen auf meinen, und wir tauschten einen langen Erdbeerkuss.

»Ist das in Ordnung?«, flüsterte er an meinem Mund und rückte ein wenig von mir ab, um mich anzusehen.

»Ja.«

Sam legte eine Hand auf meine Wange, dann schob er sie in meine Haare und küsste mich wieder, diesmal war es, als wolle er mich kosten. Als er sich von mir löste, sagte er: »Du schmeckst so süß wie Erdbeeren.«

Ich konnte kaum noch klar denken. Mit einer Hand auf seinem Nacken zog ich Sam zu mir, bis er halb auf mir lag und sich ihm ein Stöhnen entrang. Um mich nicht zu zerdrücken, stützte er den Unterarm auf.

Ich konnte nicht genug kriegen, küsste ihn immer leidenschaftlicher. Ich wollte ihn einfach. Seit Tagen hatte sich mein Verlangen aufgestaut und sich nun in schmerzhafte Ungeduld verwandelt.

Schließlich löste Sam sich von mir. Er war außer Atem und legte seine Stirn an meine Schulter. »Wir sollten es etwas langsamer angehen lassen, immerhin muss ich noch in der Lage sein, den Park aufrecht zu verlassen.«

Sein Ohr war so nah an meinem Herz, dass er mit Sicherheit hörte, wie heftig es klopfte.

»Nana wird noch für ein paar Stunden bei ihrer Freundin sein.«

Langsam hob Sam den Kopf und sah mir prüfend ins Gesicht. »Möchtest du, dass wir ins Hotel gehen?«

»Ja. Ins Hotel«, brachte ich hervor, und es klang, als wäre ich den ganzen Vormittag gerannt.

Kapitel 6

Als ich die Schlüsselkarte durch den Schlitz an der Tür meines Hotelzimmers zog, zitterte meine Hand. Sam fasste meine Hüften, küsste meinen Nacken und schob mich durch die geöffnete Tür. Ich wusste kaum noch, was ich tat, dachte nur: *das ist Irrsinn*, und kam trotzdem nicht dagegen an. Mein Verlangen war größer als die Furcht vor dem Unbekannten, die sich wie ein Schatten in meinem Hinterkopf regte. Der Zimmerservice war schon da gewesen, die Betten waren gemacht, alles glänzte.

Sam schloss die Tür und legte die Sicherheitskette vor. Und dann standen wir da und sahen uns an.

»Wir müssen es nicht tun«, sagte Sam.

Bevor mich der Mut verlassen konnte, setzte ich mich auf mein Bett und zog mich hoch bis zum Kopfteil. Sam legte sich zu mir und trat sich die Schuhe ab.

Es war so still, dass ich hörte, wie unten auf der Straße ein Mann einen anderen anbrüllte. Auch den Wecker auf dem Nachttisch hörte ich. Und ich nahm wahr, wie schnell Sam atmete.

»Das ist verrückt«, sagte er und rückte dichter an mich heran. »Sag es mir bitte, wenn du deine Meinung änderst.«

Er küsste mein Kinn. »Schließlich haben wir uns gerade erst kennengelernt.« Er küsste meine Wange. »Sag, wann ich aufhören soll.« Er küsste meine Schläfe. »Was ist, wenn deine Großmutter kommt?«

Ich rang nach Atem. »Sie kommt nicht«, presste ich hervor. »Und ich möchte nicht, dass du aufhörst.«

Ich war sicher, dass wir mindestens zwei Stunden Zeit hätten, trotzdem rissen wir uns die Kleider vom Leib, warfen alles auf den Boden und küssten uns wild. Doch zwischen den Küssen und Berührungen fragte Sam immer wieder, ob ich es wirklich wolle.

Noch nie hatte ich mich einem Mann nackt gezeigt, aber ich war mir auch noch nie einer Sache so sicher gewesen.

Sam streichelte meine Brüste, küsste sich von meinem Hals abwärts, küsste und leckte die Stelle zwischen meinen Beinen, bis ich zu stöhnen begann und eine Hand in seinem Haar vergrub. Plötzlich bäumte ich mich zuckend auf und biss mir auf die Lippe, um nicht laut aufzuschreien. Und dann war er über mir, schwer und nackt, und fragte: »Vertraust du mir?«

Wir hielten inne. Ich erkannte an seiner Miene, dass ich mir mit der Antwort Zeit lassen, auch dass ich Nein sagen konnte. Dass wir uns dann einfach wieder sammeln, in den Hotelgarten oder in einen Pub gehen würden, um eine Kleinigkeit zu essen. Ich dachte über seine Frage nach. Ja, ich vertraute ihm.

Ich nickte, zog ihn wieder an mich und schlang meine Beine um seine Hüften. Er drückte sich an mich, warm und stark, doch bevor ich mich an ihm reiben konnte, befreite er sich und lief ins Bad. Als er zurückkehrte, wanderte mein Blick über seinen Körper, von den breiten Schultern über die muskulöse Brust und tiefer – und dann zu dem Handtuch in seiner Hand.

»Nur für den Fall«, sagte er.

Er hob mich an, breitete das Handtuch unter mir aus und bedeckte mich mit Küssen. Dann legte er sich wieder auf mich.

Mein Blick fiel auf die blendend weiße Bettdecke, die wir zur Seite getreten hatten. Die einfallende Sonne malte ein leuchtendes Trapez darauf.

»Alles in Ordnung?«, fragte Sam und stemmte sich hoch.

»Ja.« Ich fuhr mit der Hand über seinen Rücken. »Bei dir auch?«

»Ich bin nervös, aber sonst geht's mir gut.«

»Du hast das doch schon mal gemacht.«

»Aber nicht mit dir.«

Ich zitterte und wusste, dass er es spürte. Aber er küsste mich nur immer wieder, bis ich mich stöhnend zu winden begann und ihn nur noch in mir haben wollte.

Sam hatte ein Kondom ausgepackt – an das ich nicht einmal ansatzweise gedacht hätte –, und ich sah zu, wie er es überstreifte. Einen Moment lang konnte ich mir nicht vorstellen, dass ich weit genug war, um ihn in mich aufzunehmen. Doch er hob sich vorsichtig auf mich, stützte sich mit einer Hand auf und führte sich mit der anderen sanft ein. Er blickte mich an, während er sich ganz langsam bewegte, und sobald ich den kleinsten Schmerzensschrei ausstieß, hörte er auf. Dann machte er weiter, drang tiefer ein, und plötzlich war es gut – ich fühlte mich gut.

Ich fühlte mich sogar besser als gut. Ich verlor mich in ihm, spürte, wie sein Rücken unter meinen Händen schweißfeucht wurde, fühlte seinen Mund auf meinem Hals, seine Hüften auf meinen. Ich verlor mich in der einfallenden Sonne auf meiner Haut und dem hellen Licht, in das sie unser Bett hüllte. Ich verlor mich in dem Wohlgefühl, das sich unter dem Schmerz andeutete, in Sams Atem, der heiß und gierig über mich strich.

Er sagte, es fühle sich gut an,

so gut,

und ob ich dächte, ich könnte noch einmal kommen.

Ob ich wollte, dass er kam.

Ich wollte es und wollte es nicht, denn ich wusste, diesen Moment – mein – unser – erstes Mal würde es nie wieder geben. Und wenn es vorbei wäre, müsste ich mich mit mir und meiner tollkühnen Entscheidung auseinandersetzen. Ich bat ihn, noch zu warten. Ich wollte nicht, dass es zu Ende ging.

Sam wartete, oder versuchte es wenigstens mit zusammengebissenen Zähnen und indem er mich festhielt. Ich wünschte mir, er würde noch kräftiger zupacken. Doch als ich meine Füße auf seinem Rücken verschränkte und mich bewegte, keuchte er eine Entschuldigung und sackte fluchend auf mir zusammen.

Einen Moment lang regten wir uns nicht. Ich spürte einen Schmerz oder vielmehr ein kleines körperliches Unbehagen, das sich in mein Wohlgefühl drängte. Vorsichtig zog Sam sich aus mir heraus. Als er das Kondom abstreifte, war Blut an seinen Fingern, doch es schien ihn nicht zu stören. Er säuberte mich mit dem Handtuch, küsste meine Stirn und ging ins Bad.

Plötzlich zitterte ich so sehr, dass ich die Bettdecke über mich breitete und bis zum Kinn zog.

In meinen Ohren begann es zu rauschen, nur ganz entfernt hörte ich, wie im Bad die Spülung betätigt wurde. Ich fühlte mich nicht mehr wie der Mensch, den ich gekannt hatte. Tate Jones hatte keinen Sex mit einem Jungen, dem sie erst vor wenigen Tagen begegnet war. Sie würde sich auch nicht so rasch in jemanden verlieben. Doch ich musste mich in ihr geirrt haben, denn offenbar tat sie beides sehr wohl.

Als Sam aus dem Bad kam, streifte er seine Boxershorts über und stemmte sich auf allen vieren über mich, woraufhin ich unter ihm und der Bettdecke eingeklemmt war.

»Ist dir kalt, oder versteckst du dich?«

»Kalt.«

Sam kroch unter die Bettdecke, stützte sich auf einen Ellbogen und blickte auf mich herab. Er lächelte. Meine Augen begannen zu brennen. Ich fürchtete mich vor dem Moment, wenn er aufstehen und gehen würde, gleichzeitig wusste ich nicht mehr, ob das, was ich getan hatte, richtig gewesen war.

Sams Blick wurde besorgt. »Tate.«

Ich strich über seine Wange. »Ja?«

Er schloss die Augen und legte seinen Kopf an meine Brust. »Du weinst«, flüsterte er.

»Weil ich überwältigt bin. Aber von einem guten Gefühl.«

»Ich möchte nicht, dass du es bereust.«

Ich riss mich zusammen. »Das tue ich nicht.«

Sam küsste meine Brüste, biss sanft hinein. »Es ist eine große Sache. Sex zu haben, meine ich. Ich weiß, warum ich es getan habe – ich bin verrückt nach dir –, aber warum hast du es getan?«

»Könnte ich nicht den gleichen Grund gehabt haben?«

Sam lachte an meinen Brüsten. »Könntest du.«

Um halb vier küsste er mich noch einmal und verschwand. Ich machte das Bett. Wie betäubt ging ich ins Bad und stellte die Dusche an. Für lange Zeit ließ ich einfach Wasser über mich laufen, starrte die Kacheln an und fühlte mich abwechselnd glücklich und panisch.

Was wird er jetzt von mir denken?

Hat er schon mit hundert anderen Frauen geschlafen?

Ob das Kondom gehalten hat?

Wird Nana dahinterkommen? Wird sie es mir vom Gesicht ablesen?

Als Nana zurückkehrte, schien sie keinerlei Verdacht zu schöpfen. Beim Essen gab sie mir gut gelaunt Libbys Tratsch wieder, danach fuhren wir zum Shaftesbury Theatre und sahen das Musical *Hairspray*. Um elf Uhr fielen wir todmüde ins Bett. Sam hatte kein Handy, sonst hätte ich ihm noch schreiben können, weshalb ich nicht in den Garten kommen konnte.

Trotz meiner Müdigkeit schlief ich in der Nacht kaum. Bei jeder Bewegung erinnerte mich ein leichtes Brennen an das, was geschehen war, und ich starrte in die Dunkelheit. Ich fragte mich, ob Sam ebenfalls wach lag, ob er glücklich war oder den Sex mit mir bereute. Vielleicht empfand er auch etwas ganz anderes, irgendetwas, das bei ihm auf Sex folgte und für das ich keinen Namen hatte, weil ich es nicht kannte.

Am nächsten Morgen fühlte sich mein Magen an, als flatterten darin Vögel. Am Frühstücksbuffet nahm ich mir nur eine Scheibe Toast. Nana schickte mich zurück und trug mir auf, etwas Proteinhaltiges zu wählen, wenigstens Obst. *Wir haben heute einiges vor, Tate.*

Als ich am Buffet den Wurstaufschnitt betrachtete und mich fragte, ob mein Magen etwas davon verkraften würde, spürte ich, dass Sam hinter mich trat, und erschauerte.

»Hey, du«, sagte er leise und strich mit dem Finger über meinen Arm.

Ich drehte mich halb zu ihm um. Mein Puls fing an zu rasen. Sam wirkte noch verschlafen, seine Haare waren verwuschelt. »Hey.«

»Alles in Ordnung?«

Ich wandte mich wieder dem Wurstangebot zu. Hatte er mir meinen inneren Aufruhr angesehen? »Ja, mir geht's gut. Warum fragst du?«

»Du warst nicht im Garten.«

Ich trat von der Theke zurück. »Wir sind zu spät aus dem Theater gekommen. Nana wäre ausgeflippt, wenn ich noch mal fortgegangen wäre.« Ich errötete und versuchte mich an einem Lächeln. *Wir hatten Sex*. Dachte er in diesem Moment auch daran? »Wenn du ein Handy hättest, hätte ich dir Bescheid gesagt.«

Sam lachte. »Wozu brauche ich ein Handy?«

»Vielleicht, um nicht im Garten zu sitzen und vergeblich auf mich zu warten.«

Er lud zwei Spiegeleier auf seinen Teller. »Es war es wert.«

Ich lachte. »Warum, ist eine andere aufgetaucht?«

Er stieß mich sacht mit der Schulter an. »Im Ernst, geht's dir gut?«

»Ja.«

»Und nichts tut weh?«

Ich spürte, wie sich meine Gesichtsfarbe vertiefte. »Doch, aber nur ein bisschen.« Seine grünen Augen betrachteten mich forschend, seine Lippen waren leicht geöffnet.

»Es war es wert«, antwortete ich.

Sein Blick fiel auf meinen Mund. »Gute Antwort.«

»Ich hatte Angst, dass du heute komisch sein könntest.«

Sam legte die Zange für den Schinkenspeck ab. »Inwiefern komisch?«

»Einfach so.«

»Das meinte ich.« Er warf einen Blick zu Nana hinüber, um sicherzugehen, dass sie uns nicht beobachtete. »Dass es für dich zu schnell gegangen ist und du es bereust.«

»Tue ich nicht.«

»Ich bin nicht komisch.« Er legte eine Hand auf seine Brust.

Die Geste war so feierlich, dass ich lachen musste. »Ich auch nicht.«

»Gut.«

Sam lächelte.

»Ja, alles ist gut.« Ich berührte das Komma unter seiner Lippe mit dem Finger.

Kapitel 7

Nana und Luther aßen, wie es sich gehörte. Sie häuften kleine Portionen auf ihre Gabeln, kauten sorgfältig, und nie sprachen oder tranken sie mit vollem Mund. Sam und mir fehlte dagegen die Geduld, zwei Stunden beim Essen zu vertrödeln, weswegen wir unser Essen hinunterschlangen, nur um dann zusehen zu müssen, wie Luther und Nana ihr Mahl quälend langsam verzehrten und zwischendurch noch die Gabeln ablegten, um sich zu unterhalten. Hinzu kam, dass Nana sich nach dem Nachtisch noch eine Tasse Kaffee bestellte, den sie erst trank, wenn er Zimmertemperatur angenommen hatte.

Immerzu musste ich daran denken, dass ich vor vierundzwanzig Stunden Sex mit Sam gehabt hatte. Als Nana die Hand hob, um bei dem Kellner einen weiteren Kaffee zu bestellen, traf ich auf Sams Blick, der Hol-mich-hier-raus flehte.

Ich raffte meinen Mut zusammen und fragte Nana, ob Sam und ich schon nach draußen gehen durften.

Nana sah mich mit hochgezogenen Brauen an. »Nach draußen gehen?«

»Ja, ein bisschen herumlaufen, Leute beobachten und so.«

Ich wand mich verlegen. »Hier drinnen ist es so warm – und langweilig.«

Ich wusste, später würde mein Teenagerverhalten mir eine Lektion über anständiges Betragen einbringen, aber mir war alles recht, solange wir hier nur herauskamen. Nana wedelte uns mit einer kleinen Handbewegung fort.

Bevor sie oder Luther es sich anders überlegen konnten, sprangen Sam und ich auf und stürzten fort von dem schummrigen Licht und den gedämpften Stimmen.

Hinter dem Restaurant gab es eine Boccia-Bahn und kleine Schachtische. Die Boccia-Bahn war besetzt. Sam deutete auf einen Schachtisch. Ich nickte, obwohl ich seit einer Ewigkeit kein Schach mehr gespielt hatte. Wir ließen uns nieder.

Ich nahm Weiß, er Schwarz. »Du fängst an«, sagte Sam.

Ich schob meinen Königsbauern zwei Felder vor und wollte etwas sagen, als Luthers Stimme durch das geöffnete Restaurantfenster zu uns drang. Sehr weit waren wir ihm und Nana also nicht entflohen.

Sam verdrehte die Augen und zuckte mit den Schultern. Am liebsten hätte ich mich über den Tisch gebeugt und ihn geküsst. Was am Tag zuvor passiert war, klang wie ein Echo in meinem Körper nach und versetzte ihn immer wieder von Neuem in Aufruhr.

Sam schien meine Gedanken zu lesen, denn er ließ seine Schachfigur los und sagte: »Wir könnten uns auch in die Büsche schlagen.«

Ich wollte gerade antworten, dass es sicher mehr Spaß als Schach machen, ich jedoch die Todesstrafe riskieren würde, als Nana von drinnen zu hören war. »Nein«, sagte sie, »als mein Mann starb, war ich erst Ende zwanzig.«

Sams Blick wanderte zu dem geöffneten Fenster.

»Ich hatte eine sechsjährige Tochter, die ich allein großziehen musste«, fuhr Nana fort. »Aber wenigstens wurde ich nicht mehr angeschrien, weil ich nicht gut genug geputzt hatte.«

Sie machte eine Pause. Wahrscheinlich hob sie gerade die Tasse und testete die Temperatur des Kaffees mit gespitzten Lippen. »Glücklicherweise warf mein Restaurant schon nach kurzer Zeit genug ab. Deshalb hatte ich auch nie den Wunsch, wieder zu heiraten.«

Ich dachte, ich höre nicht recht. Normalerweise sprach Nana nicht über die Dinge, die länger als ein Wochenende zurücklagen. Sie hielt nichts davon, Vergangenes aufzuwärmen und breitzutreten. Ich wusste, dass meine Mutter vaterlos aufgewachsen war, doch nun erfuhr ich, dass es Nana nicht das Geringste ausgemacht hatte.

»Genauso erging es Roberta nach ihrer ersten Ehe«, sagte Luther. »Sie wollte auch nicht mehr heiraten, obwohl sie einen kleinen Jungen hatte. Sie wollte allein zurechtkommen. Ich musste sie mühsam davon überzeugen, es noch einmal zu versuchen, und habe ihr gesagt, dass sie zwar keinen Mann brauche, aber wenn sie einen wolle, sei ich zu haben.«

Ich warf Sam einen Blick zu. Er lauschte ebenso interessiert wie ich. Wahrscheinlich kannte er die Geschichte seiner Großeltern auch nur in Bruchstücken. Ich schätzte Luther auf Ende sechzig und dachte an die kleine Stadt, in der er mit seiner Frau lebte. Wahrscheinlich war es seinerzeit für einen Schwarzen und eine Weiße nicht einfach gewesen, zusammen zu sein.

Nana sprach nun entweder sehr leise, oder Luther hatte ihr etwas vom Gesicht abgelesen, denn als Nächstes war er wieder zu hören. »Anfangs hatten Roberta und ich natürlich einiges auszustehen. Es gab etliche bei uns im Ort, denen es nicht passte, wenn ich mit ihr durch die Straßen spazierte.«

»Das kann ich mir vorstellen.«

»Aber Roberta ließ sich nicht beirren.« Luther lachte. »Selbst nicht, als sie unsere Scheune in Brand gesteckt haben.«

Ich erschrak, doch Sam nickte nur.

»Also haben Sie Tates Mutter ganz allein aufgezogen.«

Sam beobachtete mich. Ich hatte Nana noch nie über jene Zeit sprechen hören und wusste nicht, ob ich mir die Ohren zuhalten oder weiterlauschen sollte.

»Ja, aber uns ging es gut. Emma war ein braves Kind.« *Emma also, nicht Emmeline.* »Sie hat nur viel zu jung geheiratet. Hat mit achtzehn jemanden kennengelernt und dafür alles fallenlassen.«

Sam sah mich an. Wahrscheinlich fragte er sich ebenso wie ich, was Nana Luther noch alles anvertrauen würde.

»Darum sorge ich mich auch«, sagte er teilnahmsvoll, »dass Sam sich Hals über Kopf in jemanden verliebt und sich verletzbarer macht, als es in diesem jungen Alter gut für ihn ist. Oder dass er etwas völlig Überstürztes tut. Sam folgt seinen Gefühlen, das war von jeher so.«

Sam errötete und setzte seinen Königsbauern ebenfalls zwei Felder vor. »Vielleicht sollten wir Strip-Schach spielen«, sagte er viel zu laut.

Ich beugte mich vor und flüsterte: »Wenn wir sie hören können, können sie uns auch hören.«

»Verdammt. Meinst du, sie haben mitgekriegt, dass ich mit dir in die Büsche wollte?«

Ich nickte lächelnd, doch anscheinend hatten sie nichts gehört, denn Nana sprach in ruhigem Ton weiter. »Sam ist ein guter Junge. Und er macht mir einen gefestigten Eindruck. Um ihn müssen Sie sich bestimmt keine Sorgen machen.«

»Hoffentlich nicht.« Pause. Dann sagte Luther: »Darf ich fragen, ob Tates Vater noch eine Rolle spielt?«

»Emmas Ex-Mann?« Nana schnaubte. »Ein grässlicher Mensch. Hat meine Tochter belogen und betrogen. Hatte nie Zeit für seine Familie.«

Ich spürte Druck auf meiner Brust. Sam betrachtete mich mitfühlend. Dann stand er auf und bedeutete mir, ihm zu folgen. Doch ich saß wie festgenagelt. Seit ich denken konnte, war ich bei Fragen über meinen Vater gegen eine Wand gelaufen. »Ohne ihn bist du besser dran«, war alles, was Nana jedes Mal antwortete. Nun hatte ich die Chance, mehr zu erfahren, zu hören, warum mein Vater mich nie zu sich einlud. Ob meine Mutter es ihm verboten hatte.

»Emma ist ein passiver Mensch«, fuhr Nana fort. »Sie ist sehr großherzig – vielleicht zu sehr. Aber ihr Ehemann? Meine Güte. Liebe macht bekanntlich blind, sonst hätte Emma erkannt, was es für ein Mann war. Für mich war er der selbstsüchtigste Mensch, der mir jemals über den Weg gelaufen ist. Und alles bei ihm war Schein.«

»Hm«, machte Luther. »Hat er noch Kontakt zu Tate?«

»Nein.« Kurze Stille. Vielleicht nahm Nana einen Schluck Kaffee. »Darauf legt er wohl keinen Wert.«

Es war, als hätte man mir ein Messer in die Brust gerammt. Ich hatte schöne Erinnerungen an meinen Vater. Bilder, in denen er mich trug, mit mir im Bett lag und mir vorlas, mit mir am Strand in den Wellen planschte. Ich wollte glauben, dass er mich aufgegeben hatte, um mich vor zu viel Öffentlichkeit zu schützen. Dass er es aus Liebe getan hatte. Sicher, er hatte nicht um mich gekämpft, und vielleicht hatte er an jenem Tag tatsächlich vergessen, mich am Flughafen abzuholen … aber nun schien es, als hätte meine Mutter ihn besser dargestellt, als er war.

Ich mochte nichts mehr hören und stand auf. Ich wollte mir meine Mutter nicht als ungeliebte Frau vorstellen müssen und meinen Vater nicht als jemanden, der mich nicht gewollt hatte.

Ich lief an der Boccia-Bahn vorbei zu einer kleinen Baumgruppe.

Sam folgte mir.

Ich ließ mich auf einer Bank nieder, stützte meine Ellbogen auf die Knie und den Kopf auf die Hände.

Sam setzte sich zu mir. »Bist du okay?«

Ich lachte trocken auf. »Mit mir will sie nicht über meinen Vater reden, aber bei Luther wird sie zur Plaudertasche.«

»Vielleicht weil es bei Luther keine Folgen hat.«

»Aber warum spricht sie so über ihn? Sicher, er hat meiner Mutter wehgetan, aber er ist immer noch mein Vater.« Ich lehnte mich zurück. »Und niemand fragt danach, was ich will.« Ich sah Sam an. »Wenn du eine Beziehung zu deinem Vater haben könntest, würdest du es dann nicht mit ihm versuchen?«

Sam schüttelte den Kopf. »Nein, aber das lässt sich nicht vergleichen. Außerdem reagiert jeder anders.« Er nahm meine Hand. »Mein Vater hat mich weggegeben. Deine Mutter hat dich von deinem Vater fortgeholt. Das ist ein großer Unterschied, auch wenn es dir vielleicht nicht so vorkommt.«

Er war so nah, dass ich ihn hätte küssen können, doch meine Traurigkeit dämpfte mein Verlangen. Aber dann wandte Sam sich zu mir um und küsste mich. Das Restaurant lag nur wenige Schritte entfernt, doch ihn zu spüren war so tröstlich, dass mir egal war, wer uns sah. Ich drängte mich an ihn, vergrub meine Hände in seinem Haar und erwiderte seinen Kuss hingebungsvoll.

Als er sich von mir löste, hatte sein Blick wieder die Schwere, die ich kannte.

»Am liebsten würde ich dich mit nach Vermont nehmen«, sagte er leise.

»Ich würde mitkommen.«

Er küsste mich noch einmal. »Ich mache dir einen Vorschlag. Wenn ich dich demnächst in Kalifornien besuche, fahre ich mit dir zu deinem Vater nach L.A., wenn du das möchtest.«

Ich hatte nicht gedacht, dass Sam und ich noch einmal ungestört zusammen sein würden. Doch Nanas Worte hatten in mir etwas ausgelöst, das wie ein Echo nachklang und mich immer wieder darüber nachdenken ließ, wer ich in dieser Geschichte eigentlich war – und wer ich sein wollte. Und so schlich ich mich gegen Mitternacht in den Garten. Sam war da, und wir küssten uns, bis unsere Lippen wund waren. Vielleicht ahnte er, dass ich mich von einem Kummer ablenken wollte und auch deswegen seine Nähe suchte. Doch er hinterfragte es nicht, sondern schob seine Hand in meine Hose und sah mir ins Gesicht, während er mich berührte und mir vor Lust beinah die Sinne schwanden. Als ich auch nach ihm griff, stieß er einen erleichterten Seufzer aus.

Ich hätte nicht beschreiben können, was genau zwischen uns ablief, wusste weder, wie es sich so rasch, so weit hatte entwickeln können, noch wie wir das, was da auf einmal zwischen uns war, in Zukunft aufrechterhalten würden. Womöglich war es unbedacht, ihm mein Herz zu schenken, mich diesem Gefühl für ihn so haltlos hinzugeben, obwohl ich ihn vielleicht nie wiedersehen würde. Aber ich kam nicht dagegen an – und wer sagte denn, dass wir uns nicht wiedersähen.

Bei jedem Telefonat mit meiner Mutter streute ich kleine Informationsbröckchen über Sam und mich ein, um ihre Reaktion zu testen. Sie fand es wundervoll, dass ich mich verliebt hatte. Aber dass ich mit ihm geschlafen hatte und nur an eines denken konnte, wenn ich ihn sah, verriet ich ihr nicht.

Als wir uns am nächsten Abend im Garten trafen, konnte ich nicht genug von ihm bekommen. Wenn Sam meine Wange streichelte, wollte ich, dass er meinen Körper streichelte. Wenn seine Hand über meine Brüste fuhr, wollte ich, dass er sich auf mich legte. Als er auf mir lag, sollte er in mir sein. Ich wollte ihn besitzen und von ihm besessen werden, so sehr, dass es mir fast den Verstand raubte.

Doch als ich nach dem Bund seiner Hose griff, hielt Sam inne und murmelte: »Wir sollten aufhören.«

»Ich will nicht aufhören.«

»Ich auch nicht, aber ich möchte nicht wegen unsittlichen Verhaltens in einem Hotelgarten festgenommen werden.«

»Lass uns ganz schnell sein.«

Wir verzogen uns hinter die Bäume, und dort geschah es in aller Hektik, doch mit aller Leidenschaft. Als ich danach in unsere Sterne starrte, sagte Sam: »Wie kann etwas, von dem ich immer geträumt habe, Realität werden? Verrückt.« Er fuhr mit dem Finger an den Konturen meines Munds entlang. »Aber wenn ich dich berühre, ist es, als würden alle meine Phantasien wahr.«

Realität. Plötzlich war mir, als würde sie bereits nach uns greifen, und ich schloss die Augen. »Sag so etwas nicht.«

Er stützte sich auf seinen Ellbogen, das Haar von meinen Händen verstrubbelt, die Lippen vom Küssen geschwollen. »Warum nicht?«

»Weil es die Rückkehr nur umso schwerer macht.«

Sam betrachtete mich halb amüsiert, halb mit einem Ausdruck, den ich nicht zu deuten vermochte.

»Wenn du künftig an diese Zeit zurückdenkst«, begann

ich, »wirst du dich dann nur daran erinnern, dass du in London Sex hattest?« Ich wusste selbst, wie erbärmlich die Frage war, aber ich musste es wissen.

Sam lachte. »Nein.« Er küsste mich. »Ich hätte in London Sex haben können, dessen bin ich mir sicher. Aber ich bin mindestens ebenso gern mit dir zusammen, wenn wir angezogen sind. Das meinte ich mit ›Phantasie‹. Außerdem habe ich doch schon gesagt, dass ich dich besuchen werde.«

Ich verstand nicht, warum mich das noch trauriger machte. Konnte ich mich auf mein Herz verlassen? Ein Herz, das in Liebe entbrannt war? Gab es für uns wirklich Hoffnung? Sprachen da nicht viel zu viele Dinge dagegen? Andere Frauen, die Sam für sich gewinnen würden? Frauen, die ich jetzt schon hasste. Ich dagegen würde in Rohnert Park gewiss niemanden finden, der es mit Sam aufnehmen konnte, auch wenn es an der Uni jede Menge Studenten gab.

Als wir aufstanden, fühlten sich meine Beine wie Mus an. Ich war einfach erschöpft, körperlich wie emotional, und hätte im Stehen schlafen können. Im Aufzug zog Sam mich an sich. »Weiß dein Vater, dass du bald aufs College gehst?«

»Wahrscheinlich nicht. Ich weiß ja nicht einmal, ob meine Mutter überhaupt noch mit ihm spricht.«

»Du hast also nie mehr von ihm gehört.«

Ich strich über die Narbe unter Sams Lippe. »Er schenkt mir etwas zu Weihnachten. Meistens irgendein teures technisches Zeug. Falls er mir etwas dazuschreibt, muss Nana es wohl entfernen, denn ich bekomme die Sachen nur mit einem Geschenkanhänger, auf den Nana *Von Ian für Tate* geschrieben hat.«

»Schickt er dir nicht einmal Geld? Er muss doch superreich sein, wohingegen –« Sam brach ab und lächelte entschuldigend. Natürlich hatte er mitbekommen, dass Nana jeden Penny dreimal umdrehte und wir alles andere als reich waren.

»Nein, kein Geld. Glaube ich jedenfalls nicht. Aber wir kommen ja auch so zurecht.«

»Mein Vater ist Börsenmakler und hat Geld ohne Ende. Trotzdem hat er Luther und Roberta nie Unterhalt für mich gezahlt. Auch keine Geschenke geschickt. Manchmal frage ich mich, ob er sich überhaupt noch an mich erinnert.«

Die Sorge hielt ich für übertrieben, aber was wusste ich schon. »Hat Roberta denn noch Kontakt zu ihm?«

»Sie schreibt ihm zu Weihnachten, vielleicht auch zum Geburtstag.« Sam zuckte die Achseln. »Kann sein, dass sie dann und wann telefonieren, aber das geht nie von ihm aus.«

»Vielleicht ist er wie DiCaprio in *The Wolf of Wall Street.*«

»Wahrscheinlich.«

»Macht es dich traurig?«

»Mein Vater interessiert mich nicht mehr.«

Wie abgeklärt Sam war. Lag es an den unterschiedlichen Leben, die wir geführt hatten? Ich, das Mädchen, das zwar geliebt wurde, aber unter der Aufsicht zweier Frauen gestanden hatte, die alles überwacht und mir nur wenig erlaubt hatten. Sam, der ebenfalls geliebt worden war, aber jede erdenkliche Freiheit genossen hatte.

Die Aufzugstür öffnete sich. Normalerweise ging Sam nun nach links, ich nach rechts, und an unserer jeweiligen

Tür winkten wir uns noch einmal zu, bevor wir ins Zimmer schlüpften. Diesmal begleitete er mich zu meiner Tür.

Als ich die Schlüsselkarte durchziehen wollte, hielt er meine Hand fest. »Das, was du vorhin gesagt hast, gefällt mir nicht«, flüsterte er. »Wie kommst du darauf, dass es für mich nur Sex gewesen sein könnte? Denkst du so über mich?« Sein Gesicht war ernst geworden.

»Nein. Es ist einfach diese aberwitzige Situation. Ich kenne dich seit einer Woche und empfinde mehr für dich, als ich in drei Jahren für Jesse empfunden habe. Und nun geht es zu Ende. Und das macht mich fertig.«

Sams Blick verdüsterte sich. »Wieso geht es zu Ende?«

»Weil –«

Er schnitt mir das Wort mit einem Kuss ab. Dann schloss er mein Gesicht in die Hände und sah mir in die Augen. »Es gibt kein ›weil‹.«

Sein Kuss nahm mir den Atem, ich konnte nur nicken.

Sam küsste mich erneut. »Ich glaube, ich bin dabei, mich in dich zu verlieben. Es ist total verrückt.« Er errötete.

Ich musste an mich halten, um nicht vor Freude zu jauchzen. »Nein, ist es nicht. Mir geht es doch genauso.«

Kapitel 8

Als Sam am nächsten Morgen zum Frühstück erschien, wagte ich ihn kaum anzusehen, vor Angst, ich würde feuerrot anlaufen. Und dann würde Nana erkennen, wie verrückt ich nach ihm war, und wahrscheinlich auch, dass wir Sex hatten und an nichts anderes denken konnten.

Ich glaube, ich bin dabei, mich in dich zu verlieben.

»Wo ist Luther?«, fragte Nana.

Ich hob den Kopf. Richtig, Sam war allein gekommen. Und normalerweise wäre er nach einem kurzen Gruß zum Buffet gestürzt. Stattdessen machte er einen nervösen Eindruck und ließ sich auf einen Stuhl fallen. »Er liegt noch im Bett.«

Unsere Blicke trafen sich. Seine Augen wirkten seltsam matt. Er öffnete den Mund, schien etwas hinzufügen zu wollen und überlegte es sich anders. Dann wandte er den Kopf um und schaute zum Fenster. Für einen Moment wusste keiner etwas zu sagen.

Mein Magen zog sich ängstlich zusammen, auch Nana schien besorgt. »Ist mit dir alles in Ordnung?«, fragte sie Sam.

Er richtete seinen Blick auf sie und blinzelte, als müsse er sich wieder erinnern, wo er war. »Ja, danke. Ich bin nur hungrig.«

Er stand auf und ging zum Buffet.

Nana sah ihm nach. Ich betrachtete meinen Teller. Vielleicht hing Sams Verhalten mit Luther zusammen, doch andererseits hatte er sich während der ganzen Zeit Sorgen um ihn gemacht, aber trotzdem nie getan, als wäre ich nicht da.

Das Einzige, was sich verändert hatte, war, dass er in der Nacht bekannt hatte, er sei dabei, sich in mich zu verlieben.

»Der Junge benimmt sich komisch«, sagte Nana und griff wieder nach ihrer Gabel. »Allerdings sah Luther in den letzten Tagen ziemlich schlecht aus. Vielleicht liegt es daran.«

Wie sonst auch kehrte Sam nun mit einem hoch beladenen Tablett zurück und fiel über sein Essen her.

»Sam«, sagte ich leise, als Nana sich Obst holen ging.

Sam hob den Kopf. Da er den Mund voll hatte, zog er fragend die Brauen hoch.

»Bist du okay?«

Einen Moment lang trafen sich unsere Blicke. Dann schluckte er seinen Bissen hinunter und lud die nächste Portion Rührei auf seine Gabel. »Nicht wirklich.«

Danach mied er meinen Blick, und wir beendeten unser Frühstück in einer Stille, in der nur das Geräusch unserer Gabeln auf den Tellern zu hören war.

Als wir mit dem Aufzug zurück zu unseren Zimmern fuhren, konnte ich nichts sagen, weil Nana bei uns war. Und als ich, während Nana im Bad war, an Sams Zimmertür klopfte, öffnete niemand.

Auch später, als Nana und ich das Hotel verließen, war von den beiden nichts zu sehen.

Am Abend war Sam nicht im Garten.

Am nächsten Morgen erschien weder er noch Luther zum Frühstück.

»Ich frage mich, ob sie früher zum Lake District aufgebrochen sind«, sagte Nana am Frühstückstisch. Für einen Moment starrte sie aus dem Fenster, als wäre die Antwort dort zu finden. Wahrscheinlich war ihr das abrupte Verschwinden der beiden Männer ebenso unbegreiflich wie mir.

»Sam glaubt, dass Luther krank ist«, sagte ich.

Nana nickte. »Das glaube ich auch.«

Ich legte die Gabel ab und mochte nichts mehr essen. Alles schmeckte nach Pappe.

»Ich weiß, dass du Sam magst«, sagte Nana. »Aber nimm es dir nicht zu Herzen.«

Magst.

Ich mochte Schokolade. Und meine roten Doc Martens. Ich mochte Sonnentage auf dem Wasser. Aber ich hätte nie gesagt, dass ich Sam *mögen* würde.

Trotzdem nickte ich und versuchte, ein Stückchen Grapefruit hinunterzuwürgen.

Im Zimmer wartete ich, bis Nana wieder im Bad war. Dann rief ich meine Mutter an und hörte selbst, wie tonlos ich klang. Normalerweise erzählte ich ihr morgens, was wir am Abend erlebt hatten, doch diesmal sagte ich davon nichts, und auf ihre Fragen gab ich nur einsilbige Antworten. Meine Mutter fragte besorgt nach, ob mit mir alles in

Ordnung sei. Auch mit Nana. Und mit Sam. Ich sagte nur, Sam und Luther seien fort. Und nein, ich glaubte nicht, dass wir in Kontakt blieben. Aber Nana und ich würden uns gleich die Saint Paul's Cathedral ansehen.

Ich dachte daran, dass Sam gesagt hatte, er werde mich in Kalifornien besuchen, mit mir nach L.A. fahren, um meinen Vater zu sehen. Eine Woge der Enttäuschung schlug über mir zusammen. Natürlich konnte ich auch ohne Sam zu meinem Vater fahren, doch er war der erste Mensch gewesen, der mich in meinem Wunsch, meinen Vater wiederzusehen, ermutigt hatte. Er hatte mir ein Gefühl von Entschlossenheit und Stärke gegeben, was ich zuvor nicht gehabt hatte. Und nun hatte weder ich die Möglichkeit, ihn zu kontaktieren, noch er mich.

Ich verabschiedete mich von meiner Mutter und steckte das Handy in meine Handtasche.

Wie betäubt folgte ich Nana aus dem Zimmer, dann über den Flur und in den Aufzug hinein.

»Bereit, unser nächstes Ziel zu erkunden?«, fragte Nana einen Tick zu munter. Sie setzte eine fröhliche Miene auf, um mir zu zeigen, wie man eine Enttäuschung überwand und weitermachte.

Ich versuchte mich an einem Lächeln, spürte, wie sich mein Mund verzog. Wahrscheinlich brachte ich nur eine Grimasse zustande.

»Schätzchen«, sagte Nana kopfschüttelnd.

Mit gestrafften Schultern und hochgerecktem Kinn durchquerte sie die Empfangshalle und steuerte den Ausgang an. Ich folgte ihr mit gesenktem Blick.

Plötzlich blieb sie stehen, so abrupt, dass ich in sie hineinlief und Nana ins Stolpern geriet.

Gleich darauf blinzelten wir im Blitzlichtgewitter. Zahllose Kameras fingen die Szene ein, die ich noch wochenlang auf Zeitungsfotos sehen würde. Zig Stimmen riefen meinen Namen – *kannten meinen Namen!*

Nana fuhr herum, fasste meine Hand und zerrte mich zurück in die Hotelhalle. Ich brauchte lang – viel länger als sie –, bis ich begriffen hatte, was da draußen los war.

Kapitel 9

Nicht länger verschollen –
Tate Butler taucht in London auf.
Die berühmte Tochter von Ian Butler und Emmeline Houriet
ist wieder da. Alles über ihr Leben im Verborgenen,
über Heimlichkeiten und Angst.

Tate Butler, einzige Tochter des bekannten Schauspielers Ian Butler, war acht Jahre alt, als sie und ihre Mutter Emmeline Houriet plötzlich verschwanden. In der Folge rankten sich wilde Gerüchte und Spekulationen um ihren Vater.

In dieser Woche tauchte Tate Butler wieder auf.

Wir erinnern uns an Butler als liebenden Vater, der mit seinem Töchterchen auf dem Arm über den roten Teppich lief. Doch nach dem Skandal, der auf die Affäre mit seiner Schauspielerkollegin Lena Still folgte, flohen seine Frau und seine Tochter aus Los Angeles. Niemand wusste, wohin.

Die Antwort verrät uns die inzwischen achtzehnjährige Tate selbst.

Ein guter Freund von ihr hat dem Guardian *berichtet, dass sie die Highschool beendet hat, ab Herbst an der Sonoma State University in Kalifornien studieren will und von der Idee besessen ist, in die Fußstapfen ihres Vaters zu treten. Außerdem sei sie bereit,*

»die Vergangenheit mit der ganzen Geheimnistuerei« hinter sich zu lassen.

Wie wir jetzt wissen, zog Emmeline sich seinerzeit mit ihrer Tochter in eine Kleinstadt namens Guerneville, nördlich von San Francisco, zurück, wo das Kind den Namen Tate Jones erhielt. Aus der Mutter wurde Emma Jones. Emma Jones hat es geschafft, unerkannt zu bleiben und in dem Ferienort Guerneville ein ruhiges Leben zu führen. Das Sorgerecht für Tate wurde ihr nach einem erbitterten Streit hinter den Kulissen zugesprochen. Seitdem hat sie ihre Tochter von Ian ferngehalten.

Tate ist gerade zum ersten Mal außer Landes. In London hat sie einem Vertrauten alles erzählt.

»Ich habe nicht den Eindruck, dass Butler ein guter Vater war«, heißt es aus dieser Quelle. »Ganz gleich, was er behauptet, er hat nie den Versuch gemacht, sich mit Tate in Verbindung zu setzen. Sie hat ein sehr behütetes Leben geführt. Außer drei oder vier Personen wusste niemand, wer sie war. Dafür haben ihre Mutter und ihre Großmutter gesorgt. Doch jetzt ist Tate erwachsen, und es wird Zeit, dass sie selbst über ihr Leben bestimmt.«

Kapitel 10

Außer mir vor Panik rief ich meine Mutter an und ließ sie kaum zu Wort kommen. Ich hörte gerade so, wie sie sagte, vor dem Restaurant hätten sich jede Menge Fotoreporter eingefunden.

»Es tut mir leid, Mom, bitte verzeih mir.«

»Jetzt beruhige dich doch mal«, sagte meine Mutter. »Irgendwann wäre es doch sowieso –«

Ich ließ sie nicht ausreden. »Aber ich habe ihm *alles* erzählt. Alles über dich und Dad. Was wird Dad jetzt tun? Glaubst du, er verklagt uns?«

»Tate, sei nicht albern.« Meine Mutter lachte.

Sei nicht albern.

Sie klang so gelassen.

Hinter mir im Zimmer lief Nana auf und ab und telefonierte mit unserer Fluggesellschaft, um unseren Rückflug vorzuverlegen. Als Nächstes rief sie die frühere Agentin meiner Mutter an und bat sie, vor unserem Abflug jemanden zum Flughafen Heathrow zu schicken, der dafür sorgte, dass wir ohne größere Probleme würden abreisen können.

Ich drückte mein Handy ans Ohr, lauschte meiner Mutter, ohne dass ihre Worte zu mir durchdrangen. Lediglich ihr beruhigender Tonfall kam bei mir an. Und dass sie sagte, sie habe mich lieb. Alles sei gut.

Aber nichts war gut. Was hatte ich da nur angerichtet?

Und dennoch flüsterte eine üble kleine Stimme in meinem Ohr: *Jetzt weiß dein Vater wenigstens wieder, dass er eine Tochter hat.*

Als wir am Flughafen ankamen, öffnete ein Mann die Tür unseres Taxis. Nana stieg aus, und die Tür schloss sich wieder, ohne dass ich ihn richtig zu Gesicht bekommen hatte. Ich sah nur, dass er Nana an einer Meute Fotoreporter vorbei in einen eng gezogenen Kreis Sicherheitsbeamter dirigierte. Dann kehrte er zurück und holte mich ab.

»Hi, Tate«, sagte er lächelnd. »Mein Name ist Marco.«

Er hatte fein geschnittene Züge und pechschwarzes Haar, das seine blauen Augen betonte. Ich schätzte ihn auf Ende zwanzig. Er strahlte Ruhe aus, vielleicht hatte er solche Situationen ständig zu bewältigen. Er griff nach meiner Hand. Seine Hand war warm und glatt, doch als er mich aus dem Auto zog, spürte ich ihre Kraft.

Anders als Nana wurde ich nicht zu den Sicherheitsbeamten geschleust. Stattdessen barg Marco mich halb unter seinem Jackett und eilte mit mir an dem Blitzlichtgewitter vorbei über einen Seiteneingang in einen separaten Raum. Dort würden wir auf unseren Abflug warten, sagte er. Wahrscheinlich legte man auch auf dem Flughafen keinen Wert auf das Pressetheater.

Nana war bereits da. Sie erklärte, sie brauche einen Schluck Wasser und müsse mit meiner Mutter telefonieren. Dann verließ sie den Raum. Wahrscheinlich wollte sie mich wenigstens für ein paar Minuten nicht sehen.

Vom vielen Weinen waren meine Augen geschwollen, so sehr, dass ich das Gefühl hatte, ich könnte meine Lider selbst sehen. Meine Nase war wund vom vielen Schnäuzen, meine Lippen waren trocken und aufgesprungen, meine Haare ungekämmt.

Marco blieb die Ruhe selbst, sein Gesichtsausdruck gleichmütig und freundlich.

»Alles gut?«, fragte er.

»Alles bestens.« Mit zittriger Hand versuchte ich, meine Haare zu glätten. »Bei dir auch?«

Er lachte schallend. Ich hätte gern weiter Witze gerissen, doch in meinen Augen brannten schon wieder Tränen.

»Ich wollte nicht, dass so was passiert«, sagte ich mit belegter Stimme.

»Vergiss es.« Marco machte eine wegwerfende Handbewegung, und auf seinem Gesicht zeigte sich ein beschwichtigendes Lächeln. Er war zu schön, um wirklich maskulin zu wirken, dazu hatte er etwas Elfenhaftes. Ich erinnerte mich an den Film *Herr der Ringe*, den ich mit Charlie gesehen hatte. Nachher sagte sie, Legolas sei die schönste Frau von allen gewesen. Das hätte man auch zu Marco sagen können.

»Ian ist inzwischen auf vier Titelseiten«, erzählte Marco. »In der Regenbogenpresse ist dein Wiederauftauchen die Story Nummer eins. Deshalb bleibt uns wohl nichts anderes, als den ganzen Zirkus mitzumachen.«

Ich putzte mir die Nase. »Ich will nicht unhöflich sein, aber wer sind Sie eigentlich?«

Marco drückte eine Hand auf seine Brust und mimte den Zerknirschten. »Entschuldige, ich hätte mich natürlich vorstellen sollen. Mein Name ist Marco Offredi. Von Beruf bin ich PR-Manager. Deine Stiftung hat mich beauftragt, deine PR-Interessen zu vertreten.«

»Meine … Stiftung? Was ist das? Und wie kann eine Stiftung jemanden beauftragen?«

Marco lachte. »Dein Vater hat mich angerufen. Aber mein Gehalt wird aus dem Stiftungsfonds bezahlt.«

Mir schwirrte der Kopf. »Jetzt verstehe ich gar nichts mehr. Mit meinem Vater habe ich seit zehn Jahren nicht mehr gesprochen und von einem Stiftungsfonds noch nie etwas gehört.«

Falls Marco sich darüber wunderte, wusste er es gut zu verbergen. »Soweit ich weiß, hat dein Vater den Unterhalt für dich in einen Fonds fließen lassen.« Er hob die Hände, spreizte die Finger – eine Geste, die eine ganze Welt zu umspannen schien. »Die Stiftung wird alles abdecken, was du künftig brauchst.«

In meinem Kopf begann sich ein Karussell zu drehen, das immer mehr Fahrt aufnahm. »Wer bestimmt über diese Stiftung?«

»Seit deinem achtzehnten Geburtstag bist du das.«

Ich versuchte, das Karussell anzuhalten und meine Gedanken zu ordnen. »Und wer hat in der Vergangenheit darüber bestimmt?«

»Deine Eltern.«

Mir wurde schwindlig. »Meine Mutter und mein Vater?«

»Ja. Ian und Emmeline.« Marco schlug die Beine übereinander. »Als die Nachricht über dich herauskam, hat Emmeline Ian angerufen. Und Ian hat mich angerufen.«

»Ich wusste nicht, dass meine Eltern überhaupt noch miteinander reden.«

»Sie haben es bei allen juristischen Angelegenheiten getan.«

Und jetzt taten sie es wieder.

Marco musste erkannt haben, dass in mir alles drunter und drüber ging. »Nichts von dem, was geschieht, ist bedrohlich«, sagte er. »Deine Eltern sind nicht mehr zusammen, okay, aber das ist deren Problem. Im Moment geht es nur um dich. Ich vertrete weder Ian noch Emmeline, sondern bin für Tate Jones da. Oder Tate Butler – was immer dir lieber ist. Ich arbeite für dich.«

Ich fand die Situation trotzdem beängstigend. Aber auch aufregend. Zugleich fühlte ich mich schuldig. Und inmitten all dieser Gefühle wurde in mir auf einmal der Eindruck wach, von Bedeutung zu sein.

Marco studierte meine Miene, als läse er darin wie in einem Buch. »Wenn du magst, kannst du mir alles erzählen.« Er griff in seine Laptoptasche, holte eine Tüte Studentenfutter heraus und reichte sie mir.

Ich rang mir ein Lächeln ab. »Ich möchte lieber nicht alles erzählen.«

»Ich bin nicht gekommen, um dir Vorwürfe zu machen. Ich kenne die Geschichte deiner Eltern, aber über dich weiß ich kaum etwas. Warum erzählst du mir nicht ein bisschen über den Menschen, für den ich jetzt arbeite?«

Mein Blick huschte zur Tür. Von Nana war nichts zu sehen.

Dann schaute ich Marco an. Er hielt meinem Blick stand. Sein Lidschlag war ruhig, sein Lächeln sanft. Ein Fels in der Brandung, dachte ich und hätte mich am liebsten zu ihm gesetzt und an seiner Brust geheult. Ich wollte ihm vertrauen. Aber ich hatte auch Sam vertraut, und was war dabei herausgekommen? Vielleicht war meine innere Warnleuchte defekt und zeigte Grün, wenn sie auf Rot schalten müsste.

»Ich habe alles der falschen Person erzählt«, sagte ich. »Und jetzt bin ich hier.«

»Hm«, machte Marco. »Dann willst du es wohl wirklich nicht noch mal erzählen. Kannst du denn über diese Person sprechen?«

Ich schwieg.

»Es würde mir helfen, die Angelegenheit für dich bestmöglich zu regeln.«

Ich überlegte. Dann gab ich mir einen Ruck und sagte leise: »Ich dachte, er würde das Gleiche wie ich empfinden. Wir haben …«

Meine Lippen fingen an zu beben. Marcos Miene wurde mitfühlend. »Er hat dir das Herz gebrochen.«

Als wäre das mein Stichwort gewesen, sprudelte alles aus mir heraus. Mit jedem kleinen Detail. Ich erzählte von dem Hotelgarten und dass ich mich dort abends mit Sam getroffen hatte. Ich erzählte, was ich Sam alles anvertraut hatte, und von meinem Freiheitsgefühl, als wir mit dem Boot auf dem Serpentine waren. Dass ich an jenem Tag mit Sam geschlafen hatte und beinah an allen Tagen danach. Ich sagte, dass Sam mich als Erster so gesehen hatte, wie ich war – wie ich mir zuvor nie gestattet hatte zu sein. Oder dass ich zumindest diesen Eindruck gehabt hatte.

»Was möchtest du jetzt tun?«, fragte Marco, als ich geendet hatte.

Ich zuckte mit den Schultern und fühlte mich elend. »Was immer meine Mutter geplant hat.« Das war nicht ganz wahr. Zwar wollte ich das tun, was die Situation für meine Mutter und Nana am einfachsten machte. Doch in der Ferne schimmerte noch etwas anderes – Glitzerndes –, das mich lockte, und das hing mit meinem Vater zusammen. »Oder was meine Eltern geplant haben.«

Marco krauste die Stirn. »Ich habe dir gesagt, dass ich nicht die Interessen deiner Eltern vertrete. Ich möchte wissen, was du tun willst.« Er stützte seinen Ellbogen auf sein Knie und sein Kinn in die Hand.

Ich zuckte die Achseln.

»Möchtest du hinaus in den Sonnenschein treten? Oder möchtest du in den Schatten zurückkehren?«

Kapitel 11

September
Heute

Vor mir liegt die Unternehmenszentrale von Twitter, und mir wird bewusst, dass ich in den vergangenen vierzehn Jahren höchstens zwei Tweets gesendet habe. Trotzdem habe ich über vier Millionen Follower, und in wenigen Minuten werde ich an einem Live Chat teilnehmen. Hinter den Fensterscheiben der Eingangshalle sieht man die Menschen, die auf mich warten, und ich frage mich, wie ich den Chat überstehen soll, ohne mich zu blamieren.

Ich drehe mich zu Marco um. »Wenn ich ein Tweet an einen Account schicke, dann sehen ihn alle meine Follower, oder?«

Marco wendet sich noch einmal unserem Fahrer zu und erklärt ihm, wann er uns wo abholen soll. Dann konzentriert er sich auf mich. »Tate, hör auf, dir Gedanken zu machen. Ich habe dir die Antworten aufgeschrieben. Vergiss nicht den Hashtag, und alles ist gut.«

Er reicht mir eine Mappe. Innen liegt eine Seite, auf der die Antworten stehen, und ich schmelze vor Dankbarkeit. »Was würde ich ohne dich tun?«

»Du würdest in deinem halb leeren Haus in einer Ecke hocken und tonnenweise Gummibärchen essen.« Marco wirft einen Blick auf seine Uhr. »Fünf Fragen, Tate, danach sind wir weg. Komm bloß nicht ins Plaudern, wir haben heute noch was anderes vor.«

Ich salutiere und folge ihm.

»Also dann«, murmelt er und bleibt kurz stehen. »Bist du bereit?«

Das fragt er vor jedem Schritt, den wir gemeinsam tun, auch bei jedem Vertrag, bevor ich ihn unterschreibe. Doch diesmal geht es um mehr, und er möchte wissen, ob ich für das Projekt bereit bin, das wir ab heute bewerben, sprich meinen siebten Film – den ersten, den ich zusammen mit meinem Vater drehe.

»Das hoffe ich«, erwidere ich und spüre, wie mein Herz kurz aus dem Takt gerät. Ich werde unsicher, frage mich, ob ich im Begriff bin, einen Fehler zu machen. Das Gefühl kenne ich, es überkommt mich jedes Mal, bevor ich etwas Neues in Angriff nehme. Dann beginne ich plötzlich an mir zu zweifeln, halte mich für überschätzt und weiß nicht mehr, ob ich meinen Erfolg verdient habe. Vielleicht ist er nur durch Zufall entstanden.

Normalerweise legt sich dieses Gefühl nach kurzer Zeit wieder. Doch dieses Mal verfolgt es mich, seit ich für den Film *Milkweed* die Rolle der Ellen Meyer angenommen habe – eine knallharte Farmersfrau und Bürgerrechtlerin. Hinzu kommt, dass ich die Hauptrolle spielen werde und mein Vater eine Nebenrolle. Wahrscheinlich kommt daher der Druck, den ich spüre. Davon abgesehen werden wir sechs Wochen an einem abgelegenen, ländlichen Drehort zusammen sein, uns vielleicht näherkommen – oder auch nicht.

Noch nie habe ich in einem Film mitgewirkt, der ein so anspruchsvolles Drehbuch wie *Milkweed* hatte. Die Ellen, die ich spielen soll, ist eine toughe Frau, die nach einer enttäuschten Liebe dem Mann ihres Lebens begegnet, als Bürgerrechtlerin in einem kleinen Ort in Iowa Position bezieht und miterlebt, wie ein Elternteil dement wird. Ich finde das Drehbuch großartig, aber es verlangt eine echte Charakterdarstellerin, und ich weiß nicht, ob ich das Zeug dazu habe.

»Was, wenn ich jetzt sagen würde, ich bin nicht bereit?«, frage ich Marco und nage an meiner Unterlippe.

Marco tippt auf mein Kinn. Ich höre auf zu nagen. »Die richtige Antwort lautet: ja. Denn ich weiß, dass du bereit bist.«

Sein Vertrauen in mich ist von Anfang an da gewesen, aber ich könnte wetten, im Fall *Milkweed* muss er sich selbst gut zureden. Doch der Wunsch des Publikums, meinen Vater und mich zusammen in einem Film zu sehen, war unüberhörbar geworden. Es hieß nicht mehr *Wann ist es so weit?*, sondern *Warum ist es noch nicht dazu gekommen?* Aber vielleicht ist jetzt der richtige Zeitpunkt. Mein Vater ist mittlerweile weniger gefragt als früher, ich dafür umso mehr. Wir wären eine Neuauflage von Jane und Henry Fonda. Und es könnte niemand sagen, dass ich die Berühmtheit meines Vaters ausgenutzt hätte, um erfolgreich zu werden. Nein, ich kann nicht mehr zurück. Und ich sollte es auch nicht.

»Hör auf, dich anzustellen.« Marco zwinkert mir zu. »Oder willst du mein Leben ruinieren?«

Er drückt die Glastür auf und winkt mich an sich vorüber. Ich höre die Fotoapparate klicken, doch dann geht das Geräusch im aufbrandenden Beifall unter. In meinem Gehirn tut sich nichts, aber mein Körper spielt mit und wird zu Tate Butler. Mein Blick weitet sich ein wenig, mein Mund lächelt, ich hebe den Kopf, bewege mich lässig.

Mein Blick fällt auf die Menschen, die einen Halbkreis bilden. Ein stämmiger, kahlköpfiger Mann mit grau meliertem Bart tritt mit ausgestreckter Hand auf mich zu. »Hi, Tate, hi, Marco, ich grüße Sie. Mein Name ist Lou. Schön, dass Sie es zu uns geschafft haben.«

Das ist Lou Jackman, erinnere ich mich. Vizepräsident und Chef der Öffentlichkeitsarbeit bei Twitter.

Ich schüttle seine Hand. »Danke für die Einladung.«

Er lacht. »Machen Sie Witze? Sie sind uns immer willkommen. Wir sind froh, dass Sie sich die Zeit nehmen.«

»Sagen Sie das nicht«, antworte ich und lächle schalkhaft. »Sie haben meine Tweets noch nicht gesehen.« Nun geht ein Blitzlichtgewitter los.

»Sie ahnen nicht, wie viele Leute sich auf dieses Event gefreut haben.« Lou nickt zum Publikum hinüber und dann zu einem Tisch. Darauf stehen zwei Laptops, eine kleine Vase mit Rosen, dahinter zwei teure schwarze Ledersessel. Ach, und eine Glasschale mit Fruchtgummis ist auch da. Offenbar hat jemand seine Hausaufgaben gemacht und sich nach meinen Vorlieben erkundigt. Vor dem Tisch werden Kameras aufgestellt, die jeden meiner Tippfehler festhalten werden.

Und da ist auch mein Vater und begrüßt mich mit seinem berühmten Lächeln.

Mein Magen zieht sich zusammen. Zwar habe ich ihn erst vor vier Tagen in unserer Agentur in L.A. gesehen, doch als er mich unter dem Blitzlichtgewitter der anwesenden Presse umarmt, ist es wieder wie damals, als wir nach zehnjähriger Trennung vereint wurden. Über seine Schulter hinweg blicke ich glücklich in die Kameras.

Die offizielle Story lautet, dass wir uns nahestehen. Gemäß dieser Story feiern wir die großen Festtage und die Geburtstage zusammen und machen gemeinsam Urlaub. In Wahrheit kommt er Weihnachten auf ein schnelles Glas Wein bei mir vorbei. Seine Assistentin sucht mein Weihnachtsgeschenk mithilfe meiner Mutter aus, und wir haben noch nie auch nur einen Tag lang zusammen Urlaub gemacht. Die Story ist lächerlich und nur zum Schein.

Dad dreht sich zu unserem Publikum um und breitet die Arme aus, als könne er sein Glück, die Leute zu sehen, nicht fassen. Dann gibt er seinem Lächeln noch ein paar Watt und wirkt so unwiderstehlich, dass Laute des Entzückens laut werden. Selbst die Abgebrühten unter den Presseleuten wirken beeindruckt.

Dad ist eine Ikone. Auch mein Blutdruck schnellt bei seinem Anblick in die Höhe. Zwar ist er nicht mehr der Ian Butler von vor vierzehn Jahren, doch das spielt keine Rolle. Er ist sechsundfünfzig Jahre alt und noch immer gut aussehend und charismatisch.

Mein Blick fällt auf Marco, der mich beobachtet. *Wir haben es geschafft*, denkt er. Denke auch ich. Bald werde ich mich sechs Wochen lang in Ian Butlers Dunstkreis bewegen. Und sowohl Marco als auch ich fragen uns, wie ich damit zurechtkommen werde. Egal, was passiert, in der Nähe meiner Mutter, meiner Freunde, sogar bei Nana lässt mich nichts aus der Fassung geraten, doch fünf Minuten mit meinem Vater – und ich bin ein einziges Nervenbündel.

Wie eigenartig es ist, mich noch immer in seinem Gesicht wiederzuerkennen. Sein Schönheitsfleck ist höher angesiedelt als meiner, aber ansonsten habe ich nur die Ohren von meiner Mutter. Sein Gesicht sollte mir also vertraut sein – schließlich sehe ich ein sehr ähnliches jeden Morgen im Spiegel –, was jedoch nicht der Fall ist. Vielleicht weil ich ihm auch nach unserer Wiedervereinigung häufiger auf Titelseiten als in Wirklichkeit begegnet bin.

Wir lassen uns an dem Tisch nieder. An der Wand in unserem Rücken befindet sich eine riesengroße Leinwand. Wir blicken Lou abwartend an. Marco steht neben ihm. Er betrachtet Dad und mich. Um seine Lippen spielt ein Lächeln. Mein PR-Manager Marco erinnert mich daran, dass ich auf natürliche Art in die Kameras blicken soll. Mein Freund Marco umarmt mich und sagt, ich solle nicht nervös sein. Dazu hätte ich keinen Grund.

Dads Ellbogen stößt gegen meinen. »Entschuldige, Kleines«, sagt er leise und streichelt meine Hand.

Der Moment wird von sämtlichen Kameras festgehalten.

»Die Fragen kommen von unserem zentralen Twitter-Account«, erklärt Lou. »Der Hashtag lautete ›I&TButler‹. Die Fragen haben wir Ihnen vergangene Woche gemailt.«

Marco bedeutet mir, die Antworten aus der Mappe zu holen.

»Wahrscheinlich kommen auch Fragen von anderen Usern«, fährt Lou fort. »Die müssen Sie nicht beantworten, aber wenn Sie es dennoch tun, freuen wir uns. Denken Sie daran, bei Ihren Antworten den Hashtag zu benutzen.« Er zwinkert mir zu. »Alles klar?«

Dad und ich nicken. Die Aufgabe ist ziemlich banal.

Dagegen war unser Fernsehauftritt, der eine Woche nach meiner Rückkehr aus London stattfand, schon ein anderes Kaliber. Ebenso die Fotostrecke, die wir für *Vanity Fair* gemacht haben. Da hatten wir stundenlang Körperkontakt. Ich denke an den Abend, als ich für den Emmy nominiert war und mit Mom auf der einen und Dad auf der anderen Seite über einen roten Teppich lief, was auch nicht ohne war. Meine Mutter war nur mitgekommen, weil ihr die Presseberichte über ihren angeblichen Hass auf Dad auf die Nerven gingen. Selbst die Touristen, die ins Jude's kamen, wollten mit ihr darüber reden. Zu mir hatte sie gesagt: »Wie kann ich jemanden hassen, der mich nicht mehr interessiert?«

Marco und Mom, sie sind die Konstanten meines Lebens.

Nana dagegen spricht nicht über mein neues Leben. Wenn ich sie in Guerneville besuche, könnte ich genauso gut von irgendeinem Job gekommen sein, über den es sich nicht zu reden lohnt.

Ich warte auf das erste Tweet. Mein Vater setzt sich zu mir um und fragt: »Wie war dein Flug?«

Blitzlichter flammen auf. »Tate, bitte hierher sehen!«

Ich beantworte die Frage mit einem knappen: »Der war okay.«

Mein Vater nickt so bedächtig, als hätte ich etwas Tiefschürfendes von mir gegeben. Dann schweigen wir. Marco zupft an seinem Ohrläppchen. Das ist sein Zeichen, dass ich mich entspannen soll. Ich lächle meinen Vater an. »Während des Flugs habe ich geschlafen. Wahrscheinlich auch gesabbert.«

Mein Vater, der große Schauspieler, legt den Kopf zurück und lacht schallend. Die Presse ist begeistert. Mein Herz ist ein winziger Vogel, der in meiner Brust flattert.

Ich sage mir, dass ich Dad nichts beweisen muss.

»Es geht los«, sagt Lou. Der erste Tweet erscheint.

> *@Twitter: Milkweed ist der erste Film, in dem Sie zusammen auftreten. Auf was freuen Sie sich dabei am meisten? #I&TButler*

Mein Vater fängt sofort an zu tippen. Er schüttelt so etwas aus dem Ärmel, hat so viele erfolgreiche Presseauftritte hinter sich, dass er sich wahrscheinlich nicht einmal mehr fragen muss, wie er beim Publikum ankommt. Alles, was er von sich gibt, wird von seinen Fans gierig aufgenommen. Ihm musste niemand Antworten aufschreiben, ohne Spickzettel hämmert er wie wild auf die Tasten. Ich schiele auf meine Antwort, tippe sie sorgfältig ab und lese sie noch mal auf Tippfehler durch, bevor ich auf *Senden* drücke. Mein Tweet erscheint trotzdem eine Sekunde vor dem meines Vaters.

@TateButler: Milkweed ist ein Projekt, das wir längst hätten machen sollen. Und jetzt kann ich es kaum erwarten, an der Seite meines Vaters vor der Kamera zu stehen.

@IanButler: Mit meiner Tochter zusammen zu drehen, stand bei mir ganz oben auf der Liste der Dinge, die ich in diesem Leben noch tun will. Es wird fabelhaft werden. Tate gehört zu den besten Schauspielerinnen ihrer Generation. Sie ist ein Geschenk für mich. #I&TButler

Mein Herz wird ganz weit, ich sauge das Kompliment auf.

»Tate«, sagt Lou leise. »Denken Sie an den Hashtag.«

Verdammt. »Entschuldigung, Lou.«

Mein Vater strahlt mich an. »Ich dachte, ich bin derjenige, der von moderner Technik keine Ahnung hat.«

Ich werfe meine Haare zurück und schütte mich aus vor Lachen. Inwendig winde ich mich verlegen.

Wenn ich allein als Schauspielerin auftrete, machen mir Blitzlichter, Interviews und Fans nichts aus. Ich bin nicht mehr das schüchterne kleine Mädchen von einst. Doch wenn mein Vater in der Nähe ist, komme ich mir vor wie eine Idiotin oder wie ein Computer, der sich aufgehängt hat und nichts mehr von sich gibt.

Der nächste Tweet bittet uns, den Film *Milkweed* zusammenzufassen. Anschließend wird man uns fragen, welche Filme oder Fernsehshows uns in letzter Zeit gefallen haben. Alles ganz harmlos.

Ich tippe Marcos Antworten, denke diesmal an den Hashtag und versuche, so ruhig wie möglich zu atmen. Die offiziellen Tweets beunruhigen mich nicht, die sind trivial. Sorgen bereiten mir die Fragen, die von der Außenlinie kommen.

Warum willst du mit so einem beschissenen Weiberhelden einen Film drehen? #I&TButler

Ich dachte, ihr hasst euch. #I&TButler

Wenn Tate ihn hasst, soll sie sich verpissen. #I&TButler

Wem wollen die was vormachen? Die sitzen doch da wie Fremde. #I&TButler

Der Feed läuft über die große Leinwand. Die Presseleute reagieren auf jeden Tweet, lachen, nicken, schütteln den Kopf. Dad scheinen die Querschläge nicht zu berühren. Er sieht nur, was er sehen möchte, und tippt vergnügt seine Antworten. Er hat schon alles gehört, hat alles erlebt, und das, was hier abläuft, lässt ihn kalt. Ich hingegen versuche noch immer zu lernen, wie man Unschönes von sich abprallen lässt.

Als der Chat vorbei ist, tritt Marco vor, entschuldigt sich bei unserem Publikum und erklärt, dass wir weitermüssen. Dad steht auf und wirft mir einen Blick zu, der besagt, dass wir noch nicht fertig sind. Ich weiß, was er meint, und signalisiere, dass ich einverstanden bin. Dad gibt mir einen Kuss, packt meine Taille und schwingt mich überglücklich herum. Ich lache übermütig.

Dann können wir endlich gehen und treten hinaus in den schwülen Septembertag. Es ist so heiß, dass der Bürgersteig flimmert.

»Nichts wie weg«, murmelt Marco und winkt unseren Wagen herbei. Von hier aus werden wir auf geradem Weg zu der Farm im Norden Kaliforniens fahren, wo am nächsten Tag die Dreharbeiten beginnen. Wie ich Marco kenne, soll die Presse nicht mitbekommen, dass Dad nicht mit uns fährt.

Als ich nach der Wagentür greife, ist mein Vater plötzlich an meiner Seite. »Schätzchen«, ruft er so laut, dass es die aus der Glastür strömenden Presseleute hören, und schenkt mir sein strahlendes Lächeln. »Alles in Ordnung?«, fragt er leise.

»Ja.« Ich nicke Marco zu. Mit gerunzelter Stirn steigt er in den Wagen. »Ich bin bloß wegen *Milkweed* aufgeregt. Und nervös.«

»Ich habe mir Sorgen gemacht.« Sein Lächeln bleibt, aber in seinen Worten liegt Schärfe. »Du wirkst sonst munterer.«

Mein Magen verkrampft sich. »War ich nicht gut?«

»Ein bisschen neben der Spur, fand ich.« Er legt eine Hand auf meine Wange und betrachtet mich teilnahmsvoll. »Schau, dass du vor dem nächsten Pressetermin ausgeruhter bist. Unser Auftritt muss stark sein.«

Ich schlucke krampfhaft. »Okay.«

Mein Vater tätschelt meine Wange. »Die Leute sollen sehen, dass wir gern zusammen sind. Vergiss das nicht.«

Er nickt mir zu und läuft zu seinem Wagen, wo seine Assistentin ihm den Schlag öffnet.

Die Fotografen haben unseren Abschied aufgenommen.

Ich setze eine entspannte Miene auf, lächle unbekümmert und steige in den Wagen.

»Du warst nicht neben der Spur«, sagt Marco.

Ich zucke mit den Schultern. »Vielleicht doch.«

»Nein.« Der Wagen fährt los. »Wenn das der Fall gewesen wäre, würde ich es dir sagen und dich bitten, dich beim nächsten Mal zusammenzureißen.« Er hebt den Zeigefinger. »Hör mir zu, Tate, denn was ich dir jetzt sage, musst du dir hinter die Ohren schreiben und darfst es in den kommenden sechs Wochen nicht vergessen.«

Er klingt so ernst und bestimmt, dass ich lachen muss. »Okay.«

»Dein Vater ist unsicher. Er ist nicht mehr der, der er mal war.«

In meiner Brust regt sich etwas. Ich möchte mich schützend vor meinen Vater stellen. »Das weiß ich.«

»Du dagegen bist ein aufgehender Stern. Du wirst in *Milkweed* die Hauptrolle spielen. Dein Vater nur die Nebenrolle.«

»Ja, Marco.«

»Aber er ist immer noch Ian Butler, und das wird er dich spüren lassen.«

Ich wünschte, es wäre anders, aber leider hat Marco recht. Einer der großen Unterschiede zwischen meinen Eltern ist, dass meine Mutter mich aufbaut, um mir zu helfen. Mein Vater baut mich auf, um für sich einen Sockel zu errichten.

»Es gibt Leute, die kommen dank ihrer Fähigkeiten nach oben und bleiben da«, sagt Marco. »Es gibt auch welche, die sich nur auf dem Rücken anderer oben halten können.« Wie so oft hat er meine Gedanken gelesen. »Dein Vater ist dabei abzurutschen. Sieh zu, dass er nicht auf dich klettert.«

Ich atme tief durch. »Okay.«

Die Fahrt zum Drehort dauert drei Stunden. Marco und ich nutzen die Zeit und schlafen eine Runde. Als ich wach werde, geht er einen Stapel Fotos durch.

»Was sind das für Fotos?«

»Für die Titelseite der *Vogue*.«

Ich lehne mich an ihn und schaue sie mit ihm durch. Vier Stunden haben die Aufnahmen gedauert. Auf einem Foto ist mein langes Haar aufgeweht und schimmert in unendlich vielen Rottönen. Ich trage lange Ohrringe aus Kristall und als Make-up nur einen dicken, fast aggressiv wirkenden schwarzen Lidstrich. Doch am besten gefällt mir, dass man auf meinem Gesicht, meinen Schultern und Armen Tausende winziger Kristalle sieht.

Ich tippe darauf. »Können wir dies nehmen?«

Marco nickt. »Es ist kämpferisch und glamourös zugleich. Aber das da ist auch nicht schlecht.«

Er zeigt mir ein Bild, auf dem ich wie in meiner ersten großen Fernsehserie zurechtgemacht bin. Damals spielte ich eine Vampirin, die schrill und sexy war. Die Serie war ziemlich abgedreht, aber ein voller Erfolg. Auf dem Foto knie ich halbnackt auf einem Sofa und blicke über die Schulter zurück. Meine Brüste sieht man nicht, dafür umso mehr von meinem Hintern, der in einer super Form und das Produkt gnadenlosen Trainings ist, dennoch geht mir das Foto zu weit.

»Ich weiß nicht, ob ich so auf der *Vogue* abgebildet sein will.«

»Besser nicht. Vielleicht nehmen wir es zu den Fotos, die im Innenteil erscheinen. Wie findest du das hier?«

Auf dem Foto bin ich als moderne Version von Audrey Hepburn in *Frühstück bei Tiffany* inszeniert, mitsamt Pony, Perlenkette und großen Augen. Meine rosa geschminkten Lippen wirken weich, der Schönheitsfleck auf der Oberlippe bildet einen aufreizenden Kontrast zu der unschuldigen Anmutung des Ganzen. Und trotzdem behagt mir etwas daran nicht.

Marco nimmt mir das Foto ab und studiert es. »Das mag ich sehr. Darauf wirkst du so jung und unberührt.« Er wirft mir einen Seitenblick zu. »So warst du, als wir uns kennenlernten.«

Vielleicht kommt mein Unbehagen daher.

Ich gestatte mir nur selten, an jene erste Begegnung zu denken, als Marco mich an der Presse vorbeilotste und in Sicherheit brachte. Damals gab er mir das Gefühl, alles unter Kontrolle zu haben und für mich da zu sein, nur für mich, und an diesem Gefühl hat sich seither nichts geändert. Damals war er Ende zwanzig, doch auch jetzt, vierzehn Jahre später, sind seine Haare noch immer dunkel und seine Gesichtszüge fein ziseliert. Allerdings ist er inzwischen noch geschickter im Umgang mit den Medien und all den anderen, die etwas von mir wollen, geworden.

Beim Anblick des Fotos dreht sich die Zeit zurück. Es erinnert mich daran, wie hart ich daran arbeiten musste, um endlich halbwegs zu mir zu finden.

Marco sieht mich fragend an. »Lass uns das letzte Foto für das Cover nehmen, okay? Es ist einfach der Hammer.«

Ich sehe es mir noch einmal an. Es ist eine schöne Aufnahme, und Marco hat einen sicheren Geschmack, er würde mir niemals einen schlechten Rat geben. Ich reiche ihm das Foto zurück. »Das oder das erste. Nicht den halb nackten Hintern.«

»Perfekt.« Marco küsst meine Hand. »Und jetzt auf in den Kampf.« Er lächelt fröhlich. »Ich rieche den ganz großen Wurf. Ich rieche Kritiker, die vor Begeisterung verrücktspielen. Ich rieche Auszeichnungen und Preise.«

Ich muss lachen. »Und ich rieche Stress.«

Kapitel 12

Als der Wagen knirschend über Kies fährt, werde ich wach. Wir sind am Ziel, vor uns liegt die Ruby Farm. Ich denke an die Rolle, die ich dort spielen werde, und mein Magen verkrampft sich vor Nervosität. Doch dann ist der Blick über die friedliche grüne Landschaft so wohltuend, dass es auf mich abfärbt und ich mich wieder ein wenig fange.

Wir fahren durch ein Tor. Ein Wachmann mit Klemmbrett notiert unser Autokennzeichen und winkt uns weiter.

Vor einigen Wochen waren Marco und ich schon einmal hier, um Make-up und Frisuren für den Film zu testen und das Blockhaus auszusuchen, in dem ich während des Drehs unterkommen werde. Ich habe mich hier auf Anhieb wohl gefühlt. Zwar bin ich auf dem Land groß geworden, doch die Gegend zu Hause am Russian River ist touristisch so beliebt, dass sie im Sommer immer überlaufen ist. Ruby Farm dagegen liegt gänzlich abgeschieden und scheint wie aus der Zeit gefallen.

Ich wählte das Häuschen mit dem Namen »Magnolie«, wo mir wenig später Naomi, unsere Stylistin, eine Perücke aufsetzte und ein Kittelkleid überstreifte. Ich blickte in den Spiegel, dachte an die Landschaft ringsum, und mit einem

Mal *war* ich Ellen Meyer. So beseelt hatte ich mich noch nie vor Beginn einer Dreharbeit gefühlt, hatte noch nie so sehr für eine Rolle gebrannt.

Ellen ist eine beeindruckende Frau, viel kraftvoller und leidenschaftlicher, als ich es bin. Doch bei jener ersten Kostümprobe erkannte ich Ellens Feuer in meinen Augen vor mir im Spiegel und konnte es kaum erwarten, tiefer in das Wesen dieser Frau einzutauchen.

Wir halten vor dem Gemeinschaftshaus an, einem lang gestreckten Gebäude aus Holz, das an eine große Scheune grenzt und der zentrale Treffpunkt zu sein scheint. Dort werden wir unsere Mahlzeiten einnehmen. Auch der Handwerksdienst ist dort untergebracht. Die Scheune selbst ist offenbar der Requisite vorbehalten.

Ich nehme meine Taschen und will die Wagentür öffnen. Doch draußen steht Devon Malek, der zweite Regieassistent, und kommt mir zuvor.

»Tate!« Er hilft mir aus dem Wagen und drückt mich an sich. Sein attraktives Gesicht, vor allem sein aufregender Mund, lassen mich kurz aus dem Takt geraten.

»Wie war die Fahrt?«

»Gut, ich habe die meiste Zeit geschlafen.« Ich atme die Luft ein, die etwas ganz Eigenes hat. Sie ist würziger als die salzige Seeluft der kalifornischen Küste, auch anders als die trockene, heiße Luft im Inneren Kaliforniens.

Marco schüttelt Devons Hand. Dann streckt er seine langen Glieder und wedelt mit der Hand über die Kulisse hinweg.

»Sieht so gut wie fertig aus.«

»Ja, für die erste Woche sind wir so weit«, entgegnet Devon. »Mit den anderen Bauarbeiten sind wir auch im Plan.«

Dem Gemeinschaftshaus gegenüber liegt eine große Wiese, auf der Ellens Haus mit der umlaufenden Veranda steht. Es wirkt authentisch, die Schindeln sind grau gestrichen und machen einen verwitterten Eindruck. Es ist noch besser, als ich es mir vorgestellt habe.

Etwas weiter entfernt wird die Scheune errichtet, die gegen Filmende niedergebrannt wird.

Überall geht es hektisch zu. Zig Kameras werden zusammengebaut, Kräne hin und her gefahren, Gerüste aufgestellt und die Beleuchtung installiert. Das Ganze ist eine Riesenproduktion, größer als alles, was ich bisher erlebt habe, und der Anblick lässt den Druck von Neuem spürbar werden.

Marco legt eine Hand auf meinen Rücken. Wir folgen Devon über einen Pfad zu den Unterkünften. Über die Schulter hinweg lobt Devon das phantastische Filmwetter, erzählt, dass die Crew sich auf der anderen Seite des Hügels in Wohnzelten einrichtet und wie die Innenausstattung von Ellens Haus aussehen wird.

Er dreht sich halb zu mir um. »Bist du sicher, dass du auf dem Filmgelände wohnen willst?«

Die Frage ist überflüssig, und das weiß er. Bei meinen vorherigen Filmen habe ich entweder im Hotel oder in einem Apartment gewohnt; hier mit allen zusammen auf dieser wunderschönen Farm untergebracht zu sein, ist für mich etwas ganz Besonderes, ich freue mich darauf wie auf ein Ferienlager. Außerdem haben unsere Handys hier nur an wenigen Stellen Empfang, was ich als Segen betrachte.

Marco scheint das anders zu empfinden, er starrt mit finsterer Miene auf sein Handy. »Wo sind die Trailer von Todd und Liz?«, fragt er. Todd ist der Herstellungsleiter und Liz die erste Regieassistentin. Marco kann davon ausgehen, dass die beiden WLAN haben.

Devon nickt zu einem Hang hinüber. »Da hinten. Da wohnen auch Deb und Gwen.«

Marco wirft mir einen Blick zu. Deb ist unsere Aufnahmeleiterin, Gwen führt in *Milkweed* Regie. Marco weiß, dass ich seit Jahren erpicht darauf bin, mit Gwen zusammenzuarbeiten, weil sie eine der spannendsten Regisseurinnen dieser Zeit ist.

»Nick wohnt da drüben.« Devon weist auf ein Blockhaus, das nicht weit von meinem entfernt liegt. Nick spielt neben mir die zweite Hauptrolle. »Mich findet man in dem Häuschen hinter den Bäumen und in dem daneben unseren Drehbuchautor.« Er zeigt den Hang hinunter. »Dein Dad wohnt da unten. Seine Hütte heißt ›Klee‹.« Devon sieht mich fragend an. »Was ist dir lieber, wenn ich ›dein Dad‹ oder ›Ian‹ sage?«

»Dad ist okay.« Ich ringe mir ein Lächeln ab und frage mich, ob der Tratsch aus L.A. bis hierher gedrungen ist und jedermann weiß, dass es zwischen meinem Vater und mir Spannungen gibt. Wenn es so ist, müssen Marco und ich etwas dagegen unternehmen. Ellen wird die Rolle meines Lebens sein und mich ganz und gar in Anspruch nehmen. Das Letzte, was ich dabei brauche, ist ein Vater, der mir andauernd erzählt, ich müsse aus PR-Gründen liebevoller zu ihm sein.

Vor meiner Unterkunft bleibt Devon stehen. »Die meisten deiner Sachen sind schon in der Ausstattung. Ein paar Kostüme liegen auf deinem Bett, die sollst du noch anprobieren.« Er schaut auf seine Uhr. »In einer Viertelstunde musst du in der Maske sein. Die ist da oben.« Devon zeigt den Hang hinauf zu einem Trailer. Dann wendet er sich Marco zu. »Bleibst du über Nacht?«

Marco schüttelt den Kopf. »Nach der Leseprobe fahre ich zurück nach L.A. Ich komme nur, falls es nötig sein sollte.«

»Alles wird glatt laufen«, antwortet Devon und lächelt mich an. »Um sechs im Gemeinschaftshaus, okay?«

Bei dem Gedanken werde ich wieder nervös. Ich weiß nicht, wie oft ich schon Probe gelesen habe, aber diesmal wird es anders als sonst sein. Zig Leute werden dabei sein, und alle werden sehen wollen, wie die erste Leseprobe von Ian und Tate Butler verläuft. Ein Teil wird gefilmt und fürs Marketing verwendet werden, auch als Bonusmaterial auf den DVDs. Ich wünschte, ich hätte es hinter mir.

»Okay.«

Marco haucht mir einen Kuss auf die Wange und geht mit Devon zurück.

Seit ich zum ersten Mal hier war, habe ich von den Gerüchen der Ruby Farm geträumt – dem Duft nach frisch gemähtem Gras, guter Luft, schwerer feuchter Erde, Getreidefeldern und Äpfeln – und mich nach dem Anblick des weiten Himmels gesehnt, der auf einer Seite von Mammutbäumen und auf der anderen vom Garcia River gerahmt wird. Das Letzte, was ich mir jetzt wünsche, ist, in einem geschlossenen Raum zu hocken, aber für die Frau, die für die Maske zuständig ist, werde ich eine Ausnahme machen.

Ich betrete meine Blockhütte, lege meine Reisetasche und die Handtasche ab und laufe den Hang hinauf zu Charlie.

Aus ihrem Trailer dröhnt Musik, offenbar ist heute Beyoncé an der Reihe. Morgen kann es ein französischer Sänger sein, den Charlie irgendwo entdeckt hat und den jeder hören soll. Oder eine Hip-Hop-Gruppe aus Malaysia. Aber alle werden großartig sein. Als Maskenbildnerin hat Charlie früh erkannt, dass sie es in der Hand hat, die Schauspieler in Stimmung zu bringen, denn sie ist unsere erste Anlaufstelle. Und ich bin inzwischen in der glücklichen Lage, selbst bestimmen zu können, wer mich schminkt.

Als ich eintrete, stößt Charlie einen Freudenschrei aus und umarmt mich. Ich küsse meine liebste und älteste Freundin. Sie hält mich ein Stück von sich ab und mustert mich. Ich schaue an meinem stinknormalen T-Shirt und meiner Jeans hinab und komme mir im Vergleich zu ihr mehr als langweilig vor. Charlie trägt hautenge Leggings aus Leder, High Heels mit Stiletto-Absätzen und ein Tanktop mit reizvoll platzierten Rissen. Ihr dichtes schwarzes Haar hat sie zu einem hoch sitzenden Pferdeschwanz zusammengefasst, und ihr Make-up ist so perfekt, wie ich es niemals hinbekäme, nicht einmal, wenn ich mich einen ganzen Tag damit abgeben würde.

Sie stellt die Musik leiser.

Ich zwicke sie in die Wange. »Du siehst super aus.«

»Wirst du auch gleich. Setz dich.« Sie winkt mich auf einen Stuhl vor einem breiten Spiegel. Trey, ihr Assistent, drückt mir einen Schmatz auf die Wange und reicht mir ein Glas Wasser.

Als wir vor einigen Wochen über das Aussehen von Ellen nachdachten, entschieden wir uns bei ihrem Make-up für sanfte Farbtöne, zartes Rosa und weiches Braun. Nun stecken hier im Rahmen eines Spiegels die Polaroid-Fotos, die wir aus allen Blickwinkeln aufgenommen haben. Auf ihnen trage ich Kleider der 1950er und die dazu passenden Frisuren und Make-ups. An ihnen wird Charlie sich während der Dreharbeiten orientieren.

An einem anderen Spiegel haften die Fotos von Nick Tyler, dem zweiten Hauptdarsteller. Auch er trägt darauf die Kleidung jener Zeit. Trey wird für seine Maske verantwortlich sein und ist schon völlig aus dem Häuschen.

»Ich habe gehört, dass du Nick bekommen hast.« Ich zwinkere Trey zu.

»Wahnsinn.« Trey drückt eine Hand auf seine Brust. »Ich werde sterben.«

»Ich glaube, er ist ein netter Kerl.« Nick ist zwar einer dieser unglaublich heißen jungen Schauspieler, aber während der Probeaufnahmen war er ganz reizend, und sein Ruf bei Dreharbeiten ist gut.

»Echt wahr?«

»Den Eindruck hatte ich zumindest, ich habe ihn ja nur ein paar Mal getroffen.«

Bisher habe ich fast immer in eher kommerziellen Genrefilmen mitgewirkt. Nick war vor allem in actionbetonten Filmen, auch einigen größeren, zu sehen. Bei *Milkweed,* einem Arthouse-Film, gehen sowohl Gwen als auch die Produzenten ein Risiko ein, indem sie auf uns setzen.

Ich spüre, wie sich die Angst in meiner Brust einnisten will.

Trey lehnt sich gegen die Wand. »Vielleicht lernst du ihn jetzt besser kennen.«

Charlie reinigt mein Gesicht mit Feuchttüchern. »Vielleicht wird daraus eine Liebesgeschichte.« Sie grinst mich an. »Ich sehe euch schon in den Drehpausen herumschleichen und hinter den Bäumen rummachen.«

Zwar werden Affären zwischen Schauspielern oder innerhalb der Crew von der Produktionsleitung meist nicht gern gesehen, natürlich gibt es sie aber trotzdem.

»Mich erinnert Ruby Farm an ein Ferienlager«, sage ich. »Und nachts wird es in den Hütten zur Sache gehen. Sollen wir schon mal wetten, wer mit wem?«

»Tate und Devon Malek«, sagt Charlie.

Ich flüstere: »Kannst du meine Gedanken lesen?«

Sie lacht. »Ich kenne deine Schwäche für Männer mit Grübchen und glühendem Blick.« Sie hebt mein Kinn an, um meine Kieferpartie zu reinigen. »Außerdem bist du überfällig. Ich bin es leid, Geschichten über Typen zu lesen, die du angeblich an der Angel hast. Ich will Taten sehen.«

Trey probiert Lippenstiftfarben auf seinem Handrücken aus. »Ich tippe auf Charlie und den Schreiberling.«

»Meinst du den Drehbuchautor?«, frage ich.

Charlie tupft Foundation auf mein Gesicht und verreibt sie.

»Hat er recht?«

Sie nickt. »Ich mag gut aussehende, kreative Männer, und der Typ ist einfach umwerfend. Und muskulös. Der weiß ganz bestimmt, wie man eine Frau anpacken muss.« Unsere Blicke treffen sich im Spiegel. »Guck nicht so«, sagt sie. »Ob ein Mann was taugt, erkenne ich auf den ersten Blick. Sensibel ist er auch, schließlich hat er eine wunderbare Liebesgeschichte geschrieben.«

»Hast du seinetwegen die scharfen Leggings aus Leder angezogen?«

Charlie lächelt geheimnisvoll und zuckt die Achseln.

»Vielleicht muss ich mein Bild von Drehbuchautoren korrigieren«, sage ich. »Bisher sahen sie alle wie Buchhalter aus.«

Trey seufzt. »Wie wär's, wenn wir jetzt mal über mich reden?«

Ich werfe ihm einen Luftkuss zu. »Du bist von allen der Schönste und Größte.«

Trey betrachtet die Farbpalette auf seiner Hand. »Glaubst du, Nick Tyler ist hetero?«

»Definitiv«, antwortet Charlie. »Der zieht durch Frauenbetten. Der könnte für Tate auch infrage kommen.«

»Wer sagt, dass ich mich überhaupt mit jemandem einlassen will?«

»Wirst du, das liegt hier in der Luft. Die ganze Natur und so.« Charlie legt den Kopf schief und betrachtet mich prüfend.

Plötzlich sehe ich uns wieder als Kinder, wie wir in der Hitze des Sommers durch das ausgetrocknete Flussbett des Russian River rennen, mit wehendem Haar, die Finger von Brombeeren dunkelblau gefärbt.

»Erinnerst du dich noch an den Sommer?«, fragt Charlie. Mehr muss sie nicht sagen, ich weiß, welchen sie meint. Es war so heiß, dass der Asphalt auf den Gehsteigen weich wurde. Der Fluss war nur noch ein dünnes grünbraunes Rinnsal, und überall roch es nach Barbecues. Jesse und ich waren gerade erst zusammen und konnten die Hände nicht voneinander lassen. Charlie machte sich an die Jungen aus den Touristenfamilien ran.

»Der sündige Sommer«, sage ich. Es kommt mir vor, als läge er ein ganzes Leben zurück.

Charlie wiegt sich in den Hüften. »So wird dieser auch werden.«

»Wir haben schon September«, sagt Trey.

Charlie verdreht die Augen. »Gut, dann wird es eben ein sündiger September.«

»Dann schwitzt man auch weniger«, erklärt Trey. »Ich hasse es, wenn beim Sex das Make-up zerläuft. Also ich wette auf Tate und Devon oder Tate und Nick. Und auf Charlie und unseren Hemingway.«

»Und Trey und ein süßer kleiner Kameramann«, schlage ich vor. »Der dich eines Abends wie aus heiterem Himmel küsst.«

Treys Augen leuchten auf. »Oder ein kerniger Gerüstbauer, der mich hinter seinen Trailer zieht.«

»Oder beide«, sagt Charlie.

Die Tür unseres Trailers öffnet sich. Nick Tyler muss den Kopf einziehen, um hindurchzutreten. Er lächelt in die Runde. Trey tut, als würde er ohnmächtig.

»Dir müssen die Ohren geklungen haben«, sagt Charlie. »Wir haben über dich geredet.«

»Und was habt ihr gesagt?«, fragt Nick mit seinem wunderbar schleppenden Südstaatenakzent.

»Wir haben uns gefragt, wen du während der Dreharbeiten flachlegen wirst«, antwortet Charlie.

Nick legt den Kopf in den Nacken und lacht tief aus dem Bauch heraus. Es ist dieses Lachen, das ihn auch auf der Leinwand so unwiderstehlich macht. »Ich dachte, das wäre verboten.«

»Wir würden dich nicht verraten«, sagt Trey.

Nick betrachtet uns kopfschüttelnd. »Das ist also der Trailer für die Lästerpartys.«

Charlie nickt und begutachtet mich noch einmal. Dann streckt sie Nick die Hand hin. »Ich bin Charlie. Und der schnucklige Junge an meiner Seite heißt Trey.«

Nick schüttelt ihre Hand. »Freut mich, euch kennenzulernen.«

Seine Anwesenheit ist angenehm, ich werde etwas lockerer und winke ihm mit zwei Fingern. »Hi, Nick.«

Er starrt mich an.

Charlie hat die Unregelmäßigkeiten meines Teints abgedeckt, aber ich bin noch nicht geschminkt und sehe aus wie ein Gespenst.

Nick küsst mich vorsichtig auf die Wange. »So bleich habe ich dich noch nie gesehen.«

»Das ist der Untergrund, auf dem nachher das schöne Bild entsteht«, erklärt Charlie.

Nicks Blick ruht auf mir. Dann lächelt er, als würde ihm das, was er sieht, doch ganz gut gefallen.

Vielleicht hatte Charlie recht.

»Devon hat mich geschickt«, sagt Nick. »Wer von euch ist für mich zuständig?«

»Ich.« Trey atmet ein paarmal tief durch, winkt Nick an den zweiten Schminktisch und legt ihm einen Umhang um.

Nick dreht sich halb zu mir um. »Vorhin habe ich deinen Vater getroffen.« Er runzelt die Stirn. »Oder soll ich ihn Ian nennen?«

»Du bist schon der Zweite, der das fragt.«

»Woher soll man das wissen?«, entgegnet Nick. »Ich habe euch ja noch nie zusammen spielen sehen.«

»Bezeichne ihn ruhig als meinen Vater.« Ich lache. »Falls er nichts dagegen hat.«

»Hm«, macht Nick.

Das letzte Mal bin ich Nick begegnet, als Gwen und Deb die Chemie zwischen uns getestet haben. Wir mussten die Texte lesen, die in eine Liebesszene münden, und uns küssen. Gwen hat uns diesen Ablauf mehrere Male wiederholen lassen, und ich hatte nichts dagegen.

Nick ist wirklich ein vielversprechender Schauspieler. Er sieht nicht nur gut aus, sondern besitzt auch das gewisse Etwas, das die Leute anzieht. Ich überlege, woran es liegt, und komme zu dem Schluss, dass es der Blick seiner braunen Augen ist, der unglaublich sinnlich wirkt, aber dennoch einen kleinen Schuss Übermut in sich trägt. Seine dunkle Haut schimmert samtig, und das Haar trägt er inzwischen länger als in seinen Actionfilmen, was ihn sanfter und gefühlvoller wirken lässt.

Wenn Nick lächelt, bilden sich in seinen Augenwinkeln Fältchen, was mich an Chris, meinen Ex-Freund, erinnert. Aber Nick strahlt etwas sehr Bodenständiges aus, was man von Chris nicht gerade behaupten konnte.

Chris und ich hatten die Hauptrollen in der Vampirserie und waren sieben Monate lang zusammen. Nach außen hin waren es sogar drei Jahre, doch das war vor allem eine Behauptung aus PR-Gründen. Unser Publikum wollte uns nicht nur im Film, sondern auch im wahren Leben als Paar sehen.

Nein, je länger ich darüber nachdenke, desto weniger haben Nick und Chris etwas gemeinsam. Chris war ein nervöser, fahriger Mann, wohingegen Nick ein ruhiger Typ ist und einem seine ganze Aufmerksamkeit schenkt. Und wenn er einen ansieht, ist es, als würde er versuchen, die Gedanken des anderen zu lesen.

»Ihr passt super zusammen«, sagt Charlie, tritt einen Schritt zurück und mustert Nick und mich. »Ihr werdet ein phantastisches Paar abgeben.«

Ich spüre, wie ich unter meiner Schminke erröte.

»Das hat Gwen auch gesagt«, erwidert Nick. »Ich hoffe, ihr habt recht, denn es wird das erste Mal sein, dass ich eine Sexszene spielen muss.«

Im Geist gehe ich die Filme durch, in denen er zu sehen war. Es stimmt, Sexszenen gab es da nicht.

»Bisher habe ich immer nur geküsst«, fügt Nick hinzu und grinst.

Ich pruste los. »Den Rest wirst du auch noch schaffen«, sage ich und denke an die intensiven Szenen, die uns in *Milkweed* erwarten.

»Hast du solche Szenen schon gespielt?«

Ich nicke. »Aber die waren anders – atmosphärisch viel leichter, nicht so intensiv wie hier.«

»Zeig's ihm«, raunt Charlie mir ins Ohr.

»Kennst du die anderen Leute hier?«, fragt Nick mich. »Für mich sind die meisten neu.«

Ich habe bisher auch nur mit wenigen zusammengearbeitet, aber ich habe die Geschichten gehört, die Marco und mein Vater über den ein oder anderen zum Besten gegeben haben. »Ich kenne Liz, die erste Regieassistentin. Sie ist großartig. Bleibt immer gelassen, hat alles im Griff. Über Devon geht das Gerücht, dass er die Schauspieler morgens persönlich weckt, sonst weiß ich nicht viel über ihn. Und von unserem Produktionsassistenten heißt es, dass er dabei ist, sich das Rauchen abzugewöhnen, mit anderen Worten, er wird unausstehlich sein. Gwen ist bekanntlich erbarmungslos und Perfektionistin.«

»Das habe ich auch gehört.«

»Vielleicht wäre sie sonst nicht da, wo sie jetzt ist.«

»Wahrscheinlich nicht.«

»Ich glaube, alles in allem haben wir es gut getroffen.«

Nick seufzt. »Außer dass die Nachwuchsstars sich vor Ian Butler beweisen müssen.«

In der Hinsicht sitzen wir beide im selben Boot.

Charlies Handy gibt schrille Töne von sich. Sie wirft einen Blick darauf. »Ihr müsst los«, sagt sie. »Die Leseprobe beginnt gleich.«

Sofort krampft sich in mir wieder alles zusammen. Ich stehe auf.

»Warte.« Charlie pudert meinen Lidschatten nach. »Mir gefällt diese Farbe. Gwen soll es mir sagen, wenn sie es einen Ton schwächer haben will.«

Ich nicke und schlucke nervös.

Charlie sieht es, und dann schenkt sie mir das Lächeln, das nur einem kleinen Kreis Menschen ihrer Umgebung zuteilwird, und tätschelt meine Wange. »Sei nicht so hibbelig, Schätzchen. Ich verspreche dir, dass du alle umhauen wirst.«

Nick und ich verlassen Charlies Trailer. Hinter uns wird die Musik wieder aufgedreht, und Charlie und Trey lachen laut über irgendetwas, vielleicht über Nick oder mich.

Doch auf dem Weg den Hang hinunter verklingt die Musik allmählich, bis wir in die Stille der Natur eintauchen, die nach einer Weile von den Arbeitern auf dem Gelände unterbrochen wird.

»Kennst du Charlie schon lange?«, fragt Nick.

»Seit Kindertagen.«

»Sie scheint jemand sehr Besonderes zu sein.«

»Viel mehr als das.«

Marco ist mein Ruhepol, meine Mutter ist mein Zuhause

und Nana mein Gewissen. Charlie ist für mich wie der weite Himmel über mir, der Freiheit verheißt.

»Da kommt dein Vater«, sagt Nick leise. Wahrscheinlich denkt auch er, dass man sich vor Ian Butler in Acht nehmen muss. Er deutet auf den Weg, der zum Gemeinschaftshaus führt.

Selbst aus der Entfernung erkennt man Dad an seiner selbstsicheren Haltung und dem ausgreifenden Schritt. Er trägt Jeans, eine abgewetzte Lederjacke und Sonnenbrille und ist in Begleitung eines jüngeren Manns, den ich nicht kenne. Er bleibt stehen, hört dem Mann zu, scheint sich auf dessen Worte zu konzentrieren. So etwas beherrscht er wie kaum ein Zweiter, das kann er jederzeit abrufen. Auch bei mir. Es ist das, was er unter Nähe versteht.

Dad entdeckt mich, winkt und ruft: »Da kommt meine Tochter.«

Der Mann dreht sich um. Ich lächle entgegenkommend, so wie ich es gelernt habe. Dieses Lächeln soll verhindern, dass man mich für eingebildet hält. Der Mann trägt einen Bart, ist hochgewachsen und muskulös. Ich vermute, dass es der Drehbuchautor ist, von dem Charlie schwärmt. Als ich näher komme, runzelt er die Stirn. Seine Augen sind grünbraun, und durch eine Braue zieht sich eine Narbe …

Ich kann mich nicht mehr bewegen, eine Hand greift nach meinem Herz und drückt zu, mein Gehirn stellt seine Tätigkeit ein. Nick stößt mich an, erkennt irgendetwas in meinem Gesicht und fasst meinen Ellbogen, als wolle er mich stützen.

»Tate«, höre ich Nick wie aus weiter Ferne sagen. »Was hast du?«

Die Stimme meines Vaters schwebt durch die Luft und klingt verzerrt. Ich glaube, er ruft meinen Namen, sein Lächeln wirkt grotesk.

Ich schwanke und spüre, wie das Blut in meinen Ohren rauscht. Hätte ich das wissen müssen? Hat mir das jemand gesagt, und ich habe nicht zugehört? Unmöglich, so etwas zu vergessen. Und nun ist er da. Ich schaue zu Boden, bin nicht imstande, den Mann an der Seite meines Vaters anzusehen. Doch ich zwinge mich dazu.

Er muss gewusst haben, dass wir uns begegnen. Natürlich hat er es gewusst, seine Miene verrät nicht die leiseste Überraschung. Allerdings stößt er einen resignierten Seufzer aus.

Ich wende mich ab und gehe mit steifen Gliedern in die andere Richtung.

Mir fällt ein Abend mit Charlie ein. Er liegt lange zurück, doch ich weiß noch, wie betrunken ich war. So betrunken, dass ich mich kaum noch auf den Beinen halten konnte. Es war in einem Hotel, und wir kamen aus der Bar. Ich dachte, ich wäre mit einladendem Hüftwackeln durch die Hotelhalle und den Flur zu unserem Zimmer scharwenzelt. Am nächsten Morgen sagte Charlie, ich sei von einer Flurseite zur anderen getorkelt, hätte mich an der Wand festhalten müssen, wäre in unser Zimmer gestolpert und bewusstlos aufs Bett geknallt.

Womöglich ist es jetzt auch so. Ich glaube, zu meiner Unterkunft zu gehen, aber womöglich taumele ich in Wahrheit oder krieche auf allen vieren. Eine innere Stimme rät mir umzukehren, ich erinnere mich, dass ich irgendetwas tun muss, und bleibe stehen.

Ich höre eine andere Stimme. Es ist die meines Vaters. »Was ist los mit ihr, was hast du ihr gesagt?« Offenbar meint er Nick, denn der verteidigt sich und betont seine Unschuld.

»Ich kümmere mich darum«, sagt eine ruhige Stimme.

Es ist die Stimme von Sam Brandis, die ich nach langer Zeit wieder höre. Die Stimme des Manns, der sich vierzehn Jahre zu spät blicken lässt.

Kapitel 13

Vielleicht habe ich die Tür meiner Hütte geschlossen, doch ich höre nicht, wie sie ins Schloss fällt, nehme nur die Schritte wahr, die mir folgen.

»Tate.« Er steht auf der Schwelle, tritt jedoch nicht ein. Ich will lachen, doch das Lachen bleibt mir im Hals stecken.

Hat er mich als Vampirin gesehen? Als ich die Rolle spielte, war ich neunzehn Jahre alt, doch im Kostüm und geschminkt wirkte ich alterslos, verwegen und wild, eine Frau, der man zutraute, dass sie anderen die Zähne in den Hals schlug, um ihnen das Blut auszusaugen. Jedes Mal, wenn ich mich auf ein Opfer stürzte, stellte ich mir vor, dass es sich dabei um Sam handelte.

Es ist lange her. Beinah vierzehn Jahre, die vor mir ablaufen, mit Liebhabern, Drehorten, Rollen, Schauspielerkollegen. Ich erinnere mich, dass die Begebenheiten in London irgendwann aufhörten, real zu wirken, und ich mir einredete, ich hätte alles nur geträumt.

»Tate, kann ich reinkommen?«

»Nein.« Meine Stimme klingt wie die einer anderen Frau.

Sam bleibt, wo er ist, doch er füllt den Raum, als wäre er eingetreten.

»Tate«, sagt er leise, aber bestimmt. »Wir müssen das klären.«

Ich lasse mich schwer auf das Sofa sinken und höre die Federn quietschen. Ich lege den Kopf zurück und zähle die Deckenbalken. Es sind sieben. Das Blockhaus hat schon einige Jahre auf dem Buckel, und ich frage mich, wie viele Liebesszenen, wie viel Streit, wie viele Tränen diese Wände miterlebt haben.

»Was geht hier ab?«, frage ich die Decke. Hinter meinen Schläfen beginnt es schmerzhaft zu pochen. »Ich verstehe es nicht.«

Sam scheint meine Frage als Einladung aufzufassen, denn nun tritt er ein und schließt die Tür hinter sich. Weiter wagt er sich nicht vor.

Ich möchte schon wieder lachen, unterdrücke es jedoch. Lachen ist jetzt nicht angebracht. Mir fällt ein, dass mein Vater irgendwo draußen auf mich wartet und sich fragt, was los ist. Nick wird sich das Gleiche fragen. Doch ich frage mich nur, was Sam Brandis hier tut. Der Drehbuchautor kann er nicht sein, der heißt anders. Ich komme einfach nicht mehr mit.

Sam zieht sich einen Stuhl heran und setzt sich.

Ich richte meinen Bick auf ihn, schaue in seine grünbraunen Augen, und es raubt mir den Atem. Es tut so weh, dass ich wieder zur Decke sehen muss.

Wie fängt man in einer solchen Situation an?

»Was tust du hier?« Ich muss mich überwinden, Sam anzusehen. »Bist du mit meinem Vater gekommen?«

Sam stößt einen Laut aus, halb Schnauben, halb Lachen,

und schüttelt den Kopf, als hätte ich etwas Dummes gefragt. »*Milkweed* ist mein Film, Tate. Ich habe das Drehbuch geschrieben.«

»Nein«, sage ich. »Der Drehbuchautor heißt S. B. Hill.«

»S und B für Sam Brandis. Hill war Luthers Nachname. Den habe ich kurz vor seinem Tod angenommen.«

Luther. Ich erinnere mich an sein warmherziges Lächeln, seine dröhnende Stimme und das vergnügte Funkeln seiner Augen. Ein kleiner Teil von mir bedauert seinen Tod, der überwiegende Teil sagt sich voller Zorn, dass Luther und Sam mich benutzt haben. Ich weiß nicht, wie viel der *Guardian* ihnen gezahlt hat, aber vermutlich hatten sie die Taschen voller Geld, als sie zum Lake District aufbrachen.

»Hätte ich wissen müssen, dass du heute hier bist?«, frage ich. »Irgendetwas sagt mir, dass diese Begegnung nicht als Überraschung gedacht war.«

»Ich habe dir gemailt.« Sam zuckt mit den Schultern. »Mein Name konnte dir nichts sagen. Du bist eine viel beschäftigte Frau und – «

»Nicht!«, falle ich ihm ins Wort. »Ich mag es nicht, wenn man mich gönnerhaft behandelt.«

»Das ist nicht meine Absicht. Ich weiß selbst nicht, was ich …« Er bricht ab.

»Ich dachte, du wolltest die Farm deiner Großeltern übernehmen.«

»Das habe ich getan.« Er fährt sich mit den Fingern durch das Haar. »Und nebenbei habe ich geschrieben. Wie ich es vorhatte. Das weißt du doch.«

»Ich glaube, so wird das nichts.« Ich lehne mich zurück.

»Wir müssen ehrlich sein. Was dich betrifft, weiß ich im Moment gar nichts.«

Sam seufzt. »Ich habe eine Farm, und ich schreibe. Aber *Milkweed* ist etwas ganz –«

»Nein«, falle ich ein. »Das will ich nicht hören.« Ich schlinge die Arme um mich, denn mit einem Mal ist all meine Liebe für *Milkweed* wie eine dünne Glasscheibe und Sam der Hammer, der sie zerschlagen kann. Ich möchte nicht, dass er noch etwas über diesen Film sagt. »Du ahnst nicht, was dieser Film für mich bedeutet. Es ist eine Herausforderung, die ich entweder bewältigen oder an der ich scheitern werde. Ablenkungen kann ich nicht gebrauchen.«

Ich spüre, wie die Tränen in mir aufsteigen. Ich zwinkere sie fort, hole tief Luft und versuche, absolut nichts zu empfinden. In mir ist nichts, sage ich mir wie ein Mantra, nichts außer Luft. Diese Methode habe ich gelernt, doch es ist schon eine Weile her, dass ich sie anwenden, dass ich mit einem solchen Übermaß an Gefühl fertigwerden muss.

Sam setzt sich um. Er trägt ein cremeweißes Poloshirt, das am Hals offen steht, eine olivfarbene Jeans und braune Stiefel. Die Komma-Narbe wird von seinem Bart verdeckt.

»Ich habe dich rechtzeitig informiert. Mir war klar, dass es schwierig werden würde. Ich habe die Produzenten sogar gebeten, die Rolle der Ellen anders zu besetzen.«

»Ist das dein Ernst?« Ich starre ihn an und werde wieder zornig. »Und wie hast du das begründet?«

»Ich habe bei der Besetzung ein Mitspracherecht.« Sam wendet den Blick zur Seite. »Ich habe ihnen erklärt, dass wir uns früher einmal kannten und ich nicht sicher sei, ob du mit mir zusammenarbeiten möchtest. Doch man hat auf dir bestanden, was mich freut. Ich glaube, du wirst eine großartige Ellen sein. Es ging nicht gegen dich, Tate.«

»Wäre schön gewesen, wenn auch mich jemand gefragt hätte.«

Sam zieht die Brauen zusammen. »Ich habe dich gefragt. Per E-Mail. Mehrmals sogar.«

Lügner. »Ich habe nichts bekommen.«

»Das verstehe ich nicht. Ich habe es immer wieder versucht.«

Ich muss mich fassen. Und zwar bald. Mir fehlt die Zeit, alles bei einem Glas Wein in Ruhe zu durchdenken. Wenn ich meine Unterkunft verlasse, muss ich unbeschwert wirken und mich auf meine Arbeit konzentrieren.

Unsere Blicke treffen sich. Sam versucht sich an einem Lächeln, das ihm misslingt. In seinen Augen erkenne ich Bedauern und noch etwas, das ich nicht entschlüsseln kann. Es ist einfach alles zu viel. Und doch ist er noch immer Sam, der Mann mit den schönen grünbraunen Augen, in denen ich versinken wollte, mit dem Mund, den ich wundgeküsst habe, und dem Körper, der mir solches Vergnügen bereitet hat.

»Tate«, beginnt er.

»Nein.« Ich schüttle den Kopf.

»Es gibt so viel, das ich dir sagen möchte.«

Was denn? Dass du ein Lügner bist und ein Dieb? Du hast mir meine Unschuld in mehr als nur einem Sinn geraubt. Du hast das Wunder meiner ersten Liebe zerstört.

Davon abgesehen hat er ein Meisterwerk geschrieben, mit einer Heldin, die so stark und herzzerreißend ist, dass ich geweint habe, als ich das Drehbuch zum ersten Mal las und ich mir wünschte, dieser Figur eines Tages tatsächlich ein wenig zu ähneln. Er hat Männerfiguren erschaffen, die gleichzeitig hart und zartfühlend sind, die Fehler haben und umso interessanter sind, wenn sie diese überwinden. Sam mag einen noch so miesen Charakter haben, dennoch ist er derjenige, der diese ganz besondere Geschichte erdacht hat. Ich weiß nicht, wie ich diese beiden Seiten miteinander vereinbaren soll.

Sam steht auf und schiebt die Hände in seine Hosentaschen. Er schaut zu Boden und steht mit hängenden Schultern da. Ich hatte vergessen, wie groß gewachsen er ist, wie viel Raum er beansprucht, wie präsent er immer für mich war – und nun wieder ist.

Er wirft einen Blick auf seine Uhr. »Tate, wir –«

»Hör auf, meinen Namen zu sagen.«

»Es ist halb sieben.«

Sogar seine Stimme habe ich damals geliebt. Ich schließe die Augen und wünsche mir nichts so sehr, wie mich auf dem Sofa zusammenzurollen und zu schlafen.

»Soll ich Gwen sagen, dass du noch etwas Zeit brauchst?«

Ich öffne die Augen und stehe auf. »Auf keinen Fall.«

»Du bist leichenblass, willst du wirklich probelesen?«

Ich brauche weder sein Mitgefühl noch seine Hilfe. Allein bei der Vorstellung richtet sich mein Körper trotzig auf, und mein Gehirn kommt wieder zu sich. Ich bin ein Profi, bin seit Jahren im Geschäft. Ich werde nicht mehr benutzt und sitzengelassen, die Zeiten sind vorbei.

»Es ist der Schock«, sage ich. »Es kommt nicht jeden Tag

vor, dass ich jemanden wiedersehe, der mich gelinkt hat.« Ich zucke mit den Schultern. »Aber ich habe schon ganz andere Probleme bewältigt.«

Sam wirkt betreten, antwortet jedoch nicht.

»Sag Gwen, dass ich in fünf Minuten im Gemeinschaftshaus bin.«

Sam wendet sich ab.

»Noch was, Sam.«

Er dreht sich zu mir um.

»Halt dich von mir fern. Wir sind keine Freunde.«

Kapitel 14

Als die Tür hinter Sam zufällt, sacke ich zusammen.

Alles ist gut, ich fühle mich gut, das sage ich mir ein ums andere Mal und will mich zwingen, daran zu glauben. Doch dann schnürt sich meine Brust zu, und ich ringe nach Atem.

Ich halte mir vor Augen, dass Sam und ich vor langer Zeit einmal zusammen waren, und das auch nur für knapp zwei Wochen. Doch ich habe ihn geliebt und weiß nur zu genau, wie sich das angefühlt hat. So etwas habe ich seitdem nie mehr empfunden. Vielleicht kann ich dieses Gefühl deshalb noch immer abrufen. Aber auch das habe ich schon lange nicht mehr getan, es ist zu schmerzhaft. Wahrscheinlich war es gut, dass ich keine Fotos von ihm oder uns beiden besaß, die ich immer wieder hervorholen und ansehen konnte. Doch nun bin ich Sam ohne jede Vorwarnung wiederbegegnet – es macht mich schwindlig.

Mit unsteten Händen wühle ich mein Handy aus meiner Handtasche. E-Mails kann ich von hier nicht versenden, dazu reicht das Mobilfunknetz nicht aus, aber vielleicht schaffe ich einen Anruf. Ich wähle Marcos Nummer.

Terri, seine Assistentin, meldet sich. »Du kannst ja doch

telefonieren«, sagt sie. »Ich dachte, du bist irgendwo in der Wildnis.«

Der Empfang ist furchtbar, ihre Stimme kommt und geht.

»Das dachte ich auch«, entgegne ich so ruhig wie möglich. »Kannst du mir einen Gefallen tun und nachsehen, ob ein Sam Brandis Hill mir in letzter Zeit eine E-Mail geschickt hat?«

Wie lange es schon her ist, dass ich seinen Namen ausgesprochen habe.

»Einen Moment.«

Ich höre, wie Terri auf ihrer Tastatur tippt, und bin mir nicht einmal sicher, welche Antwort ich mir wünsche.

»Er hat dir vier Mal gemailt«, antwortet sie.

Ich schließe die Augen. Was empfinde ich? Bin ich erleichtert? »Okay, danke.«

»Im Betreff stand jedes Mal *Milkweed*«, fährt Terri fort. »Wie alles Geschäftliche wurden die Mails zu Marco und mir umgeleitet. Aber du kriegst am Tag Hundert E-Mails zu *Milkweed*, und da der Name nicht zu unseren Kontakten gehört, müssen die Nachrichten in unserem Spam-Ordner gelandet sein. Warum, waren sie wichtig?«

»Nein.« Ich stelle auf Lautsprecher und massiere meine Schläfen. Aus dem Pochen sind Kopfschmerzen geworden. In ein paar Stunden werden sie sich zu einer waschechten Migräne ausgeweitet haben. »Kannst du die E-Mails an mich weiterleiten? Ich lese sie, wenn ich hier irgendwo einen besseren Empfang bekomme.«

»Ja klar.« Die Tasten klappern. »Okay. Kann ich sonst noch was für dich tun?«

»Nein, das war's. Danke, Terri.«

Gleich darauf klopft es an der Tür, und jemand ruft meinen Namen.

Es ist Devon.

Ich stecke mein Handy ein und hole tief Luft. Es ist mir peinlich, die Arbeit an *Milkweed* mit einer Verspätung zu beginnen.

Ich setze ein Lächeln auf und öffne die Tür. »Tut mir leid, Devon, wird nicht wieder vorkommen.«

Ich folge Devon die Stufen hinunter, die in den Hang geschlagen wurden. Mein Blockhaus liegt höher als die anderen. Ich habe sogar eine Veranda, von der aus man einen phantastischen Blick übers Tal hat und den Eingang von Ellens Haus sieht.

Unten an der Treppe wartet ein Fahrer mit einem leuchtend grünen Golfwagen, die Räder sind von getrocknetem Schlamm verkrustet. Ich steige auf den Rücksitz, Devon lässt sich neben dem Fahrer nieder. Der Fahrer setzt den Wagen in Gang.

Devon wirft einen Blick auf seine Uhr und trägt etwas auf der Liste an seinem Klemmbrett ein. »Wir sind nicht zu spät, alle sind noch beim Essen.« Er reicht mir ein Exemplar des Drehbuchs. »An deinem Platz wird auch eins liegen, aber falls du jetzt noch mal hineinschauen willst … Das Lesen dürfte nicht länger als zwei Stunden dauern, es sei denn, jemand gerät ins Plaudern.«

Trotz meines inneren Chaos nehme ich sein Lächeln wahr und arrangiere die Paare neu, von denen Charlie gesprochen hat. Falls er sie so anlächelt, wird sie auf ihn fliegen, und mich braucht man nach dem Schock des Wiedersehens mit Sam bei der Paarbildung nicht mehr zu berücksichtigen.

Ich lege das Drehbuch auf meinen Schoß. Ich muss nicht mehr hineinschauen, sondern kenne jede Zeile auswendig. »Danke, dass du mich abgeholt hast.«

Devon lacht. »In den nächsten Tagen werde ich dich morgens zwischen vier und fünf abholen. Bin gespannt, ob du das dann auch noch sagst.«

Vor dem Gemeinschaftshaus parkt eine ganze Reihe Golfwagen. Wir steigen aus. Devon lotst mich in den großen Saal, der bereits gut gefüllt ist. Doch die meisten bedienen sich noch am Buffet, essen und unterhalten sich. Dass ich zu spät bin, fällt kaum auf. Mein Vater hat es natürlich registriert und sieht mich ungehalten an. Ich wende den Blick ab. Marco hat es ebenfalls wahrgenommen und kommt auf mich zu. Er weiß, dass ich mich höchstens einmal um fünf Minuten verspäte, und fasst sofort meinen Arm, um mich zur Seite zu ziehen. »Alles in Ordnung?« Er studiert meine Miene, erkennt, dass etwas vorgefallen sein muss, über das ich noch nicht reden kann. »Was ist passiert?«, fragt er und runzelt die Stirn.

»Alles ist gut«, antworte ich. Er glaubt mir nicht, und ich drücke beruhigend seine Hand. »Erkläre ich dir später.«

Marco wirft einen Blick in die Runde, sieht, dass sich die Leute langsam bereit machen, und lässt mich widerstrebend los.

Ich lasse mich neben Nick nieder und setze ein Lächeln auf.

Ein kurzer Tisch und zwei lange Tische stehen in U-Form in der Mitte des Saals. Die Hauptbesetzungen des Films nehmen am kleinen Mitteltisch Platz, die Nebenrollen an einer Längsseite, die wichtigsten Mitglieder der Crew, einschließlich Gwen, an der anderen. Noch nie habe ich bei einer Leseprobe so viele Leute gesehen, auch die Stuhlreihen an den Wänden sind besetzt. Wahrscheinlich wollen alle hören, wie Ian und Tate Butler zum ersten Mal gemeinsam einen Rollentext lesen.

Als Gwen aufsteht, legt sich das Stimmengewirr. Sie bedankt sich bei der Filmcrew und allen anderen Mitarbeitern für das, was sie bereits im Vorfeld der Produktion geleistet haben. Dann spricht sie über das Drehbuch und erklärt, es sei das beste, das ihr jemals untergekommen sei. Ich blende den Rest aus, doch als alle klatschen, gehe ich davon aus, dass ihre Rede beendet ist, und klatsche ebenfalls.

Ich spüre Marcos forschenden Blick. Wahrscheinlich fragt er sich, ob er mich tatsächlich allein lassen kann. Wo Sam sitzt, weiß ich nicht, doch ebenso wie früher spüre ich seine Nähe.

Es gibt eine kleine Verzögerung, den Grund kenne ich nicht, und sofort schweifen meine Gedanken in die Vergangenheit. Wie wütend ich in den Wochen nach meinem London-Aufenthalt auf Sam war. Ich erinnere mich an die Reporter, die mich ständig belagerten, und an ein Interview, das mein Vater und ich gemeinsam gaben. Für die Presse war ich ein neues Spielzeug, und die Leser waren fasziniert.

Dann entdeckte mich die Filmindustrie, ich erhielt die ersten kleinen Rollenangebote, die ich jedoch alle ablehnte. Noch traute ich mir nichts zu.

Marco und der PR-Agent meines Vaters hatten eine Geschichte in Umlauf gebracht, an die ich mich halten musste. Danach hatten meine Eltern vor Jahren gemeinsam beschlossen, es sei besser für mich, nicht in L.A. aufzuwachsen. Und mein Vater hatte nie den Kontakt zu uns abgebrochen, sondern aktiv an meinem Leben teilgenommen. Marco ließ durchsickern, dass er die ersten Presseberichte über mein plötzliches Auftauchen bewusst lanciert hatte. Niemand hätte mich an die Presse verraten.

Ich wurde von Klatschmagazinen und Frauenzeitschriften interviewt und erzählte meine Geschichte immer wieder aufs Neue. Dann kam das Angebot, die Hauptrolle in einer Fernsehserie über Vampire zu spielen, und ich sagte zu. *Evil Darlings* lautete der Titel. Es wurde ein Erfolg, zog jede Menge Merchandising nach sich – Kugelschreiber, Smartphone-Hüllen, T-Shirts, Kaffeebecher, Tragetaschen – und öffnete mir die Tür zu weiteren Rollen. Einigen Serien folgten die ersten Filmkomödien, die mich schließlich hierherführten, zu einer Rolle, von der ich lange geträumt habe.

Anfangs war die Schauspielerei für mich eine Flucht. Im Film konnte ich jemand anders sein und tun, als wäre mein Leben in Ordnung. Doch es war auch meine Form der Rache an Sam. Ich wollte, dass er immer wieder auf mein Foto und meinen Namen stieß, dass er mich in Zeitschriften, im Fernsehen oder in einem Film sah. Er sollte erkennen, dass er mir nichts hatte anhaben können. Manchmal stellte ich mir vor, wie er sein Verhalten bereute, sich schuldig fühlte und sich vergebens nach mir sehnte. In solchen Augenblicken ging es mir gut. Dann kehrte ich in die Realität zurück und war todunglücklich.

Doch es dauerte nicht lang, bis mir klar wurde, wie sehr ich die Schauspielerei und alles, was mit ihr zusammenhing, liebte. Mir gefiel es, vor der Kamera zu stehen und mich zu verwandeln, ich mochte die Reisen zu den Drehorten, die Werbetouren, die Fotoaufnahmen. Es war etwas, das ich mir für lange Zeit heimlich gewünscht hatte, und nun wurde es wahr.

Irgendwann war ich über Sam hinweg. Und noch heute bin ich Nana dankbar, dass sie mir damals die Reise nach London ermöglichte. Sie hatte mich so lange behütet, und dann war sie selbst diejenige, die mich aus meiner kleinen Welt hinausführte und mir zeigte, dass es mehr als Guerneville, den Russian River und das Sonoma County gab. Ohne Nana hätte ich Sam nicht getroffen, und ohne Sam wäre der Stein nicht ins Rollen gekommen und ich nicht Schauspielerin geworden.

Ich schlage das Drehbuch auf. Und wie immer, wenn ich nervös bin, wickle ich meinen Zeigefinger in den Saum meines T-Shirts, so fest, dass es wehtut und mich wachrüttelt. Ich befreie meinen Finger, setze mich gerade hin und zwinge mich zur Konzentration. Es geht los.

Zu Beginn der Geschichte sind Ellen und Daniel, ihr erster Mann, noch Teenager, deshalb lesen die jungen Schauspieler, die diese Rollen übernehmen, zuerst. Zwar weiß ich, dass ich jünger als zweiunddreißig Jahre wirke, aber nicht einmal Charlie könnte aus mir wieder eine Sechzehnjährige machen, auch meine Stimme passt nicht mehr zu diesem Alter.

Wir kommen zu der Stelle, an der Ellen und Daniel ein heimliches Liebespaar werden, die ländliche Gegend Iowas, in der sie aufgewachsen sind, verlassen und nach Minneapolis ziehen. Daniel beginnt dort ein Studium, Ellen arbeitet, um sich und ihn zu finanzieren. Die Schauspieler machen ihre Sache gut und bewältigen ihren Text ohne große Patzer.

Als sich herausstellt, dass Daniel Ellen mit einer anderen Frau betrügt, ist sie sechsundzwanzig. Sie verlässt ihn und kehrt auf die Farm ihres Vaters zurück.

Ab diesem Punkt sind Nick und ich an der Reihe. Doch vorher unterbricht Gwen für eine kurze Pause. Die Leute füllen ihre Wassergläser auf, wechseln ein paar Worte, strecken sich. Dann klatscht Gwen in die Hände, und es wird wieder still.

Ich starre auf die aufgeschlagenen Drehbuchseiten.

AUSSEN – FARM DER FAMILIE MEYER – VERANDA VOR DEM HAUS – TAG

Iowa im Jahr 1956. Das zweistöckige Bauernhaus der Meyers liegt inmitten von Feldern, Weideland und bewaldeten Hügeln. Der gut aussehende Handelsreisende RICHARD DONNELLY (28, dunkelhäutig, muskulös, mit einem etwas scheuen Lächeln) klopft an die Vordertür. Seine Schuhe sind ausgetreten, doch sein Anzug ist sauber und gebügelt. Er trägt einen Hut. Als niemand öffnet, schaut er sich um. Man nimmt wahr, wie einsam die Farm liegt. Es ist heiß. Donnelly ist müde und hungrig. Man hört den Aufschrei einer Frau, gefolgt von einem deftigen Fluch. Donnelly stutzt. Dann umrundet er das Haus.

AUSSEN – FARM DER FAMILIE MEYER – HINTER DEM HAUS – TAG

ELLEN MEYER (26) ist eine schöne Frau. Doch ihr Kleid und ihre Schürze sind tropfnass. Sie steckt mit den Armen in einer altmodischen Waschmaschine, die offenbar defekt ist. Man sieht Körbe voller Schmutzwäsche und eine leere Wäscheleine. Zu Ellens Füßen steht ein Werkzeugkasten.

ELLEN
Verdammt – so ein Mist.

Richard entdeckt sie und bleibt stehen.

RICHARD
Entschuldigung, Ma'am, kann ich Ihnen helfen?

Ellen dreht sich um und stemmt eine nasse Hand in ihre Seite. Sie wirkt kampflustig.

ELLEN
Wer sind Sie? Und was haben Sie hier zu suchen?

RICHARD

Mein Name ist Richard Donnelly. Ich wollte fragen, ob Sie Futter für Ihre Kühe brauchen.

Er tritt näher und nickt in Richtung Weideland.

RICHARD (FORTS.)

Ich habe vorn geklopft und dann einen Schrei gehört.

Ellen wendet sich erneut der Waschmaschine zu.

ELLEN

Weil die verdammte Waschmaschine schon wieder nicht funktioniert. Und nein, Futter für die Kühe brauche ich nicht.

RICHARD

Kann ich Ihnen helfen? Sie sind doch –

Ellen fährt zu ihm herum und sieht ihn warnend an.

ELLEN

Was denn? Eine Frau? Wollten Sie das sagen?

Richard schüttelt den Kopf.

RICHARD

›Klatschnass‹ wollte ich sagen.

Ellen sieht an sich hinab.

ELLEN
Ich brauche keine Hilfe. Ich habe dieses Stück Schrott schon zigmal repariert und werde es auch diesmal schaffen.

Gwen unterbricht uns. »Okay, das war schon ganz gut«, sagt sie. »Mir gefällt Nicks Mischung aus Charme und Verletzlichkeit.«

Sie sieht mich an, und es ist, als hielten alle im Raum die Luft an. Plötzlich schlägt mir das Herz bis zum Hals. Wahrscheinlich hat jeder gemerkt, dass ich nicht den richtigen Ton getroffen habe. Stattdessen habe ich mich verkrampft und unnatürlich angehört.

»Tate, wir müssen spüren, wie entwaffnend Richard wirkt und dass Ellen sich dem nicht entziehen kann. In den vergangenen Jahren ist aus ihr ein Stadtmensch geworden, doch nun ist sie wieder auf der Farm. Sie muss sich um alles kümmern, auch um ihren Vater. Aber das kann sie. Ellen ist eine ganz und gar unabhängige Frau, eine Feministin vor ihrer Zeit. Sie hat auf die harte Tour lernen müssen, dass sie sich auf niemanden außer sich selbst verlassen kann. Männern traut sie seitdem nicht mehr über den Weg, deswegen will sie auch nicht auf Richards Charme reagieren – doch sie kommt nicht dagegen an. All das wollen wir spüren.«

Alle schauen mich an, und ich danke Charlies Schminkkünsten, dank derer man mein Erröten nicht sieht. Meinen Vater spüre ich wie ein pulsierendes Licht an meiner Seite. Auch Sam habe ich inzwischen am Ende eines der

Längstische entdeckt. Ich vermeide es, in seine Richtung zu blicken.

Mit einem Nicken gebe ich Gwen zu verstehen, dass ihre Botschaft bei mir angekommen ist, und lese die Szene noch einmal. Auch beim zweiten Mal mache ich meine Sache nicht besser, spreche mal zu schnell, mal zu hölzern. Doch es ist nur eine Probe, und Gwen lässt es durchgehen und bittet uns weiterzulesen.

Ellen nimmt einen Schraubenschlüssel aus dem Werkzeugkasten und zieht eine Schraube der Waschmaschine fest.

RICHARD

Mein Vater hatte in Charlotte eine Werkstatt, wo alles Mögliche repariert wurde. In den Sommerferien musste ich dort aushelfen. Die Maschinen, die heute gebaut werden, sind viel weiter entwickelt, aber sie haben noch immer ihre Launen.
Also, wenn Sie wollen, könnte ich mal …

Ellen ignoriert ihn. Sie legt den Schraubenschlüssel ab und stellt die Waschmaschine an. Zufrieden sieht sie zu, wie das Gerät zu rumpeln beginnt – plötzlich spritzt das Wasser heraus und trifft nun auch Richards Kleidung. Für einen Moment schweigen beide.

ELLEN

Wer sagt's denn? Könnte nicht besser laufen.

»Die letzte Zeile bitte noch mal, Tate.« Gwen betrachtet mich über den Rand ihrer Brille hinweg. Ich fühle mich, als wäre ich wieder zwölf Jahre alt und Nana würde mir zum hundertsten Mal erklären, wie man die Tische im Restaurant richtig deckt. »Und denk daran, Ellen ist frisch geschieden. Sie ist in ihr Elternhaus zurückgekehrt, ihr Vater zeigt erste Anzeichen von Demenz, und die Waschmaschine, die sie dringend braucht, ist zur Fontäne geworden. Doch sie trägt es mit Humor.«

Aus dem Augenwinkel nehme ich wahr, dass Sam sich bewegt, und bevor ich mich bremsen kann, schaue ich zu ihm. Doch er hat den Blick gesenkt und die Arme vor der Brust verschränkt.

Mein Gaumen ist trocken, und ich brauche einen Schluck Wasser, doch ich mag nicht nach dem Wasserglas greifen, aus Furcht, man könne das Zittern meiner Hand sehen. Ich versuche, tief und ruhig durchzuatmen. »Ellen kann über sich selbst lachen«, sage ich wie eine brave Schülerin.

»Genau. Aber sie weiß, wenn sie nicht lacht, fängt sie an zu heulen.«

Das sollte ich eigentlich hinkriegen, so empfinde ich im Moment auch. Ich fange wieder an zu lesen.

ELLEN

Wer sagt's denn? Könnte nicht besser laufen.

Richard und Ellen müssen beide lachen. Ellen sieht ein, dass sie Hilfe braucht, und stößt einen resignierten Seufzer aus.

ELLEN (FORTS.)
Könnten Sie mir mal die Zange reichen? Und den Bolzen da festhalten?

Richard setzt seinen Hut ab, krempelt die Hemdsärmel hoch und packt mit an.

ELLEN (FORTS.)
Ich frage mich, warum wir dieses Ding überhaupt haben. Mit der Hand hätte ich wahrscheinlich alles längst gewaschen.

Sie schweigen einen Moment lang.

ELLEN (FORTS.)
Ich hab Sie hier noch nie gesehen.

RICHARD
Bin gestern erst im Ort angekommen. Ich arbeite für Whitmore, einen Tierfutterhersteller, und bin dabei, meine Runde zu machen.
Deshalb bin ich hier vorbeigekommen.
Ich dachte, den Weg schaffe ich locker zu Fuß, aber es war dann doch ein ganz schönes Stück zu laufen.

ELLEN
Sie sind den ganzen Weg vom Dorf hierher gelaufen?

RICHARD
Ja, Ma'am. War aber kein Problem.

ELLEN
Sie müssen mich nicht mit Ma'am anreden.
Mein Name ist Ellen. Ellen Meyer.

Über die Waschmaschine hinweg schütteln sie sich die nassen Hände.

RICHARD
Freut mich, Sie kennenzulernen, Ellen.

ELLEN
Ebenso.

Mit einer weiten Armbewegung deutet Richard auf das umliegende Land.

RICHARD
Ein schönes Stück Land haben Sie hier.

ELLEN
Danke. Ich bin hier aufgewachsen, und nun muss ich mich um alles … Mein Vater glaubt, er führt die Farm wie eh und je, aber das kann er nicht mehr.

Der Grund bleibt unausgesprochen. Richard dreht an der Waschmaschine einen Schlauch fest und tritt einen Schritt zurück.

RICHARD
Stellen Sie die Maschine noch mal an.

Ellen tut es mit skeptischer Miene. Es funktioniert. Man hört, wie Wasser einläuft. Es spritzt nicht.

ELLEN
Das verdanke ich Ihnen.

RICHARD
Ach wo, ich habe nur den Schlauch festgedreht. Darauf wären Sie auch gekommen, wenn ich Sie nicht gestört hätte. Man sieht, was Sie an der Maschine alles repariert haben. Beeindruckend.

Ellen ist Lob nicht gewohnt. Sie errötet.

ELLEN
Danke. [Pause]
So nass kann ich Sie nicht fortgehen lassen. Ich bringe Ihnen ein Handtuch. Und dann etwas zu essen.

»Gut.« Gwen schiebt ihren Stuhl zurück. »Zwanzig Minuten Pause.«

Ich stehe auf, strecke mich und bemühe mich um eine gelassene Miene. Ich kann auf Kommando erröten, und das ist mir auch gerade beim Lesen gelungen, nur geht die Röte nicht weg und ist nun vermutlich trotz meines Make-ups zu erkennen, schließlich ist mir nur zu bewusst, dass die erste Probe meines Könnens danebengegangen ist.

Aber nicht nur ich weiß das. Keinem ist verborgen geblieben, dass ich nicht gut war. Die Textstellen, in die ich mich beim ersten Lesen verliebt habe, klangen aus meinem Mund schwerfällig. Die knisternde Spannung zwischen Nick und mir, die bei den Probeaufnahmen sofort wachgeworden ist, hat komplett gefehlt. Ich habe mich von Gefühlen, die hier nichts zu suchen haben, ablenken lassen.

Ich verlasse das Gemeinschaftshaus. Draußen, an der frischen Luft, fällt mir das Atmen leichter. Ich laufe über die ersten gelben Blätter, die von den Bäumen gefallen sind, und umrunde das Haus. Nach hinten hinaus ist eine Veranda, die ich betrete. Von dort aus sieht man zwischen Bäumen einen See aufblitzen und die Getreidefelder, die sich im Wind wiegen. Ein Kürbisfeld wird von der untergehenden Sonne beschienen. Hinter mir ertönen Schritte. Ich drehe mich um. Marco ist mir gefolgt.

»Was ist mit dir los?«, fragt er scharf.

Ich zucke mit den Schultern. »Sam ist hier.«

»Sam? Was für ein Sam?«

»S. B. Hill, der Drehbuchautor. S und B stehen für Sam Brandis.«

Marco braucht einen Moment, bis bei ihm der Groschen fällt. »Etwa der Typ aus London? *Der* Sam? Wie sind wir denn an den geraten?«

»Er hat mir E-Mails geschrieben, um mich vorzuwarnen. Die sind bei Terri und dir hängengeblieben. Und jetzt ist er hier, und ich könnte Schreikrämpfe kriegen.«

Marco beugt sich zu mir herunter, um mir in die Augen zu sehen. »Ich wollte heute Abend nach L.A. zurückfahren. Ist es dir lieber, wenn ich bleibe?«

»Nein, aber du könntest Sam in die Eier treten. Das würde mir gefallen.«

Marco lacht.

»Es wird noch besser.« Ich schaue mich um, um mich zu vergewissern, dass wir allein sind. »Der Scheißkerl war sich nicht sicher, ob er mich als Ellen dabeihaben wollte.«

»Wow«, sagt Marco. »Der Junge hat Nerven.«

»Er hat sich nicht geändert.«

»Vergiss ihn, Tate, und gib dein Bestes. Die Rolle ist wie für dich gemacht.«

Ich schlage die Hände vors Gesicht. »Vorhin war ich eine Katastrophe.«

Marco zieht meine Hände herunter. »Du musstest eine Überraschung verkraften. Kein Wunder, dass du neben der Spur warst.« Er lehnt sich gegen das Geländer der Veranda und schüttelt ungläubig den Kopf. »Was für ein verrückter Zufall.«

»Und was soll ich jetzt tun? Aussteigen oder weitermachen?«

»Du machst natürlich weiter, Tate, das ist *dein* Film. Dieser Sam ist der Drehbuchautor, kein Hauptdarsteller, an dessen Seite du klarkommen musst. Und wenn du Fragen zum Drehbuch hast, wendest du dich an Gwen oder Todd, nicht an Sam. Mit ihm hast du nichts mehr zu tun, ich hoffe, das hast du ihm klargemacht.«

»Ja, habe ich.«

»Gut. Gib dir noch ein wenig Zeit, um das Wiedersehen zu verdauen. Und vergiss nicht, dass du nicht mehr die Achtzehnjährige bist, die er damals kennengelernt hat. Damals warst du Tate Jones, inzwischen bist du seit vielen Jahren Tate Butler, das ist ein großer Unterschied.« Marcos Augen beginnen gefährlich zu funkeln. »Der Typ soll sich bloß vorsehen, sonst kriegt er es mit mir zu tun. Oder noch schlimmer.«

Ich muss lachen. »Was könnte denn noch schlimmer sein?«

»Charlie. Charlie prügelt ihn windelweich.«

Kapitel 15

Die Leseprobe bringe ich irgendwie hinter mich. Doch nachher, als wir alle zusammenstehen, den Produzenten die Hände schütteln und jedermann erklärt, dass er es kaum erwarten kann, am nächsten Tag mit den Dreharbeiten zu beginnen, dürfte kaum noch jemand glauben, ich wäre eine gute Ellen. Gwen tut es vermutlich auch nicht. Sie, die sonst so zurückhaltend ist, wirkt zu aufgekratzt, bekundet ihre Begeisterung so laut, als müsse sie sich selbst überzeugen. Ich höre Marco, der mit Deb, der Aufnahmeleiterin, und einem der Produzenten spricht. Der Name des Produzenten ist Jonathan Marino, er sieht aus wie die Barbiepuppe Ken mit einer braunen Bademütze. »Tate steht nicht auf Leseproben«, sagt Marco. »Sie möchte, dass es losgeht und sie endlich Ellen spielen kann. Morgen wird sie phantastisch sein.«

Mein Mut, meine Kraft, ja sogar mein Puls nähern sich dem Nullpunkt. Jeden Moment rechne ich damit, dass mein Vater zu mir kommt und mich ins Gebet nimmt. Doch er gönnt mir nur ein verkniffenes Lächeln und steuert eine Frau an, die am Rand gesessen hat. Er zieht sie von ihrem Stuhl hoch und küsst sie.

Ich glaube meinen Augen nicht zu trauen. Diese Frau ist keinen Tag älter als fünfundzwanzig, mein Vater dagegen geht allmählich auf die sechzig zu. Was für ein Klischee – der alternde Mann und die Geliebte, die jünger als seine Tochter ist. Und das darf ich nun sechs Wochen lang jeden Tag miterleben.

Mit letzten Kräften lächle ich, umarme irgendwelche Leute, hauche an Wangen Küsse in die Luft und arbeite mich zu Marco vor. Er nickt in Richtung Ausgang. Wir verlassen das Gemeinschaftshaus und wandern in der Abenddämmerung zu meinem Blockhaus.

Ich wünschte, Marco würde etwas sagen – egal was – sein Schweigen geht mir an die Nieren.

Schließlich sage ich: »Ich weiß, dass ich grauenhaft war.«

»So schlimm war es auch wieder nicht.«

Ich stöhne. »Wenn du es so sagst, muss es katastrophal gewesen sein.«

Marco schüttelt den Kopf. »Wer hätte das gedacht?« Er fängt an zu lachen. Ich weiß nicht, warum er lacht, aber es ist so ansteckend, dass ich zumindest lächeln muss. »Ich habe Sam Brandis beobachtet. Irgendwie seltsam, ihn plötzlich in natura zu sehen.«

Ja, wahrscheinlich ist Sam auch für Marco interessant. Immerhin gäbe es ohne ihn das Duo Tate-und-Marco nicht.

»Hattest du ihn dir so vorgestellt?«

Marco furcht die Stirn. »Ich dachte, er wäre …« Er scheint nach den richtigen Worten zu suchen, doch um seine Lippen deutet sich ein anerkennendes Lächeln an. »Sagen wir mal, ich verstehe dich jetzt besser.«

Mit einem Seufzer hänge ich mich bei ihm ein. Natürlich hat Marco auf den ersten Blick erkannt, was Sam damals in mir ausgelöst hat – und warum.

»Was für ein Zusammentreffen.« Marco löst sich von mir und bleibt stehen. »Aber du darfst dich von ihm nicht beirren lassen. Denk an deine Geschichte, Tate. Du wurdest vor vierzehn Jahren entdeckt, und seitdem liebt dich dein Publikum. Du warst schon eine hinreißende Vampirin, eine wunderbare Freundin und eine unwiderstehliche Verliebte.« Er sieht mir in die Augen. »Und nun wirst du eine großartige Ellen sein, Sam hin oder her. Er ist nicht mehr als eine kleine Irritation, die du leicht abschütteln kannst, okay?«

Ich nicke.

Er gibt mir einen Kuss. »Wenn ich meinen Flug bekommen will, muss ich jetzt los. Du fängst morgen früh um fünf Uhr mit Nick an. Das ist gut, mit ihm verbindet dich nichts, auf ihn kannst du dich in Ruhe einstellen.« Sein Blick wird eindringlich. »Und dann musst du einfach so sensationell sein, wie du es kannst.«

Nick wird für mich kein Problem sein, aber dass ich sensationell sein werde, kann ich nicht versprechen. Dazu muss ich den Kopf frei bekommen, nichts darf mich von meiner Rolle ablenken. Ich muss zu Ellen werden. Ich frage mich, was Ellen an meiner Stelle tun würde. Die Antwort ist einfach: Sie wäre wütend geworden, vielleicht auch einen Moment lang wehmütig, und dann hätte sie die Ärmel hochgekrempelt und weitergearbeitet.

Ich drücke Marco an mich. Mir schießt durch den Kopf,

dass ich ihn vielleicht doch bitten soll zu bleiben, aber dann verwerfe ich den Gedanken. Ich brauche keinen Babysitter.

Ich muss zu Ellen werden.

Ich weiß, wer mir den Kopf zurechtrücken kann, und frage Marco: »Hast du eine Ahnung, wo hier ein Festnetzanschluss ist?«

Er deutet in Richtung Gemeinschaftshaus. »Im ersten Stock ist ein Büro, da kannst du telefonieren.«

Er muss nicht fragen, wen ich anrufen will, er kennt mich beinahe ebenso gut wie ich mich selbst.

Meine Mutter meldet sich, sie klingt gehetzt. Wahrscheinlich war sie dabei, die Küche aufzuräumen. Ich sehe den großen, hell erleuchteten Raum vor mir und meine Mutter mit der endlos langen Telefonschnur, die sie beim Reden um ihre Hand windet.

»Mom, ich bin's.«

»Tate«, ruft sie freudig. Ein Stuhl scharrt über Steinfliesen. Sie hat sich gesetzt, wird aber gleich wieder aufspringen und hin und her laufen. »Wie war der Tag?«

Bevor ich auch nur Luft holen kann, scharrt der Stuhl erneut. Also ist sie schon aufgestanden. Geschirr klappert, vielleicht bereitet sie ein Gericht für den nächsten Tag vor. Doch dann geht die Küchentür, demnach ist sie in den Garten gegangen.

Ich schildere ihr Ruby Farm und mein Blockhaus, erzähle ihr von Charlie, Trey und Nick.

Und dann berichte ich ihr, dass ich Sam wiederbegegnet bin und Ruby Farm, noch vor wenigen Stunden eine wunderbar grüne Oase des Friedens, nun ein Ort voller Unsicherheit und dunkler Erinnerungen ist.

Meine Mutter hat Sam nie kennengelernt und weiß nicht, wie er aussieht.

Ich will ihn ihr beschreiben und verhaspele mich, weil das Bild von ihm mein Herz zum Überlaufen bringt. Ich rede dummes Zeug, spreche von Sams Bart und dass ich immer gedacht habe, eines Tages ließe er sich einen wachsen …

»Tate, beruhige dich«, sagt meine Mutter.

Ich hole tief Luft, doch das nützt nicht viel, im nächsten Moment spreche ich von Sams Augen, dass sie so schön sind, aber einen reiferen Ausdruck als früher haben. Ich beichte meiner Mutter, dass ich auf die vierzehn Jahre, die er ohne mich verbracht hat, eifersüchtig bin und nicht weiß, warum, schließlich hatte ich in der Zwischenzeit Beziehungen mit anderen Männern, nur dass ich bei keinem von ihnen mehr auf irgendetwas eifersüchtig bin.

»Er war deine erste Liebe«, sagt meine Mutter. »Nicht nur der Erste, mit dem du geschlafen hast, sondern der erste Mann, dem du dich wirklich nahe gefühlt hast. Ihm hast du erzählt, wer dein Vater ist, und ihm hast du als Erstem anvertraut, dass du Schauspielerin werden möchtest.«

»Richtig, und alles, was ich ihm anvertraut habe, hat er prompt an die Medien verkauft.« Ich trete an das Fenster des Büros und blicke hinaus in den Abendnebel, der sich über die Felder legt.

Meine Mutter schweigt und wartet, ob ich noch etwas von mir gebe, aber ich habe alles gesagt.

Sie wechselt das Thema und will wissen, wie ich mit Dad zurechtkomme.

Ich muss lachen. Nachdem Sam wiederaufgetaucht ist, spielt der Druck, in einem Film neben meinem Vater zu bestehen, auf einmal keine so große Rolle mehr.

»Bisher hatte ich kaum mit Dad zu tun. Er hat eine Freundin dabei.«

»Ach Tate«, sagt meine Mutter, »das tut mir leid.«

Ich sehe Mitglieder der Crew den Hügel hinaufsteigen, hinter dem ihre Wohnzelte liegen. »Warum tut dir das leid?«

Meine Mutter seufzt. »Weil du dir etwas anderes erhofft hattest.«

»Interessant. Und was war das?«

»Tate«, sagt meine Mutter sanft. »Jetzt tu doch nicht so.«

Ich wende mich vom Fenster ab und lasse mich auf dem Schreibtischstuhl nieder.

»Ich will dir nichts in den Mund legen«, fährt meine Mutter fort. »Aber ich hatte den Eindruck, dass du dir etwas von eurem Zusammensein versprichst.«

»Das kann ich mir anscheinend abschminken.«

Ich sehe die Bilder vor mir, die ich mir zahllose Male vorgestellt habe. Auf ihnen sitzen Dad und ich in den Drehpausen zusammen, gehen die Szenen durch, tauschen Ideen aus, besprechen die Notizen, die wir uns gemacht haben. Es sind ziemlich abgegriffene Bilder, als gehörten sie zu einem Buch, das ich hundertmal gelesen habe. Meine Mutter hat recht. Ich hatte mir gewünscht, dass dieser Film zu einem

Wendepunkt unserer Beziehung wird. Ich wollte von meinem Vater als gleichwertig akzeptiert werden, ihn richtig kennenlernen, ihm nahekommen.

»Du musst dir nichts abschminken, sondern dich nur vor zu hohen Erwartungen schützen.«

Die Erfahrung, die ich damals mit Sam gemacht habe, hat auch meine Mutter verändert. Sie ist vorsichtiger geworden, ist nicht mehr die unbeschwerte Optimistin, die sie einmal war.

»Vor allem muss ich morgen glänzen, das ist das Wichtigste.«

»Das wirst du.« Meine Mutter ist wieder in der Küche, ich höre, wie der Kühlschrank geöffnet und geschlossen wird. »Und jedes Mal, wenn du deinen Vater siehst, musst du dir vor Augen halten, dass du das Beste bist, was er jemals zustande gebracht hat.«

Als ich das Büro verlasse, ist niemand mehr im Gemeinschaftshaus, und meine Schritte auf der Holztreppe hallen von den Wänden wider. Ich gehe noch einmal in den Saal, in dem ich gelesen habe. Nun, da der Stress nachlässt, nehme ich die schöne Gewölbedecke wahr, den glänzenden Holzfußboden, die Fensterflucht auf einer Seite. Die Bühne am anderen Ende ist groß genug, um ein Theaterstück darauf aufzuführen oder eine Band auftreten zu lassen.

Ich verlasse das Gemeinschaftshaus und folge den Stimmen, die irgendwo unten am Hang ertönen. Dort ist ein großes Zelt errichtet worden, das ich betrete. Innen stehen Tische, Stühle, eine Theke mit Barhockern, an der Decke hängen Lichterketten. Es sieht aus, als fände hier demnächst eine Hochzeitsfeier statt. Dann fällt mir ein, dass es die Kulisse für das Dorffest im Film sein wird, in der im Moment Crew und Schauspieler sitzen und trinken. Die Planen am Eingang sind hochgeklappt und am Dach befestigt worden, der laue Wind des Indian Summer weht sanft hindurch.

Gwen, Sam, mein Vater und seine Freundin sind nicht da. Aber Devon, Liz und Deb sitzen an einem Tisch und trinken Bier.

»Tate«, ruft Liz und winkt.

Ich gehe zu ihnen.

»Alles gut?«, fragt Liz.

Die Frage ist mir unangenehm. Nach meiner Vorführung vorhin möchte sie wahrscheinlich wissen, was mit mir los ist.

»Danke, alles bestens.« Ich lächle fröhlich. »Ich kann kaum glauben, wie schön es hier ist.«

Deb deutet auf die Theke. »Hol dir was zu trinken.«

Sie unterhalten sich ganz entspannt. Liz lacht aus vollem Hals über etwas, das Devon sagt, und ich schließe daraus, dass sie nicht über mich reden und sich die Haare raufen, weil ich so schlecht gelesen habe.

Mein Blick fällt auf Nick, der an einem Tisch sitzt und ein Buch liest. Auch vor ihm steht ein Glas Bier. Er hebt den Kopf, als ich an ihm vorbeikomme, und legt sein Buch ab.

»Da bist du ja.« Er nimmt einen Schluck Bier. »Ich habe mich schon gefragt, wohin du nach dem Lesen verschwunden bist.«

»Nach deinem grauenhaften Lesen, wolltest du sagen.«

Er lacht. »Wollte ich nicht.«

»Ich habe meine Mutter angerufen. Mach dir keine Sorgen, morgen bin ich fit.«

Nick grüßt jemanden hinter mir, bevor er sich wieder auf mich konzentriert. »Davon gehe ich aus.« Er taxiert meine Miene. »Ich weiß, was dir zu schaffen macht, ich war ja dabei.«

Ich spüre, dass ich rot anlaufe. Natürlich, Nick und ich kamen aus Charlies Trailer, als ich meinen Vater und Sam entdeckte. Er muss mich für komplett durchgedreht gehalten haben.

Irgendein guter Geist aus der Crew bringt mir ein Bier und verschwindet wieder.

»Wer ist der Typ?«, fragt Nick.

»Unser Drehbuchautor.«

Nick verdreht die Augen. »Das ist mir bekannt. Ich wollte wissen, wer er für dich ist.«

Ich nehme einen Schluck Bier und betrachte Nicks Mund mit der vollen Unterlippe, dann seine Augen. Sein Blick hat etwas Besitzergreifendes, als wolle er sagen, in diesem Film gehörst du mir, sonst niemandem. Zwischen uns passiert etwas, wenn wir uns ansehen, das habe ich ja schon bei den Probeaufnahmen gemerkt.

»Ich kannte Sam Brandis vor langer Zeit, hatte ihn aber seit Jahren nicht mehr gesehen. Und dann stand er plötzlich vor mir. Das hat mich überrascht.«

Nick zieht die Brauen hoch, als sei er sich sicher, dass »überrascht« es nicht ganz trifft. »Hattet ihr eine Beziehung?«

»Nein, es war mehr ein Ferienflirt.«

»Danach sah deine Reaktion nicht aus.«

Ich zucke mit den Schultern. »Wenn man jünger ist, hat so was mehr Gewicht.«

Nick schürzt die Lippen. Er glaubt mir nicht, belässt es jedoch dabei und beugt sich zu mir vor. »Du warst beim Lesen nicht so schlecht, wie du glaubst. Die Atmosphäre in dem Saal war eigenartig, das hast du wahrscheinlich gespürt. Alle wollten dich und deinen Vater zusammen erleben. Wie einer von uns gelesen hat, war nebensächlich.«

»Danke.«

Nick nimmt meine Hand, und es ist die Geste eines Freundes. »Die Spannung zwischen dir und Sam ist gut, die musst du nutzen. Er ist dein Daniel, der Junge, in den die junge Ellen verliebt war, bevor er sie betrogen hat.« Wieder blickt er zu jemandem hinter mir.

Ich drehe mich um und entdecke Sam, der mit Gwen und Jonathan Marino an der Theke steht. Mein Herz beginnt sich zu verkrampfen. Ich wende mich ab und tue, als wäre nichts.

»Und dann komme ich, Richard«, fährt Nick fort. »Du willst dich nicht noch einmal verlieben, glaubst, dass du für alle Zeit bedient bist und so etwas nicht mehr brauchst. Du weißt, als du dich das letzte Mal verliebt hast, bist du dem Mann nach Minneapolis gefolgt und er hat dich belogen und betrogen.« Nick legt den Kopf schief und wartet auf meine Reaktion. Als sie ausbleibt, spricht er weiter. »Aber dann kommen wir uns näher.«

»Genau«, antworte ich mit gespielter Gelassenheit. Wir

sind einfach zwei Schauspieler, die überlegen, wie ich das, was ich empfinde, für meine Rolle nutzen kann. Deswegen sind wir schließlich hier. »Ja, vielleicht ist es nicht schlecht, dass Sam hier ist.«

»Benutz deine Wut auf ihn, um mich abzuweisen. Widersteh deinen Gefühlen für mich.« Nick greift nach seinem Bier, zwinkert mir zu. »Solange du kannst – bis ich es nicht länger zulasse.«

Kapitel 16

Charlie bleibt in meiner Nähe, um, falls nötig, mein Make-up zwischen den einzelnen Einstellungen nachzubessern. Die Pinsel, die zwischen ihren Fingern stecken, lassen an Ninja-Waffen denken. Aber vielleicht ist es nur Charlie, die nach Ninja aussieht und Sam wütend anfunkelt.

Der erste Drehtag verläuft einigermaßen. Ich bin weder gut noch schlecht, aber weit von dem entfernt, was ich mir als Ellen vorgestellt habe. Ich versuche, ihre Kraft sichtbar werden zu lassen, ihre Zurückhaltung Richard gegenüber und wie sie ihren Gefühlen für ihn am Ende doch nicht widerstehen kann, ganz gleich, wie sehr sie sich dagegen wehrt. Ich muss die richtigen Pausen zwischen den Sätzen finden, um den Worten Bedeutung zu verleihen, das Gleiche gilt für meine Blicke und das wechselnde Mienenspiel, aber es gelingt mir noch nicht die Komplexität des Ausdrucks, die ich mir vorgenommen habe.

Nun kommt eine entscheidende Szene, und erwartungsvolle Stille breitet sich aus. Nick tritt auf mich zu und schenkt mir einen heißen Blick. »Gleich verführe ich dich, dass dir Hören und Sehen vergeht«, flüstert er. »Bist du bereit?«

Das ist unfair, er will mich zum Lachen bringen. Ich reiße mich zusammen und konzentriere mich auf seinen Blick.

Für Nick steht ebenso viel wie für mich auf dem Spiel, auch er möchte als Schauspieler den nächsten Schritt machen. Wenn dieser Film für uns zum Erfolg wird, wird man uns Rollen anbieten, die alles Bisherige in den Schatten stellen. Zwar haben mir die kommerziellen Filme, die ich gedreht habe, Spaß gemacht, aber mittlerweile weiß ich, dass ich solche Rollen im Schlaf abspulen kann. Ich suche neue Herausforderungen und möchte über mich hinauswachsen, auch wenn es schwierig werden wird. Nein, es soll sogar schwierig sein.

Jemand kommt mit der Filmklappe. »Klappe, die erste«, sagt Feng, unser Kameramann. Die Klappe fällt vor meinem Gesicht, dann vor Nicks Gesicht, und wir beginnen mit Szene vierzehn, Einstellung sieben.

AUSSEN – FARM DER FAMILIE MEYER – HINTER DEM HAUS – TAG

Ellen kommt aus dem Hühnerstall, in ihrer Schürze trägt sie die gesammelten Eier. Auf dem Weg zur Veranda entdeckt sie plötzlich Richard, der dort mit dem Hut in der Hand steht.

ELLEN
Verdammt, fast hätte ich die Eier fallen lassen.

RICHARD
Wär' schade drum gewesen.

Die beiden stehen sich gegenüber. Keiner sagt etwas. Ellen wartet darauf, dass er erklärt, warum er gekommen ist. Sie nimmt wahr, dass er sich fein gemacht hat. Dann dauert ihr das Schweigen zu lange.

ELLEN
Sind Sie gekommen, um mir Viehfutter zu verkaufen?

RICHARD
Ich bin gekommen, um Sie zum Essen einzuladen.

Ellen schnaubt ein Lachen hervor und geht an Richard vorbei die Verandatreppe hinauf. Er sieht ihr nach und lächelt, als sie sich zu ihm umdreht.

ELLEN
Ich muss schon sagen, dazu gehört was. Ich bewundere Ihren Mut und Ihre Entschlossenheit, denn der Weg vom Dorf hierher ist weit. Aber das Letzte, was ich brauche, ist ein Mann in meinem Leben, und das hat weder etwas mit Ihrer noch meiner Hautfarbe zu tun.

»Cut.« Gwen setzt ihre Kopfhörer ab und tritt zu mir. Trey pudert Nicks Nase und Stirn nach. Gwen stellt sich mit dem Rücken zur Crew und sieht mich an. Ihre Augen sind von einem leicht verwässerten Eisblau, das ehedem platinblonde Haar ist weiß geworden. Ich überrage sie, doch sie wirkt so übermächtig, dass meine Hände feucht werden.

Aus dem Augenwinkel nehme ich Sam wahr, der bei den Kameraleuten steht. Und vor den Videomonitoren läuft mein Vater mit zusammengezogenen Brauen auf und ab. Ich weiß nicht, warum er hier ist, er ist heute nicht an der Reihe. Vielleicht macht ihm meine schwache Leistung bei der Leseprobe Sorgen, oder er hat beschlossen, die Rolle des engagierten Übervaters zu spielen. Ich konzentriere mich auf Gwen und setze ein Lächeln auf.

»Es ist nicht einfach«, sagt sie. »Das weiß ich.«

»Es wird besser werden«, verspreche ich ihr. »Ich muss nur noch den richtigen Tonfall finden.« Und zwei Männer ignorieren, die mir zu schaffen machen.

Gwen nickt und sieht durch mich hindurch in die Ferne. »Um dich mache ich mir keine Sorgen. Außerdem haben wir gerade erst angefangen.« Sie macht eine Pause. Leise fügt sie hinzu: »Falls es dir hilft, er braucht den Erfolg dringender als du.«

Sie spricht von Dad, und ich sollte Mitleid verspüren, doch dazu tun mir ihre Worte zu gut. »Danke, Gwen.« Ohne dass ich es will, finden meine Augen Sam. Er beobachtet uns mit halb zusammengekniffenen Lidern. Vielleicht versucht er, von unseren Lippen zu lesen.

Gwen klopft mir auf die Schulter. »Also dann.«

Sie poltert die Stufen hinunter. Ich hole tief Luft und sage mir erneut, dass ich meine Rolle bewältigen werde. Ich werde die Leute, die auf mich bauen, nicht enttäuschen.

Allerdings hat Sam mich auch nachts im Traum nicht in Ruhe gelassen. Wieder schaue ich zu ihm hinüber. Er ist näher gekommen. Unsere Blicke treffen sich, und ein Teil von mir ist sofort in unsere Zeit in London zurückgekehrt, erinnert sich viel lebendiger, als mir lieb ist, daran, wie er mir damals die Kraft gab, zu dem zu finden, was ich mir erträumte, und wie gut ich mich bei ihm fühlte.

Er nickt mir zu, kurz und ungeduldig, als wolle er *Reiß dich endlich zusammen* sagen. Meine nostalgischen Erinnerungen verpuffen, und ich werde wütend. Was glaubt er eigentlich, wer er ist? Ich wende mich ab und sehe mich in der Fensterscheibe von Ellens Haus gespiegelt.

Einen Moment lang starre ich mich an.

Wir Schauspieler brauchen unser Kostüm unter anderem, um uns in die Figur, die wir verkörpern, hineinzuversetzen. Der erste Schritt meiner Verwandlung geschah, als ich das Kittelkleid und die Perücke überstreifte und Charlie mein Make-up auftrug. Doch hier auf der Veranda bewegt mein Kleid sich im Wind, und in meiner Verärgerung habe ich die Lippen zusammengepresst, genau wie ich es mir bei Ellen vorstelle.

Schau dir die Frau in der Fensterscheibe an, befehle ich mir. *Das ist nicht mehr Tate, das ist Ellen. Überlass dich ihr.*

Was interessieren mich mein Vater und seine Meinung? Was schert es mich, ob Sam meine Darbietung gefällt? Zum Teufel mit allen, die glauben, ich würde meiner Rolle nicht gerecht.

»Es geht weiter«, höre ich Gwens Stimme.

Plötzlich spüre ich Kraft in mir, merke, wie sie mich

von Kopf bis Fuß durchströmt. Ich drehe mich zu Nick um.

»Kamera läuft«, ruft Feng. Ich sehe Nick an. Auch er ist im Flow, ich erkenne es an seinem Blick und an der Art, wie er sein Werben um mich fortsetzt. Jede Nuance zwischen uns stimmt, jede Pause kommt im richtigen Moment. Wir nehmen die Szene wie im Flug, wiederholen sie ein einziges Mal für den Master Shot, und dann kündigt Gwen eine viertelstündige Pause an. Nick gibt mir ein High Five. Die Crew montiert die Kameras für die Nahaufnahmen um.

Ich suche mir einen ruhigen Platz im Schatten eines Apfelbaums und lasse mich nieder.

Charlie kommt und winkt mich zu einer Bank, wo sie mein Make-up in Ordnung bringt. »Alles klar?«, fragt sie.

»Ja. Die letzte Szene war gut, oder?«

»Mehr als das.« Ihr Blick wandert zu Sam und Gwen, die sich über ein aufgeschlagenes Drehbuch beugen und über etwas diskutieren.

Um ihre Aufmerksamkeit wieder auf mich zu lenken, tippe ich sie an. Charlie hat von jeher auf meiner Seite gestanden, doch seit sie weiß, dass es sich bei dem Drehbuchautor um Sam handelt, ist sie zur Löwin mutiert, die ihr Junges verteidigt.

»Du solltest dein Gesicht sehen«, sage ich. »So ein Gesicht macht den Leuten Angst.«

»Soll es auch«, erwidert Charlie. »Der Typ soll bloß nicht auf die Idee kommen, sich wieder bei dir einzuschleimen.«

»Und was ist, wenn er es versucht?«

»Dann bekommt er es mit mir zu tun.«

Ich lache. »Ab und zu werde ich mit ihm reden müssen, ob es mir passt oder nicht. Sieh ihn dir mit Gwen an. Sie scheint auf seine Meinung Wert zu legen.«

Charlie pudert meine Wangen. »Ich habe nicht gesagt, dass ihr euch völlig aus dem Weg gehen sollt. Das würde auffallen.«

Sie hat recht. Der normale Tratsch an einem Drehort macht mir nicht viel aus. Doch er darf nicht ausufern. Seit jenem Tag, als Marco mich in London unter seine Fittiche nahm, ist mein Leben nach außen hin ein wohlüberlegtes PR-Produkt gewesen. Eine kopflose Reaktion wie gestern, als ich Sam plötzlich vor mir sah, darf nicht wieder vorkommen. Mein Umgang mit Männern wie Devon, Nick und Sam muss Marcos PR-Strategie folgen, wenn ich mir eine gewisse Intimität für mein Gefühlsleben bewahren möchte.

Gwen und Sam haben ihre Diskussion beendet. Sam macht ein paar Schritte auf uns zu, bleibt stehen.

»Er will etwas«, sage ich.

»Von dir?«

»Sieht so aus.«

»Soll ich bleiben und bis zum Ende der Pause an deinem Make-up arbeiten?«

Ich muss kichern. »Nein. Ich kann ihm nicht ewig aus dem Weg gehen, du hast es selbst gesagt.«

Charlie wirft mir eine Kusshand zu und läuft in die Richtung von Ellens Haus. Als sie an Sam vorbeikommt, sieht sie ihn scharf an. Wahrscheinlich ist sie in der Lage, tödliche Strahlen aus ihren Augen blitzen zu lassen.

Sam kommt näher, sein Gesicht ist ausdruckslos. Er setzt sich zu mir und stützt die Hände auf seine Knie. Mein Herz beginnt Amok zu laufen.

Ich ringe mir ein Lächeln ab, hoffe jedoch, dass er die Verachtung erkannt hat, die ich in meinen Blick gelegt habe. Er sieht zu unserem Drehort hinüber. »Das, was du eben da drüben gezeigt hast, war erstaunlich.«

Ich gebe ihm keine Antwort.

»Du warst genau wie sie. Es war fast schon unheimlich.«

Ich sehe ihn von der Seite an. Er trägt ein blaues Leinenhemd zu einer Jeans und nicht mehr ganz neue, braune Stiefel. Seine Hände sind die eines Farmers, demnach scheint er nicht nur Drehbücher zu schreiben. »Sprichst du von Ellen? Hattest du sie dir so vorgestellt?«

Er betrachtet mich und furcht die Stirn. »Ja.«

Ich möchte nicht, dass er erkennt, wie viel mir bedeutet, was er sagt, und schaue zu Nick und Devon hinüber, die wie die Verrückten twerken. Liz sieht ihnen zu und kringelt sich vor Lachen.

»Ich weiß, dass es zwischen uns kompliziert ist«, sagt Sam.

Ich wende meinen Blick von den Twerkern ab. »Es gibt weder ein uns, noch ist hier irgendwas kompliziert.«

»Okay, meinetwegen. Ich will nur sagen, dass ich dich anfangs nur deshalb nicht als Ellen haben wollte, weil du nicht wissen konntest, dass ich derjenige war, der das Drehbuch geschrieben hat. Doch dann habe ich mir dich als Ellen vorgestellt und fand es absolut richtig, dass du die Rolle bekommst. Und nun weiß ich, dass du die perfekte Besetzung bist.« Er hält inne. »Es tut mir leid, dass unser Wiedersehen für dich wie aus heiterem Himmel kam.«

Mir ist nicht klar, warum er mir das erzählt, aber ich frage nicht nach. Ich habe genug damit zu tun, seine Nähe zu ertragen und das Sehnen in meiner Brust. Ich weiß nicht, ob ich ihn will oder ob ich bloß möchte, dass er mich will, ich stelle nur fest, dass mein Körper auf ihn reagiert, während sich in mir die unterschiedlichsten Gefühle abwechseln. Bin ich wütend auf Sam? Halte ich ihn für einen schlechten Menschen? Freut es mich einfach, zu sehen, wie erfolgreich er ist? Auf keine dieser Fragen finde ich eine Antwort.

Und dann wird mir eines klar. Das Problem ist wahrscheinlich, dass ich nie richtig aufgehört habe, ihn zu lieben. Ich habe nach der Zeit in London einfach weitergelebt, etwas Neues begonnen, und nun wissen weder mein Verstand noch mein Herz, wie sie sich verhalten sollen.

»Vorhin hast du ausgesehen, als wärst du von meiner Ellen enttäuscht.«

»Niemals. Es war etwas ganz anderes. Du hast mich angeschaut, und ich dachte daran … ich musste an uns denken, damals. Daran, wie gut es war.«

Sieht aus, als gingen unsere Gedanken in die gleiche Richtung.

»Ein paar Tage lang war es gut, Sam. Danach ging es für mich steil bergab.«

Sam stößt einen tiefen Seufzer aus. »Für mich ist es auch nicht einfach gewesen. Ist es noch immer nicht.« Er hebt die Schultern. »Okay, mag sein, dass es für dich noch schwieriger ist –«

Ich ziehe spöttisch die Brauen hoch. »Ja, Sam, das könnte tatsächlich sein. Auch dass mein Vater hier ist, macht mein Leben nicht leichter.«

»Nanu?« Sam blickt zu meinem Vater hinüber, der gerade mit Gwen spricht. »Das wundert mich, ich dachte, ihr stündet euch nahe.«

Nun kann ich entweder lügen oder ihm etwas über mich verraten. Mir fällt wieder ein, dass Sam einmal vorhatte, mit mir nach L.A. zu fahren und meinen Vater mit mir zu besuchen. Stattdessen kam es zu seinem Verrat und zu der albernen Geschichte, die in allen Zeitungen stand. Aber Sam denkt womöglich, dass er der Held dieser Geschichte ist und ich ihm die Wiedervereinigung mit meinem Vater ebenso wie meine Karriere verdanke. Auf gewisse Weise mag das vielleicht sogar zutreffen, aber natürlich trage ich selbst den größten Anteil daran. Abgesehen davon möchte ich nicht, dass Sam in dieser Geschichte auch nur ansatzweise gut wegkommt.

»Zumindest von außen sieht es so aus, als wärt ihr ein Herz und eine Seele.«

»So soll es aussehen.« Ich stehe auf, streiche mein Kittelkleid glatt und kehre zum Set zurück.

In der Woche darauf drehen wir die Szenen, in denen Richard und Ellen sich immer näher kommen, bis sie seinem Werben schließlich nachgibt. Im Film wird diese Zeit im Herbst beginnen, den wir in natura haben, sich über den

Winter hinziehen, den wir mit künstlichem Regen und Schnee simulieren, bis zum Frühling, dessen heller Sonnenschein von zahllosen starken Scheinwerfern hervorgerufen wird, die auf Ellens Veranda gerichtet sind.

Und schließlich gibt es die erste gemeinsame Szene mit meinem Vater. Nick, er und ich nehmen unsere Positionen ein, und ich überlasse mich ganz meiner Figur, die begonnen hat, Richards Besuchen mit Ungeduld entgegenzusehen.

AUSSEN – FARM DER FAMILIE MEYER – VERANDA HINTER DEM HAUS – TAG

Ellen steht auf der Veranda und sieht Richard mit einem Rosenstrauß kommen. Sie schaut zu William, ihrem Vater, der mit leerem Blick in seinem Schaukelstuhl sitzt, dann wieder zu Richard.

Richard tippt an seinen Hut.

RICHARD
Einen schönen guten Tag, Ellen.

ELLEN
Meine Antwort lautet noch immer Nein.

Richard nickt bedächtig.

RICHARD
Dann frage ich morgen noch mal, wenn du nichts dagegen hast.

Richard wendet sich zum Gehen. Ellens Vater blickt Ellen an und scheint für einen Moment ganz da zu sein.

WILLIAM
Er gefällt dir.

ELLEN
Er ist ganz in Ordnung.

WILLIAM
Ganz in Ordnung? Meinst du, ich sehe nicht, wie du dich jeden Tag hier draußen herumdrückst und auf ihn wartest? Trotz seiner Hautfarbe. Er hat dich eingeladen. Warum gehst du nicht mit ihm essen? Das Gerede der Leute hat dich doch noch nie interessiert.

Ellen starrt ihren Vater an. Es sind die ersten klaren Sätze, die er seit Tagen gesprochen hat.

ELLEN
Natürlich ist mir egal, was die Leute sagen.

WILLIAM
Und warum weigerst du dich dann, mit dem netten Mann essen zu gehen?

ELLEN
Weil ich fürs Essengehen und für nette Männer keine Zeit habe.

WILLIAM
Natürlich hast du Zeit, wenn du willst. Der Mann ist nicht wie Daniel, und ich möchte nicht, dass du einsam bist.

Ellen betrachtet ihren Vater liebevoll. Dann sieht sie Richard nach, der sich über die Wiese hinter dem Haus entfernt. Ellen ruft ihm nach.

ELLEN
Ich mag keine Rosen, Richard.

Richard dreht sich um. Dann wirft er die Rosen fort.

RICHARD
Dachtest du, ich hätte Rosen dabei?

ELLEN
Ich mag überhaupt keine Blumen.

RICHARD
Warum solltest du auch.

ELLEN
Aber ich esse gern Steak. Vielleicht weißt du ja, wo man ein gutes Steak essen kann.

Richard lacht in sich hinein und setzt seinen Weg fort.

Ellen wendet sich ihrem Vater zu.

ELLEN
Bist du jetzt zufrieden?

WILLIAM
Ich habe dir gesagt, du sollst mir was zu trinken bringen, Judy. Ich bin durstig.

Williams Blick ist wieder stumpf geworden. Ellen betrachtet ihren Vater für einen Moment. Dann wendet sie sich seufzend ab.

Gwen ruft »Cut«. Danach machen wir die Close-ups, und dann haben wir es für diesen Tag geschafft. Ich fühle mich gut und blicke zu meinem Vater hinüber, der aus seinem Schaukelstuhl aufsteht und lächelnd zu mir kommt. Ich sage mir, dass es mir einerlei sein sollte, was er über mein Spiel sagt, gleichzeitig sehne ich mich nach seinem Lob.

Dad umarmt mich und hebt mich hoch. Ich bin sicher, dass uns jeder in der Crew beobachtet. Nun wird Dad mir sagen, dass ich eine wunderbare Ellen bin und dass man spürt, wie ich Richard nach und nach erliege, seinem scheuen Lächeln, seinem unaufdringlichen Selbstvertrauen, seiner Gutherzigkeit.

Ich stelle mir vor, wie ich das Lob zurückgebe, denn mein

Vater war großartig, sowohl wirr als auch klug und liebevoll. Ihn als William zu sehen hat etwas in mir berührt, immerhin wird auch er bald ein alter Mann sein, für den sein Erfolg nur noch Erinnerung sein wird. Als er mich absetzt, schmiege ich mich an ihn. Vermutlich werden von uns zig Fotos geschossen. Für mich ist es die erste Umarmung, die aufrichtig ist – und dann höre ich meinen Vater leise sagen: »Mach weiter so, dann wirst du eines Tages so weit sein.«

Kochend heißer Zorn strömt durch meine Adern. Doch bevor ich in einem Wutanfall explodiere und meinem Vater Gelegenheit geben kann, noch einen passiv-aggressiven Kommentar draufzusetzen, lächele ich beglückt und steige die Verandastufen hinunter.

Mein Blick fällt auf Sam, der sich mit Liz unterhält und aussieht, als habe er geweint. Doch dann lacht er und fährt mit der Hand über seine Wange.

Es gelingt mir nicht, mir vorzustellen, wie ausgerechnet Sam weint, doch dann erinnere ich mich an andere Drehbuchautoren, die mit Tränen in den Augen verfolgten, wie ihr Text von Schauspielern umgesetzt wurde. Vielleicht ist es tatsächlich ein besonderes Erlebnis. In der Mauer, die ich zwischen Sam und mir errichtet habe, zeichnet sich ein kleiner Riss ab.

In dem Moment baut Charlie sich vor mir auf und versperrt mir den Blick auf Sam. Verdammt, sie hat mich erwischt.

»Warum glotzen wir diesen Dreckskerl an?«, fragt sie.

»Habe ich nicht getan.«

»Hast du wohl. Entwickeln wir wieder ein paar Gefühle, Tate Jones?«

»Nein. Ich wollte nur sehen« – ich schaue an Charlie vorbei zu Sam –, »ob er weint.«

Charlie dreht sich nicht um, um sich zu vergewissern. »Ob er weint, interessiert uns nicht. Wir glauben nämlich nicht, dass Dreckskerle die gleichen Gefühle wie wir haben. Oder haben wir das vergessen?«

»Nein, haben wir nicht«, erwidere ich zerknirscht und pruste los.

»Wir haben nämlich viel bessere Möglichkeiten, um in puncto Männer schlechte Erfahrungen zu machen. Devon und Nick – sogar Jonathan – stünden zur Verfügung.«

»Vergiss Jonathan.« Der Mann ist geliftet und beinahe so alt wie mein Vater. Abgesehen davon ist aus einer Verbindung von Produzent und Schauspielerin noch nie etwas Gutes geworden.

»Und du vergisst Sam.« Charlie nimmt meinen Arm und führt mich aus der Gefahrenzone.

Als wir uns von Ellens Haus entfernen, spüre ich den leichten Wind, der uns kühl umstreicht und den Geruch von Äpfeln mit sich trägt.

»Es ist erst zwei Uhr«, sagt Charlie. »Trey und ich wollen im See schwimmen. Kommst du mit?«

»Ja.« Ich kann kaum glauben, dass ich einen ganzen Nachmittag freihabe. Normalerweise gehe ich nach den Aufnahmen zurück in meine Unterkunft und denke über die nächsten Szenen nach, aber hier in dieser Umgebung kommt tatsächlich so etwas wie Ferienstimmung auf.

»Können wir auch Bier mitnehmen? Und in puncto Männer schlechte Erfahrungen machen?«

Charlies Gesicht leuchtet auf. »Okay, Bier, Nick und im See schwimmen.«

Der See ist nicht groß, aber tief und klar. Im Wasser spiegeln sich der saphirblaue Himmel und die am Ufer stehenden Bäume.

Der Weg dorthin führt durch einen kleinen Wald, wo die Geräuschkulisse des Sets nach und nach verebbt. Und was noch besser ist, man wird auch uns von dort nicht hören können.

Wir laufen bis zum anderen Ende des Sees. Dort liegt ein großer glatter Felsen, auf dem genügend Platz für uns ist. Wir breiten unsere Handtücher aus und legen uns in die Sonne. Charlie öffnet eine Kühltasche und verteilt Bier.

Nick und Trey haben tief sitzende Badeshorts an. Ich bin neidisch, dass sie kein Oberteil brauchen, wohingegen ich einen schwarzen Einteiler trage und Charlie einen winzigen weißen Bikini. Ich creme mich so dick ein, als würde ich gleich der Sonne persönlich entgegentreten, wohingegen Charlie sich mit der dünnen Schweißschicht auf ihrem goldbraun getönten Körper zufriedengibt.

Ich frage sie, ob sie Hautkrebs kriegen will.

Träge öffnen sich ihre Lider. »Sieh dich um«, raunt sie mir zu.

Nick nimmt Anlauf und springt über uns hinweg mit

einem Satz ins Wasser. Prustend und schnaubend taucht er auf und ruft: »Verdammt, ist das Wasser kalt.«

»Acht Punkte«, antwortet Trey.

»Wieso acht?« Nick kommt zurück ans Ufer. »Ich bin über die beiden hinweggesprungen.«

»Aber es war nicht perfekt.« Geziert nimmt Trey ein Schlückchen Bier.

»Und wieso nicht?«

»Hat für eine Arschbombe zu wenig gespritzt«, antwortet Charlie, ohne die Augen zu öffnen.

»Mann, seid ihr krass drauf.« Nick legt sich bäuchlings auf den Felsen, lässt das Wasser von sich abtropfen und seufzt genüsslich. »Das ist der beste Felsen der Welt.«

Wir murmeln zustimmend, und ich nehme einen großen Schluck Bier.

»Das war gut«, murmelt Nick.

»Was?« Ich richte mich auf und blinzle in die Sonne.

»Wir beide, heute. Sogar sehr gut.«

Ich beschirme meine Augen mit der Hand. »Stimmt, das waren wir.«

Nick lächelt verträumt. »Stell dir die Reaktionen vor.«

»Vorsicht!«, warne ich ihn. Es ist gefährlich, sich den Erfolg schon vor Ende der Dreharbeiten auszumalen.

Nick macht eine wegwerfende Handbewegung.

Ich stütze mich auf meinen Ellbogen. »Warum wolltest du die Rolle haben?«

Nick hebt den Kopf. »Ist die Frage ernst gemeint?«

»Ja. Es ist offensichtlich, dass es eine tolle Rolle ist, aber was hat dich persönlich daran interessiert?«

Nick zuckt mit den Achseln. »Richard ist ein Schwarzer, der in den späten fünfziger Jahren eine weiße Frau rettet und sich dabei als großer, starker Charakter erweist. Wie hätte ich so etwas ablehnen können?«

»Richard rettet Ellen?«

»Ja, natürlich.«

Merkwürdig. Bisher habe ich das Drehbuch eher so gelesen, dass keiner der beiden gerettet werden müsste, sondern dass sie einander finden, ein Liebespaar werden und dann gemeinsam für die Bürgerrechte eintreten. Ich habe bei meiner Lektüre eher den Fokus auf den Kampf gegen Fanatismus und Rassismus gelegt.

»Du meinst, ohne ihn wäre sie für den Rest ihres Lebens allein geblieben?«

»Ja. Ellen ist noch so jung, und dennoch scheint sie all ihre Träume und jede Hoffnung auf Glück, die doch zur Jugend dazugehören, aufgegeben zu haben. Aber das lässt Richard nicht zu.«

Ich weiß nicht, warum, aber seine Aussage trifft mich. Als hätte er meine Achillesferse erwischt. Manchmal kommt es auch mir so vor, als hätte ich nach London aufgehört, an meine Träume zu glauben, aufgehört, jung zu sein.

Nick verschränkt die Arme und legt seine Stirn darauf. »Die erste Woche ist geschafft«, sagt er mit gedämpfter Stimme. »Wie lautet das erste Fazit? Devon hat sich tatsächlich als wandelnder Wecker bewährt, und der Produktionsassistent, der mit dem Rauchen aufhören will, hat eine Stinklaune. Die Frage ist: Wer hat was mit wem?« Er linst zu mir herüber. »Tate und unser Drehbuchautor?«

»Nein«, antworten Charlie und ich wie aus einem Mund.

Nick lacht und lässt es dabei bewenden.

Ich halte mein Gesicht in die Sonne und genieße die Hitze. »Können wir die Zeit bitte in diesem Moment anhalten?«

Nick dreht sich auf den Rücken. »Ich dachte, du würdest auch deinen Vater fragen, ob er mit uns kommt.«

Mir ist klar, dass er auf Tratsch aus ist, aber ich bin zu entspannt, um daran Anstoß zu nehmen, und werfe ihm ein Bröckchen hin. »Er ist mit seiner Freundin in seiner Unterkunft.«

»Sie heißt Marissa«, sagt Nick und grinst.

»Stimmt, er hat sie mir ja gleich am ersten Abend vorgestellt«, lüge ich.

Nick lacht schallend. Dann fragt er: »Soll ich dir was sagen?«

Wahrscheinlich ist er in Gedanken noch bei meinem Vater. Ich werde vorsichtig. »Sag, was du willst. Aber solange ich auf diesem schönen warmen Felsen liege, kann es sein, dass ich nicht darauf reagiere.«

»Okay. Also anfangs dachte ich, bei diesen Dreharbeiten sollten wir alle Zeuge eines neuen, innigen Vater-Tochter-Verhältnisses werden.«

»Das haben andere auch gedacht«, antworte ich.

Ich werde alles tun, um von Sams und meiner gemeinsamen Vergangenheit abzulenken. Wenn ich dazu etwas von mir und meinem Vater preisgeben muss, ist es mir die Sache wert.

Charlie dreht sich auf die Seite und wirft mir einen Blick

zu, als wolle sie mich für das, was sie sagen will, um Erlaubnis bitten. Ich nicke.

»Ich wette, dass er diese Marissa genau deshalb mitgenommen hat.«

Wahrscheinlich hat sie recht, dennoch tut es weh, das zu hören.

Nick kraust die Stirn. »Weil er kein enges Vater-Tochter-Verhältnis will?«

Ich zucke mit den Schultern. »Oder er weiß nicht, wie man eines aufbaut, und Marissa dient ihm als Entschuldigung.«

Nick schaut in den Himmel, trinkt Bier und scheint sich das durch den Kopf gehen zu lassen. »Du hast deine Kindheit ohne ihn verbracht, oder?«

»Ich war bei meinen Eltern, bis ich acht Jahre alt war. Dann sind meine Mutter und ich fortgezogen, und ich habe meinen Vater erst zehn Jahre später wiedergesehen.«

»Als deine Geschichte herauskam?«

Charlie und ich tauschen einen Blick, der besagt, dass ich aufpassen muss, sonst kommt Nick der Rolle, die Sam damals gespielt hat, gefährlich nahe.

»So in etwa«, antworte ich leichthin. »Es wurde Zeit für mich, ins Rampenlicht zu treten, deshalb haben wir die Story lanciert.«

Diese Aussage würde sogar mein Vater unterschreiben. Er glaubt noch immer, ich hätte den Kontakt zu ihm gesucht, um meine Karriere zu starten, und dass meine Mutter und Nana deshalb den ganzen Rummel angestoßen hätten. Anfangs war er sogar wütend, dass diese Kampagne vorher nicht mit seinen PR-Leuten abgesprochen worden war.

Nick wirkt skeptisch. »Eine ziemlich aufwendige Strategie.«

Ich frage mich, was genau er alles weiß.

»Aber so war es.« Charlie legt sich auf den Bauch und zupft ihr Handtuch glatt. »Ich hoffe, wir können dir vertrauen. Für solche Informationen zahlt die Boulevardpresse fettes Geld.«

»Ich könnte mich mit Storys aus meinem Leben revanchieren«, schlägt Nick vor. »Über sündige Nächte mit berühmten Frauen. Vielleicht vertraut ihr mir dann.«

»Nicht nötig«, antworte ich, doch gleichzeitig sagt Charlie: »O bitte, und mit allen schlüpfrigen Details.«

Und Nick erzählt tatsächlich ein wenig von seinen Affären, aber auch andere private Dinge. Zuerst wundert mich seine Offenheit, aber vielleicht fühlt er sich bei Charlie, Trey und mir einfach wohl. Jedenfalls erhasche ich einen Blick auf den Menschen Nick Tyler. Ebenso wie ich scheint er eine ernste Beziehung zu suchen, weiß jedoch nicht, wie er das in dem Milieu, in dem wir arbeiten, bewerkstelligen soll. Definitiv ist er nicht der Mann, der während der Dreharbeiten nach flüchtigen Abenteuern Ausschau hält, er tut höchstens so.

Nick setzt sich auf und deutet über den See. Gwen, Sam und Liz spazieren in ein Gespräch vertieft am anderen Ufer entlang. Die Aufnahmen für diesen Tag sind also auf jeden Fall beendet.

Langsam geht die Sonne unter. Es wird nicht mehr lange dauern, bis es uns auf unserem Felsen zu kalt werden wird.

Ich stehe auf.

»Zwischen dir und dem Drehbuchautor läuft was«, sagt Nick. »Da kannst du sagen, was du willst.«

»Es ist nicht mehr wichtig«, entgegne ich. »Als wir uns das letzte Mal begegnet sind, waren wir noch halbe Kinder, das habe ich dir doch erzählt.«

Nick steckt seine leere Bierflasche zurück in die Kühltasche. »Ich will dich nicht bedrängen. Ich möchte dich nur besser verstehen können, schließlich werden wir viel Zeit miteinander verbringen. Im Moment bist du mir noch ein Rätsel.«

Charlie und Trey hören interessiert zu, tun jedoch, als wären sie nicht da.

»Ein Rätsel?«

»Ja. Eines, das so anziehend wie schwer zu fassen ist.«

Ich hoffe, er meint es nicht ernst, denn genau so würde ich meinen Vater beschreiben.

Kapitel 17

Zum Abendessen finden wir uns im Gemeinschaftshaus ein. Es gibt Brathähnchen, Wurzelgemüse von der Ruby Farm, Salat, Brot und zum Nachtisch Apfelkuchen. Ich sitze mit meinem Vater, Marissa, Gwen, Liz und Deb an einem Tisch. Unsere Stimmung ist gut, und es ist schön, so entspannt Zeit miteinander zu verbringen. Trotzdem gleitet mein sehnsüchtiger Blick immer wieder zu der lärmenden Gruppe am Nebentisch, zu Devon, den jungen Darstellern von Ellen und Richard, einigen gut gelaunten Mitgliedern der Crew … und Sam.

Ich merke, dass, ganz gleich, was mein Verstand dazu sagt, mein Wunsch, Sam nahe zu sein, immer stärker wird. Ich möchte den älter gewordenen Mann mit dem Einundzwanzigjährigen vergleichen, den ich noch immer in ihm erkenne. Wie oft habe ich sein Bild nach der Zeit in London in mir wachgerufen, den Klang seiner Stimme. Und dann habe ich alles getan, um ihn zu vergessen. Beinahe hätte ich es geschafft. Und nun gibt es Momente, in denen ich inständig hoffe, dass er kein Trugbild ist.

Als ich mitbekomme, dass mein Vater eine Geschichte über mich erzählt, konzentriere ich mich erneut auf meine

Tischrunde. »… nimmt auf der Veranda Anlauf und springt in den Fluss. Ich dachte, mein Herz bleibt stehen.«

Alle lachen nach dem Motto *Oh, diese Kinder!*, während ich versuche, die Episode aus meinem Gedächtnis hervorzukramen. Aber da ist nichts. Ich bin nur in Guerneville in einen Fluss gesprungen, und da war mein Vater nie.

»Offenbar haben Tate und Charlie das immerzu getan«, fährt mein Vater fort und schüttelt fassungslos den Kopf. »Nur hatte ich das bei meinen früheren Besuchen nie erlebt.« Unsere Blicke treffen sich, er zwinkert mir zu. Ich ärgere mich über ihn, lächle jedoch. »Wahrscheinlich wusste Tate, dass ich bei diesem Anblick durchdrehen würde. Aber sie war so eine süße kleine Flussnixe.«

Dad geht völlig in seiner Erzählung auf. Es ist nicht das erste Mal, dass er eine erfundene Geschichte über uns zum Besten gibt – ich habe es selbst auch schon für die Presse getan –, doch diesmal registriere ich Nicks skeptischen Blick. Und trotz allem möchte ich nicht, dass er meinen Vater für einen Spinner hält. Als ich sehe, dass mich alle anschauen und darauf warten, dass ich etwas zu dieser Episode beitrage, hebe ich mein Glas und proste meinem Vater zu. »Es ist ja nichts passiert.«

Mein Vater zieht die Brauen hoch. »Oder man hat es mir nicht erzählt.« Als er mich anschaut, liegt in seinem Blick so viel väterliche Nachsicht, dass ich wetten könnte, er hält den Zwischenfall inzwischen selbst für wahr.

»Moment mal«, sagt Gwen. »Ist mit Charlie unsere Maskenbildnerin gemeint?« Sie blickt mich fragend an. »Wart ihr als Kinder befreundet?«

»Seit der Grundschule«, antworte ich. »Sie war damals schon etwas Besonderes.«

»Ich erinnere mich.« Mein Vater lacht. »Charlie war ein Fall für sich.« Er lehnt sich zurück und unterhält uns mit Anekdoten über meine Freundin, die wahr klingen, jedoch von A bis Z erlogen sind. Charlie, die auf Pappe bäuchlings einen steilen Schneehang hinunterrodelt, die auf einen Wasserturm klettert, den es in Guerneville nirgendwo gibt … Ich blende die Stimme meines Vaters aus, blicke an Sam vorbei zu dem Tisch, an dem Charlie zusammen mit Trey und einigen der Kameraleute sitzt. Im Geist notiere ich mir, ihr die Geschichten meines Vaters weiterzuerzählen, nicht, dass sie sich wundert, wenn sie darauf angesprochen wird.

Dann riskiere ich einen Blick zu Sam hinüber. Er lächelt über etwas, das Devon gesagt hat, doch sein Blick ist auf unseren Tisch gerichtet, als wolle er hören, über was wir reden. Als er merkt, dass ich ihn ansehe, schaut er auf seinen Teller und spießt mit der Gabel ein Stück Brathähnchen auf.

Ich konzentriere mich wieder auf meinen Vater, der nun von einem fiktiven Elternabend an meiner Schule spricht, an dem er getan habe, als wäre er nicht Ian Butler. Ich traue meinen Ohren nicht. Nicks Blick gleitet von mir zu meinem Vater und wieder zurück. Wahrscheinlich fragt er sich, ob mein Vater phantasiert und ich gute Miene zum bösen Spiel mache oder ob ich ihm am See etwas Falsches über meine Kindheit berichtet habe.

»Dad, es reicht jetzt«, sage ich lachend. »Du machst mich verlegen.«

»Im Gegenteil.« Dad legt den Arm auf Marissas Stuhllehne. »Ich weiß, wie sehr du diese Geschichten liebst.«

Mir fehlen die Worte.

Liz betrachtet uns beide kopfschüttelnd. »Ihr seid mir vielleicht zwei.«

»Tate kommt ganz nach ihrem Vater«, verkündet Dad.

»Und meine Mutter sagt, ich komme ganz nach ihr«, lüge ich, nur um ihm einen Schuss vor den Bug zu geben.

Einen Moment lang herrscht betroffene Stille, dann lacht mein Vater so herzlich, dass alle aufatmen und mitlachen.

Wir trinken alle reichlich. Sogar Gwen wird locker und erzählt von vergangenen Dreharbeiten, von Reinfällen, Erfolgen und dem langen Weg, den sie in der Branche zurückgelegt hat, um da anzukommen, wo sie jetzt ist. Für kurze Zeit gelingt es meinem Vater, ihr halbwegs interessiert zuzuhören, doch dann kommt er wohl zu dem Schluss, nun müsse es wieder um ihn gehen. Er beginnt so laut zu reden, dass es an den Nachbartischen still wird. Auch Sam wird hören, was mein Vater von sich gibt.

Inzwischen macht mir der Wein zu schaffen, und meine Gedanken wollen verbotene Wege einschlagen. Ich frage mich, ob Sam in den vergangenen Jahren an mich gedacht hat. Ob er meinen Erfolg wahrgenommen hat. Ob er es bedauert hat, wie er mich seinerzeit hat fallenlassen. Ich möchte, dass er mir sagt, ob er damals wirklich etwas für mich empfunden hat oder ob er nur darauf aus war, Profit aus meiner Bekanntschaft zu schlagen.

Dad ist nun bei einer seiner Lieblingsgeschichten, die ausnahmsweise einmal wahr ist. Sie handelt von seinem ersten

Besuch bei den Dreharbeiten der Vampirserie und daran, wie es ihn gefreut habe, zu sehen, dass ich diese Rolle so wunderbar spielte. Womit wir wieder bei *Tate kommt ganz nach ihrem Vater* wären.

Aus dem Augenwinkel nehme ich wahr, dass Sam aufsteht und auf sein Handy blickt. Dann fragt er Devon etwas, woraufhin Devon in die Höhe deutet. Daraus schließe ich, dass Sam in das Büro oben gehen wird, um zu telefonieren.

Als er den großen Raum durchquert hat, entschuldige ich mich, als müsste ich die Toilette aufsuchen, und gehe Sam nach.

Ich weiß nicht, was ich mir davon verspreche, vielleicht hoffe ich einfach, mehr darüber zu erfahren, was er in den vergangenen Jahren getrieben hat.

Unten im Treppenhaus drücke ich mich in eine dunkle Ecke. Sam hat es eilig und nimmt zwei Stufen auf einmal. Ich verhalte mich unmöglich, das ist mir bewusst, aber ich komme nicht dagegen an.

Ich möchte einfach wissen, was für ein Mensch Sam geworden ist.

Er betritt das Büro, ich schleiche ihm nach. Er lässt die Tür angelehnt, ich höre, wie er eine Nummer in die Tastatur des Telefons eingibt.

»Tut mir leid, dass ich mich jetzt erst melde«, sagt er. »Was gibt es Neues?« – »Dann muss sie also über Nacht bleiben.« – »Okay, das ist gut.« – »Ich wünschte, ich könnte bei euch sein.«

Spricht er von seiner Mutter? Von Roberta? Dann höre ich ihn sagen: »Das freut mich, Kate. Gib den Mädchen einen Kuss von mir und sag ihnen, dass ich sie lieb habe.« – »Ja, mache ich.« – »Versuch, ein bisschen zu schlafen.«

Charlie, Nick, Trey und ich warten, bis die anderen verschwunden sind. Dann sammeln wir von den Tischen mehrere noch halb gefüllte Weinflaschen zusammen und verziehen uns nach draußen.

Wir suchen uns eine von Bäumen umstandene Wiese, setzen uns ins Gras und schauen in den Sternenhimmel. Ich informiere Charlie, dass sie als Kind auf Pappkartons Skihänge hinuntergerodelt sei, und lasse mir von Nick schwören, dass er niemandem erzählt, was für ein Schwätzer mein Vater ist. Dabei denke ich unentwegt an Sam. Nach dem zigsten Schluck Wein kann ich nicht länger an mich halten.

»Er ist verheiratet«, sage ich zu Charlie. »Und Kinder hat er wohl auch.«

Charlie ist dabei, die Borke von einem Zweig zu schälen, den sie im Gras gefunden hat. Sie wirft den Zweig weg. »Vergiss den Typen endlich.«

»Ich fasse es nicht«, sage ich und höre, dass ich nuschle. »Ich bin allein – einsam –, habe jede Menge Probleme, und der Scheißkerl ist verheiratet. Hat sogar Töchter.«

Charlie schnaubt verächtlich und reicht mir eine Flasche Wein. Ich nehme einen Schluck und reiche sie an Trey weiter, der sich kaum noch aufrecht halten kann, aber ebenfalls trinkt.

»Wer ist verheiratet?«, fragt Nick mit schwerer Zunge.

Ich drehe mich zu ihm um und starre auf seinen Mund.

Nick lächelt träge.

»Sam Brandis Hill, der Drehbuchautor.«

Betrunken wie er ist nickt er und bleibt eine Weile beim Nicken. »Deine erste große Liebe.«

»Pah.« Ich mache eine wegwerfende Handbewegung, die übertrieben ausfällt. »Wie kommst du denn darauf?«

»Ich habe gesehen, wie du am ersten Abend auf ihn reagiert hast. Du warst wie von Sinnen.«

»Ich war überrascht, weiter nichts.«

Nick stützt sich auf den Ellbogen. »Du hättest dein Gesicht sehen sollen.« Er deutet auf sich und arrangiert seine Gesichtszüge, um ein Höchstmaß an Entsetzen auszudrücken, ist aber zu betrunken, um es richtig hinzukriegen. »Vielleicht ist er sogar die Liebe deines Lebens. Der Mann, der dir den Atem raubt.«

»Ich will nicht darüber reden.« Vor mir dreht es sich, ich habe eindeutig zu viel getrunken. »Ich will nie mehr über ihn reden.«

»Ich glaube, ich muss Trey ins Bett bringen.« Charlie steht auf und zieht Trey hoch. »Wir sehen uns morgen früh um fünf«, verabschiedet sie sich von Nick und mir.

Ich stöhne. Dann streife ich den Ärmel von Nicks Pullover zurück und schaue auf seine Uhr. Es ist nach Mitternacht, ringsum herrscht Stille. Die anderen werden klug genug gewesen sein, sich nach dem langen Abendessen schlafen zu legen. »Bleibt nicht zu lange auf«, hat Devon zu uns gesagt, bevor er sich zurückzog. Normalerweise hätte ich mich auch danach gerichtet, aber normalerweise belausche ich auch nicht anderer Leute Telefonate.

Wie kann Sam geheiratet haben? Wie kann er Kinder haben? Wieso ist sein Leben so gut gelaufen?

Aber wahrscheinlich sieht er auch mein Leben so. Ich habe mir einen Namen gemacht, bin wieder mit meinem Vater vereint. Alles ist wunderbar. Außer dass mein Privatleben nichts als ein Scherbenhaufen ist. Und das habe ich Sam zu verdanken. Bei ihm habe ich zu lieben gelernt, im Glauben, er würde meine Gefühle erwidern. Und dann hat er mir für alle Zeit das Herz gebrochen. Davon habe ich mich bis heute nicht erholt.

»So was ist echt scheiße«, sagt Nick.

Erschrocken sehe ich ihn an. »Habe ich etwa laut gesprochen?«

Er nickt.

Ich mustere ihn argwöhnisch. »Und was habe ich gesagt?«

»Dass du bei ihm zu lieben gelernt hast und er dir das Herz gebrochen hat und du dich mit mir davon erholen willst.«

»Das Letzte habe ich nicht gesagt.«

Nick lacht. »Aber du willst mich küssen.«

»Ich glaube, dass man sich bei dir vorsehen muss.«

Nick schüttelt den Kopf und seufzt. »Bei mir ganz bestimmt nicht.«

Es klingt, als hätte auch er an einem Kummer zu nagen. Wenn ich nicht so betrunken wäre, würde ich ihn danach fragen. Stattdessen rücke ich näher an ihn heran, und auf einmal küssen wir uns.

Der erste Moment ist aufregend. Nick küsst großartig, und ich spüre seit Langem zum ersten Mal wieder ein süßes Ziehen in meinem Unterleib.

Doch dann fühlt sich irgendetwas falsch an, und ich wende mein Gesicht ab. Nick küsst meinen Hals, mein Kinn, mein Ohr. Aber auch er ist unkonzentriert, und uns fällt es beiden schwer, auf der Seite liegend das Gleichgewicht zu halten. Schließlich kippe ich nach hinten.

Nick fällt halb auf mich und lacht an meinem Hals. »O Gott, was tun wir hier eigentlich?«

»Weiß ich nicht. Wir sind sowieso für alles zu blau.«

Nick steht auf und hilft mir hoch. Ich habe Schwierigkeiten, mich gerade zu halten.

»Du hast mich geküsst«, sage ich, als wäre es eine Neuigkeit.

»Ich fand eher, dass du mich geküsst hast«, antwortet Nick.

»Wir haben es beide unseren Rollen zuliebe getan«, verkünde ich schwankend.

»Ich muss dir was sagen.« Nick neigt sich zu mir und flüstert: »Der Gedanke an die Sexszene macht mich nervös.«

Wie ehrlich er ist, fährt es mir durch den Kopf, und ich wünsche mir, dass wir Freunde werden.

»Ich helfe dir«, erwidere ich und werfe mich in die Brust. »Ich weiß, wie so was geht.«

In diesem Moment erblicke ich eine Gestalt, die nicht weit von uns entfernt dem Pfad entlang der Wiese folgt. Dann wird mir klar, um wen es sich handelt; nur ein Mensch ist in der Lage, sogar im Vorbeigehen meine Sehnsucht zu wecken.

Ich weiß nicht, woher er gekommen ist und was er gesehen oder gehört hat. War er schon da, als Nick und ich uns geküsst haben?

Doch dann reiße ich mich zusammen und sage mir, dass es egal ist. Was zwischen mir und Nick abläuft, geht Sam nichts an.

Trotzdem ist es mir nicht recht, dass er uns zusammen gesehen hat. Weder für mich noch Nick waren die Küsse der Auftakt zu einer Liebesbeziehung. Wir sind betrunken und haben uns gehenlassen. Aber ich mag es nicht, wenn ich mich gehenlasse, und ich wünschte, Sam hätte es nicht mitbekommen.

Nick und ich wandern zu unseren Unterkünften, übertrieben vorsichtig, wie Betrunkene es tun.

Vielleicht habe ich ihn auch geküsst, um den Schmerz zu lindern, den Sam in mir wachruft. Denn ich will ihn noch immer. Doch nun ist er verheiratet.

Kapitel 18

Wären Sam und mein Vater nicht hier, fände ich diese Dreharbeiten rundum wunderbar. Die Zusammenarbeit mit Nick läuft phantastisch, und Charlie ist an meiner Seite. Gwen, Devon, Liz und Deb sind sympathische Kollegen, deren Können und Professionalität ich sehr schätze. Ich liebe meine Rolle, in die ich nun vollends hineingefunden habe. Und wenn ich abends in mein Blockhaus zurückkehre, mein Kostüm ablege und die fünfziger Jahre von mir abwasche, tut es gut, wieder zu Tate zu werden.

Allerdings können Abende ohne Netflix, Internet, Hotelbar und ohne eine Stadt, die man sich ansehen kann, lang werden. Ich habe kaum Szenen, die abends gedreht werden, der große Scheunenbrand, bei dem ich mitspielen werde, findet erst gegen Ende der Aufnahmen statt. Und so bleiben mir nur die Grillabende mit Lagerfeuer.

Wenn ich meinem Vater Glauben schenke, waren die Dreharbeiten in den siebziger und achtziger Jahren noch anders, und so gut wie jeder nahm damals Drogen und ging mit jedem ins Bett. Handys, die peinliche Szenen aufnehmen konnten, gab es noch nicht und somit auch niemanden, vor dem man sich rechtfertigen musste.

Inzwischen sind Filme aufwendiger und teurer geworden, weshalb die Ablaufpläne enger als früher getaktet und die Budgetvorgaben eingehalten werden. Dennoch merke ich, wie wir in Ruby Farm, an diesem abgelegenen Ort, langsam eine Gemeinschaft fern vom Rest der Welt bilden und ein gewisses Freiheitsgefühl verspüren.

An diesem Abend ziehe ich zum Abendessen eine einfache Jeans und einen Pullover an und mache mich auf den Weg Richtung Gemeinschaftshaus. Ein frischer Wind weht mir entgegen, fährt mir durchs Haar und trägt den Geruch feuchten Grases vermischt mit dem des Holzkohlegrills zu mir. Das Zelt, in dem das Dorffest gefilmt werden wird, leuchtet hell in der Dunkelheit.

Der Grill steht draußen am Lagerfeuer. Um das Feuer herum sind Tische und Klappstühle aufgestellt worden. Ich frage mich, wer beim Essen dabei sein wird. Nick? Mein Vater mit oder ohne Marissa? Sam? Aber Sam und ich laufen uns kaum über den Weg. Er ist meistens mit Gwen, Deb und Liz zusammen. Außerdem rennt er jeden Abend in das Büro im Gemeinschaftshaus, um mit seiner Frau zu telefonieren.

Ich sitze in der Regel mit Charlie, Nick und Trey an einem Tisch. Devon ist mal bei der einen, mal bei der anderen Gruppe, doch Punkt neun Uhr steht er auf, ermahnt uns, rechtzeitig zu Bett zu gehen, und verschwindet. Wahrscheinlich legt er sich umgehend schlafen, immerhin weckt er uns jeden Morgen zwischen vier und fünf Uhr, was bedeutet, dass er noch früher aufstehen muss.

Die Ersten, die ich am Lagerfeuer sehe, sind mein Vater und Marissa. Ich denke an das Gespräch, das ich am Tag meiner Ankunft abends mit meiner Mutter geführt habe. Natürlich hatte ich mir erhofft, dass er und ich uns näherkommen, schließlich haben wir uns in den vergangenen vierzehn Jahren kaum gesehen. Es gab seine Stippvisiten zu Weihnachten und an meinem Geburtstag und hier und da einmal ein gemeinsames Essen. Ein einziges Mal waren wir zu Weihnachten länger zusammen, das war, als ich ihn in ein Krankenhaus begleiten durfte, wo er vor laufender Kamera Kinderpatienten beschenkte. Damals nahm ich ihm das Mitgefühl für die Kinder noch ab, bewunderte ihn sogar, wie teilnahmsvoll er mit ihnen sprach und ihnen zuhörte. Und so unaufrichtig das auch gewesen sein mag, wenigstens hat er die Kinder glücklich gemacht.

Nach dem Besuch im Krankenhaus drückte er mich dann kurz an sich und ließ sich zum Flughafen fahren, um sich mit seiner damaligen Freundin in den Badeurlaub zu verabschieden. Als ich mich bei meiner Mutter und Nana beschwerte, einfach so stehengelassen zu werden, sagte meine Mutter, ich solle es nicht so schwernehmen. Nana schenkte mir nur einen *Habe ich es dir nicht immer gesagt?*-Blick.

Trotz alldem, was ich schon mit meinem Vater erlebt habe, schafft er es immer wieder aufs Neue, mich zu kränken, etwa indem er Marissa mitgebracht hat, die zwischen uns steht.

Am Grill hat sich eine Schlange gebildet. Ich überlege, ob ich mich anstellen soll, was mich davor bewahren würde, mich mit meinem Vater oder seiner Freundin unterhalten zu müssen. Das Problem ist nur, dass ich nicht den geringsten Hunger habe.

Mit einem Seufzer greife ich mir eine Flasche Sprudel aus der mit Eis gefüllten Getränkewanne und gehe zu dem Tisch, an dem Dad und Marissa sitzen. Aus dem Augenwinkel sehe ich Sam im Zelteingang stehen und mit jemandem aus der Crew reden.

Marissa erzählt meinem Vater irgendetwas, dem er so interessiert lauscht, dass er nicht einmal aufblickt, als ich mich zu ihnen setze. Ich fühle mich wie ein abgelegtes Spielzeug, das darauf wartet, wieder interessant zu werden, und frage mich, wann ich endlich aufhöre, mich um meinen Vater zu bemühen, und er mir gleichgültig wird.

Erst als Marissa endet, scheint mein Vater mich wahrzunehmen. »Da ist sie ja endlich«, sagt er, als hätte er auf mich gewartet. »Ich habe mich schon gefragt, wo du bleibst.«

Ich lächle den beiden zu, vor allem Marissa, mit der ich bisher noch kein einziges Wort gewechselt habe.

Wie alle Freundinnen meines Vaters ist sie eine klassische Schönheit mit langer wilder Mähne und makellosem Makeup. Sie trägt eine elegante, teure Jacke und High Heels, und das an einem Grillabend in rustikalem Ambiente. Aber vielleicht geht es ihr wie mir, und sie will sich meinem Vater von ihrer schönsten Seite zeigen.

Ich frage sie, wie es ihr an unserem Drehort gefällt.

»Hier ist es super«, antwortet sie atemlos, dann blickt sie zwischen meinem Vater und mir hin und her. »Wow, ich kann noch immer nicht fassen, wie ähnlich ihr euch seht.« Sie lacht. »Oje, das sagt man euch wahrscheinlich ständig.«

»Der Apfel fällt nicht weit vom Stamm«, sagt mein Vater.

Anscheinend hat er sich für unsere gemeinsame Zeit ein paar Plattitüden zurechtgelegt.

Der Apfel fällt nicht weit vom Stamm.

Tate kommt ganz nach ihrem Vater.

Fehlt nur noch *Wie der Vater, so die Tochter.*

Es ist deprimierend. Aber vielleicht braucht er das, um sich einzureden, ich hätte ihm meine Karriere zu verdanken.

Ich konzentriere mich wieder auf seine Freundin. Vielleicht hat er sie auch einfach mitgenommen, weil seine Rolle so klein ist, dass er viel freie Zeit hat. Zwischendurch ist er immer mal wieder einen ganzen Tag fort und unternimmt mit ihr Ausflüge an die Küste. »Wie habt ihr euch eigentlich kennengelernt?«, frage ich Marissa.

»Ich studiere an der UCLA«, antwortet sie. »Und dein Vater hat dort einen Vortrag gehalten.« Sie sieht ihn bewundernd an. »Er hat mich zu einem Drink eingeladen. Das war vor sechs Monaten … tja, und jetzt sind wir hier.«

Und in den ganzen sechs Monaten hat er mir nie etwas von ihr erzählt. »Was studierst du?«

»Gesundheitsmanagement.« Sie lächelt. »Ich schreibe gerade meine Abschlussarbeit über den genetischen Zusammenhang von Asthma und Lymphoblastenleukämie.«

Ich bin sprachlos. Eine Gesundheitsmanagerin ist eine wohltuende Abwechslung zu den Models, It-Girls und Influencerinnen, die Dad sonst an seiner Seite hat. Nach seinem Gesichtsausdruck zu urteilen, scheint er auf Marissa stolz zu sein. Vielleicht glaubt er insgeheim, sie hätte ihm ihre Intelligenz zu verdanken.

Aber hat er es wirklich nötig, sich in seinem Alter an Studentinnen heranzumachen?

Inzwischen haben wir zu lange nicht über ihn gesprochen. Mein Vater beugt sich vor und zwingt mich, ihn anzusehen. »Was meinst du, wie der Dreh läuft?«, fragt er. Sein Blick zuckt zu Sam hinüber. Ich frage mich, ob er noch über meine Reaktion auf Sam am ersten Abend nachdenkt. Oder ob er sie als unwichtig abgehakt hat. Die alte Geschichte aus London kennt er glücklicherweise nicht. »Hast du ein gutes Gefühl, Mäuschen?«

»Ja.« Ich bin nicht sein »Mäuschen«. So hat er mich nicht einmal als Kind genannt. Doch ich sage nichts dazu und spüle den albernen Namen mit einem Schluck Wasser hinunter.

»Die Gegend hier ist wundervoll«, entgegne ich. »Und die Crew und die Schauspieler sind großartig. Ich habe ein bisschen gebraucht, bis ich mich in meine Rolle hineingefunden habe, aber nun weiß ich, wie ich die Ellen spielen muss.«

Wie gestelzt ich mich anhöre.

»Sehr schön.« Mein Vater nickt langsam und schweigt. Ich höre das Lagerfeuer prasseln und den Wind in den Bäumen rauschen. Mir fällt ein, dass Dad auf diese Weise schon genickt hat, wenn ich ihm als Kind etwas vorführte – ein kleines Lied, ein Kindergedicht, ein paar Tanzschritte. Ein warmes, gütiges Nicken, könnte man annehmen, doch inzwischen weiß ich es besser. Es ist einfach nur gelangweilt und unverbindlich.

Ich schaue mich um und hoffe, jemanden zu finden, zu

dem ich mich flüchten kann. Sam kommt nicht infrage. Gwen unterhält sich mit Deb. Nick spricht mit dem Schauspieler, der seine Figur in jünger darstellt. Überall sitzen Leute zusammen, reden und lachen. Einige starren auf ihr Handy, als hätten sie noch immer nicht begriffen, dass sie hier in einem Funkloch sind.

»Ich weiß, du gibst dein Bestes.« Mein Vater tätschelt meine Hand. Herablassender geht es nicht. »Es ist nur …«

Ich unterdrücke ein Seufzen. Sogar Marissa scheint klar zu sein, was jetzt kommt. Sie beginnt in ihrer Handtasche zu wühlen, muss offenbar dringend etwas finden. Dann entschuldigt sie sich und verschwindet.

War ja klar.

»Der Text ist nur die Grundlage«, erklärt mein Vater, der Experte. »Den Rest musst du gestalten. Das ist dein Job, Tate. Zeig all die individuellen Details, die Ellen ausmachen. Mit einem Gesichtsausdruck, einem Lachen, mit kleinen Gesten. Man muss erkennen, was für ein Mensch sie ist.«

Ich beiße die Zähne zusammen und nicke. Würde ich gerade mit der Schauspielerei beginnen, wäre ich für seinen Rat dankbar. Aber nicht nach sechs erfolgreichen Filmen.

»Ich werde es mir merken. Danke.«

»Das sage ich nur, weil du mir am Herzen liegst.« Sein Blick wird bohrend. »Vielleicht würde es dir helfen, wenn du einmal in aller Ruhe mit dem Drehbuchautor über deine Rolle sprichst.«

»Mit dem Drehbuchautor?«

Mein Vater zuckt mit den Schultern. »Er soll dir sagen, wie er sich die Figur vorstellt. Vielleicht hatte er beim Schreiben eine reale Person im Kopf. Dann könntest du dich daran orientieren.«

Ich zähle stumm bis zehn und schlucke die Antworten hinunter, die mir auf der Zunge liegen. *Sprichst du von dem Typ, der mich vor Jahren an die Medien verkauft hat? Ohne den wir heute nicht hier säßen? Der dafür gesorgt hat, dass du von der Presse als Rabenvater dargestellt wurdest? Meinst du wirklich den?*

Ich weiß nicht, wie oft ich das Drehbuch gelesen habe. Ich kenne jede Zeile, und Ellen ist mir so vertraut, als würde ich sie wirklich kennen. Am Anfang war ich für kurze Zeit aus dem Tritt, weil ich das Wiedersehen mit Sam verkraften musste, doch davon habe ich mich erholt. Würde ich meinem Vater tatsächlich am Herzen liegen, würde er aufhören, auf meinen Anfangsschwierigkeiten herumzuhacken.

All das behalte ich für mich.

In diesem Moment kommt mein rettender Engel in Form von Charlie. Die Miene meines Vaters wird säuerlich. Trotz der lustigen Geschichten, die er früher angeblich mit ihr erlebt hat, mochte er meine Freundin noch nie. Sie zählt zu den Menschen, die ihn durchschauen, und solche Menschen schätzt er nicht. Er steht auf und bietet Charlie seinen Platz an.

»Für mich wird es langsam Zeit, schlafen zu gehen«, sagt er und drückt mir einen Kuss auf die Stirn. »Gute Nacht, Kleines. Bleib nicht zu lange auf. Morgen ist ein großer Tag.«

Ich lächle, bis er verschwunden ist.

Charlie nimmt seinen Platz ein und knallt ihre Bierflasche auf den Tisch. »Hat er dich tatsächlich gerade wie ein Kind vor dem ersten Schultag behandelt, oder kam es mir nur so vor?«

»Es kam dir nicht so vor, es war so.«

Charlie verdreht die Augen und nimmt einen Schluck Bier. »Ich habe gesehen, dass du dich mit seiner Tussi unterhalten hast. Wie ist sie?«

»Nett. Scheint nicht auf den Kopf gefallen zu sein.«

»Wie das? Normalerweise müssen seine Frauen doch dämlich sein und zwei Schritte hinter ihm laufen.«

Ich lache. Dann lassen wir uns eine Zeit lang vom Anblick der Funken sprühenden Flammen bannen. Der dunkle Himmel über uns ist weit und sternenklar. Ich weiß nicht, wie oft in meinem Leben ich in einen Sternenhimmel geblickt und mich an den Abend erinnert habe, als Sam mir Jupiter und Orion zeigte.

»Wenn ich an morgen denke, werde ich nervös«, gestehe ich meiner Freundin leise. »Das wird eine der wichtigsten Szenen. Sam und mein Vater werden mir zusehen, und ich werde mich die ganze Zeit unzulänglich fühlen.«

Charlie greift nach meiner Hand und verschränkt ihre Finger mit meinen. »Aber das bist du nicht.«

»Ich weiß.«

AUSSEN – RESTAURANTGARTEN – FRÜHER ABEND

Es ist ein schöner Sommerabend. Richard und Ellen sitzen im Garten eines Restaurants im Schatten eines großen Baums an einem Tisch.

Die Leute an den anderen Tischen werfen ihnen verstohlene Blicke zu. Zwei Männer stehen auf und kommen zu Ellen und Richard. Richard hat den Blick gesenkt. Ellen hat Angst, aber sie hält dem Blick der beiden Männer stand. Sie weiß, weshalb sie gekommen sind.

ELLEN
Kann ich Ihnen helfen?

Die beiden Männer sehen Richard an. Dann wandert ihr Blick zu Ellen.

ERSTER MANN
Belästigt der Nigger Sie?

ELLEN
Ich verstehe nicht, sehe ich etwa aus, als würde ich belästigt?

Die beiden Männer taxieren Richard abfällig.

ERSTER MANN
Das nicht, aber –

ELLEN
Was aber? Wir sitzen hier und versuchen, in Ruhe zu essen. Meine Herren, Sie halten uns auf.

RICHARD
[leise] Ellen …

Er will nach ihrer Hand greifen. Die Hand des zweiten Manns schießt vor und schließt sich um Richards Handgelenk.

ZWEITER MANN
Lass deine dreckigen Finger von ihr.

Richard erstarrt.

ERSTER MANN
Wohnen Sie nicht auf der großen Farm, Ma'am? Oben an der Sutter Lake Road?

ELLEN
Ich wüsste nicht, was Sie das angeht.

ERSTER MANN
Weiß Ihr Vater, dass Sie sich mit 'nem Nigger abgeben?

Angespanntes Schweigen. Richard hebt den Blick und sieht Ellen an. An seinem Gesicht erkennt man, wie viel Kraft es ihn kostet, seine Wut im Zaum zu halten.

ELLEN
Ich wüsste nicht, dass mein Vater darüber zu urteilen hätte, mit wem ich mich abgebe. Was ich aber weiß, ist, dass mein Vater ganz und gar nichts davon hält, sich mit stumpfsinnigen Ignoranten abzugeben.

Erster Mann tritt näher an Ellen heran. Richard steht auf.

ERSTER MANN
Ich glaube, Sie brauchen mal 'ne Lektion in –

Der Geschäftsführer des Restaurants kommt an den Tisch.

GESCHÄFTSFÜHRER
Gibt es ein Problem?

Ellen schüttelt den Kopf.

ELLEN
Die Männer haben über das Wetter geredet. Sie wollten gerade gehen.

Der Geschäftsführer sieht alle der Reihe nach an. Die beiden Männer verlassen das Restaurant. Richard setzt sich wieder.

RICHARD
Ich wünschte, du würdest das nicht tun.

ELLEN
Ich tue nichts. Ich versuche nur, in Ruhe zu essen. Der Hamburger hat fünfzehn Cent gekostet, und jetzt ist er kalt.

Richard hebt den Kopf.

RICHARD
Du weißt, was ich meine.

ELLEN

Ja, weiß ich. Ich dachte immer, Frauen hätten es schwer. Kommt anscheinend drauf an, mit wem man uns vergleicht.

RICHARD

Du bringst dich in Gefahr.

ELLEN

Diese Männer lassen sich jedes Wochenende volllaufen, und dann machen sie Ärger und stoßen auf unseren Feldern die Kühe um. Ausgerechnet die soll ich respektieren, nur weil sie weiß sind? [Pause] Und du darfst denen nicht widersprechen, nur weil du schwarz bist? Sag jetzt bloß nicht, ich soll mich vorsehen. Ich weiß, dass du dir Sorgen machst. Und wenn ich ehrlich bin, mache ich mir die auch.

Richard schaut ihr in die Augen.

RICHARD

Man sollte dich heiraten, Ellen Meyer.

ELLEN

Mich hat schon mal jemand geheiratet.

RICHARD

Jemand, der es besser macht.

»Cut!«

Es ist, als würden wir allesamt ausatmen, nachdem wir viel zu lange die Luft angehalten haben.

Gwen sieht sich die Aufnahme auf den Monitoren an.

Nick grinst mich an. »Scheiße, das war gut, Ellen Meyer.«

Ich habe eine Gänsehaut, denn beim Sprechen des Texts hatte ich ein Déjà-vu. »Wir waren beide gut.«

Nick legt den Kopf schief. »Ist mit dir alles in Ordnung?«

Ich zucke mit den Schultern. »Die Szene war ziemlich intensiv.«

Gwen fängt an zu applaudieren. »Das sieht klasse aus«, ruft sie der Crew zu. Dann winkt sie Sam und den Drehbuchassistenten zu sich und bespricht etwas mit ihnen. Die beiden nicken und machen sich Notizen. Als Gwen sich Nick und mir zuwendet, konzentriere ich mich ausschließlich auf sie und vermeide es, Sam anzuschauen.

»Ihr wart phantastisch«, sagt Gwen. »Genau so wollte ich es haben.« Sie blickt zum Himmel. »Das Licht wird schwächer. Bis zu den Close-ups nur fünfzehn Minuten Pause.«

Devon gibt den Komparsen Anweisungen, die Crew verteilt sich. »Ich hole mir was zu essen«, sagt Nick. »Kommst du mit?«

Wahrscheinlich sollte ich etwas essen, seit dem Frühstück habe ich kaum etwas zu mir genommen. Aber ich lehne dankend ab. Ich bin noch immer mit den Nachwirkungen der Szene beschäftigt.

Ich drehe eine kleine Runde um das Gemeinschaftshaus.

Es wird auf der Farm nicht nur unser Film gedreht. Auf den Feldern, wo Biogemüse angebaut wird, sehe ich Arbeiter, auch die Äpfel werden bald geerntet werden, und auf der Weide unten im Tal grasen Kühe und Schafe. Irgendwo läuft eine Sprinkleranlage.

Ich bleibe stehen und lasse mir die letzte Szene noch einmal durch den Kopf gehen.

Diese Männer lassen sich jedes Wochenende volllaufen, und dann stoßen sie auf unseren Feldern die Kühe um.

Und dann fällt es mir wieder ein. Vor vielen Jahren hat Sam mir davon erzählt. Wie die Jungen in seinem Heimatort Bier trinken und Kühe umschubsen. Hatte er nicht sogar versucht, ein Flugzeug zu bauen? *Auf einer Farm gibt es viele Möglichkeiten, verrückte Sachen anzustellen*, das sagte er damals.

Mit einem Mal ist alles wieder da, und ich erinnere mich an etwas, das Luther über sich und Roberta gesagt hat. Dass sie sich nicht hatte beirren lassen. *Selbst nicht, als sie unsere Scheune in Brand gesteckt haben.*

Die Welt ringsum versinkt, die Geräusche verstummen. Stattdessen höre ich den Verkehrslärm einer großen Stadt, Sam, der mir von seinem Leben auf dem Land erzählt, Luther, der mit Nana über die Schwierigkeiten spricht, die er in seiner Ehe hat überwinden müssen.

Die Parallelen hätten mir längst ins Auge springen müssen.

Und plötzlich sehe ich den Hotelgarten vor mir, umrahmt von einem schmiedeeisernen Zaun. Ich liege auf feuchtem Rasen, und über mir funkeln die Sterne.

Kapitel 19

In der Mittagspause stürme ich mit dem Drehbuch unter dem Arm in Sams Cottage. Er sitzt an einem kleinen Tisch und fährt herum, als die Tür auffliegt. Doch er fängt sich sofort wieder.

»Hallo, Tate.«

Ich schwenke das Drehbuch. »Was soll das?«

Sam steht auf. »Was soll was?«

Ich werfe das Drehbuch auf seinen Tisch. »*Milkweed* ist nicht einfach irgendeine Liebesgeschichte. Es ist die Geschichte von Luther und Roberta.«

Sam zieht die Brauen hoch. »Ja, und weiter?«

Vielleicht dachte er, ich hätte die Menschen hinter den Figuren längst erkannt.

Ich lasse mich auf einen Stuhl fallen. »Ich spiele Roberta.«

Sam setzt sich wieder. »Es ist trotzdem eine Liebesgeschichte. Unter anderem.«

Ich lache höhnisch. »Nur dass ich die Frau des Mannes spiele, mit dem du mich in London hereingelegt hast.«

»Hereingelegt?« Sam zieht die Brauen zusammen. »Das ist nicht wahr.«

»O doch. Und ich dummes Huhn habe mich in ein Drehbuch verliebt, das einer der Beteiligten von damals geschrieben hat und in dem der andere die Vorlage für eine der Hauptfiguren abgibt. Was glaubst du, wie ich mir vorkomme?«

Vierzehn Jahre sind seitdem vergangen, ich bin nicht mehr achtzehn Jahre alt, und doch ist mir der letzte Tag in London noch im Gedächtnis, als wäre es gestern gewesen.

Sam seufzt und fährt sich mit den Fingern durchs Haar. »Ich wollte am ersten Abend hier mit dir darüber sprechen, aber du wolltest nichts hören.«

»Jetzt bin ich ganz Ohr.«

Sam wendet den Blick zur Seite und scheint zu überlegen, wo er anfangen soll. »Weißt du noch, dass ich damals geglaubt habe, Luther sei krank?«

Ich verschränke die Arme vor der Brust und deute ein Nicken an.

»Ich hatte recht. Luther war krank, sehr sogar.«

»Schön, dass wenigstens das nicht gelogen war«, sage ich giftig.

Für einen Moment starrt Sam mich bestürzt an. Dann atmet er tief durch. »Nichts war gelogen.«

»Sam, bitte erzähl jetzt keinen Scheiß.«

»Ich weiß, dass ich dir wehgetan habe, aber –«

»Wehgetan?« Ich lache rau auf. »Wehtun wie in *Ich habe mir den Fuß verstaucht* oder wie in *Der da hat was Böses gesagt*? Du warst meine erste Liebe, Sam, mein erster Mann. Vor dir hatte ich noch nie jemanden so nah an mich herangelassen.«

Sein Blick wird weich. Vielleicht sieht er, dass ich kurz davor bin, in Tränen auszubrechen.

»An unserem letzten Abend, da –«

Ich lasse ihn nicht ausreden. »Meinst du den Abend, als du gesagt hast, du würdest dich in mich verlieben?«

Nach kurzem Zögern nickt er.

»Den Abend, als du gleich anschließend den *Guardian* kontaktiert und den Leuten alles über mich erzählt hast?«

Bis zu diesem Moment war ich mir zwar immer sicher, dass es so gewesen sein müsse, jedoch fehlte die Bestätigung noch. Doch als Sam nun leise »Ja« antwortet, beginnt der Boden unter meinen Füßen zu schwanken.

Sam spricht weiter. »Nachdem wir uns verabschiedet hatten, rief Roberta an. Luther hatte ihr eine Halskette schicken lassen, die ganz offensichtlich mehr gekostet haben musste, als die beiden sich eigentlich leisten konnten. Das hat Roberta misstrauisch gemacht. Zwar wusste sie, dass er gesundheitliche Probleme hatte, doch Luther hatte immer getan, als wäre es keine große Sache. Dann hat sie unseren Hausarzt angerufen und erfahren, wie schlecht es tatsächlich um Luther stand. Die Kette, die Englandreise, das sollten seine Abschiedsgeschenke für uns sein.« Schwermütig sieht er mich an. »Für eine Behandlung war kein Geld da, es sei denn, sie hätten eine Hypothek auf die Farm aufgenommen, und das hätte Luther nie getan, schon gar nicht in seinem Zustand.«

Luther ist Richard, Roberta ist Ellen. Ich verstehe nicht, wieso ich es nicht schon längst begriffen habe, und nun, da ich es weiß, fügt sich alles zusammen. Als ich das Drehbuch zum ersten Mal gelesen habe, habe ich mich ebenso in Ellens Stärke wie in ihre grenzenlose Hingabe an ihren Mann verliebt. Nach all den Jahren, in denen ich einfach nichts empfunden hatte, taub von den Verletzungen, die ich erlitten hatte, gab mir diese Figur die Hoffnung zurück, dass eine so innige Liebe möglich ist.

Ich fühle mich benommen. »Also hast du mich verkauft, um ihn zu retten.«

Sam runzelt die Stirn. Vielleicht passt ihm meine Formulierung nicht. Doch dann nickt er.

»Würdest du es wieder tun? Auch wenn du wüsstest, wie schmerzlich es für mich wäre? Und dass es mein Leben auf den Kopf stellen würde?«

Sam blickt zu Boden. »Ich weiß nicht, was ich darauf antworten soll.«

»Das ist ganz einfach, Sam, entweder Ja oder Nein.«

»Das Geld von der Presse hat die Behandlung möglich gemacht, und Luther und wir hatten noch zehn Jahre miteinander, die wir sonst nicht gehabt hätten.« Er sieht mich an. »Ja, ich würde es wieder tun.«

Plötzlich bin ich müde und weiß nicht mehr, was ich noch sagen soll. Ich stehe auf.

»Bleib«, sagt Sam.

»Ich muss los, Devon wird sonst –«

»Devon kommt uns holen, wenn es sein muss«, unterbricht er mich. Dann schweigt er. Erst nach einer Weile spricht er weiter. »Ich habe dich damals nicht angelogen, Tate. Es hat mich krank gemacht, dich ohne Abschied, ohne Erklärung zu verlassen. Aber Luther und Roberta waren alles für mich, ihnen verdankte ich unendlich viel. Ich weiß nicht, ob du das verstehen kannst.«

Ja, ich verstehe ihn. Seine Gefühle für die beiden werden

in jedem Satz des Drehbuchs spürbar, und die Dialoge von Ellen und Richard sind so lebendig, dass sie nur jemand geschrieben haben kann, der die Menschen dahinter kannte und liebte.

Doch mein Zorn verraucht nicht so schnell, nicht nachdem er mich so lange beherrscht hat. Die Erleichterung, dass Sam nicht vom ersten Abend an vorhatte, mich reinzulegen, findet noch keinen Raum in meiner Brust. Ich spüre nur, dass sie sich ausbreiten und den Zorn verdrängen will, und muss um Atem ringen.

»Sag es, wenn du noch mehr wissen möchtest.«

Aus dem Wirrwarr meiner Gedanken lösen sich Fragen, eine kindischer als die andere. *Warum hast du nie versucht, wieder Kontakt zu mir aufzunehmen? Hast du mich nie vermisst?*

»Ich versuche gerade, mir über meine Gefühle klar zu werden.«

»Verständlich.« Sam greift nach dem Drehbuch, das ich auf den Tisch geworfen habe, und reicht es mir zurück. »Ich war sicher, nachdem wir uns hier wiederbegegnet sind, hättest du dir längst zusammengereimt, wer sich hinter Richard und Ellen verbirgt.«

Wir hören Nick, der draußen etwas ruft. Auch er ist Teil dieser Geschichte, denn jedes Mal, wenn ich ihn als Richard sehe, ist mir, als würde ich ihn schon seit Langem kennen, als wäre er ein Freund, der einmal mein Liebhaber war. Meine Erinnerungen, meine Rolle und meine Gefühle verschränken sich auf unglaublich dichte Weise miteinander. Und nun verstehe ich auch, dass ich Ellen deshalb in mein Herz geschlossen habe, weil sie Richard so sehr geliebt hat.

»Wo bleibst du eigentlich in dem Film? Auch dein Vater taucht nicht auf. Die Geschichte endet, wenn Ellen und Richard sechzig sind, doch sie haben keine Kinder.«

»Es ist die Liebesgeschichte eines Schwarzen und einer Weißen, in einer Zeit, in der so etwas in diesem Land nahezu unmöglich war. Ein Sohn oder Enkel hätte davon nur abgelenkt.« Er beugt sich zu mir vor. »Glaubst du mir, Tate? Glaubst du mir, dass der Grund, warum ich das Schlimmste in meinem Leben tun musste, der beste war, den ich je hatte?«

Nur an Sams Seite habe ich in meinem Leben Liebe, Seelenschmerz und Begehren zugleich verspürt. Ich empfinde noch immer so und beneide die Frau, die er abends anruft und der es vielleicht gelingt, diesen Mann zu enträtseln, der eine Liebe opfert, um einen anderen Menschen, den er ebenfalls liebt, zu retten. Der nicht nur weiß, was Liebe bedeutet, sondern auch fähig ist, sie auf dem Papier lebendig werden zu lassen.

»Weißt du«, ich stehe auf, »ich glaube, das Beste, was du je getan hast, war, *Milkweed* zu schreiben. Und deswegen werde ich wohl damit klarkommen müssen, zum Schlimmsten zu zählen, was du je getan hast.«

Kapitel 20

In der Stille des nebligen Frühmorgens ist die zufallende Tür meines Blockhauses das einzige Geräusch. Es ist kälter geworden. Der Indian Summer ist vorüber, und der Herbst hält Einzug.

Ich wünschte, ich müsste Ruby Farm nie mehr verlassen. Sie ist für mich mehr als eine friedliche Oase, es ist ein Ort, der mich zur Ruhe kommen lässt, mir ein Gefühl der Wohligkeit gibt. Einen solchen Ort habe ich lange gesucht. Mein Haus in L.A. hat immer noch etwas Steriles, Unbelebtes. Ich bin einfach zu selten da, um es zu einem Zuhause zu machen. Vielleicht ist es mir auch zu lästig.

Wenn ich morgens wach werde, stelle ich mir vor, ich wäre hier auf der Farm zu Hause. Im Schrank hängt ein Teil meiner Kleidung, die kleine Küche habe ich mit Lebensmitteln ausgestattet. Wenn ich vom Laufen zurückkehre, pflücke ich mitunter Wildblumen und stelle sie in das leere Marmeladenglas auf dem Tisch. Ich habe mir von meiner Mutter bunt gemusterte Decken schicken lassen, mit denen ich es mir in meinem Bett oder in den Sesseln gemütlich machen kann. L.A. mit all seinem Lärm, dem Verkehrschaos und der Luftverschmutzung existiert dann einfach nicht mehr.

Über mir in den Bäumen fangen Vögel an, sich bemerkbar zu machen, krächzen, zwitschern, keckern und rascheln im Laub. Im Tal muhen Kühe. Sie wollen gemolken werden. Außer mir ist noch niemand unterwegs, die Dreharbeiten fangen heute später an, und die Leute schlafen sich aus. Das würde ich auch tun, wenn ich es geschafft hätte, mein Gehirn nach dem Wachwerden wieder auszuschalten.

Also beschließe ich, laufen zu gehen. Nach ein paar Dehnübungen setze ich mich in Trab und jogge den Hang hinunter, vorsichtig, um auf dem feuchten Laub nicht auszurutschen.

Es ist doch schon jemand auf. Sam sitzt vor seiner Hütte an dem Tisch, den er herausgeräumt hat, vor ihm ein Notebook und ein dampfender Becher Tee oder Kaffee. Er trägt einen warmen blauen Wollpullover zu einer Jeans. Ich bleibe stehen.

Er blickt auf, als er mich sieht, und greift nach seinem Becher. »Du bist früh auf den Beinen.«

»Du auch.«

Er betrachtet meine Leggings, das dicke Sweatshirt und meine Handschuhe. »Gehst du laufen?«

»Ja. Und was tust du?«

Er klappt das Notebook zu. »Ich habe mir ein paar Notizen gemacht.«

»Für dein nächstes Drehbuch?« Es ist das erste Mal, dass wir nach unserer Aussprache – oder was auch immer es war – miteinander reden, und der Teil von mir, der noch immer achtzehn Jahre alt und verrückt nach ihm ist, möchte sich sofort zu ihm setzen.

»Weiß ich noch nicht.« Sam nimmt einen Schluck.

»Vielleicht schreibst du diesmal etwas über dich«, schlage ich vor. »Du könntest davon erzählen, wie du einer Frau mal das Herz gebrochen hast.« Verdammt, den letzten Satz hätte ich lieber nicht gesagt.

Sam stellt den Becher ab. »Das klingt, als hätte ich es absichtlich getan.«

Darauf fällt mir nichts ein. Schweigen breitet sich aus.

»Möchtest du einen Kaffee?«, fragt Sam. »Meiner ist besser als der im Gemeinschaftshaus.«

Wie gern würde ich jetzt Nein sagen und weiterlaufen, doch ich sage Ja. Als er mich in seine Hütte winkt, spaziere ich mit ihm hinein – und spüre wieder, wie sehr seine Nähe mich aus dem Konzept bringt. Aber es liegt nicht nur an Sam, sondern auch daran, dass er Ellen/Roberta kannte. Sie hat ihn großgezogen. Am vergangenen Abend habe ich das Drehbuch noch einmal unter diesem Blickwinkel gelesen. Was für eine großartige und mutige Frau seine Großmutter war, was für ein liebevoller Mensch sein Großvater. Natürlich hat Sam alles getan, um den beiden zu helfen.

Sams Blockhaus ist wie meins geschnitten, wahrscheinlich sind sie alle gleich. Das Bett steht hinten in der Ecke; wenn man hereinkommt, ist links die kleine Küche, dazwischen am Kamin ein Tischchen mit Sofa und Sesseln. Doch anders als bei mir brennt in Sams Kamin ein Feuer. Ich trete davor, um mich aufzuwärmen.

»Warum sind Kalifornier nur solche Frostbeulen«, sagt Sam.

»Es ist kalt.«

»Draußen sind es bestimmt zwölf Grad.«

»Genau.«

Sam setzt Wasser auf und gibt Kaffeepulver in eine Cafetiere. Ich schwinge mich auf einen Hocker am Küchentresen und stelle fest, dass die Enge in meiner Brust, die ich bei unserem letzten Gespräch verspürt habe, nachgelassen hat.

Das Dumme ist nur, dass ich jetzt keinen Grund mehr habe, Sam wie bisher bewusst zu ignorieren. Stattdessen betrachte ich nun ausgiebig seinen breiten Rücken, die langen, schlanken Finger, den festen Hintern in der Jeans.

Er ist verheiratet.

Ich bin nicht wie mein Vater, breche nicht in Beziehungen ein, und wenn ich mit jemandem zusammen bin, bleibe ich treu.

Ich setze mich um und schaue lieber in die Flammen, das ist die klügere Wahl.

Sam hat den Kaffee fertig gebraut und bittet mich, mir im Wohnraum einen Platz auszusuchen. Ich wähle das eine Ende des Sofas. Sam stellt Kaffee und Becher auf das Tischchen und lässt sich am anderen Ende nieder.

»Wie geht es dir? Nach unserem Gespräch?«, fragt er. Wie früher auch kommt er ohne Umschweife zum Thema.

»Besser. Nun kenne ich wenigstens den Grund.«

»Was glaubst du, wie oft ich mich in den vergangenen Jahren gefragt habe, wie es dir geht … und was du über mich denkst.«

Ich wünsche mir so sehr, dass es wahr ist, was er sagt. »Anfangs ging es mir schlecht. Doch dann kamen die ersten

Filmangebote. Sie haben mich abgelenkt. Ich habe immer seltener an dich gedacht und langsam zu mir gefunden.«

»Es tut mir leid, Tate«, sagt Sam.

Ich greife nach meinem Becher. »Eigentlich möchte ich nicht mehr über uns reden.«

Sam wirkt betroffen, mit der Antwort hat er anscheinend nicht gerechnet.

»Erzähl mir lieber noch mehr über deine Großmutter. Und über Richard – ich meine, Luther.« Ich strecke die Füße zum Kaminfeuer aus und umschlinge den warmen Kaffeebecher mit beiden Händen.

»Ist dir noch immer kalt?«, fragt Sam.

»Allmählich taue ich auf.«

Er lächelt. Das Doppeldeutige ist ihm nicht entgangen.

»Oder erklär mir noch genauer, warum Ellen keine Kinder bekommen hat. Sie wäre eine phantastische Mutter gewesen. Und Richard ein wunderbarer Vater.«

Sam zuckt mit den Schultern. »Ich habe es schon gesagt. Kinder hätten von den beiden abgelenkt. Aber vielleicht stand mir dafür auch einfach die Erinnerung an meinen Vater im Weg. Ich wollte nichts von ihm in dieser Geschichte haben, das hätte nur von den wichtigen Dingen abgelenkt.«

»Weiß er, dass du *Milkweed* geschrieben hast?«

»Wahrscheinlich nicht. Wir haben seit Jahren nicht mehr miteinander gesprochen.«

Ich überlege, ob das womöglich die bessere Lösung ist, statt den Kontakt aus PR-Gründen zu pflegen. Die Beziehung von Sam und seinem Vater ist zumindest ehrlich.

»Aber wenigstens sehe ich meine Mutter hin und wieder. Sie lebt jetzt in London.«

Ich möchte ihn fragen, ob alte Erinnerungen in ihm wach werden, wenn er sie dort besucht. Aber wahrscheinlich war er nie so auf mich fixiert wie ich auf ihn. Ich beschließe, meine Gedanken wieder in eine vernünftige Richtung zu lenken. »Hat Roberta gelesen?«

»Ja, aber meistens Sachbücher. Am liebsten über historische Figuren und Epochen. Luther mochte Krimis. Die waren für meine Großmutter Schund.«

»Eine strenge Dame.«

»Vielleicht. Roberta war nicht perfekt, aber doch ziemlich nahe daran. Vor allem war sie mutig. Wahrscheinlich gelingt dir die Verkörperung deshalb so gut.«

Ich breche in Lachen aus. »Soll das ein Witz sein?«

Sam grinst. »Okay, beinah perfekt ist vielleicht übertrieben. Aber als wir uns kennenlernten, warst du unglaublich mutig.«

Wenn das zutreffen sollte, dann höchstens in Bezug auf die engen Grenzen, die meine Mutter und Nana mir gesteckt hatten. Ich frage mich, wie es heute um meinen Mut bestellt ist. Wohl nicht besonders gut. Ich habe einen Beruf, der mich bisher nicht übermäßig gefordert hat, und Marco, der mir sämtliche Schwierigkeiten aus dem Weg räumt. Das Mutigste, was ich in letzter Zeit getan habe, war, die Rolle der Ellen anzunehmen.

Mit Sicherheit hätte ich viel von Roberta lernen können.

»Damals hast du mir erzählt, dass Roberta nicht verreist.

Warum wollte sie das nicht? Ich kann mir nicht vorstellen, dass sie Angst davor hatte.«

Sam nimmt einen Schluck Kaffee. »Sie hatte Angst vorm Fliegen. Deshalb ist sie auch nicht mit uns nach London gekommen. Die Vorstellung, den Atlantik in einem Flugzeug zu überqueren, war ihr nicht geheuer. Es hat sie schon alle Kraft gekostet, uns fliegen zu lassen.«

Wie real Roberta/Ellen und Luther/Richard für mich geworden sind. Ich bin sicher, hätte Sam mich damals gefragt, ob er die Informationen über mich Luther zuliebe an die Presse weitergeben dürfe, hätte ich Ja gesagt. Womit wir bei der Frage wären, warum er es nicht getan hat.

Mir wird bewusst, dass Sam noch immer redet. »... sie war auch nicht der Typ, der Ferien macht. Roberta musste arbeiten und – « Er sieht mich an und stutzt. »Warum guckst du mich so böse an? Habe ich etwas Falsches gesagt?«

»Ich habe überlegt, warum du mich damals nicht gefragt hast, bevor du zum *Guardian* gelaufen bist.«

Sam runzelt die Stirn. »Wärst du denn einverstanden gewesen?«

»Wenn du mir den Grund erklärt hättest, schon. Ich mochte Luther, und nach dir war ich damals so verrückt, dass ich dir keinen Wunsch abgeschlagen hätte. Warum hattest du so wenig Vertrauen zu mir?«

Sam nimmt einen Schluck Kaffee. »Ich habe nicht nachgedacht, Tate. Nach dem Telefonat mit Roberta bin ich in Panik geraten. Ich habe mir keinen Plan zurechtgelegt, ich habe einfach reagiert.«

Ich lehne mich zurück. »Was genau hast du gemacht?«

Sam seufzt schwer. »Roberta hat mit Luther gesprochen und darauf bestanden, dass wir so bald wie möglich zurückfliegen. Luther ist zum Empfang hinuntergefahren und hat einen früheren Abreisetermin verhandelt. Und ich habe mir die Telefonnummer des *Guardian* geben lassen. Es war die einzige englische Zeitung, die mir in dem Moment eingefallen ist. Ich habe dort angerufen und gefragt, ob sie an Informationen über Ian Butlers Tochter interessiert seien. Und obwohl es schon so spät war, wurde ich sofort mit einem Reporter verbunden, der mir Geld anbot und die Geschichte aufnahm.« Er setzt sich zu mir um. »Als wir uns am nächsten Morgen gesehen haben, wusste ich nicht, was ich sagen sollte. An unserem letzten Morgen habe ich dich und deine Großmutter zum Frühstücksraum gehen sehen, aber ich war zu feige, mich von euch zu verabschieden. Kurz danach sind Luther und ich zum Flughafen gefahren.«

»Und du hast mich einfach abgehakt?«

»Luthers Behandlung begann, und ich habe von frühmorgens bis spätabends auf der Farm gearbeitet.« Er lächelt matt. »Weder Luther noch Roberta haben jemals erfahren, woher ich das Geld hatte.«

Und ich hatte angenommen, Luther wäre einverstanden gewesen. Wie viel Unrecht ich diesem freundlichen Mann getan habe. »Sie müssen dich doch gefragt haben, woher das Geld kam.«

»Ja, und ich habe gesagt, ich hätte meinen Vater darum gebeten.«

»Und das haben sie geschluckt?«

Sam zuckt die Achseln. »Keine Ahnung. Roberta wollte, dass Luther weiterlebt, und hat ausnahmsweise einmal nicht so genau hingeschaut.« Dann sieht er mich eindringlich an. »Ich war froh, dass ich Luther helfen konnte, aber dir gegenüber habe ich mich unendlich schuldig gefühlt, bitte glaub mir das. Vielleicht ging es dir noch dreckiger als mir, aber einfach abgehakt habe ich dich mit Sicherheit nicht. Ich habe dich in *Evil Darlings* gesehen und mich anschließend betrunken wie noch nie.«

»Ach.«

»Ja. Ich war so in dich verliebt. Und dann wurde mir klar, dass ich alles, was zwischen uns war, für alle Zeit zerstört hatte. Ich hatte mir vorgestellt, dass man dich nach kurzem Presserummel wieder in Ruhe lässt. Dass du aufs College gehst – ja, und vielleicht habe ich mir auch eingeredet, dass es sich zwischen uns wieder einrenkt.« Er atmet aus. »Aber es ist gut ausgegangen. Für dich, meine ich.«

Ich ziehe die Brauen hoch. »Meinst du?«

Sam taxiert mich. »Es geht dir doch gut, oder nicht?«

Wie viel will ich preisgeben? Soll ich antworten, dass es mir oft schlecht geht, damit er sich noch ein wenig schuldig fühlt? Oder ist er ein Freund, dem ich die Wahrheit sage?

Ich entscheide mich für Letzteres. »Wenn du von meinem beruflichen Erfolg sprichst, geht es mir gut. In meinem Privatleben sieht es weniger rosig aus.«

Sam wendet den Blick ab. »Darüber habe ich einiges gelesen.«

»Das meiste davon kannst du vergessen, weil es reine PR-Geschichten sind.«

Sam zieht die Brauen zusammen. »Aber du warst doch ziemlich lange mit diesem einen Typen zusammen.«

Wahrscheinlich denkt er an Chris. »Ein paar Monate waren echt, der Rest war gelogen.«

»Und jetzt? Neulich abends habe ich dich mit Nick gesehen.«

»Wir waren betrunken«, antworte ich verlegen. »Es hatte nichts zu bedeuten. Weder für Nick noch für mich.«

»Okay.«

Ich wüsste zu gern, was sich hinter diesem Okay verbirgt, ob er sich tatsächlich für mein Privatleben interessiert. Warum rede ich mit ihm überhaupt darüber? Ich bin ihm keine Rechenschaft schuldig, er ist derjenige, der mit jemand anderem zusammen ist. »Aber eines Tages werde ich mich wieder in jemanden verlieben«, füge ich eine Spur zu fröhlich hinzu, überzeugt, ein gutes Schlusswort zu diesem Thema gefunden zu haben.

»Vielleicht habe ich *Milkweed* auch deshalb geschrieben«, sagt Sam, der mit den Gedanken woanders zu sein scheint.

Ich wende mich ihm zu und entdecke die Komma-Narbe unter seinem Bart. »Was meinst du damit?«

»Ich musste mich vergewissern, dass sie und ihre Liebe es wirklich wert waren.« Er lächelt. »In den letzten Jahren vor ihrem Tod waren Luther und Roberta ziemlich anstrengend.«

»Ich verstehe es immer noch nicht.«

Sam berührt meine Hand. »Dass sie es wert waren, dich zu verlieren.«

Kapitel 21

Charlie und ich sitzen zusammen auf der Wiese vor der großen Scheune, die extra für die Dreharbeiten errichtet wurde.

»Warum bin ich eigentlich so mies darin, mit Männern umzugehen?«, frage ich.

Hinter den Bäumen versinkt die Sonne, goldrote Strahlen schimmern durch Charlies dunkles Haar. »Ganz so schlimm ist es doch auch nicht«, antwortet sie.

Ich schenke ihr einen Blick nach dem Motto: *Erzähl keinen Scheiß.*

Charlie beobachtet die Crew, die an der Scheune die letzten Vorbereitungen für die Szene des Brands trifft, die heute Abend gedreht werden soll. »Vielleicht hast du hin und wieder Probleme, aber was hattest du bitte schön auch für Vorbilder? Die Ehe deiner Eltern war eine Katastrophe, deine Mutter ist nach der Scheidung allein geblieben, deine Großmutter wollte auch keinen zweiten Mann mehr, und dein Vater hat eine Frau nach der anderen verschlissen.« Charlie seufzt. »Bei mir zu Hause war es auch nicht besser. Woher sollen wir wissen, wie man eine gute Beziehung führt?«

Vielleicht hat sie recht, und ich hatte einfach von Anfang an schlechte Karten.

Meine Gedanken wandern zu der Szene, die wir an diesem Abend drehen werden und die sicher nicht ganz leicht werden wird. Ich wünschte, mein Vater und Sam würden nicht dabei sein, aber wahrscheinlich werden sie zusehen. Es heißt, dass Ruby Farm vierzig Hektar groß ist, doch auf irgendeine Weise schaffen es die beiden immer wieder, das Gelände allein durch ihre Präsenz schrumpfen zu lassen.

Und was nützt es mir, dass Sam und ich nun miteinander gesprochen haben? Im Grunde macht es die Sache für mich nur noch komplizierter, wenn wir freundschaftlich miteinander umgehen. Es war deutlich einfacher, wütend auf ihn zu sein. Und sicherer.

Plötzlich wird mir bewusst, dass ich die Rolle der glücklich Liebenden in fast allen meinen Filmen gespielt, sie aber noch nie selbst erlebt habe. Zumindest nicht auf Dauer. Ein deprimierender Gedanke.

»Ich bin zweiunddreißig, bleibe vermutlich mein Leben lang allein und leide noch immer unter einem Vater, der sich nicht die Bohne für mich interessiert. Ich dachte, hier würden wir uns endlich näherkommen, stattdessen geht er mir aus dem Weg oder mäkelt an mir herum. Genauso dachte ich, ich hätte meine Gefühle für Sam vergessen, aber das muss wohl ein Irrtum gewesen sein.« Ich werfe ihr einen schwermütigen Blick zu. »Du warst wenigstens schon mal verlobt.«

»Ein halbes Jahr lang«, erwidert sie.

»Ein halbes Jahr ist besser als nichts. Bei mir war das

Höchste, dass Chris ›Ich liebe dich‹ gesagt hat. Und ich geantwortet habe: ›Du bist ein Schatz.‹«

»Vielleicht hat er deshalb angefangen zu trinken.«

»Das ist gemein.«

»Ich dachte, du hättest Pete geliebt.«

»Nein.« Pete war ein Schauspielerkollege, mit dem ich kurze Zeit zusammen war.

»Und Evan.«

»Auch nicht.« Meine Beziehung zu Evan, einem anderen Schauspielerkollegen, hat ganze fünf Monate gehalten. Dann hat er sich anderweitig umgesehen. »Ich glaube, wir mochten uns nicht einmal besonders.«

Charlie lacht und betrachtet mich kopfschüttelnd, bevor sie sich wieder auf die Vorbereitungen an der Scheune konzentriert.

Ich hebe einen Zweig auf, mit dem ich Kreise um ein Grasbüschel ziehe. »Wenn ich an das Drehbuch denke, muss ich sofort daran denken, dass es von Sam ist. Wie kann er so etwas Schönes, so Feinsinniges geschrieben haben? Das muss doch etwas bedeuten. Dass er menschliche Beziehungen versteht, dass er das Herz auf dem rechten Fleck hat. Oder nicht? Natürlich beruht Ellen auf seiner Großmutter, aber trotzdem ist sie eine unglaublich komplexe, großartige Frauenfigur, die er da geschrieben hat. Trotz allem, was sie für ihn tut, wird Ellen von ihrem ersten Mann betrogen. Dann kehrt sie zu ihrem dement werdenden Vater zurück und schafft es, die Farm wieder zum Laufen zu bringen. Als Nächstes verliebt sie sich in den Mann, der aufgrund seiner Hautfarbe von der ganzen Gemeinde angefeindet wird.

Trotzdem setzt sie sich später für diese Gemeinde ein. Diese Frau ist nicht von einer nichtssagenden Beziehung in die nächste getaumelt, sondern hat sich zu einer unglaublich starken Frau entwickelt.«

Charlie dreht sich zu mir um und mustert mich mit schief gelegtem Kopf. »Du bist auch eine starke Frau, Tate, hör auf, dich immerzu runterzumachen.«

Ich schnaube verächtlich. »In der Schule mussten wir mal Seiten bunt malen und dann alles mit schwarzem Wachsmalstift überdecken. Erinnerst du dich noch?«

Nach kurzem Zögern nickt Charlie.

»Man sollte glauben, es wäre ein schwarzes Bild, aber wenn man die Wachsfarbe weggekratzt hatte, sah man das Bunte darunter. So ist mein Liebesleben. Eine schwarze Fläche. Aber ich habe nichts, um das Schwarze abzukratzen.«

»Wer zuletzt kratzt, kratzt am besten.« Charlie tätschelt meine Hand.

Devon kommt zu uns und sieht in Stiefeln, Jeans und kariertem Flanellhemd zum Anbeißen aus. Auch die untergehende Sonne im Rücken steht ihm gut. »Was macht ihr hier?«, fragt er.

»Wir reden über mein trauriges Liebesleben«, antworte ich.

»Ich bin sicher, dir kann geholfen werden.« Einen kurzen Augenblick lang lächelt Devon, dass es einem warm im Bauch wird, dann wird er wieder geschäftlich. »Wir fangen gleich an, Tate.«

Doch anscheinend bleibt uns noch ein wenig Zeit, denn er setzt sich zu mir. »Alles klar für die nächste Szene?«

Ich lasse mir die Frage durch den Kopf gehen. Der schwierigste Teil der Aufnahmen steht uns jetzt, gegen Ende der Dreharbeiten, bevor. Dazu gehören das Niederbrennen der Scheune und die Sexszene. Der Scheunenbrand kommt erst so spät, weil man nicht genau wissen kann, welche Spuren er rings um die Scheune hinterlassen wird. Deshalb wurden alle anderen Szenen im Freien vorher gedreht. Und für Liebesszenen ist es besser, wenn die beteiligten Schauspieler Zeit hatten, sich aneinander zu gewöhnen.

Der Gedanke an die Szene mit Nick macht mir verständlicherweise Sorgen, allerdings weit weniger als der Scheunenbrand, vor dem ich mich regelrecht fürchte. Es soll nämlich ein richtiger Brand werden, keine aufwendige Postproduktion mit Spezialeffekten, die das Feuer simulieren. Zwar wird es ein kontrolliertes Feuer sein, doch das tröstet mich nicht.

»Ich habe Angst«, sage ich.

Devon seufzt. »Dir ist doch klar, dass wir –«

»Feuerwehrleute vor Ort haben«, falle ich ein. »Und ich werde nicht eine Sekunde lang in Gefahr sein. Ja, das weiß ich alles, aber mir ist trotzdem mulmig zumute.«

Devon lächelt so ermutigend und lieb, dass es mir leidtut, nicht mehr die anfängliche Anziehung zu spüren. Auch das verdanke ich Sam.

»Du schaffst das.« Devon steht auf.

Charlie begleitet mich zu ihrem Trailer, und ich werde für die Aufnahme zurechtgemacht. Nick ist schon fertig. Dann gehen wir zur Ausstattung und ziehen Schlafanzüge an, denn das Feuer überrascht uns im Film im Schlaf.

Als wir am Set ankommen, haben sich dort so viele Leute versammelt wie am ersten Abend, als wir Probe gelesen haben. Sogar Jonathan Marino, der Produzent, ist wieder da und sitzt in sicherer Distanz zur Scheune.

Dort sind auch mein Vater und Marissa, die mit Jonathan Cocktails schlürfen. Sam steht wie üblich bei Gwen, beide schauen ins Drehbuch.

Ich betrachte die Scheune und wünschte, sie wäre nicht so riesig.

Dann nehmen wir unsere Positionen in Ellens Haus ein. Nick greift nach meiner Hand. »Alles gut?«, fragt er leise, und ich spüre, dass seine Hand zittert.

»Wird schon schiefgehen«, flüstere ich und drücke seine Hand.

Gwen bittet um Ruhe. Eine kleine Gruppe Feuerwehrleute beaufsichtigt das Ganze aus der Nähe. Ihr Leiter nickt Gwen zu. Unsere Pyrotechniker beginnen ihr Werk – und die Kamera läuft.

Ich glaube nicht, dass mein Herz jemals so wild getrommelt hat. »Los«, flüstert Nick, und wir stürzen aus dem Haus und rennen mit entsetzten Mienen über die Wiese zur Scheune. Nick muss hineinlaufen und Eimer holen, dazu gibt es eine Sicherheitsschleuse.

Alles muss haargenau passen – Schauspieler, Stuntleute und Komparsen –, die Stunt-Koordinatoren haben alles bis ins letzte Detail ausgetüftelt und mit uns durchgesprochen.

Die Komparsen stellen Ellens Nachbarn dar, die das Feuer gesehen haben und gekommen sind, um beim Löschen zu helfen. Wir alle schütten eimerweise Wasser in die hoch auflodernden Flammen. Es kann nichts passieren, das sage ich mir ein ums andere Mal, trotzdem versetzt mich das Feuer in Panik. Die Flammen sind nicht nur heiß, sondern auch laut, sie prasseln und brausen, als sie sich in das Holz der Scheune fressen. Eine Wand birst und fällt krachend in sich zusammen. Funken und verkohlte Holzbrocken fliegen durch die Luft.

Die Hitze ist extrem, selbst unter dem Schutzgel auf meinem Gesicht spüre ich, dass meine Haut trocken wird und spannt. Ich weiß, dass wir schauspielern, doch während Nick und ich alles tun, um die Scheune zu retten, stelle ich mir vor, wie schrecklich es für Luther und Roberta gewesen sein muss, dass Menschen aus ihrer Gemeinde, Menschen, die sie kannten und mit denen sie jahrelang Seite an Seite gelebt hatten, ihnen so etwas antaten. Und doch blieben sie und Luther unbeirrt zusammen, kämpften gegen Rassismus und Niedertracht und führten ein Leben, auf das sie stolz sein konnten.

Als es vorbei ist, lassen Nick und ich uns mit verrußten Gesichtern auf die Wiese fallen und starren schweigend auf den Rauch, der von der niedergebrannten Scheune aufsteigt. Vielleicht geht es Nick wie mir, und er denkt an das Leben, das Menschen wie Richard und Ellen damals geführt haben, an die Schwierigkeit ihrer Liebe.

»Wie fühlst du dich?«, frage ich ihn nach einer Weile.

»Ich bin völlig erledigt, das hat mich wirklich mitgenommen.« Nick wischt mit der Hand über sein Gesicht. »Stell dir vor, dass sich Leute zusammenrotten und eine Scheune abfackeln, weil eine weiße Frau einen schwarzen Mann liebt.« Er dreht sich zu mir um. »Diese beiden sind entkommen, aber wie viele sind es nicht?«

Ich rieche den beißenden Rauch an meinem Schlafanzug und an meiner Haut. Auch bei Sam wird diese Geschichte tiefe Spuren hinterlassen haben. Aus den Erzählungen seiner Großeltern wird er wissen, was sie aushalten mussten. Ich dagegen kann nur versuchen, es mir vorzustellen; meine Hautfarbe wird mich immer davor bewahren, es wirklich nachvollziehen zu können.

Nick deutet auf die letzten Rauchfahnen, die in den Himmel steigen und sich zerfasern. »Auch deshalb wollte ich die Rolle. Die Leute sollen verdammt nochmal wissen, wie beschissen unser Leben war.« Er schlägt mit der Faust auf den Boden. »Und wie es noch ist.«

Ich lehne mich an ihn und wünsche mir mehr als zuvor, dass Nick und ich Freunde werden. »Sam Brandis hat über seine Großeltern geschrieben. Dieses Feuer hat es tatsächlich gegeben.«

»Woher weißt du das?«

Ich seufze. »Das ist eine lange Geschichte.«

»Erzähl mir die Kurzfassung.«

Ich erzähle Nick von Luther, dass er ein ganz besonderer Mensch war, mutig, freundlich und verständnisvoll, und erkläre ihm, dass er, Nick, die ideale Besetzung für die Rolle sei.

Er legt einen Arm um mich. »Ich wusste doch, dass mehr dahintersteckt. Du kennst also auch die Familie von Sam Brandis.«

»Nur seinen Großvater. Er war damals in London auch dabei.«

Nick linst mich von der Seite an. »Was hattest du noch mal gesagt, wie alt du damals warst?«

»Sehr jung.«

Sam kommt zu uns und lässt sich an meiner Seite nieder. »Wie geht's euch beiden?«, fragt er.

Noch nie hat er mich und Nick gemeinsam angesprochen, es ist das erste Mal, dass Sam mich so locker wie einen echten Freund anspricht.

»Ich spüre noch immer die Hitze des Feuers.« Ich lasse mich zurücksinken und stelle fest, dass ich wieder einmal neben Sam im Gras liege. Vielleicht würde auch er sich zurücklehnen, wäre Nick nicht bei uns.

»Ich wusste nicht, dass das Drehbuch auf deiner Familiengeschichte beruht«, sagt Nick.

»Nur teilweise«, antwortet Sam.

Nick wendet sich ihm zu. »In welchen Punkten? Wenn ich fragen darf.«

»Meine Großeltern waren die Vorlage zu Ellen und Richard. Ich bin bei ihnen aufgewachsen.«

»Das, was sich laut Drehbuch abspielt, ist also vor deiner Zeit geschehen.«

Ich schließe die Augen. Mit halbem Ohr höre ich, wie Sam von Luther und Roberta erzählt, von seiner Kindheit und Jugend auf ihrer Farm und wie Nick aus seinem Leben als schwarzer Jugendlicher in Houston berichtet.

Irgendwann sagt Sam: »Es ist kalt geworden.«

»Glaubst du, sie schläft?«, fragt Nick.

Sam beugt sich über mich. »Sieht so aus.«

Ich döse vor mich hin, spüre die Wärme der beiden Männer und lausche dem leisen Auf und Ab ihrer Stimmen. Es ist wie früher, wenn ich als Kind an einem heißen Sommertag auf unserer Veranda vor mich hin dämmerte und Nana und meine Mutter bei mir waren und sich so leise unterhielten, dass nur Gemurmel an mein Ohr drang. Dann wieder spüre ich das Gras unter mir und bin in Gedanken abermals in dem Hotelgarten, überglücklich, weil ich mich verliebt habe und es sich so wunderbar anfühlt.

»Ich kann sie tragen«, sagt Sam.

Nein, diese Erinnerung wäre zu schmerzhaft. Schwerfällig setze ich mich auf. »Ich bin wach und kann allein gehen.«

Ächzend stehen wir auf. Ich reibe mir über den kalten Rücken. Nick drückt mich an sich. »Du warst heute großartig, Tate.«

Ich lege meinen Kopf an seine Brust. »Du auch.«

»Ihr wart beide wunderbar«, erklärt Sam.

Vielleicht sind wir alle drei im Begriff, Freunde zu werden.

Nick löst sich von mir. »Auf geht's. Morgen müssen wir fit sein.«

Ich tätschle seine Wange. »Das wird schon.«

»Wovon redet ihr?«, fragt Sam.

»Von der Sexszene.« Ich wende mich von den beiden ab und steuere den Weg zu meinem Blockhaus an. Dann drehe ich mich noch einmal um. »Wir werden großartig sein, Nick. Gute Nacht, ihr beiden.«

Kapitel 22

Nach dem Aufstehen lese ich zum tausendsten Mal die Szene, die an diesem Tag gedreht wird.

INNEN – FARM DER FAMILIE MEYER – ELLENS SCHLAFZIMMER – TAG

Ellen ist in ihrem Schlafzimmer. Die späte Nachmittagssonne fällt durch ein Fenster herein und taucht die Wände in goldenes Licht. Ellen zieht sich um. Ihre Bluse ist aufgeknöpft. Sie hat den ganzen Tag gearbeitet und ist verschwitzt und verschmutzt. Ihre Laune ist nicht die beste.

Jemand klopft.

ELLEN
Komm rein.

Richard öffnet die Tür. Als er sieht, dass sie sich umzieht, verharrt er verlegen auf der Schwelle.

RICHARD

Entschuldige, Ellen, ich komme später wieder.

Ellen zieht ihn ins Zimmer und schließt die Tür.

ELLEN

Sei nicht albern. Ich muss mir nur rasch was anderes anziehen. Dreh dich einfach um.

Richard tut, wie ihm geheißen.

RICHARD

Ich habe gesehen, dass du den Traktor benutzt hast. Hatte ich nicht gesagt, dass ich dir helfe?

Ellen streift ihre Bluse ab. Man hört den Stoff rascheln und sieht ihren nackten Rücken.

ELLEN

Doch, hattest du. Bist du deshalb gekommen?

RICHARD

Ich habe mir Sorgen gemacht. Die Leute im Dorf sagen, dass es deinem Vater schlecht geht und man ihn seit Wochen nicht mehr gesehen hat.

Ellen schlüpft aus ihrem Rock. Der Stoff gleitet langsam an ihren durchtrainierten Beinen entlang. Richard sieht die Szene in der Fensterscheibe gespiegelt und schaut zu Boden.

ELLEN
Warum können die Leute sich nicht um ihre eigenen Angelegenheiten kümmern? Neulich war einer von ihnen hier, um mir zu erklären, dass ich einen Mann bräuchte, der mir die Farm führt.

Sie streift eine Jeans über.

RICHARD
Die Leute machen sich Sorgen. Sie wissen, dass du dich nicht nur um die Farm, sondern auch um deinen Vater kümmern musst.

ELLEN
Sich Sorgen machen ist einfach, das kostet nichts. Aber ich wüsste gern, wo diese besorgten Leute waren, als Dad krank wurde und ich noch in Minneapolis war?

RICHARD
Ich war in North Carolina.

ELLEN
Von dir rede ich nicht.

RICHARD
Warum nicht?

ELLEN
Warum was nicht?

RICHARD
Warum willst du nicht über mich reden? Ich mache mir auch Sorgen. Um dich.

ELLEN
Das musst du nicht.

RICHARD
Ich weiß. Mir ist klar, dass du mich nicht brauchst. Genauso wenig brauche ich dich. Und trotzdem will ich dich.

Ellen hört auf, ihre frische Bluse zuzuknöpfen, und dreht sich zu Richard um.

RICHARD (FORTS.)
Ich würde alles für dich tun.

ELLEN
Sieh mich an.

Richard dreht sich zögernd um. Er registriert Ellens halb zugeknöpfte Bluse. Langsam wandert sein Blick nach oben. Er schaut ihr in die Augen.

ELLEN (FORTS.)
Bist du sicher, dass du mich willst? Und alles, was dazugehört? Willst du dir das aufladen? Denn ich kann kein zweites Mal an so einer Geschichte zerbrechen und die Einzelteile wieder zusammenkleben. Das schaffe ich nicht.

Richard tritt zu ihr. Er streift ihr die Bluse ab und lässt sie zu Boden fallen. Wir sehen ihren nackten Rücken. Ellen küsst Richard.

Ich mache mich auf zu Charlies Trailer.

Zwei Stunden später klopft es an der Tür. Es ist das Geräusch, vor dem ich mich gefürchtet habe.

»Sie hat was an, du kannst reinkommen«, ruft Charlie, mustert mich kritisch und tupft noch einen Hauch Puder unter meine Augen.

Ich habe nicht viel an, nur einen dünnen Morgenrock und darunter zwei Nippelschoner und den kleinsten Stringtanga der Welt. Charlie hat mich mit Wachs enthaart und mit Feuchtigkeitscreme bearbeitet. Jede Unregelmäßigkeit meiner Haut, jedes Muttermal ist abgedeckt worden, und die Perücke, die ich trage, ist so verwuschelt, als hätte ich den Tag mit jemandem im Bett verbracht. Was genau das ist, das mir nun bevorsteht.

Devon öffnet die Tür des Trailers und grinst mich an. »Bist du so weit?«

»Bereit, mich nackt vor einer Kamera zu wälzen? Klar, ist doch ein ganz normaler Arbeitstag.«

Irgendwo habe ich mal gelesen, dass die Dreharbeiten zu Sexszenen wie der erste Sex sind, nur ohne das geringste bisschen Spaß. Dafür allerdings mit dem gleichen Stress und der gleichen Unsicherheit. Ich glaube, das trifft zu. Das Gute an diesen Szenen ist allerdings – falls es etwas Gutes dabei gibt –, dass eine Liebesgeschichte durch sie an Tiefe gewinnen kann. Das gelingt jedoch nur, wenn die Liebenden – beziehungsweise ihre Darsteller – bereit sind, ihren Schutzraum zu verlassen und sich einander auf intimste Weise zu offenbaren.

Und natürlich erweist sich unsere Regisseurin Gwen auch bei der Szene als Perfektionistin. Sie hat uns den Ausschnitt erklärt, in dem alles abläuft, mit uns besprochen, in welchem Tempo wir uns wie bewegen und wie unsere Gesten und Mimik dazu beitragen sollen, dem Zuschauer unsere Geschichte zu erzählen.

Ich kann nicht behaupten, dass ich mich darauf freue, aber wenigstens weiß ich, was von mir erwartet wird.

Nur die Crewmitglieder, die unbedingt gebraucht werden, haben Zugang zu der Szene. Gwen ist selbstverständlich da, ebenso Liz, Feng, ein Drehbuchassistent, ein Tonassistent – und Sam. Mit ihm hatte ich nicht gerechnet.

Ich gerate ins Stocken. Er kommt auf mich zu, und ich sehe, dass auch er angespannt ist. »Ich wollte heute früh mit dir darüber reden, dass ich dabei sein werde, aber ich habe dich nirgends finden können.«

Mein Magen krampft sich zusammen. Die Szene wird schwierig genug werden, ohne dass ich ständig daran denken muss, dass ausgerechnet Sam mich beobachtet. Wir haben gerade erst eine Basis gefunden, um freundschaftlich miteinander zu verkehren. Dazu gehört jedoch ganz sicher nicht, dass er mich nackt und während einer Sexszene sieht. »Ich war laufen, danach in der Maske.«

»In deinem Vertrag steht, dass ich heute dabei bin.« Sam seufzt. »Egal, ich wollte Gwen erklären, dass ich nicht gebraucht werde, aber sie möchte trotzdem, dass ich mit von der Partie bin.« Er streicht sich nervös durchs Haar. Leise fügt er hinzu: »Ich wusste nicht, wie ich es ihr ausreden kann, ohne zu viel über uns zu verraten.«

Ich atme tief durch. »Es ist okay, schließlich sind wir Profis. Außerdem kennst du ja alles, was du sehen wirst, schon, auch wenn vierzehn Jahre dazwischenliegen und ich kein Teenager mehr bin.« Es sollte scherzhaft klingen, doch das glückt mir nicht. Wir schweigen betreten.

»Also dann«, sagt Sam.

Glücklicherweise kommt Charlie in diesem Moment, um mein Make-up zu checken. Sam nickt uns zu und nimmt einen Platz an der Tür ein.

Charlie folgt ihm mit finsterem Blick. »Was hat der hier zu suchen?«

»Er tut seine Pflicht.« Ich schließe die Augen, sie fährt mit einem Pinsel über meine Lider.

»Das soll er verdammt nochmal woanders tun.«

Ich sehe sie an. »Ich habe dir den Grund für sein Verhalten damals erklärt. Tu nicht mehr so, als sei er der Bösewicht.«

»Er wird dich stundenlang nackt sehen.«

»Das weiß ich.«

»Ich bin mir sicher, dass ich dich vor ihm beschützen muss.«

»Musst du nicht.«

Charlie hebt mein Kinn an und pudert meinen Hals. »Kennst du es, wenn die Beziehung einer Freundin in die Brüche geht und sie erzählt dir, wie schrecklich der andere war?«

Ich nicke.

»Und dann sind sie mit einem Mal wieder zusammen, tun, als wäre nichts gewesen, und dir fehlen die Worte.«

»Sam und ich sind nicht wieder zusammen. Sam ist verheiratet und hat Kinder.«

»Das hoffe ich. Denn wenn ich mitkriege, dass er dir auf die Titten stiert, wird er sein blaues Wunder erleben. Das betrachte ich dann als *meine* Pflicht.«

Nick tritt zu uns, Trey im Gefolge.

»Alles klar?«, fragt er mich.

»Ich wünschte, es wäre schon vorbei«, antworte ich.

»Jetzt bin ich beleidigt«, sagt Nick.

Trey lacht sich schief.

Mitten in unserer leidenschaftlichen Umarmung ruft Gwen: »Cut!«

Ich sehe Nick an, der nackt auf mir liegt. Vollständig nackt ist er natürlich nicht, er trägt eine Schamtasche – eine Art Penissocke –, und auf seinem Rücken ist so viel Glycerin und Rosenwasser verteilt, dass es aussieht, als wäre er vom ausgiebigen Liebesspiel schweißgebadet. Und für mich fühlt es sich tatsächlich so an, als wären wir schon ewig bei der Sache.

Ein Laken bedeckt meine rechte Brust, die linke ist unter Nicks Arm verborgen. Ich habe das Glück, in meiner Karriere an einem Punkt zu sein, an dem ich bestimme, was in einem Film von meinem Körper gezeigt wird und was nicht. Nick ist noch nicht so weit, und so wird sein Hintern komplett zu sehen sein.

»Weißt du, wie spät es ist?«, frage ich ihn.

Nick lacht. »Meine Uhr befindet sich in meiner Hosentasche, und wie dir vielleicht aufgefallen sein dürfte, habe ich meine Hose im Moment nicht an.« Nick ist einfach ein Schatz. Sein Penis steckt in einer Socke, und zwischen unseren Genitalbereichen klemmt ein Kissen, an dem er sich seit einer Weile abarbeitet, trotzdem ist er gut gelaunt wie immer.

»Aber vielleicht kannst du die Wanduhr erkennen. Alles, was ich von hier aus sehe, sind deine Brust und dein Gesicht.«

Nick schielt zur Uhr hinüber. »Die Wanduhr kann ich nicht erkennen, dafür aber unseren Drehbuchautor. Er wirkt nicht sehr glücklich.«

Davon möchte ich mich gern selbst überzeugen, doch als ich mir den Hals nach Sam verrenken will, hält Nick mich mit sanfter Hand fest und sagt: »Nicht bewegen.« Er hat recht. Wenn ich meine Position verändere, passen die Einzelaufnahmen nachher nicht mehr zusammen, und wir müssen alles noch einmal von vorn drehen.

»Ich wollte nur –«

»Ich weiß, was du wolltest«, flüstert Nick und schüttelt den Kopf. »Irgendwann musst du mir erzählen, was damals vorgefallen ist. Im Moment male ich mir die schlimmsten Dinge aus.«

Gwen klatscht in die Hände und erspart mir eine Antwort, wir müssen weitermachen. Ich fahre mit einem Bein an Nicks Schenkel entlang, er küsst sich auf meinem Hals hinab.

»Sehr gut«, ruft Gwen, deren Stimme später herausgeschnitten werden wird. »Tate, drück deinen Hals ein wenig mehr durch.«

»Ja, zeig, was du draufhast«, flüstert Nick an meinem von der Kamera abgewandten Ohr. »Unser Freund Sam sieht jetzt aus, als hätte ihm jemand seine Geburtstagsparty gestrichen.«

Ich stöhne der Szene zuliebe. Wie in wilder Ekstase ziehe ich Nicks Kopf zu mir herab und flüstere: »Ich spiele seine Großmutter, vielleicht ist es ihm peinlich, sie so zu sehen.«

»Ich glaube, es geht um was anderes«, antwortet er und fällt wieder über mich her.

Falls Nick richtigliegen sollte, frage ich mich, woher Sam sich das Recht nimmt, sich an unserer Sexszene zu stören. Und warum interessiert mich das überhaupt, wo ich doch eigentlich ganz anderes zu tun habe.

Nun müssen wir wieder warten, weil in einem Mikrophon eine neue Batterie eingesetzt wird. Ich starre an die Decke. So ist das beim Filmen, man wartet lange, spielt kurze Szenen, wartet und hat jede Menge Zeit, sich unnütze Gedanken zu machen.

Und plötzlich ergeht es mir bei Nick wie damals in London, als ich mit einem Mal den Wunsch verspürte, aus meinem Gefängnis auszubrechen und Sam zu erzählen, wer ich war. Aber ich beherrsche mich und sage: »Ich habe dir doch erzählt, dass das in London nur ein Flirt war.«

»Und dann ist er nach so vielen Jahren noch eifersüchtig?«

»Nein, er war damals derjenige, der …« Meine Stimme versandet. Ich will es erzählen und will es doch nicht. Nick wartet darauf, dass ich den Satz beende. Ich halte mir vor Augen, was beim letzten Mal geschehen ist, als ich mich jemandem, den ich ins Herz geschlossen hatte, anvertraut habe, doch anscheinend habe ich nichts daraus gelernt, denn ebenso wie damals platzt die Wahrheit aus mir heraus.

»Sam ist derjenige, der dem *Guardian* damals verraten hat, dass ich Ian Butlers Tochter bin. Alles, was ich ihm über mich und meinen Vater erzählt hatte, hat er an die Presse weitergegeben und Geld dafür genommen. Und dann ist er einfach verschwunden, und ich habe ihn erst hier wiedergesehen.«

Nick ist ein guter Schauspieler, er weiß, wie man seine Gesichtszüge kontrolliert. »Wow«, sagt er, »das erklärt einiges.« Kurz darauf fügt er hinzu: »Was für ein Arschloch.«

Langsam und vorsichtig strecke ich das Bein aus, das unter dem Laken liegt, die einzige Bewegung, die mir erlaubt ist. Es ist nicht fair, nur die Hälfte der Geschichte zu erzählen.

»Er hatte einen guten Grund. Er brauchte das Geld, um seinem Großvater eine medizinische Behandlung zu ermöglichen. Aber das weiß ich erst seit ein paar Tagen. Noch nicht lange genug, um die Wut der letzten Jahre vergessen zu machen.«

Nicks Augäpfel wandern zur Seite. »Er sieht noch immer zu uns. Nein, nur zu dir. Ich glaube, mich würde er nicht so sehnsüchtig betrachten.«

»Er hat eine Frau, die er jeden Abend anruft. Und Kinder. Vielleicht macht ihn die Sexszene einfach verlegen.«

»Auch noch verheiratet.« Nick sieht mich an, sein Blick ist voller Zuneigung. »Ich hoffe, der Sack weiß, was ihm entgangen ist.« Er runzelt die Stirn. »Was soll die trübselige Miene? Würdest du den Typ etwa zurückhaben wollen, wenn er nicht verheiratet wäre? Ich hoffe, doch wohl nicht.«

Ich weiche seinem Blick aus.

Nick seufzt. »Tut mir leid, dass ich dich immerzu nach der Geschichte mit ihm gefragt habe«, sagt er leise. »Ich werde sie niemandem weitererzählen.«

Für einen Moment wird mir beklommen zumute, aber dann sage ich mir, dass ich Nick vertrauen kann.

Gwen gibt uns das Zeichen fortzufahren, und Nick beginnt sich auf mir zu bewegen. Die Kameras sind nun nur auf ihn gerichtet, ich komme erst wieder bei den Close-ups an die Reihe.

Ich frage mich, wie wir von Sams Warte aus wirken, und eine winzige kleinliche Stimme in meinem Ohr flüstert mir zu, dass es ihm nur recht geschehe, eifersüchtig zu sein.

Kapitel 23

Die Leute, die auf der Ruby Farm arbeiten, haben sich mittlerweile an uns gewöhnt und sich mit dem Durcheinander abgefunden, das wir abends im Gemeinschaftshaus oder am Lagerfeuer hinterlassen. Einige von ihnen gesellen sich abends zu uns.

An diesem Abend ist es wieder richtig kalt, und wir haben im großen Saal des Gemeinschaftshauses gegessen. Irgendjemand hat einen Billardtisch aufgetrieben, der nach dem Essen in den Saal getragen wird. Eine Karaoke-Maschine gibt es inzwischen auch. Ein paar Flaschen Tequila machen die Runde.

Ich muss morgen früh aufstehen und bleibe bei Wein, wobei ich mich auch da zurückhalte. Ich lausche den Gesprächen an unserem Tisch, beteilige mich aber kaum, weil ich die ganze Zeit an Sam denken muss, der am Nachbartisch sitzt.

Ich habe einige Male zu ihm hinübergeschaut. Wenn sich unsere Blicke trafen, hat er sofort den Kopf abgewandt. Er sitzt mit Devon und Gwen zusammen, die sich angeregt unterhalten, doch ich habe den Eindruck, dass Sam ihnen nicht zuhört. Etwas auf dem Tisch scheint seine Aufmerksamkeit zu fesseln. Ich schiele unauffällig dorthin und stelle fest, dass es die neue *Vogue* ist, auf deren Cover ich abgebildet bin. Ich hatte ganz vergessen, dass diese Ausgabe heute herauskommt. Es ist das Foto, auf dem ich wie Audrey Hepburn in *Frühstück bei Tiffany* zurechtgemacht bin und so unschuldig wie vor vierzehn Jahren aussehe.

Wieder treffe ich auf Sams Blick. Diesmal schaut er nicht fort, sondern betrachtet abwechselnd mich und das Titelbild, als wolle er uns miteinander vergleichen. Ich frage mich, ob er auch das Porträt über mich im Innenteil der Zeitschrift gelesen hat. Es entspricht der alten Lügengeschichte, die Marco seinerzeit in Umlauf gesetzt hat. Wirkt Sam schmerzhaft berührt, oder bilde ich mir das nur ein?

Vielleicht bilde ich mir auch die Sehnsucht in seinen Augen ein. Womöglich würde ich sie gar nicht sehen, hätte Nick nicht davon gesprochen. Fest steht allerdings, dass Sam nach der Sexszene heute nicht gekommen ist, um mir zu sagen, wie er sie fand – oder um überhaupt mit mir zu reden. Womöglich hat er beschlossen, mir lieber doch nicht zu nahe sein zu wollen.

Als er aufsteht, rechne ich damit, dass er das Büro oben zu seinem abendlichen Telefonat mit seiner Frau ansteuert. Doch Sam geht nach draußen.

Ich will ihm folgen und mit ihm reden, ihn bitten, den Rest unserer gemeinsamen Zeit hier weniger schwierig zu gestalten. Doch ich zwinge mich, sitzen zu bleiben. Ich möchte, dass meine Sehnsucht nach Sam ein Ende findet, möchte nicht, dass meine Gedanken fortwährend um ihn kreisen. Das ist der Nachteil, wenn man zu lange an einem abgelegenen Drehort wie der Ruby Farm zusammen ist: Die Welt wird immer kleiner, und alles, was sich in ihr abspielt, erhält Gewicht, weil einem der Vergleich mit anderen Geschehnissen abhandengekommen ist.

Doch was soll's? Ich stehe auf und schlängle mich an den Tischen vorbei zum Ausgang.

Draußen ist von Sam nichts zu sehen, aber ich höre seine Schritte auf dem Kiesweg knirschen, der zu den höher gelegenen Blockhütten führt.

Ich gehe ihm hinterher, dann rufe ich seinen Namen.

Sam dreht sich um. Sein Blick ist kalt. »Tate«, sagt er, »was ist?«

»Das könnte ich dich auch fragen«, sage ich und bin so frustriert, dass ich ihm einen Schlag auf die Brust versetze.

Sam macht einen Schritt zurück. »Hey, was soll das?«

»Tu doch nicht so«, fahre ich ihn an. »Seit dem Dreh heute tust du, als hätte ich etwas verbrochen, und behandelst mich komisch. Warum?«

Sam wendet den Blick ab. Wie sehr er mich an den Sam von damals erinnert. Ich sehe den Hotelgarten vor mir, weiß noch genau, wie es war, sein Gesicht stets im Profil anzuschauen. Selbst der kalte Abend passt dazu.

Doch als er mich wieder ansieht, sagt er nur: »Tut mir leid, wenn ich auf dich komisch wirke.«

Ich hole tief Luft, um mich zu beruhigen. »Kannst du mir vielleicht den Grund verraten? Wenn dir die Szene nicht gefallen hat, hättest du einfach gehen können. Stattdessen gibst du mir das Gefühl, etwas falsch gemacht zu haben.«

Sam seufzt. »Das hast du nicht.«

»Ach.« Ich lache gezwungen. »Was ist es dann?«

Sam zuckt mit den Schultern. »Vielleicht hatte ich Schwierigkeiten, dich und Nick zusammen zu sehen.«

»In einer Filmszene? Die du geschrieben hast?«

»Ich weiß, wer sie geschrieben hat«, erwidert er und sieht mich ungehalten an. »Es war trotzdem nicht einfach, dich in seinen Armen zu sehen.« Er schließt kurz die Augen, atmet tief ein und aus. »Entschuldige, Tate, ich benehme mich albern.«

»Warst du etwa eifersüchtig?«

Sam senkt seine Stimme. »Eure Küsse waren sehr überzeugend. Und wir beide wissen, dass es nicht das erste Mal war, dass ihr euch geküsst habt. Mir scheint, an eurer Beziehung ist mehr, als du zugeben willst.«

Für einen Moment bleibt mir die Luft weg, und ich bringe keinen Ton hervor. »Ich fasse es nicht«, sage ich schließlich. »Selbst wenn es so wäre, Sam, was zum Teufel hat das mit dir zu tun?«

Sam schweigt. Ich höre die Äste der Bäume im Wind knarren.

»Nichts«, antwortet Sam. »Du hast recht. Wie man sich bettet, so liegt man.«

Langsam verliere ich die Geduld. »Und was soll das heißen?«

»Dass ich vor Jahren eine Wahl getroffen habe, mit der ich leben muss. Künftig werde ich meine Eifersucht im Zaum halten, das verspreche ich dir.«

Ich sehe ihn kopfschüttelnd an. »Aber sonst geht's dir gut? Darf ich dich daran erinnern, dass du verheiratet bist? Hast du nicht sogar Kinder? Wie kann so jemand von Eifersucht reden, nur weil eine Frau, die er vor Jahren gekannt hat, in einer Sexszene mitspielt? Tut mir leid, Sam, aber da komme ich nicht mehr mit.«

Sam zieht die Brauen zusammen. »Wer sagt denn, dass ich verheiratet bin?«

Ich glaube, ich höre nicht recht, und starre ihn an. »Ich habe mitbekommen, wie du mit deiner Frau telefoniert hast. Ihr Name ist Kate, und ihr habt Kinder. Klingelt da was bei dir?«

Einen Moment lang wirkt Sam perplex. Dann lacht er auf. »Kate? Kate ist meine Ex-Frau. Ich bin nicht verheiratet.«

Mein Herz macht vor Freude einen Sprung. Dann schämt es sich für die Reaktion und zieht sich zusammen.

»Wir sind seit drei Jahren geschieden«, fährt Sam fort. »Aber wir sind Freunde geblieben. Inzwischen hat sie wieder geheiratet und Zwillinge bekommen. Zwei kleine Mädchen, von denen eins demnächst am Herz operiert wird.«

»Das tut mir leid«, entgegne ich kleinlaut.

»Die Kleine wird es schaffen. Sie ist eine Kämpfernatur.«

Meine Gefühle sind ein einziges Durcheinander. Bin ich froh, dass Sam unverheiratet ist? Oder macht es mir Angst, weil nun kein Hindernis mehr zwischen uns steht?

»Wann hast du geheiratet?«

»Vor sechs Jahren.« Er fährt sich über den Bart. »Ich wollte wohl damals auch Luther und Roberta zeigen, dass ich bereit war, eine Familie zu gründen. Es war ihr letzter großer Wunsch. Aber das ist mir erst im Nachhinein aufgegangen, als meine Ehe schon wieder beendet war.«

Ich versuche, diese neuen Informationen mit dem Bild, das ich mir von Sams Leben gemacht habe, in Einklang zu bringen, was mir jedoch schwerfällt. Im Grunde weiß ich immer noch so gut wie gar nichts über ihn, eigentlich nur, dass er eine Farm besitzt und Drehbücher schreibt.

»Ich war kein guter Ehemann«, redet Sam weiter. »Ein Wunder, dass Kate überhaupt noch mit mir spricht.« Er legt den Kopf schief und sieht mich nachdenklich an. »Ich verstehe nicht, warum du mich nicht darauf angesprochen hast. Ich hätte es dir doch erzählt.«

»Wonach genau hätte ich dich denn fragen sollen?«

»Herrgott nochmal, du hättest fragen können, ob ich Frau und Kinder habe. Und schon hätten wir ein Problem weniger gehabt.«

»Statt hundert nur noch neunundneunzig, vielen Dank.«

Sam verdreht die Augen. »Tate, du hast mich gebeten, mich von dir fernzuhalten, und das habe ich getan. Ich bin nur zu dir gekommen, wenn ich dir sagen wollte, wie gut du in einer Szene warst. Du dagegen kommst jedes Mal angelaufen, wenn dir etwas nicht passt.« Sam beugt sich zu mir vor. »Ich könnte auch jammern, dass ich dies oder jenes nicht schön gefunden habe. Ich fand es zum Beispiel neulich nachts beschissen, dich und Nick zu sehen, wie ihr euch küsst. Und genauso beschissen war es für mich, dich heute mit ihm im Bett zu erleben. Erst recht, da ich mich von dir fernhalten muss, dich nicht berühren, geschweige denn umarmen oder küssen darf. Stattdessen muss ich meinen Frust still erdulden und mir vor Augen halten, dass ich dich verloren habe. Aber das spielt ja keine Rolle, da ich selbst daran schuld bin. Und das bis in alle Ewigkeit.« Er richtet sich auf und tritt einen Schritt zurück. »Tut mir leid, dass ich mich damals falsch verhalten habe, Tate, aber ich habe keine Lust mehr, dein Prügelknabe zu sein.«

Sam dreht sich um und geht davon. Seltsamerweise schlägt er den Weg zu dem großen Parkplatz ein, wo die Lastwagen stehen, mit denen sämtliches Material hierhertransportiert worden ist.

»Wohin gehst du?« Ich laufe ihm nach.

»Zu meinem Wagen.«

Ich stolpere über einen Ast auf der Erde, den ich in der Dunkelheit nicht gesehen habe. »Und dann?«

»Weiß ich noch nicht.«

Stumm und zornig stapfen wir über den Weg zum Parkplatz. Ich sage mir, dass ich kehrtmachen und zu meinem Blockhaus gehen sollte. Ich könnte ein Glas Wein trinken und mich bemühen, das, was gerade abgelaufen ist, zu begreifen. Ich könnte versuchen, den schuldbewussten, freundlichen, eifersüchtigen und wütenden Sam Brandis zu verstehen. Ich könnte über meine Gefühle nachdenken, die gerade von einem Extrem ins andere fallen, könnte sie vielleicht sogar vernünftig sortieren.

Stattdessen trotte ich Sam hinterher.

Was für ein hoffnungsloser Fall ich bin. Jetzt, gegen Ende der Filmaufnahmen, erzählt er mir, dass er eifersüchtig ist, und ich schmelze dahin? Bin bereit, da weiterzumachen, wo wir vor vierzehn Jahren aufgehört haben? Wie blöd bin ich eigentlich?

Ich hasse mich und trabe weiter mit ihm durch den dunklen Abend. Und dann meldet sich in mir eine Stimme und sagt: *Wolltest du nicht lernen, wie man die schwarze Wachsfarbe von dem bunten Bild herunterbekommt? Willst du stattdessen weiter auf die schwarze Fläche starren?*

An einem schweren SUV bleibt Sam stehen und stützt sich auf die Motorhaube. Ich sehe seine Hände, die schmalen Finger, und weiß, wie es sich anfühlt, wenn sie einen halten. Sehe seine Arme, die Schultern, den Nacken.

»Wohin willst du fahren?«, frage ich.

Er zuckt die Schultern.

»Einfach abhauen würde doch zu dir passen, oder?«

Sam dreht sich halb zu mir um. »Was willst du hören, Tate? Dass ich versuchen will, mich wieder zu beruhigen? Soll ich dir versprechen, Abstand zu halten? Zugeben, dass es mich verrückt macht, dich immerzu zu sehen und nicht berühren zu können? Was ist dir am liebsten, such es dir aus.«

Nun platzt auch mir der Kragen, und ich werde so laut, dass man mich wahrscheinlich auf dem halben Gelände hört. »Was willst du denn von *mir* hören? Soll ich sagen, ich wäre froh, dass du nicht verheiratet bist? Soll ich dir danken, weil du mir nicht zum Spaß das Herz gebrochen hast? Soll ich mich auf sonst irgendeine Art und Weise erniedrigen? Du hast mir damals verdammt wehgetan und später nie versucht, Kontakt zu mir aufzunehmen, um es mir zu erklären. Soll ich lügen und sagen, das wäre mir egal gewesen?«

Sam wendet sich zu mir um und richtet sich auf. Seine Brust geht auf und ab, und mir ist, als hätte ich zwanzig

Gläser Wein getrunken, nicht zwei. Ich muss daran denken, wie er mich bei unserer ersten Begegnung an einen großen, starken Baum erinnerte, und lege eine Hand auf seine Brust.

Sam zieht hörbar den Atem ein und fasst mein Handgelenk.

»So nicht«, sagt er.

»Was heißt, so nicht?«

»Nicht, wenn du so aufgebracht bist.«

Ich lache. »Ach, ich bin also diejenige, die aufgebracht ist?«

Er schiebt meine Hand fort und blickt in den Himmel.

»Ich bin nicht aufgebracht«, sage ich weiter. »Ich bin verwirrt.«

»Das ist auch nicht viel besser.«

Warum schlägt er jeden meiner Bälle ins Aus? Glaubt er, nur er kann bestimmen, ob und wie es zwischen uns weitergeht? Ich trete näher an ihn heran, strecke mich auf die Zehenspitzen und schlinge meine Arme um seinen Hals. Mein Mund ist dicht an seinem, sein Atem riecht nach Wein und nach den Erdbeeren, die es zum Nachtisch gab. Ich muss an den Tag damals im Hyde Park denken, als er nach Erdbeeren schmeckte. Nach der Fahrt mit dem Tretboot hat er für uns beide Crêpes mit Erdbeermarmelade gekauft, und dann gingen wir zurück ins Hotel, und es war so unglaublich.

Ich spüre, dass Sam zu zittern beginnt, und lege wieder eine Hand auf seine Brust – auf sein Herz, das hoffentlich ebenso aufgeregt wie meines schlägt.

Dann muss ich an all den Schmerz denken, den er mir zugefügt hat, und stoße ihn gegen den Wagen. Meine Hände fahren über sein Hemd, ich packe es mit den Fäusten und will es ihm am liebsten vom Leib reißen. Doch ich halte inne und lehne meine Stirn an seine Brust.

Sam fasst meine Hüften, als wolle er mir Halt geben. »Was willst du, Tate?«

Ich blicke zu ihm hoch, und für einen Moment schließt er die Augen.

»Soll ich verschwinden? Soll ich hierbleiben? Du musst es mir sagen.«

Ich will es nicht aussprechen müssen, will nicht sagen müssen, wonach ich mich sehne. Er ist klug genug, um es selbst zu erkennen, um zu wissen, was er empfindet.

Ich bin zu erschöpft, um dieses Spiel weiterzuspielen. Alles, was ich in diesem Moment will, ist, dass er mich begehrt. Ich will, dass ihn dieser Wunsch verzehrt. Ich schaue in sein Gesicht. Er wirkt unentschlossen. Unsere Blicke treffen sich, und dann lächelt er, als hätte er etwas erkannt und wäre erleichtert. Er beugt sich zu mir herab, wartet noch einen Moment, vielleicht um zu sehen, wie ich reagiere, und dann, endlich, küsst er mich.

Es ist ein zarter Kuss, doch das Gefühl, seine Lippen wieder auf meinen zu spüren, genügt, um alles, was sich in mir an Wut und Verzweiflung angestaut hat, zu lösen und aus mir herausfließen zu lassen.

Als ich mich an ihn schmiege, stöhnt Sam leise, und ich weiß wieder, wie es war, als er in meinen Armen lag und stöhnte und ich ihn in mir spüren wollte, tiefer und tiefer.

Seine Hände umschließen meine Taille, ich spüre seine Erektion an meinem Bauch, seine Zähne streichen über meinen Mund und knabbern ganz sanft an meiner Unterlippe.

Vierzehn Jahre des Schmerzes und des Grolls verpuffen. Ich vergrabe meine Hände in seinem Haar und beiße in seinen Hals.

Sam zuckt zusammen. Dann öffnet er die hintere Tür seines Wagens, packt mich und stößt mich auf den Rücksitz. Ich rutsche bis zur anderen Wagenseite und sehe ihn an, weiß nicht mehr, ob ich seine Beute bin oder eine Spinne, die ihn zu sich lockt, oder einfach eine von Verlangen überwältigte Frau.

Ich will, dass er sich diesen Augenblick mit Leib und Seele gewünscht hat und alles dafür gegeben hätte, ihn eintreten zu lassen. Dass er dafür Münzen in Brunnen geworfen und sich beim Anblick einer Sternschnuppe oder eines vierblättrigen Kleeblatts nur dieses eine gewünscht hat.

Die Wagentür schlägt zu. Sam ist zu groß, um auf dem Rücksitz genug Platz zu finden, doch das scheint ihn nicht zu stören. Er geht auf die Knie, schiebt den Rock meines Kleids hoch und zieht meinen Slip herunter. Er will mit dem Mund zwischen meine Schenkel tauchen, doch dazu fehlt es an Platz.

Er knöpft seine Hose auf. Ich reiße sie ihm herunter, betrachte ihn und weiß, wie es sein wird, wenn er auf mir und in mir ist, und ich spüre, wie mir vor Lust schwindlig wird.

Sam zieht meinen Körper zu sich heran, bittet mich, nichts zu sagen, kein einziges verdammtes Wort, er will mich nur spüren.

Irgendwo auf dem Parkplatz brennt eine Laterne, die ein trübes Licht schafft. Die Stelle, wo ich Sam gebissen habe, ist ein dunkler Fleck. Sams Miene wirkt undurchdringlich.

Ich habe so viele Fragen, die ich ihm stellen möchte, doch eigentlich sind nur zwei wichtig. *Willst du das wirklich? Oder geht es hier nur darum, Buße zu tun?*

Sam hält inne. »Wirst du das nachher bereuen?«

Vielleicht. Aber noch schlimmer wäre es, wenn er sich zurückziehen, seine Kleidung in Ordnung bringen und aus dem Wagen steigen würde.

»Ich würde es bereuen, wenn wir jetzt aufhören«, antworte ich.

Er scheint sich zu fragen, ob ihm meine Antwort gut genug ist.

Ich möchte noch mehr von ihm spüren und knöpfe sein Hemd auf, einen Knopf nach dem anderen, und streiche die beiden Hälften zur Seite. Meine Hand fährt über Sams breite Brust, mit den Fingerspitzen streiche ich über seine Brustwarzen, die hart werden, über seinen Bauch, über das weiche Schamhaar. Meine Hand findet sein Glied, und mit einem kleinen Laut der Lust führe ich es in mich ein.

Sam sucht nach Halt, dann bewegt er sein Becken. Meine Beine spannen sich um seine Hüften, und er seufzt, als wäre er erschöpft und erleichtert zugleich.

»Tate«, sagt er und stützt seinen Kopf an meiner Schulter ab. Und dann sagt er meinen Namen noch einmal.

Ich klammere mich an ihn und befehle mir, ganz bei diesem Augenblick zu bleiben, ihn nicht zu vergleichen mit dem, was vorher war, doch es fällt mir schwer. Es hat seit

London nicht viele Männer in meinem Leben gegeben, aber mit keinem von ihnen war es auch nur annähernd wie mit Sam. Ich habe keinen anderen Körper so sehr wie seinen geliebt, habe vergeblich auf jemanden gewartet, der sich mir wie Sam mit ganzer Seele hingibt. Nie mehr habe ich nach Sam wieder das empfunden, was ich jetzt spüre. Und dann breitet sich auf meinem Gesicht ein Lächeln aus, als hätte der Teil meines Gehirns, der die Momente gespeichert hat, in denen ich glücklich war, aufgemerkt und würde nun sagen: *Siehst du, darauf haben wir die ganzen Jahre gewartet.*

Selig schließe ich die Augen und öffne sie gleich wieder, weil ich Sam sehen will. Auch um seine Lippen spielt ein Lächeln, ein Lächeln des Wiedererkennens, als ginge es ihm wie mir. Seine Stöße werden länger, gehen tiefer. Er küsst meinen Hals, legt eine Hand unter meinen Hintern und zieht mich noch dichter an sich heran. Ich spüre, wie sich sein Körper vor Erregung anspannt, und kann kaum glauben, wie gut es sich anfühlt, dass er kurz vor dem Höhepunkt ist, obwohl wir gerade erst angefangen haben.

Ich wölbe mich ihm entgegen, und Sam bäumt sich auf, und als ich merke, dass ich komme, stößt auch er einen Schrei aus.

Wir halten uns umfangen, außer unserem keuchenden Atem ist nichts zu hören, und auch der wird nach und nach ruhiger. Nach einer Weile löst Sam sich von mir, setzt sich zurück und zieht mich mit sich, so dass ich auf seinem Schoß sitze. Er sieht mir in die Augen. Ich möchte diesen Blick erwidern, doch ich habe Angst, dass ich dann anfange zu weinen, und das möchte ich nicht. Also schaue ich auf sein Kinn.

Sam streichelt meine Wange. »Wie fühlst du dich?«

»Das kann ich noch nicht sagen.«

Sam küsst meine Schulter. »Ich weiß nicht, ob mir die Antwort gefällt.«

»Eine bessere habe ich im Moment nicht.« Der Tumult meiner Gefühle ist zu groß, als dass ich ihn bewältigen könnte. Ich will es auch gar nicht, ich will nur Sam sehen, spüren, hören und riechen.

Sams Mund wandert mit zärtlichen Küssen von meiner Schulter zu meinem Hals und zu meinem Kinn. »Ich würde alles tun, um dich zurückzubekommen, Tate.«

»Du hast nie versucht, mit mir Kontakt aufzunehmen. Selbst hier nicht. Wenn man jemanden zurückgewinnen will, verhält man sich eigentlich anders.«

»Ich dachte, ich hätte nicht mehr das Recht, auf dich zuzugehen.«

Das leuchtet mir ein. Ich schließe die Augen und lege meinen Kopf an seine Schulter. Wie verrückt das alles ist. Hätte er sich mir zu früh genähert, hätte ich ihn abgewiesen. Doch als er sich mir nicht genähert hat, habe ich ihn für gleichgültig gehalten und war unglücklich.

»Alles, was nach dir kam, war nicht gut«, murmelt Sam. »Was wahrscheinlich an mir lag.«

»Bei mir war es genauso.«

Sam streicht mir über den Kopf, streichelt meinen Nacken. »Was meinst du, gibt es für uns eine zweite Chance? Wenn nicht, sag es mir. Denn das hier ist für mich nicht nur Sex.«

»Für mich auch nicht.«

Er nimmt mein Gesicht in die Hände und küsst mich auf

den Mund. Ich schließe die Augen. Ich bin so glücklich, dass es fast schon an Schwachsinn grenzt, und auch unendlich müde. Hocherhobenen Hauptes wollte ich Ruby Farm verlassen und mir sagen, dass ich auch weiterhin ohne Sam leben kann, stattdessen zerfließe ich unter seinen Berührungen. Aber warum soll ich mich selbst geißeln, ich wollte doch genau das, was geschehen ist. Ich wollte Sam – und habe ihn bekommen.

Mit dem, was danach wird, befasse ich mich, wenn es so weit ist.

Sam lacht. »Wir sitzen hier nicht gerade bequem, trotzdem möchte ich nicht weg. Um nichts in der Welt.«

Er ist noch immer halb in mir, noch immer halb steif, und als er mich erneut küsst, folgt darauf der nächste Kuss, und ich kann nicht fassen, dass mir schon wieder die Sinne schwinden wollen. Seine Hände tasten sich zu dem Reißverschluss meines Kleides in meinem Rücken und ziehen ihn auf. Es ist, als machten wir alles verkehrt herum, zuerst Sex und dann Ausziehen.

Sam streift mir das Oberteil über die Arme ab und küsst mein Schlüsselbein.

Und endlich kommen die richtigen Worte über meine Lippen. »Jetzt kann ich dir die Antwort geben. Ich fühle mich gut. Viel besser als gut.« Ich fahre mit den Fingern durch sein Haar. »Du hast mir so gefehlt.«

Seine Berührungen werden drängender, gierig. Und als er an meiner linken Brust zu saugen beginnt und die andere mit der Hand umfasst, beginne ich mich auf ihm zu winden, und wir fangen noch einmal von vorn an.

Kapitel 24

Es kommt mir unwirklich vor, dass die Abschlussparty bereits am nächsten Tag steigt. Seit dem Nachmittag, als ich mit Marco auf der Ruby Farm ankam, unser Wagen über den Kiesweg zum Gemeinschaftshaus rollte und Devon uns begrüßte, ist die Zeit wie im Flug vergangen. Und seit dem vergangenen Abend bin ich so erfüllt von dem, was zwischen Sam und mir geschehen ist, dass ich zunächst einen Moment brauche, um zu begreifen, warum sich die Crewmitglieder, die an meinem Blockhaus vorbeilaufen, in Schale geworfen haben.

Schließlich mache auch ich mich zurecht und schlage den Weg zum Gemeinschaftshaus ein.

Es ist die goldene Stunde kurz vor Sonnenuntergang. Filmszenen, die bei diesem Licht gedreht werden, sind etwas Besonderes, denn der Augenblick ist so flüchtig, der Farbwechsel des Himmels von Blau zu Lavendel, zu Orange und blassem Gold so fließend, dass nur wenige Aufnahmen möglich sind, im Nu färbt sich alles grau.

Auch jetzt verblassen die Farben schon. Die Schatten werden länger und lösen sich auf. Als ich das Gemeinschaftshaus betrete, hat die Abenddämmerung eingesetzt.

Im großen Saal drängen sich die Menschen. Ein Cateringservice hat das Buffet angerichtet, damit auch unsere Servicekräfte mitfeiern können. Junge Männer und Frauen reichen Getränke an.

Mein Blick wandert über die Menge. Ich spiele mit dem Gedanken, mich zu zieren und zu tun, als hielte ich nicht nach Sam Ausschau, doch dann spare ich mir die Mühe und verrenke mir den Hals nach ihm.

Seit er sich in den frühen Morgenstunden in meiner Hütte von mir verabschiedet hat – gerade noch rechtzeitig, um nicht Devon in die Arme zu laufen –, habe ich Sam nicht mehr gesehen.

»Ich hoffe, du guckst dir die Augen nach *mir* aus.« Charlie legt einen Arm um mich. Sie trägt Leggings, einen überdimensionierten Pullover und ein filmreifes Make-up.

»Nach wem sonst«, antworte ich, und wir wissen beide, dass ich unaufrichtig bin.

Ein junger Mann kommt mit einem Tablett voller rosafarbener Cocktails vorbei. Charlie schnappt sich zwei Gläser und reicht mir eines. Sie sieht sich um, nippt an ihrem Getränk und sagt: »Ich kann nicht glauben, dass wir morgen schon nach Hause müssen.«

Ich zwinge mich, nicht sehnsüchtig zur Tür zu starren. »Mir kommt es auch vor, als wären wir gestern erst angekommen.«

»So ein fabelhafter Ort. So viele Möglichkeiten, nackt zu baden und sich anschließend mit jemandem im Heu zu wälzen. Und keine von uns hat es geschafft.« Sie zieht eine Augenbraue hoch und sieht mich an.

Ich nehme einen großen Schluck Cocktail. Er schmeckt nach Kirschen.

Charlies Blick wird prüfend.

»Irgendwie habe ich es doch geschafft«, erkläre ich und überlege, wie ich die Nacht mit Sam beschreiben soll, ohne dass Charlie sich aufregt. Es fällt mir nichts ein, deshalb sage ich einfach: »Ich hatte Sex mit Sam. Letzte Nacht.«

Charlies Brauen wandern hoch und verschwinden unter ihrem Pony. »Ich glaube, ich habe was an den Ohren«, erwidert sie, »ich höre Dinge, die einfach nicht wahr sein können.« Sie beugt sich zu mir vor und zischt: »Du würdest doch niemals mit einem verheirateten Mann schlafen, oder?«

»Er ist nicht verheiratet«, flüstere ich. »Das war er mal, aber jetzt ist er geschieden. Die Kinder, über die er am Telefon gesprochen hat, gehören zu der neuen Ehe dieser Frau.«

Charlie kippt ihren Cocktail hinunter und nimmt meine Hand. »Wir beide gehen jetzt mal schön nach draußen, wo wir allein sind und in Ruhe reden können.«

Vor dem Gemeinschaftshaus schlagen wir den Weg ein, der zu den Blockhäusern führt. Die Farbe des Himmels ist nun ein verwaschenes Perlgrau und die Luft kühl geworden. Charlie zieht ihren Pullover enger um sich.

»So«, sagt sie, als weit und breit niemand zu sehen ist. »Du hast mit Sam also eine heiße Nacht verbracht.« Sie wirft mir einen Seitenblick zu. »Seid ihr jetzt wieder zusammen?«

Ich zucke mit den Achseln. »Weiß ich nicht.«

Charlie bleibt stehen. »Tate Jones, lüg mich nicht an. Oder willst du, dass ich dich erwürge? Und sag mir, warum du mit diesem Mann geschlafen hast.«

Es hat keinen Sinn, drum herumzureden, Charlie durchschaut so etwas sofort. Deshalb hole ich tief Luft und antworte: »Es hat sich so ergeben.«

»So ergeben«, wiederholt Charlie und geht weiter. Wir kommen an einem Haus vorüber, in dem Licht brennt und Rauch aus dem Schornstein steigt.

»Die Sexszene hat ihn eifersüchtig gemacht«, füge ich hinzu.

»Sieh einer an.«

»Warum sagst du das so komisch?«

»Sei still, ich muss nachdenken.«

Unser Weg verjüngt sich. Wir passieren Apfelbäume, deren Äste sich über uns verzweigen. Auf der Erde liegen heruntergefallene Früchte und gelbes Laub.

Schließlich fragt Charlie: »Hat er gesagt, dass er eifersüchtig ist, oder hast du dir das gedacht?«

Ich versuche, mich zu erinnern. »Das hat er gesagt. Und plötzlich waren wir an seinem Wagen und –«

»An seinem Wagen?«

»Ja. Da ist es passiert. Ich meine, *in* dem Wagen. Einem SUV.« Wie soll ich Charlie erklären, was am vergangenen Abend in mir vorging? Wie zugeben, dass ich mich die ganze Zeit nach Sam gesehnt habe?

»Mein lieber Mann«, sagt Charlie und bleibt wieder stehen. Ich muss nicht fragen, was sie denkt, es steht ihr allzu deutlich ins Gesicht geschrieben.

Sie betrachtet mich mit gerunzelten Brauen. Ihr feuerrot geschminkter Mund, der sonst immer lacht oder sich spöttisch verzieht, ist nur eine verkniffene, dünne Linie, ihr Blick drückt Missmut aus. Doch dann wird ihr Gesicht weich. »Also gut.« Sie nimmt meine Hand. »Ich möchte, dass du glücklich bist, Tate, das weißt du, oder?«

Ich nicke.

Charlie seufzt und lässt meine Hand los. »Aber alles, was mit diesem Sam zusammenhängt, macht mir Sorgen.«

Ich schaue zu Boden und versuche, das, was ich empfinde, in Worte zu kleiden. »Trotz allem, was damals geschehen ist, hat sich an meinen Gefühlen für ihn nichts geändert. Und gestern Abend war es, als wäre ich wieder in London, wäre wieder achtzehn und mit dem Mann zusammen, an den ich mein Herz verloren habe.«

Charlie drückt mich an sich. »Ich bin deine Freundin, Tate, das ist dir hoffentlich klar. Wenn du diesen Mann willst und dich das Zusammensein mit ihm glücklich macht, dann … werde ich mich an den Gedanken gewöhnen.« Sie tritt einen Schritt zurück und schüttelt den Kopf. »Aber Sex im Auto? Musste das sein?«

Auf dem Weg werden Schritte laut. Mein Vater kommt auf uns zu, die Hände in den Taschen seiner Jacke.

»Na, Mädels.« Wieder küsst er mich auf die Stirn, was mir wirklich nicht gefällt. »Wollt ihr nicht mitfeiern?«

»Doch.« Charlie deutet in die Richtung, aus der die Musik kommt. »Wir haben nur einen kleinen Spaziergang gemacht.« Sie wendet sich mir zu. »Ich gehe Trey abholen. Über die andere Sache unterhalten wir uns später.«

Mein Vater zieht die Stirn kraus. »Welche andere Sache?«

»Nichts«, antworte ich. Gleichzeitig antwortet Charlie. »Tate hat eine Schwäche für SUV entwickelt und will sich vielleicht einen zulegen. Eine Probefahrt hat sie schon gemacht und ist begeistert. Der Schaltknüppel lag gut in der Hand und –«

»Vielen Dank, Charlie«, unterbreche ich sie. »Wir sehen uns später.«

Charlie geht lachend davon. Zur Strafe beschließe ich, in ihrem Trailer am nächsten Tag heimlich die Kappen sämtlicher Lotionen und Make-up-Tuben abzudrehen.

Ich wende mich meinem Vater zu. »Warst du auf dem Weg zur Party?«

Er nickt, und wir steuern das Gemeinschaftshaus an.

»Kommt Marissa nicht?«, frage ich.

»Sie musste zurück an die Uni und ist gestern abgereist.«

»Ich fand sie nett. Sie scheint klug zu sein.«

»Marissa ist wunderbar.«

Danach wissen wir uns nichts mehr zu sagen.

Schließlich frage ich: »Wann fährst du zurück nach L.A.?«

»Übermorgen.«

»Ah. Ich auch.«

Nach der nächsten Schweigeminute fragt mein Vater: »Wie geht es deiner Mutter? Ich habe schon seit einer Weile nicht mehr mit ihr gesprochen.«

Wow, zwei ganze Sätze. »Mom geht es gut.«

Mein Vater lächelt. »Gerade muss ich daran denken, wie ich vor vielen Jahren einen Western gedreht habe. Deine Mutter und du, ihr seid zum Drehort gekommen, einer kleinen nachgebauten Geisterstadt mitten im Nirgendwo. Es gab nichts, um euch zu beschäftigen. Doch deine Mutter hat irgendwo einen alten Waschzuber aufgetrieben und daraus ein Planschbecken für dich gemacht.«

Daran erinnere ich mich nicht mehr. »Wie alt war ich da?«

Mein Vater zuckt mit den Schultern. »Vielleicht drei. Deine Mutter war immer in der Lage, mit wenig zurechtzukommen und das Beste daraus zu machen.«

»Komisch, dass sie mir nie davon erzählt hat.« Aber die Geschichte klingt wahr. Meine Mutter hat auch aus einem alten Hühnerstall auf Nanas Grundstück ein Spielhaus für mich gemacht, ich erinnere mich sogar noch an den kleinen Kronleuchter an der Decke.

»Sie wird es vergessen haben«, sagt mein Vater. »Es ist ja schon lange her.«

Danach schweigen wir wieder, doch die Stille wird mit jedem Schritt unangenehmer. »Wie schnell dieser Dreh vorübergegangen ist«, sage ich.

»Ja. Ich bin froh, dass wir zusammenarbeiten konnten. Du hast deine Sache gut gemacht. Ich bin stolz auf dich.«

Mir fehlen die Worte. Dann halte ich die Luft an, denn normalerweise folgt auf das Lob meines Vaters etwas, das alles wieder zunichtemacht. Ich schaue mich um, ob jemand da ist, für den er die Rolle des guten Vaters spielt, doch ich sehe niemanden. »Danke.«

Die Musik dringt jetzt lauter zu uns. Da ich nicht weiß, wann ich meinen Vater wiedersehe, frage ich: »Was hast du als Nächstes vor?«

Er zuckt mit den Schultern. »Ich werde eine Zeit lang zu Hause sein. Danach weiß ich noch nicht. Ich habe ein paar Eisen im Feuer und muss sehen, was sich daraus ergibt.«

Offensichtlich stirbt die Hoffnung auf eine gute Beziehung zu meinem Vater wirklich zuletzt, denn noch bevor ich mich bremsen kann, schlage ich ihm vor, Thanksgiving oder Weihnachten in diesem Jahr mit mir zusammen zu feiern.

Mein Vater wirkt überrascht. »Was für eine schöne Idee. Ich muss Althea fragen, wie es bei meinen Terminen aussieht, danach gebe ich dir Bescheid.« Althea ist seine Assistentin.

»Lass dir Zeit«, antworte ich leichthin. »Ich bin in den nächsten Wochen zu Hause. Ruf mich einfach an. Oder schick mir eine Mail oder so.«

Vor uns taucht das hell erleuchtete und lärmerfüllte Gemeinschaftshaus auf. »Ich hoffe, Gwen ist auf der Party«, sagt mein Vater. »Vor meiner Abreise muss ich noch mit ihr reden.«

Ich bleibe stehen, bin aus irgendwelchen Gründen noch nicht bereit, mich in den Trubel zu stürzen.

»Kommst du nicht?«, fragt mein Vater.

»Geh schon vor«, entgegne ich. »Ich komme gleich nach.«

Mein Vater wuschelt durch mein Haar. »Dann bis gleich.«

Ich folge einem mit Steinplatten ausgelegten Weg, der mich zum Treibhaus der Ruby Farm führt.

Ich höre Männerstimmen, die ganz aus der Nähe kommen, und verharre.

»Wie war der Dreh für dich?«, fragt jemand. »Waren die Schauspieler so, wie du sie dir vorgestellt hattest?«

»Ja«, antwortet Sam.

Ich mache einen Schritt vor und linse um die Ecke. Sam steht mit dem Tonassistenten namens Kevin zusammen und mit einigen anderen Mitgliedern der Crew, deren Namen ich nicht kenne. Sie stehen im Licht einer kleinen Lampe, die am Dach des Treibhauses befestigt ist, und jeder hat eine Dose Bier in der Hand.

»Für lange Zeit habe ich nicht geglaubt, dass meine Geschichte tatsächlich verfilmt wird, und jetzt bin ich einfach froh, weil es so gut gelaufen ist«, fährt Sam fort. »Die Schauspieler waren großartig.«

»Anfangs hätte man denken können, dass du mit Tate Butler nicht klarkommst«, sagt Kevin.

Sam macht eine abwehrende Geste, schwankt ganz leicht und stützt sich an der Treibhauswand ab. Der Himmel mag wissen, wie viel Bier oder wie viele rosafarbene Cocktails er intus hat. »Das ist Unsinn. Ich habe die Rolle gewissermaßen für sie geschrieben.«

Ich verdrehe die Augen. Was um alles in der Welt erzählt er da?

»Ich könnte mir eine ganze Reihe Rollen für Tate vorstellen«, sagt einer aus der Crew und lacht anzüglich.

»Und keine davon jugendfrei«, ergänzt Kevin.

Alle außer Sam lachen. Er sieht Kevin wütend an.

Bevor es zu Handgreiflichkeiten kommen kann, trete ich aus der Dunkelheit hervor und sage: »Hey, Jungs, was macht ihr denn hier?«

Sie sehen mich betreten an. Kevin versteckt sein Bier hinter dem Rücken, als wäre er zehn Jahre alt und ich seine Mutter, die ihn beim Trinken erwischt hat.

Ich werfe Sam einen beschwichtigenden Blick zu.

Kevin und die anderen der Crew murmeln etwas Unverständliches und verkrümeln sich.

Als ihre Schritte verklungen sind, fasse ich Sams Hand und ziehe ihn ins Treibhaus.

Innen stehen Regale und Tische voller Pflanztöpfe. Die Luft ist feuchtwarm, und es riecht nach frischer Erde. Das Licht der kleinen Lampe fällt von draußen durch die Glaswand herein. Wie ich feststelle, hat Sam seinen Bart getrimmt, doch um die Komma-Narbe zu sehen, die ich so liebe, ist es leider nicht hell genug.

»Hast du uns gehört?«, fragt Sam.

Ich nicke.

»Mein lieber Mann. Ich war kurz davor, Kevin eine zu verpassen.«

»Das wäre unerfreulich gewesen.«

Sam zieht die Brauen zusammen. »So hätte ich es eigentlich nicht genannt.«

»Sam.« Ich seufze. »Wenn du mit mir zusammen sein willst, darfst du dich über so etwas nicht aufregen. Das ist es nicht wert.«

Sam nimmt mich in die Arme und schiebt mich gegen einen der schmalen, langen Metalltische. »Will ich«, flüstert er mir ins Ohr.

Bevor ich noch etwas sagen kann, schließt er mein Gesicht in die Hände und beugt sich zu mir herab. Seine

Lippen nähern sich meinem Mund, aber er küsst mich nicht. Dank der rosafarbenen Cocktails riecht er diesmal nach Kirschen. Dann spüre ich seine Lippen auf meinem Mund. Er schmeckt auch nach Kirschen. Seine Hand auf meinem Hinterkopf, öffnet er mit seiner Zunge meinen Mund.

Er hebt mich auf den Tisch und spreizt meine Beine. Vorsichtig taste ich nach hinten, doch da stehen keine Pflanztöpfe. Aber einige von ihnen riechen süß und schwer. Von irgendwo dringt ein Hauch kühler Luft ein, wahrscheinlich steht eines der Glaspaneele offen.

Sam presst sich an mich. Ich reibe mich an ihm, und seine Küsse werden leidenschaftlicher. Ich schlinge die Arme um seinen Hals, erwidere seine Küsse und schließe die Augen.

Schließlich löst Sam sich von mir. »Willst du das auch? Mit mir zusammen sein, meine ich.«

Ich nicke und streiche über seine Brust. »Wirst du dich daran gewöhnen können, dass andere über mich reden? Dinge sagen, die dir nicht gefallen?«

Sam nimmt meine Hand und küsst die Innenfläche. »Ich kann es versuchen.«

»Und du darfst vor anderen nie über London sprechen. Wir werden einfach wieder bei null anfangen. Wenn jemand erfährt, dass du die Geschichte damals an den *Guardian* verkauft hast, ist die Hölle los. Es würde in jedem Bericht über mich erwähnt werden und uns bis in alle Ewigkeit verfolgen.«

Sam lässt meine Hand los. »Wie käme ich dazu, darüber zu sprechen? Ausgerechnet ich.« Er drückt mich an sich. »Ich werde dich nie mehr verraten, Tate.«

Ich knabbere an seinem Ohrläppchen. »Wenn hier alles abgeschlossen ist, überlegen wir in Ruhe, wie es mit uns weitergeht.«

Sam nimmt meine Hand, saugt verspielt an den Fingern und setzt Küsse auf meinen Arm.

»Kommst du nach der Party zu mir?«, frage ich heiser vor Lust.

Er fährt mit der Zunge über meinen Hals. »Wie lange musst du auf der Party bleiben?«

»Eine Stunde vielleicht?«

»Okay, dann lass uns gehen.«

Sam hebt mich von dem Tisch herunter. Ich klopfe die Rückseite meines Rocks ab. Er nimmt meine Hand, küsst mich noch einmal, und dann treten wir aus der Wärme hinaus in den kalten Abend.

Jemand kommt von der Seite des Treibhauses und bleibt stehen.

Es ist mein Vater.

Jeder andere würde erkennen, dass er uns ertappt hat, höflich eine Entschuldigung murmeln und schleunigst das Weite suchen. Nicht so mein Vater. Er starrt uns an.

»Hallo, Tate«, sagt er. Sam scheint für ihn nicht zu existieren.

Einen Moment lang bin ich versucht, Sams Hand loszulassen, doch das erlaubt mein Stolz nicht. Oder ich bin es einfach leid, meinem Vater gefallen zu wollen. Doch dann frage ich mich, ob er Sam und mich hat reden hören, und mich durchzuckt ein eisiger Schreck. War er schon da, als ich über London gesprochen habe?

Als Sam Luft holt, um unser Schweigen zu durchbrechen, kommt mein Vater ihm zuvor.

»Wolltest du nicht zur Party gehen?«, fragt er und betrachtet mich abwägend.

»Wir sind auf dem Weg dorthin«, antworte ich.

Wie es seine Art ist, tut mein Vater, als würde er Sam jetzt erst bemerken, und lächelt nun liebenswürdig. »Sam, falls wir uns vor unserer Abreise nicht mehr sehen, möchte ich noch sagen, wie angenehm ich unsere Zusammenarbeit empfunden habe. Vielen Dank, dass Sie so ein wunderbares Drehbuch geschrieben haben.«

Wie aalglatt er ist, ein Schauspieler ohnegleichen.

Sam tut sein Bestes und lässt mich los, um Dad die Hand zu schütteln. »Ich danke Ihnen, das Vergnügen war ganz meinerseits.«

Als Dad mich ansieht, ist sein Lächeln väterlich. »Ich habe mit Althea gesprochen. Wie es aussieht, ist für Weihnachten noch nichts geplant.«

»Weihnachten?«, frage ich, als hätte ich vergessen, was das ist. Doch woher hätte ich wissen sollen, dass er meinen Vorschlag ernst nimmt und ihn nicht wie sonst einfach unter den Tisch fallen lässt. »Super, dann können wir ja etwas zusammen planen.«

»Wir könnten Ski fahren und Weihnachten in meinem Haus in Telluride feiern. Oder möchtest du die Zeit lieber in der Sonne verbringen? Vielleicht mag ja auch deine Mutter mitkommen.«

Wieder einmal verschlägt es mir die Sprache.

»Aber das müssen wir jetzt noch nicht entscheiden.«

»Ich frage Mom«, sage ich verdattert. »Ansonsten ist mir jeder Ort recht. Hauptsache, wir können für ein paar Tage zusammen sein.«

Daraufhin wird mir ein besonders reizendes Lächeln zuteil.

»Es wird wunderbar werden«, verspricht er mir, »aber jetzt muss ich langsam das Bett anpeilen.« Er richtet den Blick noch einmal auf Sam. »Es war schön, Sie kennenzulernen, Sam. Ich hoffe, wir sehen uns irgendwann einmal wieder.«

»Sehr gern«, erwidert Sam.

Dad nickt uns noch einmal zu und entfernt sich.

Ich sehe ihm nach und stoße einen langen Atem aus. »Verdammt und zugenäht, wie lange hat er vorhin hier gestanden?«

»Glaubst du, er hat uns gehört?«

»Ich denke schon.« Ich massiere meine Schläfen. »Aber damit werde ich mich heute nicht mehr auseinandersetzen.«

Sam legt einen Arm um mich. »Also wirst du Weihnachten mit ihm verbringen. Vielleicht sogar mit ihm und deiner Mutter?«

»Sieht fast danach aus.«

Sam schüttelt den Kopf. »Ich bin nicht ganz schlau aus ihm geworden. Auch eure Beziehung verstehe ich nicht richtig.«

Ich schnaube ein Lachen hervor. »Geht mir genauso.«

Kapitel 25

Mein letzter Tag auf der Ruby Farm beginnt in Sams Bett, wo mich der Wecker noch vor Sonnenaufgang aus dem Schlaf reißt.

Alles ist dunkel. Und es ist kalt, das Feuer im Kamin ist längst heruntergebrannt. Ich rutsche tiefer unter die Bettdecke und möchte nicht weg. Sam murmelt verschlafen irgendetwas, das ich nicht verstehe, und legt einen Arm auf mich, um mich näher an sich heranzuziehen. Ich kuschle mich an ihn und genieße seine Wärme.

Wie schön es wäre, wenn ich Sam wach streicheln und wach küssen könnte, bis wir uns erneut lieben und vom Aufstehen keine Rede mehr wäre. Nur geht das leider nicht. Die Crew, die anderen Schauspieler und die Farmarbeiter werden langsam in die Gänge kommen, und ich möchte nicht, dass mich irgendjemand aus Sams Unterkunft kommen sieht. Jedenfalls noch nicht.

Mit einem Seufzer quäle ich mich schließlich aus dem Bett. *Ich muss mit meinem Vater über gestern Abend reden*, das ist der erste klare Gedanke, den ich an diesem Morgen fasse.

Als ich mich noch einmal über Sam beuge, um ihn zu küssen, legt er eine Hand auf meinen Kopf und zieht mich zu sich hinunter. Er küsst mich. Ich schmiege meine Wange an seine.

»Ich werde heute noch mit meinem Vater reden«, sage ich leise. »Wenn er uns gestern tatsächlich gehört hat, muss ich das mit ihm klären.«

Sam öffnet die Augen. »Wirst du es ihm sagen? Dass wir wieder zusammen sind?«

Ich zucke mit den Schultern. »Für so etwas hat er sich noch nie interessiert. Aber vielleicht entwickelt er langsam Vatergefühle, immerhin will er mit mir Weihnachten feiern. Und er hat mich tatsächlich gelobt.« Ich drücke Sam einen Kuss auf die Wange. »Wahrscheinlich weiß er das mit uns schon, er hat uns ja gesehen.«

Sam hält mich fest. »Mach es, wie es für dich am besten ist.«

Ich werfe noch einen letzten sehnsüchtigen Blick auf ihn und das warme Bett. »Sehen wir uns später?«

»Spätestens beim Abendessen.« Er blickt zum Fenster, vor dem sich am Himmel die ersten rosaroten Streifen zeigen. »Ich werde vielleicht mit einigen aus der Crew wandern gehen«, sagt er.

Ich bin mir noch nicht sicher, ob wir schon an diesem Abend offiziell als Paar auftreten sollen. Es würde mir genügen, wenn Charlie und nun notgedrungen auch mein Vater Bescheid wissen. Ansonsten würde ich das zwischen Sam und mir gern noch für eine Weile geheim halten.

Er streicht über meine Wange. »Vielleicht essen wir allein zu Abend. Am See. Dort wird niemand sein. Ich bringe ein Picknick mit.«

Ich richte mich auf. »Ist es dazu nicht zu kalt?«

»Ich halte dich warm. Und dann legen wir uns ins Gras und schauen in die Sterne.«

Wie könnte ich dazu Nein sagen?

Da ich am nächsten Morgen frühzeitig abreisen werde, packe ich in meinem Blockhaus schon einmal den ersten Teil meiner Sachen. Danach dusche ich, ziehe mich an und mache mich auf den Weg, um im Gemeinschaftshaus zu frühstücken. Der Gedanke, dass ich diesen Hang bald nicht mehr hinabsteigen werde, stimmt mich wehmütig. Alles hier werde ich vermissen, die Gerüche nach Äpfeln, Gras und Erde, die muhenden Kühe, die Vogelstimmen, die mich frühmorgens zum Set begleitet haben. Der einzige Trost ist, dass ich in einigen Tagen zu meiner Mutter und Nana fahren werde, sie in die Arme schließen – und ihnen von Sam und mir erzählen kann.

Trotz der Uhrzeit ist der Saal im Gemeinschaftshaus bereits gefüllt. Die einen essen, trinken Kaffee und plaudern, die anderen verabschieden sich schon.

Statt wie üblich nur wenig zu essen, gönne ich mir an diesem letzten Morgen ein richtiges Frühstück mit einem fetten Stapel Blaubeerpfannkuchen und Ahornsirup. Als ich nach einem Platz suche, entdecke ich Nick an einem Tisch und trage mein Tablett zu ihm.

»Hallo, Richard.« Ich lasse mich ihm gegenüber nieder.

»Mann«, sagt Nick mit vollem Mund. »Wenn das nicht Ellen Meyer ist.«

Vor Nick stehen eine leere Schale, in der vermutlich Müsli war, und ein großer Teller mit einem kleinen Rest Pfannkuchen. Nick gehört offensichtlich zu den Menschen, die Riesenmahlzeiten verdrücken und trotzdem kein Gramm Fett ansetzen.

Ich deute auf seinen fast leeren Teller. »Wofür hast du dich gestärkt?«

Nick zuckt mit den Schultern. »Das ist ein ganz normales Frühstück.« Er lässt seinen Bizeps spielen. »Außerdem arbeite ich auf deiner Farm und brauche Kraft, oder hast du das vergessen?«

Er fragt mich, ob ich nach dem Frühstück mit ihm in das Fitnessstudio gehe, das unsere Filmgesellschaft im Keller des Gemeinschaftshauses eingerichtet hat. Ich schüttele den Kopf, ich hatte in der Nacht genug Bewegung. Er erzählt mir von seinem nächsten Filmprojekt, einem aufwendigen Horrorfilm mit großzügigem Budget, in dem er eine der Hauptrollen spielen wird. Dann fragt er, was ich als Nächstes vorhabe.

Ich greife nach der Flasche Ahornsirup und gebe noch einen Schuss über meine Pfannkuchen. »Ich mache eine kleine Pause. Bis Ende des Jahres. Und dann schaue ich, was mir angeboten wird.«

»Gut, dass du in der Zeit nicht allein sein musst«, sagt Nick und zwinkert mir zu.

Meine Gabel bleibt in der Luft stehen.

»Ich habe dich gestern Abend mit Sam gesehen«, fährt Nick fort und grinst.

Ich lege meine Gabel ab. »Und was hast du gesehen?«

Nick setzt eine unschuldige Miene auf. »Nur, wie ihr eng umschlungen und wild knutschend in sein Blockhaus gestolpert seid.«

Mir bleibt der Mund offen stehen, und Nick fängt an zu lachen. »Reingelegt«, sagt er. »Ich habe euch einfach nur zusammen aus dem Gemeinschaftshaus gehen sehen. Den Rest habe ich mir gedacht.«

Ich spüre, wie die Röte meinen Hals hinauf in meine Wangen steigt.

Vergnügt wischt Nick seinen Teller mit einem letzten Brocken Pfannkuchen sauber. »Ich schätze mal, ihr konntet eure Probleme klären.«

Ich suche nach einer passenden Antwort, doch mein Gehirn spielt nicht mit.

»Er mag dich«, sagt Nick. »So viel steht fest.«

»Ich ihn auch.« In meiner Verlegenheit beginne ich an dem Etikett der Flasche Ahornsirup zu knibbeln. »Und er ist nicht verheiratet, ich hatte etwas falsch verstanden. Und nun … nun wollen wir es noch einmal miteinander versuchen.« Mein Herz führt einen Freudentanz auf und hört erschrocken damit auf, als ich »Es ist kompliziert« hinzufüge.

»Wegen der Geschichte damals?«

Ich stochere in meinen Pfannkuchen. »Ich habe Angst, dass mein Vater etwas davon erfährt.«

Nick zieht die Brauen hoch. »Was hat denn Ian damit zu tun? Es ist doch nur wichtig, dass du Sam verziehen hast. Abgesehen davon sollte Ian ihm dankbar sein.« Nick räumt sein Geschirr zusammen. »Wenn ich das richtig verstanden habe, habt ihr erst dank dieser Geschichte wieder zueinandergefunden.«

Ich kann mir nicht vorstellen, dass mein Vater überhaupt jemals für etwas dankbar war, weder für unsere Wiedervereinigung noch für sonst etwas. Ich muss an seine Miene am vergangenen Abend am Treibhaus denken, sie hatte etwas Berechnendes, bevor er sich zusammengenommen, sich überaus entgegenkommend von Sam verabschiedet und mir gegenüber den Familienvater gegeben hat. Hat er gehört, was Sam und ich gesagt haben, und uns deshalb so eigentümlich angesehen? Oder hat es diesen Egozentriker einfach gestört, dass es in meinem Leben noch einen anderen Mann als ihn gibt? Wird er Sam irgendwann akzeptieren? Liegt mir überhaupt etwas daran?

Oder mache ich mir wieder einmal für nichts und wieder nichts Gedanken?

Nick steht auf.

»Wohin gehst du?«, frage ich.

»Packen.« Nick zieht sein Handy hervor, schaut darauf und murmelt: »Natürlich, kein Empfang.«

Er ist schon in einem anderen Modus, ist schon auf dem Weg zu seinem nächsten Ziel, wo es vermutlich ein vernünftiges Funknetz gibt. Ich könnte heulen.

Nick steckt das Handy ein. »Du hast meine Kontaktdaten, Tate. Melde dich, wenn etwas ist oder du jemanden zum Reden brauchst – oder einfach so.« Er sieht mich liebevoll an. »Du wirst mir fehlen.«

Ich stehe auf, umarme ihn fest und muss mich zusammenreißen, nicht zu weinen.

»Es hat großen Spaß gemacht, mit dir zu arbeiten.«

Nick streicht mir über die Wange. »Falls ich sie nicht mehr sehen sollte, grüß Charlie und Trey von mir. Sag ihnen, dass sie die Größten sind.«

»Mach ich.« Ich lasse ihn los, schlucke krampfhaft und wische mir über die Augen. »Pass auf dich auf, Nick. Ich hoffe, wir können bald wieder einmal zusammenarbeiten.«

»Ich bestehe darauf.« Er lächelt mir noch einmal zu, dann nimmt er sein benutztes Geschirr, legt das Besteck dazu und trägt alles in die Küche.

Ich lasse mich auf meinen Stuhl zurücksinken. Die Pfannkuchen habe ich kaum angerührt, und nun ist mir der Appetit vergangen.

Ich spüre, wie der Adrenalinspiegel in meinem Körper langsam abfällt. Der aufregende Dreh, die anspruchsvolle Rolle, die widersprüchlichen Gefühle, die Sam in mir wachgerufen hatte, all das ist nun vorbei, und ich bin erschöpft.

Mit schlechtem Gewissen leere ich meinen Teller in den Abfalleimer und verabschiede mich von dem Servicepersonal in der Küche.

Auf dem Weg zur Tür stoße ich auf meinen Vater. Er trägt leicht abgewetzte Jeans und einen dicken hellbraunen Pullover, der exakt die Farbe seiner Augen hat. »Ich hatte gehofft, dass wir uns hier treffen«, sagt er.

Ich warte und rechne damit, dass er hinzufügt, Weihnachten könne er doch nicht mit mir feiern, Althea habe leider einen Termin übersehen.

»Ich bin auf dem Weg zu Charlie«, entgegne ich. »Wollen wir uns draußen irgendwo hinsetzen?«

Mein Vater zieht die Brauen zusammen. »Ich wollte mit dir frühstücken.«

»Das tut mir leid, Dad, aber ich habe schon gefrühstückt.«

Er schenkt mir ein Lächeln, das ich noch nicht kenne und nicht entschlüsseln kann. »Dann lass uns nach Mendocino fahren. Wir können einen Spaziergang machen und dann etwas essen.«

Ich werfe einen Blick in den Speisesaal. Alle sind mit sich beschäftigt, niemand sieht uns zu, demnach scheint mein Vater keine Show abzuziehen.

»Gern«, sage ich. »Warte hier auf mich, ich muss noch mal in mein Blockhaus laufen und meine Handtasche holen.«

Als ich zurückkehre, möchte mein Vater seinen Fahrer rufen, doch ich bitte ihn, mich ans Steuer zu lassen. Mein Vater hat einen dunkelblauen Tesla, so ein Auto wollte ich seit Langem einmal fahren.

Bereits nach wenigen Kilometer wird deutlich, wie schwer es uns fällt, ein normales Gespräch auf die Beine zu stellen.

Als unser Schweigen lastend wird, trommelt mein Vater auf einem Knie. Dann stellt er das Autoradio an, und wir hören Country-Musik. Als Nachrichten kommen, stellt er das Radio wieder aus.

Dann räuspert er sich. Offenbar ist ihm ein Thema eingefallen. Er erzählt, dass in seinem Haus in Malibu neue Fenster eingesetzt werden. Und wie anstrengend es sei, zwei Häuser zu besitzen, um die man sich kümmern und für deren Instandhaltung man aufkommen müsse. Zudem habe man ihm eine Rolle in einem Film über einen Superhelden angeboten, doch nach der Lektüre des Drehbuchs habe er beschlossen, als Nächstes lieber etwas Originelleres machen zu wollen. Was er damit meint, weiß ich nicht, und ich frage auch nicht nach.

Allerdings mache ich an den passenden Stellen »Oh« und »Ah«, im Übrigen konzentriere ich mich darauf, den Wagen zu fahren. Doch alte Gewohnheiten ändern sich nicht so schnell, und ich merke, dass es mir etwas bedeutet, überhaupt etwas von ihm zu erfahren.

In Mendocino angekommen, stellt sich heraus, dass es unmöglich ist, in Ruhe durch den kleinen Ort zu spazieren, immer wieder halten uns Passanten an und bitten um ein Autogramm. Zu guter Letzt kehren wir zum Wagen zurück, und mein Vater gibt eine Adresse in das Navi ein. Dort könne man gut essen, erklärt er, es sei ein Geheimtipp, ein Restaurant, das Althea gegoogelt habe.

Der Geheimtipp nennt sich Trillium Café. Es sieht hübsch aus und erinnert an ein kleines Farmhaus. Ich hoffe, dass es meinem Vater zusagt. Wenn nicht, tut Althea mir jetzt schon leid.

Inzwischen hat sich der Himmel verdunkelt, und tief hängende Regenwolken ziehen über das Trillium Café hinweg.

Innen ist es im Landhausstil gestaltet, und es riecht nach frisch gebackenem Brot und Möbelpolitur.

Eine Kellnerin mit einem langen Nackenzopf erkennt uns, verbirgt es jedoch geschickt. Sie fragt, ob wir noch Frühstück oder bereits Lunch wünschen. Mein Vater möchte Lunch. Wir werden zu einer Nische hinten im Gastraum geführt. Es sind nur wenige Gäste da, doch alle starren uns an. Ich nicke den Leuten zu, mein Vater tut, als sähe er sie nicht.

Von unserem Platz aus schauen wir auf eine Wiese und eine Reihe Kiefern, eine ganz normale Landschaft, aber auf ihre Weise atemberaubend schön. Meinem Vater scheint das nicht zu passen, er runzelt die Stirn. Als uns die Speisekarten gebracht werden und er hineinsieht, vertiefen sich seine Stirnfalten. »Es gibt keine Gnocchi. Ich wollte Gnocchi essen«, verkündet er übellaunig. Dann zuckt er mit den Schultern. »Vielleicht nehme ich nur einen Salat.«

»Ich esse auch gern Gnocchi«, erkläre ich und lache zu laut und fröhlich.

»Ach ja?«, sagt er und sieht aus, als ginge ich ihm auf die Nerven. Er legt die Speisekarte zur Seite.

»Bist du froh, bald wieder zu Hause zu sein?«, frage ich.

Mein Vater zuckt mit den Schultern. »In meiner Abwesenheit wurde der Garten umgestaltet. Bin gespannt, wie er jetzt aussieht.«

Eine zweite Kellnerin kommt, schenkt uns Wasser ein und zählt die Tagesgerichte auf. Dann strahlt sie meinen Vater an und sagt, sein erster Western, in dem er einen Sheriff gespielt habe, sei ihr von allen seinen Filmen der liebste.

Mein Vater lächelt und neigt sich zu ihr. »Das ist auch mein liebster«, flüstert er, als wäre es ein Geheimnis, das er nur mit ihr teilt. Dann bestellt er für uns beide je einen gemischten Salat und ein Glas Wein. Ich möchte weder das eine noch das andere, doch ich halte meinen Mund.

Als die Kellnerin fort ist, seufzt mein Vater angewidert.

»Dieser Western war der letzte Müll. Ich verachte die Menschen, die ihn gut finden.«

Ich verkneife mir zu sagen, dass das auf die meisten seiner frühen Filme zutrifft.

»Wo wohnt Marissa eigentlich?«, frage ich.

Mein Vater nimmt einen Schluck Wasser und sieht mich an, als wüsste er nicht mehr, wer Marissa ist.

»Marissa«, wiederhole ich. »Wohnt sie in deiner Nähe?«

»Nein. Sie hat irgendwo in der Nähe der Uni eine Wohnung. Wenn wir uns treffen, dann in meinem Haus.« Er zwinkert mir zu, was ich abstoßend finde, ohne dass ich sagen könnte, warum.

»Ist das etwas Ernstes mit euch?«

Mein Vater sieht mich verdutzt an. Entweder ist ihm der Gedanke nie gekommen, oder er wundert sich, dass ich ihn etwas derart Persönliches frage.

Unsere Salate und der Wein werden gebracht.

»Als etwas Ernstes würde ich die Beziehung nicht bezeichnen«, antwortet er schließlich. »Sie studiert ja noch.« Er zuckt mit den Schultern. »Aber wir kommen gut miteinander aus.«

Ich kratze all meinen Mut zusammen und frage ihn, warum er nach der Ehe mit meiner Mutter nie wieder geheiratet hat.

Mit der Frage scheint er gerechnet zu haben, denn seine Antwort kommt postwendend. »Dafür gibt es keinen besonderen Grund. In unserem Metier sind Beziehungen eben schwierig. Wir sind häufig bei Dreharbeiten, oftmals sogar im Ausland, und unser Leben ist hektisch. Davon abgesehen weiß man nie, was die wahren Absichten eines Gegenübers sind.« Er deutet mit der Gabel auf mich. »Aber das muss ich dir ja nicht erzählen.«

Was um alles in der Welt will er damit sagen?

Den nächsten Satz wäge ich vorsichtig ab, bevor ich ihn von mir gebe. »Bei meinen Beziehungen sind bisher oft PR-Dinge dazugekommen. Das hat die Sache einfach gemacht.«

Mein Vater kaut sorgsam und schluckt seinen Bissen hinunter. »Vielleicht ist es einfacher, wenn der andere auch vom Fach ist. Doch Kompromisse musst du in allen Beziehungen eingehen. Dem einen fällt das leicht, dem anderen nicht.«

Ich brauche nicht zu fragen, zu welcher Kategorie mein Vater gehört.

»Apropos. Ich wollte dir noch etwas sagen.«

Mein Vater greift nach der Pfeffermühle und würzt seinen Salat nach. »Was denn?«

»Ich bin mit jemandem zusammen.«

»Ach was.« Er isst weiter. »Kenne ich denjenigen?«

Nun verstehe ich gar nichts mehr. Er hat mich und Sam doch gesehen. »Ja. Es ist Sam.«

Wieder furcht sich die Stirn meines Vaters. »Meinst du den Drehbuchautor?«

Vielleicht hat er unser Gespräch am vergangenen Abend doch nicht belauscht. Oder ich bin ihm so gleichgültig, dass er sich nichts dabei gedacht hat, als Sam und ich Hand in Hand aus dem Treibhaus kamen.

Ich nicke, widme mich meinem Salat und zermahle einen Croûton mit den Zähnen, was sich wie Sand anfühlt.

Mein Vater lehnt sich zurück und wirkt überrascht. Nein, nicht überrascht, eher amüsiert. »Dann habe ich euch gestern Abend also doch ertappt. Interessant.« Er zieht die Brauen hoch. »Weißt du, es ist das erste Mal, dass du mir etwas über dich und einen Jungen erzählst.«

Ich lache nervös. »Mit fünfunddreißig Jahren ist Sam eigentlich kein Junge mehr.«

Er lächelt so liebevoll, dass mir ganz warm ums Herz wird. »Du bist meine Kleine. Deine Männer werden für mich immer Jungen sein.«

Darüber gehe ich hinweg. »Komisch, wir beide haben bisher nie über unsere Beziehungen gesprochen. Auch nicht über unser Leben. Oder das Leben überhaupt.«

»Das Leben überhaupt«, wiederholt mein Vater wie für sich und lacht. »Ein ziemlich weites Feld, würde ich sagen.« Sein Blick wird nachdenklich. »Ist das mit dir und Sam etwas Ernstes?«

»Ich denke schon«, antworte ich und erröte. »Er ist ein wunderbarer Mensch. Klug und begabt. Wahrscheinlich habe ich mich bei der ersten Lektüre von *Milkweed* schon in ihn verliebt.«

In diesem Moment möchte ich meinem Vater die ganze Geschichte erzählen, doch dann beschließe ich, damit zu warten, bis wir uns noch ein wenig nähergekommen sind.

Die Kellnerin bringt uns die Rechnung. Ich möchte sie übernehmen, doch davon will mein Vater nichts wissen. »Das fehlte noch«, sagt er. »Dass du deinem alten Vater das Essen bezahlst.«

Er legt eine Kreditkarte auf den Tisch. Sie wurde auf Althea ausgestellt. Wie vorsichtig er ist, geht es mir durch den Kopf. Wahrscheinlich möchte er verhindern, dass irgendwo jemand vom Servicepersonal eine Kreditkarte mit seinem Namen fotografiert und in einem sozialen Medium postet.

Auf dem Weg nach draußen werden wir von den Gästen aufgehalten, die wahrscheinlich darauf gewartet haben, dass wir an ihnen vorbeikommen. Sie konzentrieren sich auf meinen Vater, reichen ihm Servietten mit der Bitte um ein Autogramm, überschütten ihn mit Ausrufen der Bewunderung.

Mein Vater lässt sein berühmtes Lächeln aufblitzen, während ich mich frage, ob ich mir hier etwas für das Picknick mit Sam zusammenstellen lassen soll, und mir ausmale, wie wir am Abend warm angezogen und aneinandergeschmiegt auf einer Decke liegen und in die Sterne sehen.

Aus dem Augenwinkel nehme ich draußen vor den Fenstern einen Schatten wahr. Ich schaue genauer hin und entdecke einen Fotografen. Der Himmel mag wissen, wie er uns gefunden hat.

Mein Vater ist noch dabei, Autogramme zu geben. »Draußen ist ein Fotograf«, raune ich ihm zu.

»Kein Problem«, erwidert er, schenkt seinen Fans ein letztes bestrickendes Lächeln und verabschiedet sich herzlich. »Früher oder später wäre es sowieso dazu gekommen.«

»So ist das, wenn man mit Ian Butler unterwegs ist«, sage ich lächelnd.

Dad nimmt meine Hand und tritt mit mir ins Freie.

Es sind zwei Fotografen, die uns bitten, in die Kamera zu sehen, fragen, ob die Dreharbeiten beendet seien, und um einen Kommentar zu *Milkweed* bitten. Mein Vater strahlt.

Vom Parkplatz kommen noch mehr Fotografen, dann auch Reporter – ein ganzes Dutzend. Ich höre die Auslöser klicken und die Vielzahl der Fragen, die durcheinandergerufen werden.

Plötzlich dreht sich die Zeit zurück. Ich bin nicht mehr zweiunddreißig, sondern achtzehn Jahre alt, und ich stehe nicht vor einem Restaurant in Mendocino, sondern in London im Eingang des Marriott Hotel. Die Gesichter vor mir sind hinter riesigen Kameraobjektiven verborgen, Mikrophone werden mir ins Gesicht gehalten, und mir ist, als kämen die Fragen aus allen Richtungen.

Tate, ist der Drehbuchautor S.B. Hill der Mann, den Sie damals in London kennengelernt haben?

Wie fühlt es sich an, den Mann wiederzusehen, der Ihre Geschichte verkauft hat?

»Tate, bitte hierher sehen!«

Ian, was halten Sie von Sam Brandis Hill?

Tate, haben Sie Sam verziehen?

Benommen blicke ich die Presseleute an und versuche zu begreifen, was gerade geschieht.

Tate, warum haben Sie in einem Film mitgespielt, für den Sam Brandis das Drehbuch geschrieben hat?

Ich stehe wie versteinert und bringe kein Wort hervor.

Mein Vater legt einen Arm um meine Schultern. »Tate möchte Ihre Fragen nicht kommentieren, meine Damen und Herren. Bitte, lassen Sie uns durch. Wir wünschen Ihnen noch einen schönen Tag.«

Gefolgt vom Blitzlichtgewitter der Fotografen laufen wir zum Parkplatz. Mein Vater öffnet mir die Beifahrertür. Als er die Fahrertür aufzieht, winkt er den Presseleuten und schüttelt den Kopf, um ihnen klarzumachen, dass auch er keine Fragen beantwortet. »Leute«, sagt er in nachsichtigem Ton. »Ihr kennt die Spielregeln. Kein Kommentar heißt kein Kommentar.«

Er setzt sich ans Steuer.

»Tate!«, ruft eine schrille Frauenstimme. »Waren Sie und Brandis ein Paar, als er Ihre Story verkauft hat?«

Es kostet mich alle Kraft, stur geradeaus zu sehen. Jede andere Reaktion würde ich am nächsten Tag auf den Titelblättern der Boulevardpresse wiederfinden.

Mein Vater startet den Motor. »Alles gut, Schätzchen?«

Ich bin wie betäubt, und nichts ist gut.

Langsam setzt mein Vater den Wagen zurück.

Nun werden wir von vorn fotografiert, und ich zwinge mich zu einem Lächeln. »Woher wissen sie von Sam und mir?«

Mein Vater zuckt die Achseln. »Du kennst doch die Presse. Diese Leute liegen immer auf der Lauer. Und irgendwann schnappen sie etwas auf.«

Ich warte, bis wir in sicherer Entfernung sind, dann berge ich mein Gesicht in den Händen. Ich kann nicht denken, höre im Geist nur immer wieder das Klicken der Auslöser und die Fragen, sehe die Objektive der Kameras, die nach dem besten Winkel suchen, um das Foto zu ergattern, das nachher den höchsten Preis und die beste Klickrate erzielt.

Ich frage mich, ob Nick dahintersteckt.

Nick, von dem ich dachte, er sei mein Freund.

Mir wird übel.

Wann werde ich endlich lernen, nichts über mich zu erzählen?

Ich lehne meinen Kopf an die Kopfstütze und schließe kurz die Augen. »Was für eine Scheiße.«

»So schlimm ist es auch wieder nicht«, sagt mein Vater.

Ich werfe ihm einen Seitenblick zu. »Tut mir leid, Dad, ich hätte es dir selbst sagen sollen. Aber wie ist die Presse dahintergekommen? Ob Nick etwas ...« Meine Stimme versickert. Warum fragt er nicht, worum es überhaupt geht? Warum bleibt er so gelassen?

»Du kennst die Presse.« Dad tätschelt mein Knie. »Das Interesse dieser Leute ist doch nie von Dauer. Bald haben sie alles wieder vergessen.« Er stellt das Radio an.

Draußen sehe ich die Landschaft vorbeifliegen.

Mein Vater summt ein Lied mit, das im Radio kommt.

Ich versuche, mir das, was geschehen ist, zu erklären. Irgendwie will es mir nicht in den Sinn, dass Nick die Presse über Sams und meine Vergangenheit aufgeklärt hat. Was hätte er davon? Warum sollte er meine Freundschaft aufs Spiel setzen? Nein, ich bin sicher, dass ich Nick als Verdächtigen streichen kann.

Wieder schaue ich meinen Vater an, der gut gelaunt vor

sich hin summt und aussieht, als könne er kein Wässerchen trüben.

»Hast du mich und Sam letzte Nacht im Treibhaus belauscht?«, frage ich so ruhig wie möglich.

Mein Vater hört auf zu summen. »Belauscht? Ich habe euch herauskommen sehen.«

»Ja, aber hast du vorher mitbekommen, worüber wir gesprochen haben? Es ging um die alte Geschichte in London, nach der auch die Presseleute gefragt haben.«

»Und wennschon?« Sein Griff um das Lenkrad verstärkt sich. »Jede Presse ist besser als keine Presse. Sieh es einfach als Werbung, für uns, für *Milkweed* und für Sam.«

Als ich ihm nicht antworte, wirft er mir einen raschen Blick zu. Dann spricht er weiter. »Denk an die Schlagzeilen. Jeder wird scharf auf die Story sein. Und was glaubst du, was erst los sein wird, wenn man uns drei bei der Filmpremiere sieht.«

Mir schwirrt der Kopf. Sind wir deshalb nach Mendocino gefahren? Um für uns – oder zumindest für ihn – Reklame zu machen? Und ich hatte gedacht, die Dinge zwischen uns könnten sich ändern. Aber es geht immer nur um ihn. Alles andere wird eine Illusion bleiben.

»Diese Geschichte wird Sam und mich nun bis in alle Ewigkeit verfolgen«, sage ich leise. »Hast du darüber mal nachgedacht?«

Die Frage scheint meinen Vater sehr zu amüsieren. Er lacht. »Bis in alle Ewigkeit? Du liebe Güte, bist du wirklich so naiv? Überleg dir lieber, wie wir die Geschichte noch eine Weile am Leben halten können.« Er hebt einen Finger.

»In unserer Branche wird der Kampf von Jahr zu Jahr härter, und du kannst dich nur auf dich selbst verlassen. Du musst im Gespräch bleiben, musst von dir reden machen, andernfalls bist du weg vom Fenster. Aber wenn man es richtig anfängt, sitzt man auf einer Goldmine.«

Wie er sich freuen wird, wenn heute die ersten Einladungen zu Talkshows kommen und über ihn getwittert wird.

Und wie glücklich er gestern Abend gewesen sein muss, als er uns gehört und die Story gerochen hat. Wahrscheinlich war ich ihm noch nie so lieb wie in jenem Augenblick.

Kapitel 26

Nach der letzten Biegung des Wegs taucht die Ruby Farm vor uns auf, und mein Herz fängt an zu rasen. Überall auf der langen Zufahrt parken Fahrzeuge, stehen Reporter und Fotografen.

»Großartig.« Mein Vater lächelt zufrieden und setzt sich gerade hin. »Bist du bereit?«

Wieder habe ich ein Déjà-vu. Nur dass ich diesmal nicht nach Guerneville zurückkomme, wo unser Haus von der Presse belagert wird. Und am Steuer sitzt auch nicht wie damals Marco, sondern mein Vater.

Die Presseleute laufen neben Dads Tesla her, als wir uns langsam dem Eingangstor nähern. Wieder sehe ich Kameraobjektive, die sich abwechselnd auf mich und meinen Vater richten. Um die Rufe zu übertönen, stellt Dad das Radio lauter, was es nur noch schlimmer macht, denn nun singt eine Frauenstimme zu dem Gebrüll von draußen.

Wir fahren beinahe im Schritttempo. Anscheinend will Dad keinen der Fotografen niedermähen, das anschließende Presseecho wäre wohl selbst ihm zu viel.

Ich versuche, mir vorzustellen, was uns hinter dem Tor erwartet. Vielleicht hat Sam von dem Mist, den mein Vater uns eingebrockt hat, noch nichts mitbekommen. Wenn ich Glück habe, hat auf der Ruby Farm überhaupt noch niemand etwas erfahren, und alle sind noch dabei, die Requisiten abzubauen, sich voneinander zu verabschieden und sich alles Gute für die Zukunft zu wünschen.

Jemand schlägt mit der Faust an mein Fenster. Mein Kopf fliegt herum, und schon blendet mich ein Blitzlicht. Das wird vermutlich das Foto, das das meiste Geld einbringt. Tate Butler mit aufgerissenen Augen und offenem Mund, die bestürzt in die Kamera blickt. Ich sollte daran gewöhnt sein, ich weiß, Paparazzi hoffen auf Peinlichkeiten, wenn sie ihren Opfern auflauern. Doch das, was sich hier abspielt, habe ich seit vierzehn Jahren nicht mehr erlebt. Nein, eigentlich ist es sogar schlimmer als damals. Diesmal geht es ihnen nicht um den Wunsch, eine Meldung zu verfolgen, die Marco unter die Leute gebracht hat. Hier ist eine Meute auf mein Blut aus.

Dann und wann hebt mein Vater die Hand, um huldvoll zu winken. Doch sein Lächeln wirkt eingefroren. Vielleicht hat er Angst, dass jemand den Lack seines Wagens zerkratzt. Oder es liegt daran, dass er sich nicht so drehen kann, dass man ihn von seiner Schokoladenseite fotografiert. Bei jedem anderen würde ich nun glauben, dass er bereut, was er getan hat, doch dazu würden Selbstzweifel gehören, und die sind meinem Vater fremd.

Vor uns öffnet sich das Tor und schließt sich sogleich wieder. Die Hoffnung, dass hier noch niemand etwas wisse, kann ich streichen, denn vor dem Gemeinschaftshaus steht Marco und wirkt alles andere als erfreut.

Er kommt auf uns zu. Noch bevor der Wagen hält, reißt er die Beifahrertür auf und fragt: »Warum antwortest du nicht auf meine Anrufe?«

Ich steige aus. »Ich hatte mein Handy ausgeschaltet.«

»Herrgott noch mal, Tate, wie oft muss ich dir noch –« Er bricht ab und deutet auf einen schwarzen SUV. »Wir fahren gleich los. Charlie packt deine Sachen. Wir werden –«

»Warte.« Ich lege eine Hand auf seinen Arm. »Was geht hier vor?«

Auch mein Vater hat seinen Wagen verlassen. Marco wirft ihm einen gereizten Blick zu. »Frag doch ihn, wie der große Plan aussieht.«

Unschuldig schaut mein Vater zum wolkenverhangenen Himmel hinauf. Dann sieht er Marco ärgerlich an. Einige Mitglieder der Crew stehen auf der Treppe des Gemeinschaftshauses und beobachten uns so unauffällig wie möglich. Von Sam ist weit und breit nichts zu sehen.

»Wir waren in Mendocino essen«, erklärt mein Vater und zuckt mit den Schultern. »Als wir aus dem Restaurant kamen, war die Presse da und wollte etwas über die alte Geschichte in London erfahren. Wie die Leute uns gefunden haben, ist mir ein Rätsel.«

»Ein Rätsel«, wiederholt Marco spöttisch.

»Ja, zuerst waren es nur zwei. Vielleicht sind die anderen ihnen einfach nachgefahren.«

Marco sieht mich mit hochgezogenen Brauen an.

Mit einem warnenden Blick versuche ich, ihm zu vermitteln, dass er meinen Vater jetzt nicht vor den Kopf stoßen soll. Er muss ihn nicht mögen, aber er darf ihn nicht gegen uns aufbringen. Mein Vater hat sämtliche Trümpfe in der Hand. Die Presse liebt ihn weitaus mehr als mich, und wenn er will, kann er mir noch viel mehr schaden, als er es bereits getan hat.

»Wir denken auf der Rückfahrt über die Schadensbegrenzung nach«, schlage ich Marco vor und wende mich meinem Vater zu. »Sieht aus, als würden wir jetzt schon aufbrechen. Lass uns bald wegen Weihnachten telefonieren.«

Mein Vater strahlt. »Machen wir.« Er drückt mir einen Kuss auf die Wange.

Ich weiß nicht, warum ich weinen will, doch ich schlucke meine Tränen hinunter.

Dad reicht Marco die Hand. »Bis demnächst, Marco. Hat mich wie immer gefreut, Sie wiederzusehen.«

»Mich auch. Ich wünsche Ihnen eine gute Heimfahrt«, antwortet Marco und ringt sich ein Lächeln ab.

Mein Vater kehrt zu seinem Tesla zurück, winkt uns noch einmal und steigt in den Wagen. Wenig später verschwindet er durch das Tor. Ich frage mich, was aus seinen Sachen wird. Aber vielleicht packt sein Fahrer für ihn und fährt später mit einem Mietwagen hinterher.

Einen Moment lang blicken Marco und ich schweigend auf das sich schließende Tor. Dann sagt Marco: »Es tut mir leid, Tate.«

»So läuft das Geschäft«, entgegne ich. »Allmählich sollte ich mich daran gewöhnt haben.«

»Solltest du nicht.«

Ich denke an das, was mir bevorsteht. Eine Last senkt sich

auf meine Brust. »Bevor wir losfahren, muss ich mit Sam reden.«

Marco hält mich fest. »Tate, er ist …«

Die Last wird noch schwerer. »Fort? Er ist fort, wolltest du das sagen?«

Marco seufzt. »Gwen hat ihn zum Flughafen gefahren.«

Ich werde panisch und greife Marcos Arm. »Hat er mir eine Nachricht hinterlassen? Hat er irgendetwas gesagt?«

Marco schüttelt den Kopf. »Beruhige dich, Tate, und hör mir zu.«

»Das verstehe ich nicht. Wie konnte er denn einfach abreisen?«

»Darüber sprechen wir später.« Marco dreht mich zu sich um und sieht mich eindringlich an. »Heute früh hat mich einer meiner Kontakte angerufen und mir von einem anonymen Tipp berichtet, der die Runde macht. Es ging um die alte Geschichte und um einen Hinweis, wann und wo man dich und deinen Vater finden kann. Sie haben sämtliche Adressen, auch die von Sam, und sie werden überall sein und auf euch warten.«

Mir wird schwindelig. »Auch in Vermont?«

»Dort werden sie jetzt sein und in diesem Moment mit Sams Nachbarn reden. Mit seiner Ex-Frau sicherlich auch.«

Meine Augen beginnen zu brennen. »Das dürfen sie nicht. Die Tochter dieser Frau liegt im Krankenhaus.«

»Ich habe bereits mit Gwen gesprochen«, fährt Marco fort. »*Milkweed* war eine aufwendige Produktion, ein Skandal ist das Letzte, was wir uns leisten können.« Mit gerunzelter Stirn blickt er zu dem Tor, hinter dem die Reporter und

Fotografen warten. »Jonathan Marinos PR-Leute und ich werden heute noch entscheiden, wie wir vorgehen. Sam war leider schon fort, bevor ich mit ihm reden konnte.«

Wie ein Echogefühl kehrt die Verzweiflung zurück, die mich vor vielen Jahren in London übermannt hat. Ich sehe Marco an und schlucke krampfhaft. »Aber er war es doch nicht, oder? Diesmal hat Sam doch nichts damit zu tun. Wir glauben doch beide, dass mein Vater dahintersteckt, oder nicht?«

Sam legt einen Arm um mich und führt mich zu dem wartenden SUV. »Ich bin sicher, dass Ian der anonyme Hinweisgeber war. Was es nicht viel besser macht.« Er zieht die Beifahrertür auf. »Gwen sagt, dass Sam schockiert und sehr niedergeschlagen war. Er will versuchen, sich irgendwie zurückzuziehen. Vielleicht hat er Freunde, die ihn unterstützen können. Deine Mutter ist auch schon auf dem Weg zu dir.«

Ich lasse mich auf den Beifahrersitz sinken und frage mich, wer Sam helfen wird. Seine Freunde von früher? Roberta und Luther sind tot, und seine Ex-Frau wird genug mit ihrem Kind zu tun haben. Ich weiß nicht einmal, ob Sam einen Agenten oder Manager hat, die ihm beistehen können, denn mit Sam wird die Presse gnadenlos umgehen.

Drei Stunden später erreichen wir den Flughafen von Oakland. Ich habe jede Menge Mails bekommen, aber Sam hat sich nicht gemeldet. Mir ist so elend wie seit Langem nicht mehr. Schwerfällig klettere ich aus Marcos SUV und sage mir, dass Sam vielleicht noch nicht dazu gekommen ist, mich anzurufen. Wahrscheinlich wird er von allen Seiten mit Anrufen bombardiert. Dann frage ich mich, ob er überhaupt meine Telefonnummer hat, aber woher sollte er die haben? Womöglich möchte er auch zunächst allein sein und erst in Ruhe mit mir reden, wenn sich der Staub gelegt hat.

Nach der Zeit im Blockhaus kommt mir mein Haus riesig vor. Und umso mehr wird mir bewusst, wie steril es ist. Die Minimal-Art-Gemälde, die ich irgendwann einmal unaufdringlich und puristisch fand, wirken auf mich an den großen weißen Wänden zusammenhanglos und verloren. Und die weißen Möbel, die mir beim Kauf so elegant erschienen, sehen einfach nur gewollt aus. Nicht ein einziger Raum lädt dazu ein, sich dort gemütlich niederzulassen und zu entspannen.

Auch mein Schlafzimmer ist zu groß, zu leer, zu kühl.

Und ich habe mir hier schon Sam vorgestellt, habe ihn in Gedanken in meinem Bett gesehen, wie er mir die Arme entgegenstreckt und mich an sich zieht. Auf dem Sofa hatte ich ihn mir mit einem Buch ausgemalt, und in der Küche wollte ich mit ihm zusammen kochen. Durch ihn wäre das Haus zu einem Heim geworden.

Ich schaue aus dem Fenster. Hinter mir, auf dem Bett, faltet meine Mutter die Sachen zusammen, die sie für mich gewaschen hat.

»Willst du Weihnachten noch immer mit deinem Vater verbringen?«, fragt sie.

Ich drehe mich um.

Meine Mutter streicht ein T-Shirt glatt, faltet es zu einem ordentlichen Viereck zusammen und legt es auf den Stapel.

»Wohl kaum.« Ich lasse mich auf einem Sessel nieder. »Wir haben uns zwar verabschiedet, als wäre alles in Ordnung, aber … das ist es natürlich nicht.«

Meine Mutter schweigt.

»Ich frage mich, warum ich von diesem Mann überhaupt noch enttäuscht bin.«

Meine Mutter zuckt die Achseln. »Er ist dein Vater. Es ist doch klar, dass du dir etwas anderes von ihm erwartest.«

Ich lege meinen Kopf an die Lehne. »Ich weiß schon so lange, wie er ist, ich wollte es nur nie wahrhaben.« Für einen Moment gebe ich mich meinem Selbstmitleid hin, dann setze ich mich auf und straffe die Schultern. »Ich habe einen beschissenen Vater, aber eine wunderbare Mutter. Manche Leute haben nicht einmal das.«

Meine Mutter wirft mir eine Kusshand zu. »Wenn ich ihn nicht kennengelernt hätte, gäbe es dich nicht. Das war immer mein Trost. Es tut mir nur leid, dass du dich jetzt mit ihm abgeben musst. Dieser Mann wird sich nie ändern.« Sie greift nach dem nächsten T-Shirt. »Hast du schon mit Nana gesprochen?«

Ich schüttle schuldbewusst den Kopf. »Ich hatte noch zu viel Respekt vor ihrem *Ich habe es dir gleich gesagt*.«

»Wie kommst du denn darauf?« Meine Mutter sieht mich vorwurfsvoll an. »Sie sorgt sich um dich. Es geht ihr nicht darum, recht zu haben.«

Vielleicht stimmt das, aber ich glaube nicht einmal, dass meine Großmutter mir meine Indiskretionen damals in

London je richtig verziehen hat. Zwar hat sie nie viel dazu gesagt, aber warum sonst hätte sie so wenig Interesse an meiner Karriere gezeigt?

»Aber sie wird es hassen, wieder von Reportern angesprochen zu werden.«

»Warum musst du immer übertreiben? Sie hasst es nicht, es ist ihr höchstens lästig.« Meine Mutter legt das letzte zusammengefaltete Teil auf den Stapel. »Nana kommt morgen. Zusammen mit Charlie. Und jetzt geh bitte in die Küche und iss etwas.«

Charlie sitzt in der Küche auf dem Tresen und isst ein Stück Brombeerkuchen. Den Kuchen hat Nana gebacken und mitgebracht. Es ist ein Bild, das ich noch aus unserer Jugendzeit kenne, nur dass unsere Küche in Guerneville gemütlicher als meine war und Charlie damals noch kein Handy dabeihatte.

Ich schaue aus dem Küchenfenster auf meine Einfahrt, die von Bäumen gesäumt wird. Am Ende ist ein schmiedeeisernes Tor. Dahinter stehen noch immer Reporter und Fotografen. Aber mehr als vier scheinen es nicht mehr zu sein. Einer isst einen Apfel, ein anderer redet wild gestikulierend. Offenbar haben sie sich inzwischen angefreundet.

»Sind sie noch da?«, fragt Nana. Sie sitzt am Küchentisch und wartet darauf, dass ich mit ihr Karten spiele.

»Die gehen so schnell nicht weg«, antwortet Charlie mit vollem Mund.

Nana sieht sie missbilligend an und sagt: »Sprich nicht mit vollem Mund.«

»Vielleicht wird ihnen langweilig, und sie verschwinden bald«, sage ich hoffnungsvoll.

Nana sieht mich über den Rand ihrer Brille an. Ihr Blick sagt: *Dein Wort in Gottes Ohr.*

Charlie springt von dem Tresen herunter. »Ich gehe duschen.« Sie verbindet ihr Handy mit einem Ladekabel und einer Steckdose und betrachtet es stirnrunzelnd. Seit sie angekommen ist, hat sie immer wieder daraufgeschaut und verärgert gewirkt. Weiß der Himmel, welche Nachrichten sie empfängt.

Ich frage Nana, ob sie Tee möchte.

»Ich möchte, dass du aufhörst, aus dem Fenster zu starren, und dich zu mir setzt«, antwortet sie.

Ich setze mich zu ihr.

»Wo ist deine Mutter?«, fragt sie.

»Wischt irgendwo Staub.«

Nana beginnt die Karten zu mischen. Ich schaue auf ihre Hände. Das sind die Hände, die mir gezeigt haben, wie man Schuhe zubindet. Später haben sie mir gezeigt, wie man Tische deckt, Kuchen backt und putzt. Wenn ich als Kind gestürzt bin, haben diese Hände Pflaster auf meine Wunden geklebt. Damals waren sie glatt und kraftvoll, jetzt sind sie faltig und die Knöchel arthritisch geschwollen.

»Deine Mutter kann nicht stillsitzen«, sagt Nana. »Sie muss immer etwas zu tun haben.«

»Ich kenne noch jemanden, bei dem das so ist.«

»Ich sitze doch still«, erwidert Nana. »Ich stehe auch nicht mehr um vier Uhr morgens auf, um Kuchen zu backen und dann bis zum Abend zu schuften.«

Das ist richtig. Sie hat sich sogar bereit erklärt, zwei Hilfskräfte einzustellen.

Sie teilt die Karten aus.

»Es tut mir leid«, sage ich und streichle ihre Hände. »Ich wollte nicht, dass du schon wieder von Reportern behelligt wirst.«

Nana zuckt mit den Schultern, deckt ihre oberste Karte auf und bedeutet mir mit einem ungeduldigen Nicken, bei meinen Karten das Gleiche zu tun.

Ich drehe meine Karte um. »Warum willst du ausgerechnet Rommé spielen?«, frage ich. Nana ist eine knallharte Kartenspielerin, die es sonst nicht unter Poker tut.

»Ich dachte, dass dein Gehirn vielleicht eine kleine Denkpause braucht.«

Damit könnte sie recht haben.

Nana legt eine Karte an meine an. »Dein Großvater war ein leidenschaftlicher Kartenspieler, wusstest du das?«

Wie war das? Nana spricht mit mir nie über meinen Großvater, woher also soll ich etwas über ihn wissen? Mir ist nur bekannt, dass Nana nach seinem Tod ihr Restaurant eröffnet hat.

»Nein, das ist mir neu.« Ich versuche, mich an das wenige zu erinnern, was meine Mutter mir über ihren Vater erzählt hat. »Von Mom weiß ich nur, dass er im Koreakrieg gekämpft hat und Brombeeren mochte. Dass er gern geangelt hat und sie seine Augen hat. Aber sonst weiß ich nichts. Wir haben ja nie über ihn gesprochen.«

»Weil es nicht einfach war, ihn zu lieben.« Nanas Blick wandert in die Ferne. »Deshalb habe ich auch später nie mehr geheiratet. Ich dachte, wenn ich als hübsche junge Frau schon an einen so schwierigen Mann geraten bin, wie soll ich dann als Dreißigjährige mit Kind einen netten Mann finden.« Sie legt die nächste Karte an.

»Auch deine Mutter hat nie mehr geheiratet. Sie hat deinen Vater geliebt, und eine Zeit lang waren die beiden sogar glücklich, aber danach wollte sie es mit niemandem mehr versuchen.«

»Vielleicht liegt auf uns Houriet-Frauen ein Fluch.« Vor einer Stunde habe ich die Hoffnung aufgegeben, dass Sam sich meine Telefonnummer besorgt hat und mich anruft. Und damit ich nicht alle fünf Minuten auf mein Handy schaue, habe ich es ausgestellt.

Nana begutachtet ihre nächste Karte. »Ich bin froh, dass du und Sam die Sache von damals geklärt habt und du es noch mal mit ihm versuchen möchtest. Seinerzeit hatte ich den Eindruck, dass er ein guter Junge war.«

Als Tränen in meine Augen treten, wechselt Nana das Thema und fragt, ob ich schon etwas Vernünftiges gegessen habe.

Bevor ich ihr antworten kann, hören wir die Reporter vor dem Tor etwas rufen und einen Wagen, der bis vor das Haus fährt.

Ich werfe einen Blick aus dem Fenster. Zu meiner Freude stelle ich fest, dass Marco gekommen ist.

Ich laufe zur Haustür und reiße sie auf. Marco schlüpft ins Haus. Doch als ich ihn umarme, bleibt er merkwürdig steif.

»Hast du mit Sam gesprochen?«, frage ich.

Ohne mir eine Antwort zu geben, läuft er ins Wohnzimmer und nimmt sich die Flasche Scotch von dem Servierwagen, auf dem Schnapsflaschen und Gläser stehen.

Ich folge ihm. Auch Nana, meine Mutter und Charlie kommen, um Marco zu begrüßen.

»Setzt euch«, sagt er, schenkt sich ein Glas Whisky ein und lässt sich auf einen Sessel fallen. Wir nehmen ihm gegenüber Platz.

Marco nimmt einen großen Schluck. »Habt ihr heute schon die Schlagzeilen gesehen?«

»Nein«, entgegne ich und spüre, wie Angst in mir aufsteigt. Ich bin davon ausgegangen, dass Marco und Gwen ihre Beziehungen spielen lassen, um das, was mein Vater losgetreten hat, einzudämmen.

»Ich dachte, wir würden das Ganze im Keim ersticken«, ergänze ich und komme mir wie ein dummes kleines Mädchen vor. Warum habe ich mich nicht auch selbst um die Sache gekümmert?

Marco sieht Charlie an. »Weißt du, was in den Zeitungen steht?«

Charlie seufzt und deutet ein Nicken an.

»Warum zeigst du es Tate nicht?«, fragt Marco.

Charlie zieht ihr Handy aus der Hosentasche und reicht es mir. »Das sind die Nachrichten auf Twitter. Du musst nur scrollen.«

Ich weigere mich, auf das Handy zu blicken. »Ich habe keine Lust, die Tweets irgendwelcher Idioten zu lesen.«

»Lies!«, sagt Marco mit Schärfe in der Stimme.

Ich sehe auf das Display. Unter dem Hashtag #*TateButler* finden sich zig Tweets und der Link zu einem Artikel einer Boulevardzeitung. Ich öffne den Link.

Wir alle kennen die alte Geschichte, nach der Tate Butler – die Tochter des Hollywoodstars Ian Butler – lange Zeit im Verborgenen lebte, um dann im Alter von achtzehn Jahren ins Rampenlicht zu treten. Jetzt haben wir in einem Exklusivinterview erfahren, dass dahinter keinesfalls die bewusste Entscheidung, an die Öffentlichkeit zu gehen, stand, wie es damals immer hieß. In Wahrheit wurde Tates Geschichte seinerzeit ohne ihr Wissen an die Presse verkauft. Kassiert hat jemand, dem sie sich im Glauben, er werde sie nicht verraten, anvertraut hatte.

Nun scheint derselbe Mann in ihrem Leben erneut eine Rolle zu spielen. Sein Name ist Sam Brandis. Als S.B. Hill hat er das Drehbuch für den Film Milkweed *geschrieben, der demnächst in unsere Kinos kommt. Drei Mal dürfen Sie raten, wer die Hauptrollen spielt.*

Richtig, es sind Tate und Ian Butler.

Beginnt jetzt eine neue Romanze von Tate und Sam, dem Mann, der sie damals verraten hat? Oder ist das Ganze nur eine PR-Strategie?

Es folgen weitere Links zu Artikeln, die alle mehr oder weniger ins gleiche Horn blasen.

»Das ist doch lächerlich.« Ich reiche Charlie das Handy zurück. »Müssen wir überhaupt darauf reagieren?«

»Tate, bitte«, erwidert Marco gereizt. »Die Geschichte geht gerade viral.«

»Und was willst du jetzt unternehmen?«

Marco leert sein Glas mit einem Zug. »Ich werde alle Kontakte aktivieren. Ich frage mich nur, was ich den Leuten sagen soll? Weder Sam noch Ian haben der Story bisher widersprochen.«

»Wir geben ein Interview«, schlage ich vor. »Dann kann ich alles erklären.«

Marco schüttelt den Kopf.

»Aber wir könnten doch wenigstens eine Presseerklärung abgeben«, sagt meine Mutter.

»Das werden wir auch tun«, antwortet Marco. »Aber sie muss mit Gwen und der Filmgesellschaft abgesprochen werden, und das wird dauern.« Er schenkt sich einen Schluck Whisky nach. »Sam muss sich äußern, anders geht es nicht. Solange er schweigt, wird man ihn für jemanden halten, der gewissenlos von der traurigen Geschichte eines jungen Mädchens profitiert hat.«

»Und warum können wir nicht die Wahrheit sagen?«, frage ich.

»Und die wäre?« Marco sieht mich mitleidig an. »Dass es damals genau so war, wie jetzt geschrieben wird? Wollen wir das zugeben?«

»Aber so war es nicht«, antworte ich viel zu laut und schrill. »Sie verdrehen alles. Sam hatte einen Grund. Er hat mich nicht einfach verraten. Warum können wir das der Presse nicht mitteilen?«

Marco seufzt. »Tate, du vertraust mir doch, oder?«

Ich nicke und drücke eine Hand auf mein zornig klopfendes Herz.

»Dann lass mich meine Arbeit tun. Die Leute interessieren sich nicht für Gründe und Entschuldigungen, ihre Aufmerksamkeitsspanne ist so kurz, dass sie außer Tweets und Schlagzeilen nichts aufnehmen. Im Moment bist du für sie ein Opfer, eine schwache Frau, die einem üblen Typen auf den Leim geht. Und das möchte ich nicht, das ist nicht das Bild, das wir von dir in der Öffentlichkeit zeigen dürfen.«

Ich will etwas einwenden, doch Marco winkt ab.

»Wir werden eine Weile von der Bildfläche verschwinden«, sagt er weiter. »In der Zeit werden Gwen und die Filmgesellschaft eine Erklärung abfassen. Sobald sie verbreitet ist, fangen wir an, über ein Interview nachzudenken.«

»Ich möchte mit Sam sprechen«, entgegne ich bockig.

»Ich wünschte, das wäre möglich«, sagt Marco mürrisch. »Leider ist er unauffindbar.«

Es dauert einen Moment, bis diese Information richtig bei mir ankommt und ich erneut ein Déjà-vu habe.

Aber welchen Grund hätte Sam dieses Mal gehabt, sang- und klanglos zu verschwinden? Ich kann mir nicht vorstellen, dass er Angst vor der Presse hat. Aber vielleicht hat man auch ihm gesagt, dass er auf die offizielle Verlautbarung warten und sich bis dahin bedeckt halten soll.

Ich gebe mich geschlagen. »Also gut, meinetwegen. Wann brechen wir auf?«

Kapitel 27

Marco zückt sein Handy und trifft die letzten Vorbereitungen für unseren Aufbruch. Wie es aussieht, hat er das meiste schon vor seinem Besuch geregelt. Meine Mutter und Nana packen für sich und mich die Koffer.

Ich sitze benommen auf dem Sofa, Charlie hält meine Hand. Keine von uns beiden sagt etwas.

Schließlich schleichen wir uns wie Einbrecher durch den Hintereingang aus dem Haus und steigen in den Wagen, den Marco dort hat bereitstellen lassen. Charlie umarmt mich zum Abschied und flüstert mir tröstende Worte ins Ohr. Dann ist sie weg.

Auf dem Weg zu dem Haus, das Marco für uns gemietet hat, trägt er mir auf, Kontakt zu Freunden aufzunehmen, die ich in der Presse habe oder die in den sozialen Medien viele Follower besitzen. Erneut schärft er mir ein, gegenüber niemandem Stellung zu der Geschichte zu nehmen. Ich soll ihnen nur mitteilen, dass ich weiß, was los ist, und dass ich mich wieder melde, sobald ich mehr dazu sagen kann.

Ich tue wie befohlen.

Wie immer hat Marco mir das Richtige geraten. Meine Freunde schicken mir die Tweets und Posts, die sie geteilt haben, ebenso wie die Antworten darauf. Und es zeigt sich, dass das Vertrauen, das meine Freunde in mich haben, und die Zweifel, die sie am Wahrheitsgehalt der Geschichte äußern, mäßigend wirken. Schon bald gibt es die ersten Stimmen, die das Ganze als pure Sensationsmeldung infrage stellen.

»Na also«, sagt Marco. »Das ist doch ein Anfang.«

Mit dem Haus hat Marco sich selbst übertroffen. Ich hatte mit einem Rückzugsort in Kalifornien gerechnet und gehofft, dass mich dort nichts an die Ruby Farm erinnert. Doch wir fahren nach San Diego, fliegen von dort aus nach Charlotte in North Carolina und fahren dann mit einem Mietwagen nach Murrells Inlet an der Küste von South Carolina, wo wir früh am nächsten Morgen ankommen.

Das Haus selbst – ein hellgraues Schindelhaus – liegt einsam an einem langen Sandstrand. Dahinter erstreckt sich der Atlantik. Um halb sieben morgens falle ich in meinem Zimmer ins Bett, höre das stetige Rauschen der Wellen und versuche einzuschlafen.

Doch mein Gehirn gibt keine Ruhe, ganz gleich, wie eisern ich die Augen geschlossen halte und wie tief ich mich unter der Bettdecke verkrieche. Meine Gedanken drehen sich unentwegt im Kreis.

Ich sehe die vielen Gesichter meines Vaters vor mir, die er mir in den vergangenen Wochen vorgeführt hat, und weiß nun, dass wir die Distanz zwischen uns nie überwinden, uns niemals näherkommen werden. Diese Illusion kann ich endgültig begraben. Dann überlege ich, warum ich zugelassen habe, dass Sam für mich wieder eine so große Rolle spielt, warum ich nicht länger gewartet habe, um zu sehen, wie sich die Dinge zwischen uns entwickeln. Und zwischendurch quäle ich mich immer wieder mit der Frage, warum er sich nicht bei mir meldet. Meine Telefonnummer hätte er längst von Gwen bekommen können.

Doch trotz aller Zweifel steht über allem die Gewissheit, dass ich Sam liebe. Ohne ihn fühle ich mich leer. Mit ihm erfüllt mich reine Glückseligkeit. Und schon frage ich mich wieder, warum er nicht anruft …

Zu guter Letzt stelle ich den kleinen Fernseher in meinem Zimmer an und sehe drei Folgen von *Schitt's Creek*. Den Figuren in der Serie ergeht es kaum besser als mir, stelle ich fest, während ich langsam müde werde und das ewige Rotieren meiner Gedanken erlahmt.

Doch gerade als ich einnicke, klopft es an der Tür, und meine Mutter kommt herein. Sie bringt mir mein Handy, das mehrfach geklingelt habe.

Das wundert mich, es gibt nur sehr wenige Menschen, die meine private Handynummer haben. In der Mailbox ist von drei entgangenen Anrufen und einer Nachricht die Rede, doch die Nummer des Anrufers sagt mir nichts.

Meine Mutter verschwindet, während ich mein Handy anstarre und hoffe, dass Sam der Anrufer war. Dann hoffe ich, dass er es nicht war, denn ich weiß nicht, was er mir sagen will und ob es mir gefallen wird.

Ich hole tief Luft und höre die Nachricht ab. Seine Stimme klingt heiser.

»Tate, ich bin es.« Lange Pause. Mein Herz fängt an durchzudrehen. Dann ein kurzes Lachen. »Draußen vor meinem Fenster stehen Fotografen und schießen ein Foto nach dem anderen. Es ist der helle Wahnsinn.« Wieder eine Pause. »Diesmal ist es nicht meine Schuld, Tate. Das wollte ich dir unbedingt sagen, okay?« Pause. Ein Räuspern. »Ich weiß nicht recht, was ich sonst noch sagen soll. Ich wünschte, wir hätten uns richtig verabschieden können.« Ein schwerer Seufzer. »Tate, vielleicht willst du mich jetzt nicht mehr, aber wenn doch, ich bin hier. Meine Nummer hast du jetzt. Ruf mich an, wenn du es möchtest.«

Unsere nächste Nachbarin wohnt einen halben Kilometer von uns entfernt. Ihr Name ist Shirley, und sie ist so alt wie Nana. Als sie uns zur Begrüßung einen Auflauf vorbeibringt, wird deutlich, dass sie nicht die geringste Ahnung hat, wer ich bin. Sie erzählt uns, dass *Polizeirevier Hill Street* für sie die beste Fernsehserie aller Zeiten war und sie nicht glaubt, dass sich daran jemals etwas ändern wird. Dass Shirley eine Zeitung anruft und erklärt, sie habe mich gesehen, ist also unwahrscheinlich.

Nana revanchiert sich für den Auflauf mit einem Brombeerkuchen. Durch Shirley lernt sie weitere Nachbarn kennen, die sie ebenfalls mit ihren Kuchen beglückt. Meine Mutter hat auf der Veranda eine Staffelei aufgestellt und malt den Himmel und das Meer bei Sonnenauf- und -untergang. Ich mache lange Strandspaziergänge, sammle Muscheln und versuche, mir darüber klar zu werden, wie es mit Sam und mir weitergehen soll.

Nach einer Woche weiß ich es noch immer nicht.

Ich habe ihn auch noch nicht angerufen, und er hat sich ebenfalls nicht mehr gemeldet. Ebenso wenig hat er für die Presse ein Statement gegeben.

In der zweiten Woche kommt Marco. Er hat mehrere Drehbücher dabei, die mir angeboten wurden, und geht mit mir zum Strand. Dort streift er Schuhe und Socken ab und setzt sich in seinem teuren Anzug mit mir in den Sand.

Er liest mir einen Artikel vor, in dem Gwen sich unter anderem auf Sam und mich bezieht:

»Gwen Tippett erklärte, ›Sam Brandis Hill und Tate Butler hatten früher einmal eine Beziehung und kamen sich während der Dreharbeiten zu *Milkweed* erneut näher‹. Auf die Frage, ob dieses Verhältnis Tate Butlers schauspielerische Leistung beeinflusst habe, riet Miss Tippett, sich den Film anzusehen und selbst zu urteilen.«

Marco grinst. »Keine schlechte Werbung.«

Ich ziehe die Knie an und stülpe meinen Pullover darüber, um meine bloßen Beine zu wärmen. »Heißt das, der Presserummel legt sich langsam?«

Marco steckt sein Handy ein, stützt die Hände hinter sich auf und blickt aufs Meer. »Zumindest bis zur Pressekonferenz für *Milkweed* dürften wir ein wenig Ruhe haben. Oder bis man dich und Sam irgendwo zusammen sieht.«

Als ich nichts dazu sage, dreht er sich zu mir um. »Kann es dazu kommen?«

Ich umschlinge meine Knie mit den Armen. »Hast du ihm meine Telefonnummer gegeben?«

Marco nickt.

Ich seufze.

Marcos Blick wird besorgt. »Tate, was empfindest du? Was wünschst du dir?«

Ich male Kringel in den Sand und verwische sie wieder. »Ich möchte bei ihm sein oder ihn wenigstens anrufen. Doch jedes Mal, wenn ich nach dem Handy greife, meldet sich mein Verstand und erinnert mich daran, dass ich mich damals in London zu schnell auf ihn eingelassen habe und dass es in den letzten Tagen auf der Ruby Farm auch wieder so war. Vielleicht sollte ich anfangen, in Ruhe über Sam und mich nachzudenken. Bis ich sicher bin, dass ich wirklich mit ihm zusammen sein möchte.«

»Schnell oder langsam, was bedeutet das schon?« Marco zuckt mit den Schultern. »Meine Eltern sind eine Woche nach ihrer Begegnung zusammengezogen. Inzwischen sind sie seit zweiundfünfzig Jahren glücklich verheiratet.«

Das tröstet mich ein wenig. Ich denke wieder an den ersten Tag auf der Ruby Farm, als ich Sam an der Seite meines Vaters erkannte und mich kaum noch rühren konnte. Aber vielleicht war es gut, dass ich vorher nichts von seiner Anwesenheit wusste, wer weiß, ob ich die Rolle sonst angenommen hätte. Vielleicht war unser Wiedersehen Schicksal.

Mir fällt etwas ein, und ich fange an, in meiner Strandtasche zu wühlen.

»Was ist jetzt?«, fragt Marco.

»Warte.« Endlich habe ich mein Handy entdeckt und suche nach den E-Mails, die Terri vor Wochen an mich weitergeleitet hat und die ich in dem Chaos nach meiner Rückkehr vergessen habe zu lesen. Vier E-Mails sind es. Eine hat Sam im Januar geschrieben, eine andere im März und zwei im Juli.

Einen Moment lang starre ich nur auf seinen Namen und verspüre dabei so viel Liebe, dass mir Tränen in die Augen schießen. Dann fange ich an zu lesen.

An: Tate Butler <tate@tatebutler.com>
Von: S. B. Hill <sam@sbhill.com>
Betreff: Milkweed
Datum: Dienstag, 8. Januar

Liebe Tate,
ich weiß nicht recht, wie ich diese Mail beginnen soll. Wenn man es genau nehmen will, frage ich mich schon seit Jahren, wie ich eine Mail an Dich beginnen soll. Doch jetzt muss ich Dir schreiben und kann nicht länger über die passenden Worte nachdenken.
Doch zunächst einmal: Ich bin es, Sam aus London. Das für den Fall, dass Dir der Name S.B. Hill nichts gesagt hat. Natürlich habe ich kaum noch das Recht, Dir zu schreiben. Ich weiß, das, was ich damals getan habe, ist unverzeihlich.
Um aber zum Punkt zu kommen: Ich habe das Drehbuch zu Milkweed geschrieben, und wie ich gerade erfahren habe, wirst du Ellen spielen.

Der Film wird auf einer Farm in der Nähe von Mendocino gedreht. Dort werden auch die Crew und die Schauspieler wohnen.
Soweit mir bekannt ist, kannst Du von der Rolle noch zurücktreten, wenn du möchtest. Die Besetzung des Films wurde noch nicht offiziell bekannt gegeben.
Ich überlege, ob ich das, was ich seit vierzehn Jahren mit mir herumtrage, sagen soll. Doch wahrscheinlich willst Du es gar nicht hören.
Nur eines noch: Es würde mich freuen, wenn Du Ellen spielst. Aber wenn Du das unter den gegebenen Umständen nicht mehr willst, kann ich es verstehen.

Ich wünsche Dir nur das Beste, Tate.
In Liebe
Sam

An: Tate Butler <tate@tatebutler.com>
Von: S. B. Hill <sam@sbhill.com>
Betreff: Milkweed
Datum: Donnerstag, 14. März

Liebe Tate,
inzwischen steht die Besetzungsliste für Milkweed. Wie ich sehe, bist Du noch immer für die Rolle der Ellen vorgesehen. Deshalb frage ich mich, ob Du meine Mail vom 8. Januar erhalten hast. Ich habe definitiv keine Antwort von Dir bekommen. Ich weiß nicht, ob es nun zu spät für Dich ist, von der Rolle zurückzutreten; die vertraglichen Einzelheiten kenne ich nicht.

Doch der Gedanke, dass Du Dich auf die Rolle eingelassen hast, ohne zu wissen, dass ich das Drehbuch geschrieben habe, beunruhigt mich.
Vielleicht sollte ich noch erwähnen, dass das Drehbuch auf der Geschichte meiner Großeltern beruht, die inzwischen beide tot sind. Roberta und Luther waren wunderbare Menschen – mutig, liebevoll, großherzig und klug. Ich hatte großes Glück, von ihnen großgezogen zu werden.
Wie ist es Dir nach London ergangen? Ich habe mir oft gewünscht, dass das, was ich damals getan habe, auf lange Sicht gut für Dich war. Aber selbst wenn es so ist, fühle ich mich schuldig.
Bitte glaub mir, dass ich meinen Verrat nicht geplant hatte. Es war eine Panikreaktion. Luther ging es sehr viel schlechter, als ich dachte, und ich brauchte das Geld, um ihm eine medizinische Behandlung zu ermöglichen. Die Jahre, die ich ihm »erkauft« habe, waren ein Geschenk für Roberta und mich, das ich um nichts in der Welt missen wollte.
Aber was ich damals für Dich empfunden habe, war aufrichtig, und daran hat sich bis heute nichts geändert.
Wahrscheinlich wird sich unser Wiedersehen am Drehort ein wenig merkwürdig anfühlen. Doch wenn Du es wünschst, werde ich Dir aus dem Weg gehen, jedenfalls soweit es möglich sein wird.
Bitte bestätige mir, dass Du diese Mail gelesen hast. Oder lass sie mir von Deinem PR-Agenten bestätigen, falls Du es nicht tun möchtest.
Mit herzlichen Grüßen
Sam

An: Tate Butler <tate@tatebutler.com>
Von: S. B. Hill <sam@sbhill.com>
Betreff: Milkweed
Datum: Mittwoch, 24. Juli

Liebe Tate,
in zwei Monaten beginnen die Dreharbeiten zu Milkweed, doch ich habe weder von Dir noch von Deinem PR-Agenten etwas gehört. Soll ich ihn anrufen? Soll ich mit Gwen sprechen? Aber was soll ich Gwen sagen? Ich kann ihr ja nichts von uns beiden erzählen, jedenfalls nicht ohne Deine Einwilligung.
Der Gedanke, Dich wiederzusehen, macht mir zu schaffen. Zum einen kann ich es kaum erwarten, zum anderen sage ich mir, dass ich der letzte Mensch sein dürfte, den Du wiedersehen möchtest.
Wenn ich die Vergangenheit hinter mir lassen könnte, wäre es für mich einfacher, doch es gelingt mir nicht. Du dagegen hast es geschafft, wie es aussieht. Das freut mich aufrichtig.
Ich liebe Dich nach wie vor. Nicht die Version von Dir, die man in Filmen und Zeitschriften sieht, sondern die junge Frau, die Du seinerzeit warst. Vielleicht habe ich deshalb das Gefühl, dass mein Leben noch nicht richtig begonnen hat. Ich stecke in der Vergangenheit fest und suche etwas, das mich daraus befreit. Das wollte ich Dir sagen.
Bitte lass mich wissen, ob Du diese Mail erhalten hast.

Sam

An: Tate Butler <tate@tatebutler.com>
Von: S. B. Hill <sam@sbhill.com>
Betreff: Milkweed
Datum: Donnerstag, 25. Juli

Liebe Tate,
bitte entschuldige die Mail, die ich gestern geschrieben habe. Ich war vorher mit ein paar Freunden unterwegs und hatte zu viel getrunken. Das soll nicht wieder vorkommen.
Wenn wir uns treffen, werde ich mich professionell verhalten.

Sam

Ich stecke das Handy zurück und starre auf die Wellen, die über den Strand rollen, ihre schaumigen Linien hinterlassen und sich wieder zurückziehen. Marco ist inzwischen aufgestanden und telefoniert mit jemandem.

Ich rapple mich auf und kehre zum Haus zurück.

Marco kommt mit mir. »Um zwei?«, sagt er ins Telefon. »Okay, das lässt sich noch einrichten. – Business bitte. – Okay, danke.«

»Was ist um zwei?«, frage ich.

Er gibt mir keine Antwort.

Als wir das Haus erreichen, steht meine Mutter auf der Veranda und sieht uns entgegen.

Marco bittet sie, mir beim Packen zu helfen.

»Ich habe schon für sie gepackt«, antwortet sie.

Ich sehe die beiden an. »Darf ich vielleicht erfahren, worum es geht?«

Marco legt einen Arm um mich und drückt mich an sich. »Deine Mutter und ich wissen, was du dir wünschst. Ich habe gerade dein Ticket gebucht.«

Unten an der langen Zufahrt ist ein weißer Zaun. An der Seite steht ein Schild mit der Aufschrift *Privatgrundstück. Betreten verboten.*

Ich bitte den Taxifahrer, mich aussteigen zu lassen.

»Das ist neu.« Er deutet auf das Schild. »Hat er wahrscheinlich wegen der Reporter anbringen lassen. Bis vor ein paar Tagen hatten sie die ganze Straße blockiert.«

Ich bezahle die Fahrt, nehme meine Reisetasche und steige aus.

Das Haus am Ende der Zufahrt liegt hinter Bäumen verborgen. Ich werde unsicher und wende mich zu dem Fahrer um. »Könnten Sie hier warten? Nur für den Fall, dass niemand da ist.«

»Das dauert zu lang.« Der Fahrer reicht mir eine Visitenkarte. »Rufen Sie mich an, wenn Sie mich brauchen.«

Ich stecke die Karte ein und frage mich, wieso ein Taxifahrer in Eden, Vermont, keine Zeit hat, ein paar Minuten zu warten. Wo sollen sich die Menschen verstecken, die alle ungeduldig irgendwohin gebracht werden wollen?

»Warum haben Sie Mr Brandis nicht angerufen, wenn Sie wissen wollen, ob er da ist?«

»Das frage ich mich auch.« Ich nicke dem Fahrer noch einmal zu und mache mich auf den Weg.

Fakt ist, dass ich versucht habe, Sam zu erreichen. Doch offenbar hat er seine Telefonnummer ändern lassen, und die neue Nummer habe ich nicht. Aber für das, was ich ihm sagen möchte, wäre ein Telefonat ohnehin nicht der richtige Weg.

Unschlüssig betrachte ich die Zufahrt und den weißen Lattenzaun an beiden Seiten. Dann fasse ich mir ein Herz und laufe los.

Nach ein paar Schritten halte ich inne und schaue mich um. *Milkweed* spielt in Iowa und wurde in Kalifornien gedreht, doch die Vorlage war eindeutig Sams Farm in Vermont, nur dass es hier noch schöner als auf der Ruby Farm ist. Und diese Farm scheint größer zu sein, dafür gibt es hier weniger Apfelbäume. Die Scheune der Ruby Farm war verwittert, die Scheune hier ist in leuchtendem Rot gestrichen.

Ich drehe mich um. Bewaldete Hügel erstrecken sich, so weit das Auge reicht. In den Tälern weiden Kühe und Schafe.

Ich gehe weiter, und mit jedem Schritt zieht sich mein Magen ein wenig mehr zusammen. Was, wenn Sam nicht da ist? Was, wenn er mich nicht sehen will? Ich habe mir nichts zurechtgelegt, um ihn zu begrüßen, weiß noch nicht, wie ich meine Gefühle in Worte kleiden soll. Mir ist nur klar, dass ich meine Geschichte endlich selbst in die Hand nehmen muss.

Vor mir taucht ein wunderschönes Schindelhaus auf, um das sich eine Veranda zieht. Ich stelle mir vor, wie Luther/Richard hier vor langer Zeit ankam, und würde mich nicht wundern, Roberta/Ellen irgendwo zu entdecken, wie sie versucht, ihre Waschmaschine zu reparieren.

Mit klopfendem Herzen nähere ich mich dem Eingang. In meinem Rücken geht die Novembersonne unter und wirft einen blassen Schein auf das Haus, doch der Himmel hat noch einige hellblaue Flecken.

Auf der Veranda stehen zwei Schaukelstühle, die so alt sind, dass ich sicher bin, darin haben sich bereits Luther und Roberta gewiegt.

Ein kleiner Hund springt auf mich zu und bellt mich an. Als ich in die Hocke gehe und ihm meine Hand hinhalte, hört er auf zu bellen, riecht an mir und wedelt mit dem Schwanz.

Die Fliegengittertür öffnet sich und fällt zu.

»Rick!« Es ist Sam, der die Verandastufen herunterkommt.

Ich stehe auf.

Er trägt eine Baseballkappe, abgewetzte Jeans, braune Stiefel und ein blaues Flanellhemd, dessen Ärmel hochgekrempelt sind.

»Tate?«, fragt er, als könne er seinen Augen nicht trauen.

Ich möchte etwas Kluges sagen, doch das Einzige, was mir einfällt, ist: »Heißt dein Hund Rick?«

Sam lächelt. »Eigentlich heißt er Rick Deckard.«

»Nach der Hauptfigur aus *Blade Runner*? Wow.«

Sam nimmt die letzten Schritte, schließt mich in die Arme und vergräbt sein Gesicht in meinem Haar. »Tate«, flüstert er. »Du bist gekommen.«

Ich schlinge meine Arme um ihn und atme seinen Geruch ein.

Er küsst mich. Danach sehen wir uns nur an.

Schließlich sage ich: »Am letzten Tag auf der Ruby Farm war ich mit meinem Vater essen. Als wir zurückkamen, warst du schon fort.«

»Sobald die ersten Reporter aufgetaucht waren, hat Gwen mich zum Flughafen gebracht.«

Ich lege meinen Kopf an seine Brust. »Ich dachte, du hättest mich wieder fallenlassen.«

Sam streicht mir übers Haar. »Das tut mir leid.«

»Mir tat es auch leid.«

»Gwen wusste, dass ich mir Sorgen um dich mache. Ich dachte, sie hätte es dir gesagt.«

»Als wir zurückkamen, war Gwen nicht mehr da.«

Sam rückt ein Stück von mir ab. »Damals in London musstest du meine Entscheidung ausbaden. Und jetzt ging das alles von vorn los. Ich war mir nicht sicher, ob du noch was mit mir zu tun haben willst, deswegen habe ich auf deinen Anruf gewartet.« Er streichelt meine Wange. »Aber als er nicht kam, bin ich ungeduldig geworden und habe mich bei dir gemeldet.«

»Das hat lange gedauert. Ich habe auf deinen Anruf gewartet.«

»Warum machen wir es uns bloß immer so schwer?«

»Weißt du, dass mein Vater die Story an die Presse weitergegeben hat?«

Sam zuckt mit den Schultern. »Ich dachte es mir.«

»Nana, meine Mutter und ich mussten uns in ein Haus in South Carolina zurückziehen, um Ruhe vor der Presse zu haben.«

»Also spielt ihr wieder Verstecken.«

Ich weiß nicht, ob das ein Vorwurf sein soll, doch ich fühle mich gezwungen, etwas zu unserer Verteidigung zu sagen. »Wir haben stets gute Gründe gehabt, uns zu verstecken, aber jetzt möchte ich das nicht mehr. Jetzt möchte ich erzählen, wie es wirklich war und ist. Falls du einverstanden bist.«

»Natürlich.« Er küsst mich und wandert mit seinen Lippen meinen Hals entlang.

»Ich habe deine E-Mails gefunden.«

»Und?«

Ich schmiege mich an ihn. »Ich will mit dir zusammen sein, Sam.«

Er küsst mich leidenschaftlicher. »Weißt du, was man über diese Farm sagt?«

Ich schüttele den Kopf.

»Dass jeder, der hierherkommt, die Liebe findet.«

»Die habe ich gesucht. Was für ein Glück, dass du zu Hause warst.«

Sam nimmt meine Hand, führt mich zu der Wiese am Haus und lässt sich darauf nieder. »Hast du die Sterne schon mal von hier aus gesehen?«

»Es sind doch noch gar keine Sterne am Himmel.«

Sam zieht mich zu sich hinunter. »Du musst genau hinschauen.«

Ich lege mich zu ihm. Am Himmel stehen die ersten hellen Sterne und ein blasser Mond.

Ich kuschle mich in Sams Arme. »Jetzt sehe ich sie.«

Dank

Ein Buch zu schreiben ist zu einem großen Teil, wie ein Kind zu gebären. Es tut weh, man schwitzt und flucht, doch gerade wenn man sich sagt, dass man das auf keinen Fall noch einmal machen würde, ist man über die Zielgerade hinweg und hat dieses brandneue Etwas im Arm.

Danach bereitet man es für seinen Auftritt in der Welt vor. Dazu braucht man eine ganze Reihe Helfer, genau wie bei der Kindererziehung.

Wir haben diesen Roman mindestens drei Mal umgeschrieben. Adam Wilson, unser früherer Lektor, hat die erste Fassung gesehen, die mit der nun vorliegenden Endversion allerdings kaum noch etwas zu tun hat. Danke, dass Du uns immer wieder dazu gebracht hast, jeden Roman besser als den vorherigen zu schreiben.

Bei den neuen Fassungen hat Kate Dresser uns die Hand gehalten und uns geholfen, den Roman so zu entwickeln, wie er jetzt ist – und wie er uns gefällt.

Holly Root, unsere Agentin, ist einfach phantastisch. Danke, dass Du uns durch die Höhen und Tiefen des Verlagswesens führst und weißt, wann Du uns ermutigen musst.

Kristin Dwyer ist nicht nur unsere PR-Agentin, sondern

auch unsere dritte Musketierin. Du tust alles, um unsere Romane bekannt zu machen, dafür sind wir Dir unglaublich dankbar.

Für alle Genannten bitte eine Runde Dirty Martinis mit einer zusätzlichen Portion Oliven (keinen Schimmelkäse). Wir lieben Euch.

Haben wir schon erwähnt, wie toll wir unseren amerikanischen Originalverlag Simon & Schuster und die ganze Gallery-Familie finden? Unser Dank geht an Carolyn Reidy, Jen Bergstrom, Kate Dresser, Adam Wilson, Jen Long, Aimée Bell, Molly Gregory, Rachel Brenner, Abby Zidle, Diana Velasquez (Du fehlst uns), Mackenzie Hickey, Anabel Jimenez, Tara Schlesinger, John Vairo, Lisa Litwack, Laura Cherkas, Sarah Lieberman, Stacey Sakal und last, aber ganz und gar nicht least an das Verkaufsteam von Gallery, das alles daransetzt, unsere Romane in die Buchläden und zu unserer Leserschaft zu bringen.

Erin Service ist immer bereit, unsere Manuskripte von der ersten bis zur letzten Version zu lesen. Selbst am Ende dieses Prozesses ist sie noch in der Lage, Tippfehler zu erkennen, wozu ein besonderes Talent gehört. Du bist die beste Leserin und Schwester, die es jemals gab. Wir danken Dir.

Betsy Sullenger hat uns ihre Zeit gewidmet, damit wir die Dreharbeiten überzeugend darstellen konnten. Allerdings haben wir uns hier und da künstlerische Freiheiten erlaubt. Wenn also etwas falsch klingt, geht das auf unser Konto. Zudem war sie so freundlich, nicht zu lachen, wenn wir ihr die dümmsten Fragen gestellt haben – und von denen gab es eine Menge. Du bist ein Schatz, Betsy.

Candice Montgomery zählt zu unseren liebsten Freundinnen, Schriftstellerkolleginnen und – in diesem Fall – einfühlsamen Leserinnen. Danke, dass Du uns geholfen hast, Luther und Nick aus bestem Holz zu schnitzen, und uns gezeigt hast, wo wir den beiden nicht gerecht wurden. Wir hoffen, wir haben dein Feedback richtig umgesetzt. Falls es uns irgendwo nicht gelungen sein sollte, liegt der Fehler bei uns. Wir lieben Dich und werden auch in Zukunft auf Dich hören. Candice' wunderbare Romane *Home and Away* und *By Any Means Necessary* empfehlen wir von ganzem Herzen.

Die Bibliothekar*innen und Buchhändler*innen dieser Welt sind wahre Held*innen. Wir danken Euch für das, was Ihr tagtäglich leistet. Ebenso danken wir allen Blogger*innen, Booktuber*innen, Instagrammer*innen und Podcaster*innen. Wir wissen, dass Ihr Bücher liebt und Euch deshalb für sie einsetzt, aber auch, wie viel Arbeit es bedeutet. Danke, dass Ihr unsere Romane lest und Eure Zeit und Euer Talent einsetzt, um anderen von ihnen zu erzählen. Dafür sind wir Euch sehr dankbar.

An unsere Familien: Euch lieben wir am meisten. Unsere Kinder sind seit unseren Anfängen vor fast zehn Jahren gewachsen – sind nicht mehr zehn, sondern neunzehn Jahre alt, nicht mehr drei, sondern zwölf, nicht mehr gerade geboren, sondern neun. Wir dagegen sind nicht einen Tag älter geworden (im Gegensatz zu unseren Ehemännern, die aber immer noch großartig sind und uns nicht nur ertragen, sondern uns offenbar noch immer reizend finden).

Ein Dankeschön geht auch an BTS – Namjoon, Jin,

Yoongi, Hobi, Jimin, Tae, Jungkook und ARMY, denn bei Euch ist Christinas Wohlfühlort.

Lo, nach den vielen Dankeschöns geht das größte an Dich. Wir werden stets nach unserer Freundschaft gefragt und danach, wie unsere Zusammenarbeit funktioniert. Die Antwort ist ganz einfach: Du bist meine Vertraute. Danke, dass Du Deine wunderbare Sprache mit mir teilst, mir hilfst, eine bessere Autorin zu werden, dass Du mich immer, IMMER, unterstützt und mir erlaubst, Dich den ganzen Tag mit Textnachrichten zu nerven. Du bist meine beste Freundin. Ich liebe Dich.

PQ, danke, dass Du mir bei diesem Roman den Kopf zurechtgerückt hast. Ich kann froh sein, dass wir vierundzwanzig Romane geschafft haben, ohne dass ich bei einem von ihnen den Verstand verloren habe. Doch selbst wenn das geschehen wäre, würdest Du mich nicht loswerden. I ♥ you.

LESEPROBE

PAMELA REDMOND SATRAN
Younger
TAUSCHE ALTER
GEGEN LIEBE
Roman
atb

Kapitel 1

Fast hätte ich die Fähre verpasst.

Ich war ängstlich. Nervös. Und ziemlich eingeschüchtert davon, wie fehl am Platz ich mir inmitten all dieser jungen Leute vorkam, die das Schiff nach New York erstürmten.

Es ging nicht einfach nur nach New York, es ging nach Manhattan, und das am Silvesterabend. Der bloße Gedanke daran ließ mir die Hände feucht werden und die Füße kribbeln, so wie damals, als ich zur Aussichtsplattform des Empire State Building hochfuhr und mich todesmutig an die Brüstung stellte, um in die Tiefe zu blicken.

Wie gern wäre ich einfach umgekehrt und in mein sicheres Vorstadthäuschen zurückgefahren – *Im Fernsehen sieht man sowieso viel besser, wie die Kugel am Times Square fällt!* –, aber ich konnte Maggie schlecht am eiskalten Pier warten lassen. Meine älteste und immer noch beste Freundin hielt nämlich nichts von Handys. Auch nichts von Computern und Autos und davon, am Silvesterabend in New Jersey zu bleiben.

Überhaupt in New Jersey zu bleiben. Maggie, die sich mit sechzehn vor ihren erzkatholischen Eltern als lesbisch geoutet hatte und seither als Künstlerin durchschlug, hielt ganz und gar nichts davon, es sich in irgendeiner Weise leichtzumachen. Deshalb konnte ich unseren Ausgehabend nicht spontan absagen und musste diese Prüfung wohl oder übel über mich ergehen lassen.

Wenigstens stand ich in der Schlange für die nächste Fähre ganz vorn. Es war schweinekalt, aber ich verteidigte tapfer meinen Platz, damit niemand sich an mir vorbeidrängeln könnte. Die Vorstadt-Youngsters um mich herum hatten sicher schon zu Kindergartenzeiten im Vordrängeln promoviert.

Doch dann passierte etwas Seltsames. Je länger ich dort an der Absperrung stand und über das dunkle Wasser auf die glitzernden Lichter der Großstadt starrte, desto dringender wollte ich tatsächlich fahren – nicht nur wegen Maggie, sondern um meinetwillen. Ich dachte, dass Maggie eigentlich recht hatte. Dass eine Fahrt am Silvesterabend nach New York City genau das war, was ich brauchte. Raff dich auf, hatte sie gesagt. Tu etwas, was du noch nie getan hast. Sei es denn nicht gerade meine Methode, alles immer nach altbewährtem Muster zu tun – also äußerst vorsichtig und in alle Richtungen abgesichert –, die meinen momentanen Schlamassel herbeigeführt habe? Ja, so war es, und niemandem lag mehr daran, das zu ändern, als mir selbst.

Als sich das Tor zur Fähre endlich öffnete, rannte ich los. Ich wollte unbedingt an Deck ganz vorn stehen, um das näher kommende Manhattan zu beobachten. Ich hörte die anderen hinter mir herstürmen, aber tatsächlich gelang es mir als Erste, mich vorn an die Reling zu klammern. Die Schiffsmotoren setzten sich in Gang, der Gestank von Diesel überlagerte den Salzgeruch des Hafenwassers, dennoch sog ich, während wir langsam vom Anleger wegtuckerten, die Nachtluft tief in meine Lungen. Hier bin ich also, dachte ich, mitten im Leben, mit voller Kraft voraus in eine Nacht, in der alles passieren kann.

Erst dann merkte ich, dass ich allein da draußen war. Alle anderen standen dicht gedrängt in der verglasten Kabine und ließen durch ihr kollektives Ausatmen die Scheiben beschlagen. Offenbar war ich die Einzige, die das bisschen Kälte, das bisschen Wind, das bisschen eisige Gischt – na gut, ganz schön viel eisige Gischt – nicht scheute, während das Schiff wie ein mechanischer Bulle über die Wellen buckelte. Der unglaubliche Blick auf die beleuchtete grüne Freiheitsstatue und die funkelnden Wolkenkratzer war es allemal wert, vorausgesetzt, ich würde nicht über Bord in die tintenschwarzen Wasser geworfen.

Während ich die Reling fester packte und mich zu

meiner erstaunlichen Tapferkeit beglückwünschte, verlangsamte die Fähre und verharrte eine Weile mit röhrenden Motoren im Hafenbecken. Als ich mich gerade fragte, ob wir jetzt untergehen oder von einem gesetzesflüchtigen Kapitän tollkühn aufs offene Meer hinausgejagt würden, setzte das Schiff zurück – und begann zu wenden. Kehrten wir etwa nach New Jersey um? Hatte der Kapitän gegenüber einer Silvesternacht in Manhattan dieselben zwiespältigen Gefühle wie ich?

Aber nein. Sobald sich die Fähre um hundertachtzig Grad gedreht hatte, nahm sie wieder Fahrt in Richtung der glitzernden Großstadtlichter auf. Nur sah ich ihnen jetzt nicht mehr entgegen, sondern starrte auf die große Hafenuhr am verwitterten Anleger von Hoboken und das im Dunkeln liegende New Jersey dahinter. Fassungslos drehte ich den Kopf und blickte sehnsüchtig auf die helle, warme Passagierkabine mit der nun exzellenten Aussicht auf Manhattan. Allerdings war es dort so voll, dass ich mich unmöglich hätte dazuquetschen können. Ich stand allein in der Kälte, mit nichts als New Jersey vor Augen. Sollte das für immer mein Schicksal sein?

Eine halbe Stunde später humpelte ich an Maggies Arm durch die Straßen von SoHo, verfluchte meine Eitelkeit, die mich zum Tragen von High Heels verleitet hatte, und gab mich der Phantasie hin, meiner Freundin die wunderbar bequem aussehenden grünen Schnürstiefel von den Füßen zu zerren. Maggie marschierte in vernünftigen Klamotten – Jeans, schlafsackähnliche Daunenjacke, leopardengemusterte Jägermütze mit heruntergelassenen Ohrenschützern und ein zur Riesenschleife gebundener Samtschal – neben mir her.

»Sind wir bald da?« Meine Zehen waren bereits taub.

»Komm mit.« Sie schob mich vom belebten Bürgersteig des West Broadway in eine dunkle, verlassene Nebengasse. »Hier lang geht's schneller.«

Misstrauisch blieb ich stehen und sah mich um. »Aber hier wird man uns vergewaltigen.«

»Sei nicht so ein Angsthase.« Lachend zog mich meine Freundin weiter.

Sie hatte gut reden: Maggie war schon mit achtzehn in die Lower East Side gezogen, zu einer Zeit, als die Drogensüchtigen noch unten in ihrem Treppenhaus kampierten. Jetzt gehörte ihr das gesamte Gebäude, und das oberste Stockwerk war zu einem Atelier ausgebaut, in dem sie wohnte und an ihren Skulpturen arbeitete: überlebensgroßen tanzenden Frauenfiguren aus Draht und Tüll. All die Jahre in New York hatten Maggie stark gemacht, während ich zur verweichlichten Vorstadtmami mutiert war, allzu gut behütet durch das Geld des gut verdienenden Ehemanns – des Exmanns, genauer gesagt.

Während Maggie mich durch die unheimliche Gasse zerrte, schlug mir das Herz bis zum Hals, und es beruhigte sich erst ein wenig, als ich vor uns ein erleuchtetes Fenster rosa schimmern sah. Im Fenster hingen als knallpinke Leuchtreklame der Schriftzug *Madame Aurora* sowie ein Vorhang aus rosa- und orangefarbenen Glasperlenketten. Hinter dem Vorhang war schemenhaft eine Frau zu erkennen, die nur Madame Aurora sein konnte, mit goldenem Turban auf dem grauen Haar und kräuselig qualmender Zigarette im Mundwinkel. Plötzlich traf uns ihr Blick, und sie winkte uns hinein. An der Fensterscheibe klebte ein handgeschriebener Zettel mit der Aufschrift *Neujahrswünsche: $ 25.*

»Lass uns reingehen«, raunte ich Maggie zu. Schon immer hatte ich eine Schwäche für jede Art von Wunschzauber und Hellseherei gehabt, und eine Kombination aus beidem war unwiderstehlich. Außerdem wollte ich dringend ins Warme und meinen tauben Zehen eine Pause können, so kurz sie auch sein mochte.

Maggie setzte ihr Jetzt-bist-du-wohl-völlig-durchgedreht-Gesicht auf.

»Komm schon«, drängte ich. »Das macht Spaß.«

»Gutes Essen macht Spaß«, erwiderte sie. »Einen

Menschen zu küssen, in den man verliebt ist, macht Spaß. Einer dubiosen Hellseherin Geld in den Rachen zu schmeißen, macht *keinen* Spaß.«

»Ach bitte«, gurrte ich. »Du warst es doch, die gesagt hat, ich solle mehr Risiken eingehen.«

Sie zögerte gerade lang genug, dass ich mit neu gefasstem Mut an ihr vorbeigehen und die Tür aufschieben konnte. Maggie blieb keine andere Wahl, als mir zu folgen.

Drinnen war es extrem warm und verraucht. Ich wedelte mit den Händen vor dem Gesicht, um Madame Aurora mein Missbehagen zu signalisieren, aber das schien sie nur anzuspornen, einen noch tieferen Zug zu nehmen und mir die nächste Rauchwolke direkt ins Gesicht zu blasen.

Irritiert blickte ich zu Maggie, die nur die Achseln zuckte. Ich hatte uns hier reingelotst; da würde sie keine Anstrengung unternehmen, uns wieder rauszubringen.

»Nun, meine Liebe«, sagte Madame, als sie endlich keinen Rauch mehr von sich gab, »wie lautet Ihr Wunsch?«

Wie lautete mein Wunsch? Ich hatte nicht erwartet, dass sie mir diese große Frage einfach vor den Latz knallte. Ich hatte mit ein bisschen Vorspiel gerechnet, ein paar Minuten Handlesen, Kartenlegen oder irgend so etwas.

»Na ja, also …«, stammelte ich in dem Versuch, Zeit zu gewinnen. »Kriege ich denn nur einen?«

Madame Aurora zuckte mit den Schultern. »Sie können so viele kriegen, wie Sie wollen – für fünfundzwanzig Dollar pro Stück.«

Und wie jeder wusste, durfte man nicht den Wunsch formulieren, mehr als einen Wunsch erfüllt zu bekommen.

Wiederum suchte ich Maggies Blick, und wiederum wich sie mir störrisch aus. Ich schloss die Augen, um mich zu konzentrieren.

Was war es, das ich mir am meisten wünschte? Dass meine Tochter Diana aus Afrika zurückkehrte? Natürlich wollte ich das, aber sie würde nächsten Monat sowieso zurückkommen, das wäre also eine Wunschverschwendung.

Einen Job? Unbedingt! Ich war so wild darauf gewesen, selbst für mich zu sorgen, dass ich nach der Trennung statt langfristiger Unterhaltszahlungen lieber das Haus für mich gefordert hatte. Die nächsten sechs Monate war ich dann von einem demütigenden Vorstellungsgespräch zum nächsten gezogen. Wie es aussah, wollte kein Verlag eine über Vierzigjährige einstellen, die exakt vier Monate gearbeitet hatte, bevor sie ihre Karriere als Vollzeitmutter begann. Ich beteuerte, in den letzten zwanzig Jahren alles gelesen zu haben, was man lesen konnte, weshalb ich besser als jeder andere wisse, was Lesegruppen-beflissene mittelständische Vorstadtfrauen wollten – Frauen wie ich eben, die für den Buchmarkt die größte Käufergruppe bildeten.

Aber niemand interessierte sich für meine Leseerfahrungen. Alles, was sie sahen, war eine Hausfrau mittleren Alters mit einem Abschluss in Englisch aus grauer Vorzeit und einem Lebenslauf, der unter *Berufliche Erfahrungen* mit Dingen wie *Stellvertretende Leitung eines Grundschul-Bücherflohmarkts* aufwartete. Als Lektorin war ich nicht qualifiziert, und obwohl ich betonte, auch gern erst einmal als Assistentin anzufangen, befand man mich für Einsteigerjobs als genauso wenig geeignet. Niemand sprach es aus, aber es war klar, dass sie mich schlichtweg zu alt fanden.

Wie gern wäre ich jünger.

So wie Madame Aurora und Maggie mich ansahen, musste ich es laut ausgesprochen haben.

Madame brach in laut schallendes Gelächter aus. »Aber wieso denn? All diese Sorgen, alles von vorn? ›Wann werde ich mal heiraten?‹ … ›Was soll ich mit meinem Leben anfangen?‹ … Wollen Sie das wirklich noch mal durchmachen?«

Auch Maggie meldete sich zu Wort. »Willst du etwa sagen, dass du zurück zu all dieser Ungewissheit willst? Jetzt, wo du endlich die Chance hast, etwas aus deinem Leben zu machen?«